Mais **Forte** Que
a **Morte**

Zoë Klein

Mais Forte Que a Morte

UM AMOR SEM FRONTEIRAS
DE TEMPO E ESPAÇO

TRADUÇÃO
Mirian Ibañez

MAIS FORTE QUE A MORTE
Um amor sem fronteiras de tempo e espaço

Copyright © 2011 by Zoë Klein

1ª edição – Agosto de 2011

Grafia atualizada segundo o Acordo Ortográfico da Língua Portuguesa
de 1990, que entrou em vigor no Brasil em 2009.

Editor e Publisher
Luiz Fernando Emediato

Diretora Editorial
Fernanda Emediato

Produtora Editorial
Renata da Silva

Capa e Projeto Gráfico
Alan Maia

Imagens da capa
istock.com

Diagramação
Kauan Sales

Tradução
Mirian Ibañez

Preparação de Texto
Jaime Pereira da Silva

Revisão
Hugo Almeida

DADOS INTERNACIONAIS DE CATALOGAÇÃO NA PUBLICAÇÃO (CIP)
(Câmara Brasileira do Livro, SP, Brasil)

Klein, Zoë
Mais forte que a morte : um amor sem fronteiras de tempo
e espaço. / Zoë Klein ; [tradução Mirian Ibañez]. -- São Paulo :
Geração Editorial, 2011.

Título original: Drawing in the dust.

ISBN 978-85-61501-70-9

1. Ficção norte-americana I. Título.

11-07692 CDD: 813

Índices para catálogo sistemático

1. Ficção : Literatura norte-americana 813

GERAÇÃO EDITORIAL

Rua Gomes Freire, 225/229 – Lapa
CEP: 05075-010 – São Paulo – SP
Telefax.: (11) 3256-4444
Email: geracaoeditorial@geracaoeditorial.com.br
www.geracaoeditorial.com.br

2011
Impresso no Brasil
Printed in Brazil

Para Rachmiel,
Ritmo da criação,

Para Kinneret,
Rainha das sereias,

Para Zimra,
Nossa centelha,

Para meu marido Jonathan,
Meu namoro infinito.

Eu imploro, filhas de Jerusalém,
Adorem irradiar,
Amem rir,
Alegrem-se, beijem!
Adonai meu Deus,
Adonai, meu Deus,
Por um só momento de amor,
Abandone mil,
Abandone minha vida,
Pela honra de criar e de gostar
De crianças amadas,
O louvor a Vós está sempre na ponta dos meus lábios.

AGRADECIMENTOS

Para discutir *Mais Forte que a Morte*, me reuni na parte de trás de um recanto italiano, na Rua Broome, Soho, com a minha agente Mollie Glick e com a editora Lauren McKenna, duas das mulheres mais lindas e inteligentes de Manhattan. Passamos quatro horas analisando os originais, enquanto degustávamos saladas de pêssego e manjericão, com parmesão ralado, vinagre balsâmico e figos assados com ricota e leite de cabra, nhoque de batata com aroma de limão, e vinho. Mollie é uma pastora extraordinária. Ela nutriu a minha escrita e continuou a me oferecer apoio com sua sensatez, seu entusiasmo, sua aguda percepção e sua fé inabalável. Entre antepastos e doces, fui cativada pela visão transformadora, aguçada sabedoria e domínio tantos da floresta como das árvores, traços característicos de Lauren. Sou grata pela parceria de tão luminosas apreciadoras de livros.

Não há neste mundo muitos Al Silverman, mas sou grata por conhecer bem um deles. Al me incentivou a evoluir de uma nostálgica escritora de cartas para uma autora. Eu me lembro de visitar sua sala, na Viking/Penguin, e, mesmo com centenas de manuscritos empilhados ao redor de sua mesa, ele recebeu em suas mãos a minha primeira tentativa de livro como se estivesse pegando um bebê. Meu mentor, o rabino Jerome Malino, que amava Jeremias tanto quanto eu, uma vez saltou do carro em Anatote, o lugar onde nasceu Jeremias, e começou a dançar. Seu espírito, estou certa, ainda está dançando lá, bem como em mim. Profundos agradecimentos a Michael Wilt, por saber como pegar textos rústicos e dar a eles um polimento que os deixa brilhando. Eu quero agradecer ao dr. David Ilan, diretor da Escola Nelson Glueck de Arqueologia Bíblica, por ser uma fonte generosa. Um agradecimento à comunidade do Templo Isaiah, por me convidar aos recônditos de seu coração.

As pessoas costumam agradecer a seus pais. Isso não significa que alguém possa entender, exceto meu irmão e eu, o que representa agradecer aos nossos. Quando era criança, ficava sentada em um cesto de tecido, olhando meu pai trabalhar das primeiras horas da manhã até o anoitecer, apreciando as conversas sobre grandes e singelos temas, e que continuam sendo como revelações para mim. Tenho passado a maior parte da vida procurando pelo tipo de santuário que sentia ao lado da prancheta de desenho de meu pai. Não há nada como o jardim de minha mãe em plena floração, exceto o seu coração, que é infinitamente solidário. Sua generosidade, amor e força devem derivar de uma fonte oculta ou de uma espécie de graça divina. Nossos pais, como a maioria dos pais, trabalharam duramente para nos dar alimento e abrigo. O excepcional é que eles se esforçaram da mesma forma, se não mais ainda, para nos oferecer magia. Quero agradecer o meu irmão Zachary, Nicole Grashow e os meus sobrinhos Gavin e Nathaniel por compartilhar tudo.

Sobretudo, eu abraço meu marido Jonathan, em louvor e admiração por preencher nossa vida em família com música e significado, por seu apoio extraordinário, por olhos que cintilam e dançam, por diversão e profundidade, compaixão e camaradagem, por inúmeros atos de amorosa bondade.

No topo do Monte Sinai você me pediu em casamento, e a cada dia juntos caminhamos cada vez mais perto dessa promessa. E para nossos filhos, Rachmiel, Kinneret e Zimra, por pedirem a seus pais cansados novas histórias todas as noites, e nos contando o que pensavam a respeito delas, e por adoçar as nossas vidas com seu amor grudento, meloso, incondicional. Cada verso nos movimentos de seus dias são, para nós, cantos de esperança e admiração. Vocês me surpreendem.

Vocês, crianças, também escrevem bons livros.

PRÓLOGO

Bem acima e à esquerda da cesta de basquete, em um ginásio cheio de estudantes que dançavam, pendia o relógio, brilhando delicadamente como uma lua cheia em uma noite poluída, engolindo sem pressa os segundos antes do Ano-Novo. Sentei meio desengonçada na arquibancada mais baixa, joelhos deselegantes bem juntos, sob o tule rosa, sapatos apontando timidamente um para o outro. O vapor da máquina de neblina ficou mais denso. Eu não conhecia ninguém, socialmente, exceto minhas primas Marilyn e Grace, que me convidaram de maneira relutante, apenas porque meu pai tinha se comprometido com meu tio, a nos fazer companhia. O relógio foi meu único parceiro na dança. Ficamos nos observando, meu rosto pequeno tomado pelo aparelho dos dentes, as bochechas côncavas, as mechas da franja domadas com presilhas de bebê, e a grande face do relógio, redonda, benevolente. Quando ele foi tragado pelo nevoeiro, fiquei sozinha.

O calor dos corpos colados fez o nevoeiro subir para o teto do ginásio lotado, e logo gotas de água começaram a cair. A multidão ficou em êxtase, saltando com as línguas de fora, na expectativa de captar a condensação. Dei uma olhada na direção de Grace, que tinha as mãos no ombro de um garoto. Duas gotas caíram em minha perna, outra em minha mão; então, disparei rumo ao corredor. Meu pai estava lá, apoiado contra um armário, fumando um cigarro. Há anos que não o via fumar. Sua silhueta estava enquadrada pela luminosidade de aço da rua que entrava por uma larga janela, ziguezagueando pela grade. Os cabelos despenteados, como se sua mão tivesse acabado de passar entre eles. Sua respiração prateada fazia espirais no ar. Eu caí no choro. "O que aconteceu, querida?", disse, voltando-se para mim. Eu afundei o rosto em sua jaqueta de veludo, os grandes botões pressionando a minha bochecha. "Não gosto daqui. Não conheço ninguém. Quero ir para casa", respondi. "Você não quer ficar com as suas primas?", sugeriu, segurando minha cabeça contra ele. "Elas estão interessadas demais nos garotos para ficar comigo", solucei. "Eu deveria ficar acompanhando essa coisa até as duas horas", ele falou.

Eu me afastei um pouco, mantendo os braços ao redor da sua cintura. "Você está fumando no corredor. É uma péssima companhia", reclamei. "Estou vigiando o corredor", ele se defendeu, dando uma longa tragada. Eu pude sentir seu peito se expandir, enquanto ele segurava a fumaça do cigarro nos pulmões. Acrescentou: "Para garantir que não haja problemas". Eu olhei para ambos os lados do corredor, de cima a baixo. Mesmo com a música vibrando através das paredes de concreto, o longo e vazio corredor parecia abandonado. Olhei para cima, observando quando ele exalava, e disse: "Acho que sou seu único problema".

Vi a sombra de um sorriso antes que ele apagasse o cigarro, me pegasse no colo e começasse a correr. Meus braços pendiam contra suas costas, enquanto ele se dirigia à estação do metrô. Subiu os degraus voando. "Vou fazer com que chegue em casa à meia-noite, princesa."

Meu pai não era um homem grande, mas naquela noite parecia um gigante, saltando pelos quarteirões da cidade. Enquanto corria contra o relógio, sentia seu coração forte e saudável, os pelos negros da barba em seu rosto, seus braços ao me redor, como se fossem de ferro. Um herói. No metrô, deitei ocupando três assentos, cabeça em sua coxa, enquanto o trem, veloz, se afastava cada vez mais daquele ginásio solitário. Quando chegamos à nossa estação, meu pai saltou os degraus comigo até chegar à rua, continuou correndo em direção ao prédio onde morávamos, tirou meus sapatos ainda no elevador, entrou correndo no apartamento e, praticamente, me atirou na cama. O relógio do rádio marcava 23h59. Enrolou o edredom em mim de um jeito confuso, embora eu ainda estivesse com o meu vestido engomado. Eu estava rindo. Minha mãe para no batente da porta, toda sorrisos, balançando e cabeça e dizendo: "O que aconteceu, hein, vocês dois, o que houve com o baile". Quando o relógio marcou meia-noite, ele me beijou entre os olhos e disse: "Amo você, Page. Feliz Ano-Novo".

Eu afundei toda feliz no meu travesseiro, olhando maravilhada para ele, e para os números vermelhos enquadrados que pairavam acima dos seus ombros. Meia-noite. "Nós conseguimos!", exclamei. O finíssimo véu de uma cortina desceu sobre seus olhos e, em seguida, se dissolveu solitário — naquele momento meus olhos se abriram. Eu sabia das suas consultas ao médico, mas não tinha prestado muita atenção. Agora me dei conta: ele tinha a mesma coisa que matara seu pai, meu avô, quando papai era apenas uma criança. Ele havia herdado o gene imperfeito, com sua malévola herança. Uma fissura fatal que poderia muito bem estar em mim, da mesma forma.

Meia-noite é o mais íntimo dos momentos, o mais sagrado, supersticioso, algo no desvão do dia. É o fio da navalha entre a escuridão mais profunda e o começo da luminosidade, o beijo entre a reino da lua e o reino do sol. É um lampejo entre o desespero e a esperança.

Naquele momento, para mim, um dia terminou, e um tipo diferente de dia começou. Um dia inteiramente feito de meias-noites, prestes a virar um novo dia, mas preso em uma armadilha, incapaz de acordar, mesmo depois de muitos anos sob o sol escaldante do Mediterrâneo.

I

Não há nenhuma imperfeição no brilho que te envolve como um escudo de metal. Mas o que há de bom em um escudo, se a dor é interna? Ó Senhor, deixe seu coração se quebrar e comece a se curar em lugar desse perpétuo e terrível redemoinho!

O PERGAMINHO DE ANATIYA 4:42-47

Eu sempre acordo antes do nascer do sol, no mínimo duas horas antes de qualquer de minhas três colegas de quarto. Sento na cama e me espreguiço, livrando-me das cobertas. O calcário polido do piso é frio, provoca um calafrio dos pés ao alto da espinha, e isso me delicia. A luz que escoa através da janela é suave e convidativa, como se a casa flutuasse dentro de uma nuvem de lavanda. Visto meus shorts, a regata, e prendo os cabelos com uma bandana. Besunto o rosto, os braços e as pernas com protetor solar. O ar tem o frescor do vinho branco. Sei que existem lâmpadas solares para pessoas com depressão sazonal, para que, nos longos e escuros invernos, quando sua tristeza atinge o auge, elas possam replicar a luminosidade dos dias e sentir--se curadas. Eu preferia me recolher a um aposento com uma suave claridade lunar, ruído de um ventilador de metal e orvalho de umidificador. Calcei minhas meias e tênis.

Ando pé antepé ao longo do corredor. A porta dos aposentos de nosso supervisor, Norris, está entreaberta. Ele sempre dorme com a porta um pouco aberta, como se estivesse esperando alguém. Quando passo, vejo seus jeans e o cinto pendurados na cadeira junto à mesa. Na porta fechada do quarto há uma foto de Mickey e Orna do dia do casamento deles. Ele está usando terno marrom claro e gravata-borboleta enviesada, como se estivesse acabado de chegar a Israel em um barco vindo da Rússia, o que não está muito longe da verdade. E inclina ligeiramente para trás a sua voluptuosa noiva nascida em Israel, Orna, cabelos negros selvagens cheios de cachos, descansando a cabeça um pouco acima do decote. Mickey sempre disse que se apaixonou porque Orna tinha "os seios mais maduros do Crescente Fértil" e um coração que tinha "tudo a ver". Uma placa de madeira pendia de sua maçaneta com os dizeres em hebraico *birkat habait*, "a bênção do lar".

Eu sou, de certa forma, o fantasma da casa flanando em direção à sala de estar. A cadeira de couro de Norris, tão inadequada para um ambiente de mobiliário em estilo institucional, está reclinada com um cobertor leve sobre o braço e um jornal amassado a seus pés. Posso imaginá-lo sentado ali, como ele costuma fazer com frequência, tarde da noite, bebendo chá e olhando as reprises de *SOS Malibu* na televisão libanesa. Na cozinha, eu tomo um copo de suco de toranja. Faço um sanduíche de berinjela grelhada com peru no pão árabe e retiro um cantil de gelo do congelador. Guardo na mochila junto com meus equipamentos e vou até a porta.

Há um recado pendurado ali, onde se lê: "P — Jantar com Jerrold March, hoje, às 8. Prepare-se para se apresentar nas tumbas escavadas. — N". Eu sinto uma onda de raiva crescendo em mim, não pela ideia de jantar com o senhor March, um de nossos mais generosos patrocinadores. Encontrei com ele muitas vezes, quando retornava a Nova York — sempre um perfeito cavalheiro, da ponta do bigode à sua destreza com o garfo para a salada, inofensivamente insinuante depois de alguns copos de vinho. É fácil mergulhar em seu mundo luxuoso e divertido e trazê-lo para o mundo que financia o meu mundo sujo de potes e sepulturas de cerâmica. Não estou aborrecida sequer com a ordem de Norris, embora já soubesse a respeito do jantar. Já tenho os esboços oficiais, para mostrar a Jerrold, de bacias, estatuetas e marfins, e mapas indicando onde foram encontrados os três mil recipientes dos restos mortais de crianças. Norris sabe que estou sempre preparada. Temos trabalhado juntos por mais de uma década. É que a nota foi escrita na primeira página do meu último livro, um ato obviamente com a intenção de me irritar. A página tinha sido amassada, eu suponho, em seu mais recente ataque, e depois alisada para ser usada como papel de rascunho, talvez para mostrar como me subestima. Não vale a pena gastar o momento mais bonito do dia bufando por causa dele. Ele tem feito esses joguinhos durante tantos meses que já estou praticamente insensível. Quando saí, fechando suavemente a porta, minha raiva se dissolveu na atmosfera úmida, limpa e resplandecente. Eu amo o começo da manhã. Pinheiros lançam longas sombras pela estrada, enquanto nuvens manchadas de tons profundos de uva e ameixa espalham-se desordenadamente no horizonte, como se alguém ainda não tivesse limpado as toalhas de mesa depois de uma festa imensa.

É uma caminhada de três quilômetros até o sítio arqueológico. Todas as manhãs eu sigo esse caminho para o trabalho, deixando meu velho Mazda branco na entrada de carros, como uma baleia bebê. O ar recende a alecrim, hortelã e óleo diesel. Tento sorver o frescor enquanto ando, sabendo que o sol logo vai esquentar todo o caminho. Há uma névoa brilhando sobre minhas roupas e minha pele. Os pelinhos dos meus braços foram transformados magicamente pelo sol em ouro refinado; minha pele, naturalmente pálida, está dourada pela exposição, apesar de meu empenho em aplicar e reaplicar a loção protetora.

Eu me sinto esbelta e capaz, andando pela estrada com a mente clara. Gosto de alongar o corpo a cada manhã antes de passar um dia inteiro agachada na poeira. As montanhas da Judéia repousam lânguidas no horizonte e os pássaros voam entre os pinheiros. Uma mulher beduína envolta numa longa manta colhe ervas em uma encosta pedregosa enquanto canta em árabe:

Não tenha medo se estiver vagando nos campos de cevada depois de uma chuva dourada
E encontrar um antigo amante assassinado há muito tempo e que aparece para ver você de novo.

Da base da coluna, posso ver o museu. Tenho trabalhado por doze anos em Megido, no coração do Vale de Jezreel, no norte de Israel. Todos os anos, cerca de quatro milhões de turistas visitam esse lugar. É extraordinário. Megido é uma colina que se estende por cerca de seis hectares, sendo constituído por trinta cidades construídas uma em cima da outra, ao longo de mais de seis milênios, começando com o período neolítico pré-cerâmico, nove mil anos atrás.

As lutas do meu próprio coração têm de ser eclipsadas neste vale da morte. Pelo menos trinta e quatro nações guerrearam nesse lugar, em tremendas chacinas. Aqui é onde o faraó Tutmés III travou a primeira batalha do mundo registrada pela história. O autor do Livro do Apocalipse previu que, no final dos tempos, o confronto entre o bem e o mal vai acontecer aqui. Na verdade, a palavra *Armagedom* é uma corruptela da expressão hebraica *Har Megido*, Monte de Megido.

O moderno Estado de Israel não é alheio ao conflito, e ninguém tem de escavar para se lembrar disso. Cada arma criada tem sido brandida aqui e as da nova geração, como as biológicas e nucleares, pendem como a espada de Dâmocles sobre a jovem nação. Para permanecer na vanguarda, sistemas de defesa trataram de evoluir rapidamente a partir da tecnologia de túneis e paredes. Eu passei minha carreira aqui no subsolo, com os ancestrais, sem emergir para me atualizar nas manchetes do presente. E tenho me interessado menos por política e conflitos religiosos de qualquer século, permanecendo mais centrada na atividade pessoal, principalmente estudando as práticas funerárias da Idade do Bronze.

No passado, incontáveis pessoas viveram, prosperaram e, depois, sangraram aqui até que se tornaram ossos. Hoje, milhões vêm para visitar, incluindo incursões históricas; a primeira visita de um papa a Israel aconteceu em Megido. Duzentos profissionais escavam aqui todos os dias úteis. Norris dirige todos eles e eu supervisiono vinte arqueólogos e voluntários concentrados nos templos do estrato XV e nas trabalhosas tumbas do subsolo.

Mas a cada manhã, como esta, só eu estou aqui. As gerações que se encontram abaixo de mim estão em silêncio, e os ônibus turísticos ainda não estão retumbando. À meia-luz, o lugar está vazio. Atravesso o estacionamento do museu e começo a escalar o sítio arqueológico. A terra está absolutamente imóvel e muda, guardando seus profundos tesouros de semeaduras, cemitérios e jardins secretos. Quando escavo com minhas mãos calejadas a terra fria no fim da madrugada, sinto toda a sua riqueza formigando através da minha pele. Antes do amanhecer, a terra sempre parece ceder, insinuando que, com o toque certo, tudo que está adormecido nela pode acordar, levando a seus quartos escuros, e o campo de ossos de Ezekiel poderia beber o céu úmido.

Ando pelo que restou dos estábulos de Salomão, as colunas de escuros arcos frios. Imagino o barulho dos relinchos ecoando pelo salão ancestral. Esparsas, gramíneas ásperas e folhagens pontiagudas surgem entre as pedras.

Quando saio do labirinto de estábulos, o horizonte está usando uma coroa. O sol está nascendo. Eu me ajoelho ao lado do meu projeto mais recente, a milésima terceira e a septuagésima segunda urna funerária de criança que descobrimos. Tiro minha mochila e desenrolo meu pacote de ferramentas, uma picareta pequena, uma escova, pincéis de diversos tamanhos e bons instrumentos usados em consultórios dentários. A urna tem o formato de um útero, o cadáver lá dentro curvado, na direção da entrada. Como seria decepcionante para eles serem trazidos à luz não por algum messias, para a vida eterna, mas por mim, para se tornar uma mera referência em minhas anotações de campo. Pensando nisso, começo a limpar o pó da borda da urna suavemente.

É difícil acreditar que tenho trinta e nove anos. Procurando no espaço mais largo da urna, sem querer passo a mão sobre meu ventre. Eu costumava pensar como seria se ele ficasse redondo e cheio, em vez de vazio e liso. Carregar uma vida dentro de mim. Não penso muito sobre isto, agora. Nunca fiz teste para saber se tenho o gene de Lou Gehrig, que desencadeia doença neurodegenerativa, como o meu pai e o meu avô. Eu tremo só de imaginar que possa legar meu medo para alguém mais, uma espada de Dâmocles sobre todas as minhas gerações.

E ao mesmo tempo eu suspiro. O sol, que havia caído tão docemente, como se o capacho do Reino do Céu estivesse ao seu alcance, é fixado de volta ao lugar com uma tachinha de fogo. Eu trabalho com a urna e seus desintegrados conteúdos. "Você teria hoje, eu calculo, três mil anos de idade", digo. Alguns estudiosos têm escrito que esses são os remanescentes de sacrifícios de crianças, de um culto antigo. É possível, encolho os ombros para mim mesma. Os índices de mortalidade infantil eram astronomicamente elevados. Ainda são, em muitos lugares. "Eu não sei", comento em voz alta para ninguém. "De qualquer maneira, você provavelmente não iria completar seu milésimo terceiro aniversário." Agora ouço zumbido de insetos, também fazendo seu trabalho, enquanto o sol se levanta. Os escavadores estão começando a chegar. Logo, minha equipe vai se reunir e eu vou dirigi-la. Pego meu caderno de desenho e me aproximo da urna, esboçando os detalhes. "O pássaro madrugador está com a urna, né?"

Eu me recosto. Norris está de pé, acima de mim, eclipsando o sol. Eu fico um pouco estrábica. Ele está sorrindo, então sorrio de volta. "Viu o meu recado?", ele pergunta, inclinando a cabeça. Lembro da página amassada de meu livro grudada na porta e da decepção que provocou em mim. Eu costumava sofrer dias e dias por causa do seu escárnio. Imagino, por um momento, se o fato de ter começado a me acostumar com isso, de maneira que consiga me recuperar tão depressa, possa ser um mau sinal. Um sinal de que eu aceito o abuso como norma. Não sempre foi assim.

Norris, meu professor de arqueologia levantina, na Universidade de Colúmbia, foi um grande incentivador de meu primeiro livro, *Massa de água, massa de ar: água e arqueologia na Israel Antiga*. Meu segundo livro, *Virar cinzas*, baseou-se em minha tese, um estudo sobre a teologia do culto e as conexões entre altares encontrados em Israel, especialmente em Megido, e altares descobertos em todo o Oriente Médio, traçando um panorama de práticas culturais de toda a região. O novo manuscrito, *Sobre este altar*, era uma sequência de *Virar cinzas*. Em tinha feito tanta pesquisa, gravando em meus olhos os microfilmes dos altares, que comecei a vê-los em toda parte, no formato da minha mesa, no carrinho de bebê, no altar... Um banco de jardim. Eu desenvolvi uma nova filosofia, que tentei expor na minha introdução ao livro, explorando a ideia de que, quando não houvesse mais altares no espaço, sempre haveria no tempo. De que há momentos preciosos e sagrados, quando algo intangível, mas terrível, é morto e nascemos sob uma nova luz. Quando isso acontece, o instante pode ser chamado de perdão ou misericórdia ou amor.

Eu estava delirando de confiança. Ansiava por sua liberação. Havia escrito em transe. Observando em retrospecto, talvez fosse apenas um livrinho ruim. Mas era importante para mim. Eu mal podia esperar para ouvir o que meus pares pensariam de minha abordagem multidisciplinar. Acontece que ninguém pensou muito a respeito. De fato, se alguém se preocupou em ler a introdução, não entendeu ou não gostou. Um crítico escreveu: "Alguém tem de imaginar que tipo de incenso era queimado no próprio altar de Brookstone, quando ela escreveu o prólogo". Mas a pior crítica veio da pessoa de quem eu esperava um apoio incondicional.

Eu estava tão certa de que Norris iria amar minha filosofia "altarista" que não atendi aos pedidos dele para ler os originais e fiz com que esperasse até que o livro fosse publicado. No dia em que uma caixa repleta de livros desembarcou em nossa porta, eu cheguei em casa para encontrar Norris segurando um exemplar, as veias saltando do seu pescoço escamoso. Ele disse: "De que diabos você está falando? O que você pensa que é — algum tipo de teóloga Nova Era? Vai começar a vagar ao redor de Jerusalém com os outros lunáticos? Isto é uma bolsa de estudos? Isto são os doze anos em Megido?".

Norris nunca havia levantado a voz para mim e uma só vez eu o ouvira gritando ao telefone com a sua ex-mulher em seu quarto, mesmo assim com a porta excepcionalmente fechada. Ele continuou a ler a introdução em tom zombeteiro. "O que é mesmo que isso significa: '*Quando encontra um altar, no tempo, você desliza na serenidade apenas uma letra à esquerda de eternidade*'?" Tentei explicar, perplexa diante de sua ira, que basta acrescentar um "s" diante da palavra eternidade e substituir o "t" pelo "r", transformando-a em serenidade. "Então, agora, estamos fazendo jogo de palavras? Você espera que as pessoas entendam isso? Acha que elas não se importam?"

Norris soltava faíscas para mim quando amassou a capa rasgada de meu livro com um murro. Naquela tarde, eu me senti como se meu pai tivesse morrido uma segunda vez. Sabia que a raiva dele tinha pouco a ver com o livro, mas sim com o que havia acontecido entre nós algumas semanas antes, trabalhando na cova — aquele beijo infeliz —, algo que eu prefiro enterrar e esquecer. Isso foi há seis meses, e a partir de então eu tenho pisado em ovos.

Eu elevo o olhar para Norris. Quando o conheci, ele estava com seus quarenta e tantos anos e, hoje, cerca de doze anos depois, ainda parece que está em seus quarenta e tantos anos. É alto e rudemente atraente, braços e pernas musculosos e morenos, cabelos esturricados, pele curtida. Parece um homem que teve muitas aventuras. A princípio, eu achava que ele fosse uma espécie de emissário dourado, erguendo-se dos escombros da Terra Sagrada, cheio de sabedoria. Sua primeira conferência me deslumbrou. Só bem mais tarde descobri que as mechas em seus cabelos e o bronze de seu rosto eram menos sinais de heroísmo do que simples marcas dos danos do sol, sua face ressecada e preservada, os cantos dos olhos castanhos repletos de pequenas rugas. Ele era sedutor, um conferencista eloquente, um ótimo supervisor e muito opressivo com as pessoas que mais amava.

"Jantar às oito", respondi. "Vi o recado. De qualquer forma, percebi que há frango no congelador. Jerrold sempre pede bife."

"Conheço Jerrold há muito mais tempo que você", ele diz, rindo ligeiramente para mim, como se eu fosse uma criança.

Minha cabeça está abaixada sobre o bloco de anotações, mas posso ver as botas de Norris ainda plantadas, bem perto. Sei que ele não vai embora ainda, então deixo o bloco de lado e estico as pernas. Temos de ultrapassar isso. Pergunto, casualmente: "As fotografias do mosaico ficaram prontas?" Ele se agacha, os joelhos estalando: "Devem ser concluídas hoje. A igreja mais antiga que se conhece no mundo! Incrível!".

Seu orgulho é bem merecido. Tenho enviado fotos digitais dos mosaicos descobertos recentemente ao padre Chuck Oren, que assiste minha família, e com quem permaneço em contato. Ele ficará eletrizado ao ver o padrão circular ao centro, representando os dois peixes olhando um para o outro, um antigo símbolo de Jesus que precede as cruzadas no mínimo por mil anos.

Isso deveria me entusiasmar, também, mas há algum tempo estou procurando por algo mais profundo, mais vivo. Tornei-me arqueóloga porque pensava que ao desenhar cidades e livrá-las da poeira poderia fazer com que uma pequena parte delas voltasse à vida. Eu liberava os espíritos bloqueados nos ossos e resíduos das pessoas que viveram nessa terra há milênios. Acreditava que podia esfregar lanternas e libertar os sonhos que encerravam. Eu havia escavado em sepulturas, procurando por provas de que aquelas civilizações, povos e histórias jamais haviam morrido, de fato, mas o que aprendi, continuamente, foi que, sim, eles faleceram. Sempre. Talvez eu tenha de voltar atrás um pouco, na maneira como alguém olha um mosaico, para ser capaz de ver como todos aqueles cacos se agrupam em um imenso desenho.

"Você sabia que as pessoas dariam o seu braço direito para fazer o que você faz?", Norris sentia necessidade de frisar, acrescentando:

"E mesmo assim você parece desapontada. O que você acha que poderia encontrar — gargalhava, mas de um jeito contido —, um álbum de fotos?".

"Talvez", eu digo, torcendo os lábios para o lado, imersa em pensamentos. "Ou um diário."

Norris agora ri desbragadamente. Então, se senta, pega meu bloco de esboços e olha meus desenhos. De repente, ele é meu professor, de novo, aquele a quem tanto admirei. "Há um épico da antiga cidade de Ugarit sobre a deusa virgem Anat vingar a morte de seu irmão e marido procurando por seu assassino, Mot, o deus da morte", ele diz. Olha para o bloco de rascunho e para a urna funerária e retoma. "Quando encontra Mot, ela o corta em pequenos pedaços, moe e joga sobre os campos, como fertilizante."

"Hum...", murmuro.

Ele me dá uma olhada e depois volta ao bloco e continua, animado: "Isso poderia ser questionado sobre se a morte pode ser o débito que devemos à terra, assegurando a sua fertilidade. Pense nos sacrifícios oferecidos para garantir uma safra de grãos".

"*Você vem do pó e ao pó retornará*", digo baixinho, em parte para Norris, em parte para a criança de três mil anos de idade que está na urna.

"Certo, mas o retorno é proposital, não? A vida da criança se torna a vida do trigo, por plantações afora." Ele pensa por um momento. "O enterro é uma plantação..."

Uma bela ideia, mas eu não compro. Mesmo assim, estou interessada e curiosa, timidamente, sobre o que Norris está oferecendo para mim. "Então, ela realmente mata o deus da morte e seu marido é ressuscitado?"

"Desgraçadamente", Norris assinala, "como o épico segue adiante, com a morte da morte, o marido-irmão de Anat volta à vida. Mas o mesmo acontece com Mot. E o ciclo continua " — ele faz um gesto em direção à urna funerária — "até os dias de hoje."

Estou desapontada, mas não surpresa. "Então a própria morte do deus da morte é anulada por sua morte." Norris estende a mão e dá um tapinha em minha cabeça, como se eu fosse um cachorro de estimação. "Ah, pobre Page. O que uma deusa pode fazer?" Ele se levanta e se vira decididamente. Ouço seus ossos estalarem, de novo. Olho para cima e não vejo ternura nele. Balança a cabeça devagar e faz um biquinho, fingindo piedade. "Sempre ao lado dos perdedores."

Passamos o começo da noite arrumando a casa para a visita de Jerrold. Todos nós dividimos o aluguel, mas Norris, como supervisor que está nesse sítio arqueológico há quase trinta anos, tem direito à melhor suíte. Os Bograshov vivem no segundo quarto maior, também com banheiro privativo. Meu quarto é o menor, mas tem a mais bonita luz da manhã, voltada para o oriente. Posso estender a mão para fora de minha janela e pegar tomates do jardim, o que faço com frequência — tomates amarelos bem maduros, verdes e vermelhos. O banheiro que fica na entrada é considerado meu e dos convidados. É uma casa modesta, de calcário, com janelas em arco, no estilo clássico do Oriente Médio. Orna tem uns vinte cinco anos e o restante de nós provavelmente parece, em diferentes gradações, ter passado da idade de compartilhar uma casa, embora isso não seja incomum na região. Do ponto de vista financeiro, faz sentido. Norris ainda paga uma considerável pensão à sua ex-mulher, que vive na Califórnia. Os Bograshov estão economizando, pois sonham iniciar uma família algum dia. E eu tenho mantido meu apartamento na cidade de Nova York, e trato de visitá-lo ao menos duas vezes por ano, quando retorno para fazer palestras e visitar minha mãe e minha melhor amiga, Jordanna. Às vezes parece bobagem manter aquele cubo preenchido por móveis que, tranquilamente, esperam ser usados durante o ano inteiro: a cama vazia e a mesa no quarto pequeno, a poltroninha namoradeira sem ninguém, a mesa de café da manhã com as abas abaixadas, um fogão de duas bocas na parede da cozinha. Mas eu sempre achei que desistir dele me tornaria alguém desligada do mundo, inteiramente sem raízes. Adoro quando retorno e desabo sobre uma cadeira, olhando para o teto chanfrado e ouvindo os passos no andar de cima. Às vezes, entretanto, imagino se o oposto fosse verdade, se o fato de tê-lo mantido esses anos todos evitou que eu assumisse mais riscos e encontrasse um lugar que realmente pudesse chamar de lar, em vez da frieza de um aluguel.

Jerrold aparece vestido com um terno em padrão de espinha de peixe e uma blusa de caxemira preta, de gola alta. Seus cabelos prateados estão arrumados e brilham como metal em pó, o bigode cuidadosamente aparado. Sua aparência é de prosperidade, a pele do rosto esticada e apropriadamente bronzeada, os dentes impressionantemente brancos. Ele é mundano, sofisticado. Mais velho do que Norris, entra em nossa casa com sapatos reluzentes e uma bengala de cabo de prata, carregando duas garrafas de *Côtes du Rhône*. Eu tinha tomado banho, prendido os cabelos para trás com um grampo, e estava com um vestido preto, simples. Todos nós com boa aparência, mas não o suficiente.

Orna traz da cozinha frango e abobrinha cozidos, damascos, azeitonas e pinhões sobre um monte de cuscuz.

"Conte-me, Mikhail", Jerrold fala devagar, enquanto Norris serve a refeição, "qual é a sua especialidade? Ouvi dizer que você é um lixeiro!"

"De fato", Mickey diz, em seu pesado sotaque russo, o que, de alguma forma, faz que pareça que está declamando. "Todo mundo tem de ficar ao menos um ano coletando e fazendo a triagem do lixo. Jantares de ontem, novos recortes de jornal e sujeira podem lhe dizer mais sobre o comportamento e o consumo de um ser humano do que qualquer outra coisa. De uma perspectiva arqueológica, o lixo é a grande crônica da vida."

"Falou muito bem! Bom homem", Jerrold comentou entusiasticamente. "Vamos abrir o vinho e brindar. Um brinde ao lixo!"

Norris luta com a garrafa de vinho entre os joelhos. E diz, antes que Jerrold acredite, realmente, que Mickey seja um lixeiro: "Quando Mickey emigrou da Rússia, tinha múltiplas graduações acadêmicas". Ele rosna um pouco, mas consegue tirar a rolha. "Antropologia, física, paleontologia, linguística e química. Ele fala seis línguas, mas na época não sabia hebraico. O único trabalho que conseguiu encontrar, nos primeiros anos, foi o de coletor de lixo."

"Conheci Mickey quando eu era docente no museu da Diáspora", conta Orna. Ela tem feições de marroquina e olhos de safira. "Ele era uma lâmpada de Aladim em um monte de lixo."

Mickey coloca os braços ao redor de Orna e diz: "Eu só precisava de uma esfregada".

Orna fica profundamente ruborizada e Jerrold solta uma tremenda gargalhada, levanta a taça para ela e acrescenta: "E então todos os seus desejos foram realizados!". E continua: "Um brinde... mas, espere, Norris, meu garoto, você não tem vinho. Precisa! É uma garrafa da safra de mil novecentos e quarenta e dois!"

"Sim." Norris limpa a garganta, ligeiramente nervoso. "Nada para mim, obrigado." Ele olha em minha direção por um breve momento e Jerrold percebe.

"Ah!", exclama Jerrold. "Há histórias nesta casa! Eu observo, sim, sempre imaginei um cão velho como você compartilhando o teto com uma de suas ex-alunas." Ele bate na mesa. "Seu sem-vergonha! Com certeza, tinha de empregar a mais bonita!"

Eu rio. "Grata, senhor March."

Jerrold oferece sua taça a Norris e depois se serve de outra e diz, exuberantemente: "Ao lixo! Porque é confuso!".

As taças tilintam e Norris diz, sobriamente: "Sim, muito bem, Mickey fala sobre o lixo com romantismo exagerado".

"Mas ele tem razão!", retruca Jerrold. "É, sim, o lixo de outras pessoas é romântico! Sandálias perdidas e escândalos e velas parcialmente queimadas... é poesia, você percebe?"

Depois de falar sobre o mosaico, que é muito mais interessante do que minhas tumbas escavadas, e depois de mais alguns copos de vinho, Jerrold descansa o rosto em uma de suas grandes mãos, apoiando o cotovelo na mesa, e olha direto para mim. "E Page, sim, a coisa sobre Page é que eu jamais conheci um ser humano que conhecesse melhor a Bíblia do que ela. Como é possível que uma garota como você conheça tão bem a Bíblia? Que vergonha se isso ocorreu por terem mandado você desperdiçar a juventude em um convento."

Norris responde, ligeiramente contido: " A senhorita Brookstone estudou teologia cristã na Universidade de Harvard".

"Sim", Jerrold balança a cabeça. "Agora eu me lembro." Ele olha profundamente para meu rosto e noto que está um pouco embriagado. "Todos aqueles textos ensanguentados, os sacrifícios levíticos, o sangue nos altares, o sangue sobre o batente das portas, *quem derramar o sangue do homem, pelo homem terá seu sangue derramado...*" Com os dedos, Jerrold retira uma perna de frango da tigela que está no centro da mesa. Aponta-a para mim e diz: "Você sugou a medula da Bíblia, até que não restasse mais nada além de osso".

"Algo parecido", eu digo. Posso sentir o vinho me aquecendo e também percebo que está estimulando todos os demais. Apenas Norris permanece inflexível. Mickey diz: "Todas as noites, ela enche sua banheira de histórias bíblicas, como a condessa Bathory da Transilvânia enchia sua tina com o sangue das virgens, para conquistar a beleza e viver eternamente".

Orna dá um tapinha, de brincadeira, no braço do marido.

"Para mim, parece que está funcionando", Jerrold fala, os olhos absorvendo o meu rosto.

"Mas eu abandonei Harvard", digo, "depois de ouvir uma palestra do dr. Norris Anderson. Lembro claramente que ele falou que 'a arqueologia é o espaço onde a precisão da ciência e a certeza intuitiva da fé se cruzam.' Fiquei muito impressionada. Desisti de seguir um doutorado em divindade por um mestrado em arqueologia."

Os olhos de Jerrold brilham e dançam. "Você abandonou a filosofia de salão para perseguir a pedra filosofal. Você é uma pessoa nobre!"

Norris ri. "Na verdade, o que a senhorita Brookstone almeja, desesperadamente , mais do que qualquer outra coisa, é encontrar um diário em Megido."

"Adorável!", diz Jerrold, de supetão. "Um diário! Isso sim seria interessante! " Ele estende a cabeça sobre a mesa, em minha direção, fecha os olhos por um momento e respira como se estivesse inalando perfume. "Agora eu aposto que você mantinha um diário quando era criança."

"Não", digo, "mas houve aquele momento em que o pastor de nossa família, o padre Chuck, ficou muito bravo comigo." "Sim, me conte", Jerrold cantarola. "Eu adoraria saber do que se tratava."

"Ele havia nos contado a história de Noé, o homem que construiu uma barca onde reuniu todos aqueles animais, e eu simplesmente não conseguia acreditar naquilo; então, comentei minha dúvida." Orna comenta: "Sempre desafiando as coisas, mesmo quando criança".

"O padre Chuck se virou para mim e sorriu como um lutador de boxe caminhando no ringue. Pegou sua cadeira e trouxe para o outro lado de minha carteira e sentou-se. Colocou os cotovelos no tampo, bem em cima de minha Bíblia infantil ilustrada. Ele era muito jovem para um padre e ficou me encarando como se não houvesse outros quinze estudantes na sala."

"Acredito, com certeza", Jerrold balançou a cabeça vigorosamente.

"Ele disse: 'Daqui a milhares de anos, muito tempo depois que você e todos aqueles que conhece estiverem mortos, vão encontrar as ruínas de sua casa. E, procurando entre os escombros, vão peneirar a terra. E você sabe o que vão encontrar?"

"Lixo!", Jerrold explode. "Montanhas e montanhas de lixo!"

"Concordo", Mickey afirma, erguendo seu copo.

Eu nego com a cabeça. Ele disse: "Dois livros e em um deles estarão todos os seus registros — escolares, médicos, dentários, criminais, gráficos de crescimento, graduações, menções honrosas... e no outro livro, encontrarão um diário. Um diário de todos os sonhos das pessoas". O padre Chuck falou: "Imagine que diariamente todos levantassem à meia-noite e gravassem seus sonhos e todos aqueles sonhos fossem reunidos em um livro de fantasias, anseios. O outro livro seria dos fatos frios, mas este seria a profunda verdade".

"Bíblia é o diário dos sonhos", Orna comenta, fascinada.

"Estou apaixonado", Jerrold suspira. "Peça qualquer coisa, Page. Até mesmo a metade do meu reino, que darei a você."

Norris está de rosto fechado. Subitamente, eu me sinto triste por ele. Quando me contratou para vir a Megido, Norris acabara de concluir um amargo divórcio. Ele tem uma filha apenas alguns anos mais jovem do que eu e que vive com sua ex-mulher, que se recusa a falar com ele, embora o tenha deixado por outro homem. Eu percebera que ele pensava em mim como uma filha, alguém que ele podia orientar e que o admirasse. Achei que nos confortaríamos mutuamente. Eu sabia muito pouco sobre a sua ex-mulher ou o divórcio. Todas as vezes em que o assunto vinha à tona, delicadamente, ele procurava evitar, dizendo: "Minha ex-mulher é uma lunática" ou "Ela me deixou por louca que é".

Eu digo: "Aquela primeira vez em que ouvi Norris falar, ele me lembrou o padre Chuck. Ambos são muito fluentes e persuasivos".

Naquele momento, Norris riu asperamente, afastou a sua cadeira da mesa com um grito e começou a limpar os pratos. "É isso", diz, enquanto faz um barulhão com a louça, "eu sou um porra de um padre. É o que ela pensa de mim."

Depois que Jerrold vai embora, Orna e Mickey insistem em limpar tudo. Eu encho um cantil para colocar no congelador e levar ao trabalho amanhã, enquanto Norris esbarra em mim, carrancudo. "Desfrutou a noite?" Sai da cozinha e Orna olha para mim, levantando as mãos, como se quisesse dizer *eu não sei qual é o problema dele*.

Passo pela suíte dele ao caminhar para o meu quarto e a porta, ligeiramente aberta, me deixa desconfortável. Não podemos continuar a conviver na mesma casa desse jeito.

II

> É uma coisa terrível e espantosa ser um pergaminho antigo, cheio de histórias e segredos, profecias e verdades, uma tapeçaria de palavras costuradas juntas, com fio de ouro, esquecido em um vaso de barro muito bem selado e enterrado nas profundezas de uma caverna em uma fenda de rocha, onde ninguém pode te achar ou conhecer.
>
> OS PERGAMINHOS DE ANATIYA 5:60-61

Eu fiquei encantada depois daquela primeira conferência, quando o professor Anderson colocou a mão no meu ombro e perguntou: "Por acaso, você é filha de Sean Brookstone?". Fomos a um café, na livraria da universidade. Pouco antes, ao ler a lista de alunos da classe, o meu nome lhe chamou a atenção, porque ele teve um antigo colega de faculdade com o mesmo sobrenome.

Era sempre intrigante, para mim, saber algo sobre o passado de meu pai. Ele e Norris tinham perdido o contato ao longo do tempo. Norris só soube da morte de meu pai em uma lista de atualização das turmas antigas. Norris não tinha nada a ver com meu pai, nem um pouco tão carismático, mas o fato de terem se conhecido, mesmo que superficialmente, fez com que ele se tornasse imediatamente querido por mim.

No vigésimo aniversário da morte de meu pai, eu me vi chorando na sala de estar. Norris chegou e se sentou em uma otomana diante de mim, segurando minhas mãos. Eu me senti confortada por ele estar ali. Nós já estávamos trabalhando juntos havia seis anos. Meu coração se abriu enquanto ficamos ali sentados, um junto do outro, e eu chorei livremente.

Norris apertou minha cabeça contra seu peito. E disse: "Vou ajudar você a amar novamente". E me lembrei de como era bom ter alguém para cuidar de mim e me confortar, como meu pai fazia quando eu era criança. Achei que tínhamos um entendimento silencioso.

Mas tudo isso mudara, seis meses atrás. Tínhamos trabalhado e vivido juntos, amigavelmente, e eu achei que assim continuaríamos para sempre. Uma noite, entretanto, quando Norris havia bebido um pouco a mais, nosso relacionamento estável balançou. Estávamos na cova, com nossas peneiras finas e pincéis. A lua já era visível e todos haviam ido embora. Eu podia sentir o suor correndo em mim do jeito que o crepúsculo fazia desenhos na areia, como um agradável lençol de seda.

"Tudo são fragmentos", Norris disse, enquanto peneirava uns cacos de cerâmica, uma nuvem de poeira caindo sobre seus sapatos. Ele me olhou e eu sorri. "Quando conhecemos as pessoas, quando conversamos, tudo está incompleto. Mesmo você e eu, que temos trabalhado juntos por tanto tempo e, ainda assim, ainda somos fragmentos."

"O que você quer dizer com isso?", perguntei. O ar ficou mais frio e comecei a me sentir um pouco ansiosa.

"Nós nos apresentamos um ao outro como se fôssemos assim, sem mais nem menos. Eu falo com você como se fosse o Norris Anderson integral. E você gosta de acreditar que seja mesmo. Você não me conhece e certamente eu não a conheço."

Eu achei que ele estava me criticando, mas, quando levantei o olhar da peneira, vi que Norris estava sorrindo. Seu olhar era amoroso e ele parecia esperar por minha resposta. "Não acho que seja uma coisa ruim a gente se apresentar em fragmentos", disse, inclinando de novo minha cabeça para a peneira.

Comecei a falar nervosamente, tentando preencher o espaço e distrair Norris, para que não percebesse como o luar estava ficando belo. "A única coisa realmente minha, que possuo, sou eu mesma. É só o que me foi dado, de fato. Tudo o mais que eu possa ter é alheio. O dinheiro que ganho não foi cunhado especialmente para mim; a terra que compro não se transformou nos continentes, à custa do recuo do mar, especialmente em meu favor. Mesmo um presente que tenham me dado não era realmente para mim. Os conteúdos da caixa embrulhada com papais-noéis dançantes foram oferecidos para uma criança de sete anos, mas não especificamente para mim. A única coisa realmente sua é você; então, tem todo o direito de manter-se para si."

Olhei para cima. O sorriso de Norris estava mais aberto e isso me trouxe um pouco de volta. "O que você ganhou de Natal naquela caixinha, quando tinha sete anos?"

Dei de ombros e voltei a olhar para baixo. "Um par de sapatilhas de balé." Norris não havia dado um passo sequer em minha direção, mas, subitamente, o espaço entre nós pareceu muito estreito.

"Você fez balé?" Eu quase podia sentir as palavras dele em minha face.

"Durante pouco tempo", sussurrei para seus sapatos empoeirados.

"Viu só...", Norris disse, "há muitos fragmentos de você para serem encontrados."

"Eu não sei", disse, dando um passo atrás. "Há certas culturas em que quanto mais você esconde, mais intrigante se torna. Quando você se expõe, torna-se igual a qualquer outra pessoa. Como aquelas mulheres beduínas que passaram outro dia, envoltas em véus. Elas são muito intrigantes para mim, mas, sob os véus, estou certa de que são apenas..."

"Apenas o quê?", Norris levantou meu queixo com a mão.

"Apenas iguais a todo mundo", eu mal sussurrei.

"Apenas iguais a todo mundo como?"

"O que você quer dizer com esse como?", eu deslizei um pouco para trás, mas Norris parece não ter percebido. Pôs a mão em meu ombro.

"Quando você falou sob o véu, quis dizer que elas eram simplesmente iguais a qualquer pessoa." Com a outra mão, Norris começou a traçar uma linha embaixo do meu pescoço. "Um vazio caloroso bem acima de sua estreita clavícula, cotovelos ásperos, barrigas lisas, como todas as outras. O cerne de todo o segredo é que abaixo dele as mulheres se tornam menos intrigantes. E você ainda estava imaginando que estivessem nuas."

"Não estava", eu disse, afastando de mim as mãos dele o mais gentilmente que pude. "Você é que está pensando em mim pensando nelas nuas."

"Não, você estava pensando nelas desse jeito. Eu apenas juntei um interessante fragmento de você", ele falou, percorrendo meu corpo de cima a baixo com os olhos.

"Não tenho muita certeza de que aprecio ser considerada um objeto, Norris", falei, sobressaltada. "Faz com que me sinta como algo que aqueles adolescentes colocariam em um museu." Imediatamente, me arrependi de mencionar os adolescentes, que eram voluntários em nossas escavações. Será que eu tinha de compartilhar minhas inseguranças com Norris naquele exato momento? Eu me virei para ir embora, mas Norris colocou a mão em meu ombro.

"Quem? Aqueles garotos? Eles são fáceis de montar. Mas você é muito mais difícil. Você tem minúsculos pedaços espalhados ao longo de muitos anos e que precisam ser coletados cuidadosamente, reunidos tiquinho por tiquinho. Você tem pequenas garras perdidas e longos fêmures. Porque eles são apenas pontas de flechas e ossinhos, enquanto você é um *Tyrannosaurus rex*!"

Antes que eu pudesse responder, Norris me apertou contra o seu peito e sua boca se fechou sobre a minha. Não que fosse um beijo ruim: de fato, Norris tinha um toque meio sensual. Mas eu não podia tirar da cabeça a minha imagem como sendo a de um *T. rex*. Isso fez com que sentisse como se Norris tentasse me colocar de lado como uma espécie, e a língua dele subitamente me pareceu uma espada. Eu me soltei. Seu rosto estava pálido.

"Estamos delirando", eu disse gentilmente, enquanto o rosto dele variava de branco para vermelho e para branco de novo. "Você sabe que não somos compatíveis dessa maneira." Ele se recobrou e riu, dizendo: "Eu sei. Estava apenas testando você."

Os dias seguintes foram embaraçosos, mas nenhum de nós tocou no assunto. Como já tínhamos trabalhado juntos mais de onze anos e meio e continuaríamos assim por outros tantos, achei que o tempo haveria de devorar essa lembrança junto com tudo o mais. Finalmente, nos recuperamos do incidente ou, pelo menos, jamais voltamos a ele novamente. Certa vez, no jantar, Norris me passou uma cerveja dizendo: "Nós todos sabemos o que isso provoca em mim", e eu aceitei isso como uma desculpa ou, ao menos, uma negação daquela coisa toda. Foi só há pouco tempo que percebi que ele nunca iria me perdoar por rejeitá-lo.

Eu acerto meu ritmo e ando até chegar à borda norte do Monte Megido, pouco antes do amanhecer. No céu, fitas rosa e laranja amarram o mundo, como se fosse para presente. A partir do ponto central da escavação, a paisagem parece um piso não varrido, repleto de labirintos de pedras, uma touceira de palmeiras como vassouras colocadas de cabeça para baixo contra o céu. Mas daqui, da beira do morro, posso olhar para baixo e ver um bosque de troncos de oliveira retorcidos, e longas e delgadas folhas de prata, cenário além do qual se descortina o vale em uma colcha de retalhos verdes, onde se destacam o verde amarelado dos campos de trigo e as alas de limoeiros.

Eu estou em pé, no final do sítio, olhando para o que restou, a céu aberto, da Vila Maris, a estrada mais importante do mundo antigo, ligando o Egito à Mesopotâmia, o caminho que Megido protege. O ar é penetrante, com eucaliptos e lavandas crescendo no vale.

Sento em uma laje de calcário e esfrego os dedos sobre minhas coxas, flexionando os pés. Faço movimentos circulares com a cabeça, de um ombro para o outro, e respiro profundamente o ar fresco perfumado. Olho para baixo, na direção do vale, e vejo o orvalho começando a se transformar em névoa; e penso em meu pai. A doença se espalhou rapidamente pelo seu corpo e, ao longo de um ano, o que começou como um simples formigamento nos pés e panturrilhas expandiu-se por suas entranhas. A doença fez uma viagem ininterrupta rumo a seu coração e aos pulmões, braços e ombros, e, finalmente, chegou ao pescoço, queixo e língua, deixando sua mente criativa e maravilhosa em pleno funcionamento, como testemunha perfeita de sua própria e lenta morte.

Quando a enfermidade atingiu a virilha, ele disse à minha mãe que estava meio morto. "Estou enterrado até a cintura", lamentou. "É como me sinto. Estou meio morto. E todos os que conheço sabem disse; estão meio de luto. Vêm me visitar e têm conhecimento de que metade de mim está enterrada na sepultura e, então, usam cores escuras em respeito a essa metade; se inclinam, depositam flores no túmulo e choram. Mas notam o resto de mim emergindo da terra e dizem: 'Como tem estado? Dia lindo, hein? Pena que está preso aqui, senão a gente levaria você conosco ao bar. Todos os seus amigos estão reunidos lá para afogar sua tristeza e esquecer tudo a seu respeito".

"Você não é nenhuma metade", minha mãe respondeu. "Você é *tudo* para nós."

"Vá em frente, Page, chute minha perna, chute! Está morta. Não posso sentir nada."

Em vez disso, eu dei um soco no peito dele, sobre o coração, onde eu sabia que ele podia sentir. Eu bati nele de novo e outra vez.

"Page!", minha mãe gritou, me puxando para longe.

Meu pai estremeceu e esfregou o peito. Eu tinha apenas quatorze anos, mas sabia dar uns bons socos. Enquanto minha mãe me segurava, eu disse a ele: "É o que a sua doença parece, para mim".

Minha mãe gritou com meu pai: "Você se comporta como se o mundo inteiro fosse seu anfiteatro e você estivesse fazendo testes para Sófocles. Mas guarde isso para seus fãs, tá bem? Sua família não pode aguentar isso todos os dias. Nós simplesmente não podemos".

Eu esfrego minhas coxas enquanto sento na laje de pedra, certificando-me de que não estão dormentes. Às vezes eu também me sinto meio morta, indo para lugar algum, senão para baixo, afundando. E o que está ali, quem está ali, para me tirar de lá? Ou para dar um soco no meu peito, apenas me lembrando que ainda posso sentir algo naquele lugar?

No funeral dele, todo mundo que o elogiava continuava enfatizando que a doença não pôde derrotá-lo, que ele era tão inteligente que foi mais esperto que a enfermidade fatal. E eu suponho que fosse verdade. Não foi a doença que o matou: ele cometeu suicídio. E, ironicamente, matou-se por asfixia, que, provavelmente, é como ele morreria de qualquer forma, alguns meses mais tarde, quando seus pulmões e garganta começassem a entrar em colapso. Mas eu não tinha permissão para ficar com raiva porque ele se suicidou. Ao contrário, devia estar surpresa com o sobrevivente que ele mostrou ser e com o fato de ser um sobrevivente até o fim, tomando a vida nas próprias mãos, antes que a doença o fizesse. Ele era tão corajoso. Ele era tão independente. Ele nos amava tanto, que quis poupar a mim e a minha mãe. Ele tinha uma língua tão afiada que não poderia suportar a perda da fala.

Isso foi o que todo mundo disse. Mas eu queria ficar brava com ele por ter cometido suicídio. Talvez fosse verdade que sua dor era tão grande que ele sabia que, de qualquer forma, a morte seria iminente. Mas eu não aceitava isso. Eu ainda acreditava na invencibilidade de meu pai e, portanto, para mim o fato de ele acabar com a própria vida não foi coragem, de jeito nenhum, mas uma fuga.

Eu acho que nunca, realmente, cumpri o luto de maneira correta, presa entre minha raiva por sua fraqueza e a celebração de sua força por todos os demais. Acho que vejo duas figuras se movimentando entre as oliveiras, seus membros tragados por lanças de sol que começam a penetrar na atmosfera cinzenta. As oliveiras ancestrais talvez estejam pregando peças em mim, mas quando as duas figuras emergem do bosque e sobem pela colina até a laje, posso ver que são um homem e uma mulher.

"Olá?", eu chamo, mas eles não respondem, ocupados demais em ajudar um ao outro a encontrar pontos de apoio ao longo do caminho íngreme. Eles alcançam o topo no momento em que o sol aparece. A mulher é pequena, com cabelos pretos. Seus olhos são alongados, como aqueles descritos nas esculturas de Sita, em que os cantos parecem desaparecer nos lados de sua face. Suas bochechas estão vermelhas, por causa da escalada, seus lábios têm a cor de um ferimento. O homem parece mais fatigado do que a mulher.

Ele tem uma aparência leve, embora sua constituição pareça forte. Os ombros são caídos, mas os olhos, brilhantes, claros e penetrantes. Tem um belo corte de cabelo, as mechas cor de chocolate, curvadas em direção ao céu, como se tivessem sido apanhadas por uma corrente ascendente. As linhas profundas ao redor da boca e as finas, cercando seus olhos, me lembram a escrita lânguida esculpida em pedra, que se vê na entrada das mesquitas.

"*Salaam,*" eu digo, imaginando que sejam árabes, por causa da túnica preta e transparente, com bordados coloridos, que ela usa sobre os jeans.

Quando o homem recupera o fôlego, responde em inglês: "Estamos em busca de um arqueólogo. Sou Ibrahim Barakat e esta é minha esposa, Naima".

"Vocês poderiam ter vindo pela estrada, em vez de escalar a colina", digo, antes de me apresentar.

"Nosso carro quebrou", conta Ibrahim, e aponta para o campo de oliveiras, onde se vê um brilho de metal e para-brisa.

Eu os convido para tomar um chá comigo na tenda, onde costumamos fazer pausas para beber água, almoçar e escrever nossas observações de campo, abrigados do calor do dia.

"Muita gentileza de sua parte", diz Naima. Em muitos aspectos, ela é o oposto de mim. É escura; sou clara. É pequena; sou alta. Por isso, acho que tanto ela como o marido são bonitos e naturais deste lugar, como se tivessem nascido nos bosques de onde emergiram.

Em pé, ao lado deles, eu me sinto estranha, parecendo uma girafa fora do lugar. O marido dela se empertiga, subitamente, como quem vai tomar uma atitude. E diz: "Vamos tomar chá com você, depois de responder a uma pergunta". Naima coloca a mão no ombro dele, amparando-o. O tom de sua voz tinha uma nota de desespero e os olhos expressavam frustração. "Temos tempo, Ibrahim. Vamos tomar chá", ela diz suavemente. Ele tira a mão dela de seu ombro e, quando faz a pergunta, ela soa mais como uma ordem: "Você escavaria sob a nossa casa?".

Eu sorrio para eles e pergunto por quê. "Porque há algo enterrado lá", Ibrahim responde bruscamente. Ele já sabe que eu não vou e não quero perder tempo com isso. Já está pronto para voltar, colina abaixo, antes que eu diga uma única palavra. E coloca as mãos nos quadris, desviando a sua raiva de mim e dirigindo-a em direção às escavações que estão às minhas costas. "Estamos em Israel. Em todo lugar há algo enterrado", digo, em voz suave. Imediatamente, Ibrahim agarra a mão da esposa, se vira e anda em direção à beira da colina. Escorrega no cascalho de pedras soltas e começa a descer, ajudando a mulher, que olha para trás, em minha direção, como se pedisse desculpas. Eu os observo, enquanto tomam o rumo do bosque de oliveiras, ao mesmo tempo em que o barulho de pás, atrás de mim, anuncia que os escavadores já chegaram.

Rapidamente, contorno o sítio e vou até a tenda, onde deixei minha mochila. Norris está bebendo chá e se alongando, pronto para o dia. "Com quem você estava falando?", ele pergunta. "Um casal estranho. Veja, eu preciso de seu carro emprestado. O deles quebrou e quero ir até lá, para ajudá-los. Você tem cabos de carregar bateria?"

"O que eles estavam fazendo aqui em cima?"

"Não sei", digo. "Eles falaram algo sobre escavar sob a casa deles."

As sobrancelhas de Norris se erguem. "Ouvi falar dessa gente. Eles vão aos sítios arqueológicos procurando alguém para ir à casa deles. Comentam que eles são loucos." Norris senta e começa a picar folhas de hortelã em seu chá. "Ramon me contou que eles vieram a este lugar, ontem, falando sobre espíritos que estão assombrando a casa deles. Dizem que veem esses fantasmas à noite, em cantos escuros, encostados uns nos outros, como companheiros de alojamento que parecem estar se beijando em um vestiário. Eles veem fantasmas nos espelhos, ouvem o barulho que fazem ao longo do piso. Veem a poeira dos passos subir a cada passo, até mesmo os viram na cama. Supostamente, os lençóis ficaram se movimentando, mas a janela estava fechada. Essa é boa! Ramon deu um belo fora neles."

"Pode me dar suas chaves?", digo. Eu o observo mexendo a hortelã dentro do chá. "Por favor."

Ele remexe no bolso e pega as chaves, entregando-as para mim. Quando as alcanço, ele as afasta, e diz: "Diga a eles que a arqueologia não é uma piada".

"Eu só quero ajudá-los", comento, e pego as chaves, correndo para fora da tenda.

Subo no carro de Norris, a princípio irritada com a quantidade de papéis que ele amontoa no painel. Enquanto dirijo até o automóvel do casal, rio para mim mesma, pensando em Ibrahim e Naima. Quero ouvir, de viva voz, suas histórias de fantasmas.

Quando chego, Ibrahim está com a cabeça sob o capô. Naima está recostada sobre o sedã prata. Abro o vidro de minha janela e digo para eles: "Que tal um cabo para ligar a bateria?". Conduzo o carro de Norris até o deles, para-choque com para-choque, e conecto o cabo. Ibrahim me ignora. Tenho a impressão de que está mais embaraçado do que bravo. Tento parecer leve e amigável quando pergunto: "Há fantasmas em sua casa?".

Ibrahim bate uma chave contra o motor e faz imprecações em árabe. Naima encolhe os ombros, desculpando-se, e diz: "Sim. Não fomos apenas nós que os vimos em nossa casa".

"Em quantas escavações vocês já foram à procura de um arqueólogo?" Ibrahim abaixa o capô do carro e vocifera: "Nós vamos a vocês, pessoas que supostamente estão interessadas no passado. Vocês vêm com suas Bíblias e pás. Acontece que somos pessoas muito educadas. Você acha que gostamos de parecer loucos para vocês?".

"Eu nunca disse que vocês eram loucos", tento acalmá-lo. Naima o interrompe com seu tom calmo e sorriso gentil. "Há dois espíritos que vivem em nossa casa. Todo mundo que vem à nossa casa é dominado por um sentimento de amor e desejo. Chegou ao ponto em que precisamos fazer alguma coisa a respeito. O pessoal da cidade joga pedras em nossa casa. Nossas janelas são quebradas quase toda semana. Os pais acham que a casa vai tirar a virgindade de suas filhas. Casais que têm sido inteiramente fiéis vêm à nossa casa e...", Ibrahim interrompe o seu desabafo. "Vocês se consideram acadêmicos. Nós fomos à universidade. Nós também somos acadêmicos!"

Naima continua tentando transformar a frustração de Ibrahim em uma conversa. "Nossos pais culpam a universidade por tudo isso. Nossa casa fica em Anatote. Nós mesmos a construímos."

"Mas vocês não são acadêmicos, de jeito nenhum", Ibrahim pressiona. "O que estamos querendo lhe dizer, Miss América, é que nós tivemos uma *experiência*. Nós vimos, sentimos e estudamos algo muito, muito real. Não é uma história. É uma experiência que Naima e eu e muitos outros vivenciamos em nossa casa, sobre a qual tivemos a coragem de falar apenas para sermos cobertos de escárnio e insultos."

"Não estou ridicularizando você", lembrei a ele. "Estou ouvindo."

E *estou* mesmo ouvindo, embora não acredite em fantasmas, como antes. Depois de uma dúzia de anos, eu encontrei cada caveira mais vazia do que a outra, e as caveiras da Terra Santa não são mais poderosas do que as da Mesoamérica.

Ibrahim conecta o cabo de bateria entre nossos carros.

"O que eles parecem?", pergunto a Naima.

Ibrahim anda até a lateral do carro e, antes de entrar, grita: "A última pessoa com quem falamos? Você sabe o que ele disse? Disse: 'Acadêmicos não vão a escavações psíquicas. Nós não ficamos brincando e abrindo buracos nos quintais das pessoas porque elas têm uma vaga ideia e nenhum financiamento. Compre uma pá'".

"Parece Ramon", eu digo.

Ibrahim desaba sobre o assento e começa a tentar fazer o carro pegar.

Tenho de me aproximar de Naima para ouvir sua voz suave, apesar do ronco do motor. "Vi uma mulher sentada sobre a pia da cozinha, quando eu estava fazendo sopa. O vapor da panela se espalhava pela cozinha e parecia se dissolver ao redor dela, mas não havia nada ali. Apenas o contorno dela. E o fantasma do homem apareceu, movimentando-se no vapor. Eu vi o vapor moldar-se ao redor dele. Podia notar o contorno de seus dedos, e até mesmo os próprios dedos percorrendo as coxas e as costas dela. Então, ele a enlaçou, suas faces se uniram e eles foram embora. Essa foi a minha visão mais clara."

O carro começa a funcionar, Ibrahim desce, puxa o cabo de sua bateria e fecha ruidosamente o capô. Ele deixa o cabo pendurado fora do carro de Norris e acena para que Naima entre. Quando ela entra, me diz: "Nós moramos em Anatote. Venha para tomar um chá e nos dizer o que fazer. Nossa casa não é mal-assombrada, senhorita Page. É abençoada." Observo os Barakats partirem em disparada, jogo o cabo no assento do passageiro e volto às escavações. Penduro as ferramentas nas costas e caminho até as tumbas. O lugar agora está cheio de gente. Passo por todas aquelas belas garotas judias, com suas longas pernas bronzeadas e pequenos quadris adolescentes, alças de sutiãs brancos e rabos de cavalo frisados, que parecem espuma de cerveja e algodão-doce. E seus colegas, garotos rosados com os cabelos raiados de sol, bonés de beisebol e jeans rasgados, gingando ao som de suas músicas favoritas, abaixando-se enquanto manejam rusticamente suas pás.

Eles vêm da América do Norte, do Sul da África, da Europa e da Austrália, como integrantes de uma viagem do tipo "Experiência em Israel". As escavações são apenas parte de sua "experiência", junto com o Mar Morto, a escalada do Masada e a prática de canoagem no rio Jordão.

Meu encontro com os Barakat logo vai virar história, junto com todas as poderosas civilizações que, aos montes, repousam no solo abaixo de mim. Não há fantasmas, penso comigo mesma. Eu costumava

Mais **Forte** Que a **Morte**

acreditar neles. De fato, a maioria de meus colegas da pós-graduação, secretamente, queria acreditar. Tínhamos estudado arqueologia psíquica ou "procura", que é o uso de capacidades psíquicas para localizar áreas de escavação e identificar objetos. É algo desprezado pelos especialistas de campo, ridicularizado, da mesma forma que os astrônomos escarnecem dos astrólogos. A ideia de ser capaz de receber impressões clarividentes de objetos, para a prática de "retrocognição", observando o passado, é absurda para um cientista.

Volto para a urna funerária da criança de três mil e setenta e dois anos e desenrolo a lona verde que havia colocado nela no final do dia. Há regras muito rígidas sobre enterros na lei judaica. Perturbar os mortos é um tabu. Eu assopro o recipiente e levanto uma camada de poeira que retorna para mim. Os antigos israelitas não enterravam suas crianças em jarros. Essa era uma tradição do povo de Canaã; assim, seu esqueleto podia ser estudado. Quando me ajoelho, imagino como a mãe desta criança se sentiria a respeito da catalogação do filho. "Tenho certeza de que seu bebê era muito bonito", eu sussurro para o calor escaldante.

Introduzo um pincel delicadamente dentro do jarro e recolho os ossinhos. Penso a respeito de minha história bíblica favorita, que é toda contada em um só verso, no Segundo Livro dos Reis. Não muito depois que meu pai morreu, copiei o versículo junto com um desenho para o padre Chuck. O verso conta como uma família, caminhando para enterrar um homem, subitamente percebe que há bandidos pelo caminho. Os parentes jogam o corpo na próxima tumba, que era do profeta Elizeu, e saem correndo para garantir sua segurança. Assim, não permaneceram tempo suficiente para observar que, ao entrar em contato com os ossos mágicos de Elizeu, o cadáver imediatamente voltara à vida. Em minha ilustração, eu desenhei um homem com um grande rosto feliz, cabelos pretos espetados e uma gravata exatamente igual à que minha mãe tinha pego para eu dar a meu pai, apenas um ano atrás — verde, com zigue-zagues marrons. O homem estava saindo de um túmulo. Corações e estrelas brilhantes girando ao redor dele mostravam como ele estava alegre por estar vivo de novo. Sua boca estava entreaberta, como se estivesse prestes a cantar uma canção de agradecimento. Mas bem atrás dele estavam três ou quatro homens rabiscados com traços leves, levantando espadas ensanguentadas e machados, prontos para massacrar o ressuscitado tão logo ele tocasse o chão. O padre Chuck o manteve em um arquivo que intitulou de "Novo *Novo* Testamento de Page Brookstone".

Largo o pincel e procuro dentro do jarro, com dedos trêmulos, para tocar delicadamente um ossinho menor que um palito de sorvete, vergonhosamente esperando que eu pudesse, naquele exato momento de contato, conquistar a perpetuidade.

III

Tenho lutado contra os demônios do precipício. Tenho dormido com uma pedra por travesseiro. Eu tenho amorenado a minha pele sob o sol, curado meu destroçado estado de paixão. Mas no instante em que te vejo aparecer saindo de nuvens de poeira, sinto a doença tomar conta de mim novamente, agarrar o meu coração e roubar minha respiração. Estou doente de ti! Doente de amor! Nunca mais quero estar sonolentamente saudável. Em vez disso, deixe que a dor e a saudade me invadam. Deixe-me queimar.

O PERGAMINHO DE ANATIYA 7:10-14

"O que os trouxe à nossa pequena escavação?", Mickey pergunta, segurando uma cerveja com a perna. Suas calças estão manchadas com círculos molhados, marcados pelo descanso da cerveja a cada gole. Estamos sentados na sala de estar, com um prato de pão árabe e homus sobre a mesa de café. O lento ventilador de teto ajuda muito pouco nesta noite calorenta de junho. Orna traz duas tigelas, um com pistaches e outra com cerejas,

"Onde está Norris?", pergunto. Arranco a bandana da cabeça e deixo os cabelos soltos. Um gole de minha cerveja envia uma baixa voltagem para todo o meu ser — estremeço e sinto os ombros se soltarem. Orna se senta e se aninha em seu marido. "Saiu com uma de suas amigas", ela diz.

Eu me inclino na cadeira e tomo outro gole, deixando-me relaxar completamente.

"Eles realmente querem ajuda", digo. Lembro do ligeiro tremor nas mãos de Ibrahim, quando ele pediu à esposa que entrasse no carro. "Eles insistiram que há espíritos na casa deles. Pareciam tão agradáveis. Eu me senti mal por eles."

"Uma casa mal-assombrada!", Orna diz. Ela se aconchega a Mickey e acrescenta: *"Aizeh* ta'anug", que encantador.

"Naima e Ibrahim Barakat", eu digo, segurando a cerveja contra minha bochecha e rolando-a para a frente e para trás. "Ele veem esses fantasmas, basicamente, fazendo amor em sua casa. Uma coisa seria se apenas um deles tivesse uma imaginação fértil, mas ambos acreditam nisso. E dizem que têm diploma universitário. Eles parecem ser pessoas inteligentes, só que veem fantasmas se acariciando pela casa inteira."

"Os fantasmas foram para a universidade?", Orna pergunta, provocativa. "O que eles estudaram?"

Mickey afirma: "Eu tinha notado isso. Você disse que eles são árabes e foram para a universidade; então, com certeza, estão bloqueados e confusos entre os mundos da tradição e da modernidade. Tiveram uma formação reprimida e foram educados com uma mentalidade progressista e agora estão atrapalhados com a culpa. Vou lhe dizer o que são aqueles fantasmas: manifestações de vergonha".

Orna diz: "Eu acho que eles estão com sorte! Têm uma vida repleta de ativa fantasia. Eles são atraentes?".

"Muito", respondo. "Têm aquelas sobrancelhas que se juntam como uma andorinha contra o sol e aqueles indignados olhos verdes, como uma embalagem de chocolate *After Eight*

"Nossa", Mickey fala, "talvez você tenha sido flechada por um dos cupidos deles."

"E ela tem traços muito bonitos", eu continuo, e quando Mickey toma um trago, acrescento: "delicada como um creme."

Mickey cospe sua cerveja em um jato e Orna dá um salto, exclamando: "Deus do céu, Mickey", enquanto ele fica bufando de tanto rir. "Creme!"

Orna se limpa, balançando a cabeça, e então diz: "Epa... espere. Ibrahim Barakat. Esse nome parece familiar".

Levanto para trazer meu *laptop* enquanto Mickey continua falando, indiferente a quem esteja ouvindo: "A psicometria é a capacidade de receber lembranças ligadas a um objeto ou lugar, quando uma pessoa entra em uma casa e sabe que algo terrível aconteceu ali, no passado, por exemplo. Há pessoas que dizem que podem evocar a imagem de alguém que viveu em determinado quarto ou possuía alguma coisa. Elas pegam as impressões físicas deixadas ali, mesmo recordando os pensamentos daquele alguém que esteve ali".

"Isso é loucura", diz Orna.

"Eu não sei; talvez", Mickey responde. "Você alguma vez já leu sobre Frederick Bond? Aquele que foi contratado pela Igreja da Inglaterra para escavar as ruínas da Abadia de Glastonbury? Bond pediu ajuda a John Allen Bartlett, que praticava 'escrita automática'. Bartlett descansou sua caneta sobre o papel e limpou a mente, deixando os falecidos escreverem através dele. Eles invocaram os espíritos da abadia e estes transmitiram desenhos em latim e inglês. E encontraram tudo exatamente como indicavam os desenhos."

Eu sentei, ligando meu computador. "Mas Bond era um especialista em igrejas medievais", digo. "Ele já havia estudado os mapas, planos e desenhos da abadia antes de consultar Bartlett. Não é como se ele fosse um sapateiro. E quando a igreja descobriu seus métodos, ele foi excomungado... Hei! Aqui está ele, Ibrahim Barakat! Nossa, é um advogado de direitos humanos."

"Sim, é isso mesmo!", Orna fala. "Ele esteve no noticiário há alguns anos."

"Aqui está", digo. "Ele representou os acadêmicos palestinos que foram sentenciados à prisão perpétua por protestar contra a OLP

(Organização para a Libertação da Palestina). Aqui está uma foto dele. Como é que ele poderia ser louco?"

Mickey prosseguiu em sua própria linha de pensamento. "A verdade é que as muitas pessoas usam, de fato, a escrita automática e criam grandes obras de literatura, música e arte. Elas afirmam que espíritos de grandes artistas e compositores estão completando seus trabalhos através delas."

"Sim", Orna diz, "mas o simples fato de eles afirmarem isso não significa que estão, realmente, canalizando espíritos. Eles podem estar apenas meditando e entrando em seus recônditos criativos. O mesmo pode ser dito sobre o poder do tarô, que nos conduz a coisas que havíamos sepultado em nós mesmos."

Mickey observa Orna por alguns momentos e fala: "É daí que eu a conheço: você era aquela cigana que vivia em minha esquina, lendo a sorte de todo mundo por um rublo".

Orna belisca a pele do braço dele e Mickey estremece de prazer e dor. "O que...", ele protesta, "ela era exótica!"

"Aqui diz que ele foi o advogado do caso Basil, em noventa e oito", eu informo, percorrendo algumas páginas. "Algo sobre punições por casas demolidas."

"Foi onde eu ouvi o nome dele", diz Orna. "Foi um grande caso."

"A arqueologia psíquica tem sido usada para encontrar lugares no mundo inteiro", Mickey divaga entre uma e outra mastigada de pistaches.

"Mas eles fizeram testes, colocando objetos em caixas e pedindo às pessoas para dizer o que havia dentro. Não é diferente de adivinhação", argumenta Orna. "E em vez de alargar o panorama, esses métodos apenas aumentaram a carga de responsabilidade do restante de nós."

Levo em consideração as palavras de Orna e depois reflito: "Mas foi interessante. Saindo do bosque de oliveiras e das névoas da manhã, aquelas duas pessoas subiram até onde eu estava. Sem nenhuma apresentação, nem verdadeiro esforço para me convencer, elas queriam alguém para escavar sob a sua casa porque viam fantasmas. Com tudo isso, na internet, sobre ele, deve ser uma pessoa extremamente bem-formada". Eu penso por um segundo. "E, honestamente, toda vez que uma pá cavoca o chão, não está ali um pouco desse parece-um-bom-lugar e será que esse sentimento não é uma impressão psíquica?"

"Ou esperança", diz Orna.

"Qual é a verdadeira diferença entre esperança, intuição e fé?", pergunto.

"A esperança é sempre positiva", Mickey responde, chacoalhando pistaches na mão. "A intuição é objetiva. A fé é uma combinação de ambas", complementa.

Orna olha subitamente para mim, como se tivesse feito uma descoberta. E diz: "Você está procurando um jeito de sair de Megido", e então fica vermelha, embaraçada por dizer o que eu estava pensando. Mickey olha para ela, como se medisse as palavras, e, depois, para mim.

"Não", eu afirmo, olhando para o meu *laptop*, em vez de encará-los. "Não, definitivamente não. Megido é ótima. Vejam, eu encontrei Naima Barakat; ela tem um diploma de Oxford!"

"Você está querendo ir embora?", Orna pergunta tranquilamente, desta vez com mais convicção.

"Bem, eu não vou embora para furar alguns buracos no assoalho de alguém, só porque tiveram um pressentimento." Eu rio e pego um pouco de homus, com um triângulo de pão árabe. "De fato!"

Mickey ainda está me contemplando. Ele diz: "Eu acho que a senhora Creme e o senhor Olhos de Menta lançaram um feitiço em você!".

Norris chega em casa. Há cinco garrafas sobre a mesa e uma no chão, ao lado da minha cadeira. Ele desabotoa a camisa e senta em sua cadeira de couro, levantando os pés. "Falei com Ramon hoje. Gente, vocês deveriam ouvir as histórias que correm por aí sobre aquele casal. Sabem que eles visitaram uns dezesseis sítios de escavação, no mínimo?"

Esse fato me deixa momentaneamente enjoada. "Se eles têm tanta certeza, por que não fazem isso por conta própria?", pergunta Mickey. "Estou certo de que isso acontece no quintal das pessoas por todo este país."

"É o que Ramon falou para eles! Ele não ficou fazendo rodeios. Disse-lhes que não tinham o direito de vir ao nosso lugar de trabalho e começar a falar sobre fantasmas pornográficos, esperando que as pessoas tenham algum nível de respeito por eles quando terminam de falar. O que é que eles pensam? Que um de nós vai largar tudo, abandonar uma escavação extensa, historicamente significativa e bem patrocinada, e formar uma equipe para limpar um porão? É um absurdo. *Museus* estão lutando por nossas coleções e agora eles querem que a gente se envolva numa delas sem ter recursos para isso?" Ele ri e aponta para mim. "Eu garanto que você foi muito simpática."

Penso na pergunta de Mickey — por que eles não fazem isso por conta própria? — e, subitamente, imagino que não é por serem pouco razoáveis, mas por acreditarem na cordialidade dos profissionais. Talvez estejam pedindo ajuda por respeito ao campo. "Quem sabe eles apenas queiram que um profissional vá até a casa deles e, se disser que não há nada ali, então vão desistir. Quem sabe seja por deferência à arqueologia que eles venham até nós."

Norris levanta as mãos no ar e, ao mesmo tempo, pressiona o assento para trás, de maneira que fique mais reclinado. "Como eu disse, legal demais! E um pouco densa", ele bateu na cabeça com o dedo. "É esse tipo de pensamento que leva as pessoas a se interessar mais por maldições de múmias do que pela história verdadeira."

A doçura que eu sentia enquanto estava ali com Mickey e Orna, momentos atrás, começa a azedar. "Não foi você quem disse: 'Acontecimentos miraculosos nem sempre podem ser descobertos por meios profanos'? Não foi você quem me ensinou que a ciência e a fé eram como o corpo e a alma e que a arqueologia bíblica era, essencialmente, um campo relativo à integridade?"

"Você sabe, Page, às vezes você é uma idiota. Aquilo foi uma palestra. Uma palestra de quinze anos atrás. A arqueologia bíblica é um monte de coisas para um bocado de gente, mas não se trata de uma maldita sessão espírita. Jesus Cristo, se eu tiver de ouvir algo de novo sobre aquela conferência vou ficar apoplético."

"Calma, Norris", diz Mickey. "Nós só estávamos bebendo umas cervejas e batendo papo aqui. Não há razão para se irritar."

Eu levantei e fui embora, certa de que Orna estava me observando quando saí porta afora em direção ao meu quarto no final do corredor.

IV

Querido Senhor, em vossa sabedoria o senhor entende essa jovem, cuja vida não passa de um sonho esquecido, cujo coração é uma urna destroçada. Recolha essas peças, Senhor misericordioso! Encaixe-as em um mosaico no chão do Templo e deixe os altos sacerdotes pisar em meu desejo. Eu não sou senão pó, meu Senhor. Varra-me! Varra-me, em vossa bondade, para dentro do Eterno Divino!

O PERGAMINHO DE ANATIYA 9:17-19

É sábado de manhã e os Barakats e Norris devem estar dormindo. O sol ainda não surgiu quando saio de casa, colocando a bandana nos meus cabelos. Paro por um momento, ouvindo um pássaro escondido em algum lugar do verde perene acima de mim. Respiro profundamente. Jogo minha mala de rodinhas no banco de trás e ligo a ignição. O som parece invadir o mundo antes de se transformar em um ronco suave.

Abro a janela e coloco a cabeça para fora, enquanto dirijo. O vento agita minha bandana e eu sorrio. O céu está raiado de vermelho e cinza e posso ver os faróis de alguns motoristas madrugadores ao longo da suave ondulação dos campos. Fileiras e fileiras de girassóis do outro lado da estrada permanecem voltados para a mesma direção, com suas cabeças viradas para baixo, como exilados marchando para longe de casa. Logo o sol vai se levantar e todos eles vão levantar essas cabeças, reluzentes crinas douradas, em júbilo como exilados retornando.

Dirijo em direção a uma praia em Haifa, estaciono o carro e caminho tranquilamente para a beira-mar. Sento na areia fria com os joelhos dobrados sob o queixo, olhando para a água colorida. A praia está vazia. Há um helicóptero a menos de um quilômetro da costa, cujo barulho é abafado pelo bater das ondas. É um holofote brilhando sobre o oceano e fico me perguntando o que será que eles procuram e, então, me apavoro com a ideia de ficar perdida no mar. Eu me imagino remando, exausta, sobre as marolas, e vendo aquele facho de luz perscrutando a superfície das profundezas, mais perto e depois bem longe, iluminando um trechinho das águas revoltas à minha procura. O anjo mecânico pende para o lado em um exasperado dar de ombros e se desloca em retirada com um giro. Involuntariamente, penso: *Quem vai me encontrar, agora?*

Fico aqui a maior parte do dia. A praia se enche de pessoas e o ar do oceano me faz bem. A brisa do mar Mediterrâneo é deliciosa em minha pele. Quase no final da tarde, ainda sinto que não desejo retornar a Megido. Será que imagino que aquela urna funerária infantil de três mil e setenta e dois anos descoberta por mim estará repleta de respostas?

A certeza do *não* me enche de tristeza. Parece que poderia abrir um túnel em linha reta, no interior da terra, perfurando habilmente e peneirando com agilidade ao longo das sete camadas sedimentares dos círculos de Dante, até sair do outro lado como uma mulher velha, rodeada de jornalistas a perguntar: "Você é a primeira pessoa a atravessar o interior do planeta. O que encontrou?". E eu, segurando tristemente uma lamparina de óleo e um jarro, diria: "Isso é tudo. Isso é tudo o que sempre esteve sob o sol".

Faço uma reserva em um hotel de Jerusalém e entro no carro, limpando a areia dos pés antes de fechar a porta. É fim de semana, posso fugir por um curto espaço de tempo. Ligo para Orna e aviso que vou tirar um ou dois dias de folga.

Eu amo Jerusalém, profunda e irracionalmente. É uma cidade que parece uma pequena coroa de ouro claro. Como o provador que pode detectar, no vinho mais suave, a presença sutil do carvalho, a amargura do miolo de amêndoa, o tom frutado profundo e o aroma da grama verde, o arqueólogo sensível pode perceber, na cidade de Nova York, os indícios de nativos ingênuos, os sinais de primatas fossilizados impressos na torre do edifício State Building, ou os restos emplastados de linchamentos sob o Washington Square Park. Um arqueólogo sensível talvez possa perceber sinais de vibração sob as ruidosas avenidas de Nova York, mas em Jerusalém uma pessoa não precisa de uma sensibilidade muito cultivada.

Certa vez, quando estava no colegial e meu pai ainda vivia, minha família viajou para a Jamaica. Enquanto estivemos lá, fomos de jipe ao lago mais belo, azul e imaculado que jamais vira. Pequeno, mas o guia explicou que era muito mais profundo do que poderíamos imaginar. Tinha quilômetros de profundidade, ele afirmou, porque aquele lugar era, de fato, a cratera de um vulcão extinto. Nadar ali era deliciosamente desconcertante e eu fiquei imaginando que mística ou pré-histórica criatura poderia subir à superfície e me devorar em duas porções. Assim é Jerusalém. Pequena, mas abarrotada. Seus arcos romanos e fundações heródicas se aprofundam na terra até um ponto onde, algum dia, corria lava. Houve uma época em que os templos daqui atraíam multidões de peregrinos, comerciantes de especiarias vindos de todos os destinos conhecidos, orações entoadas guturalmente, como fogo que se lança pela boca, guerras eclodiam e maníacos e missionários — populações de todo tipo, deslocadas à força — pulsavam e ofegavam a apenas uma camada de pó sob os pés dos soldados adolescentes, jovens mães, lixeiros e carteiros que habitam a cidade moderna. E, então, aqui estou eu, comendo minha salada gigante de espinafre, queijo de cabra, azeitonas e tomates secos, embaixo de um guarda-sol em um café ao ar livre. Esta pequena

Mais **Forte** Que a **Morte**

aldeia no topo da montanha pequena sempre me parece a maior cidade da Terra — o cordão umbilical através do qual Deus alimenta o ventre do mundo.

Ligo para a minha melhor amiga, Jordanna, em Connecticut. Jordanna está bem em sua terceira gravidez. Posso imaginá-la, os lábios sensualmente fartos e seus cabelos escuros, cor de café, muito brilhantes. Seus olhos estão no extremo oposto do azul dos meus, os delas próximos ao azul-escuro da planta mirtilo, os meus, ao azul do céu. Seus óculos fazem com que pareçam duas vezes maiores. Olho para mim mesma, no retrovisor, e percebo que o sol avermelhou meu nariz e minhas bochechas.

"Buuuuuuu!", falo quando ela atende.

"Page, é você! Oi! Onde está?", ela pergunta.

"Estou indo para Jerusalém. Passando pela estrada. Gostaria que você estivesse comigo", digo. Quando eu decidi deixar a faculdade de teologia, eu já havia me afastado das duas coisas que seriam as mais importantes da minha vida — meu conhecimento da Bíblia e minha amizade com Jordanna. Ela fazia pós-graduação em hebraico e aramaico, na época em que eu estava mergulhada na teologia. Nós logo ficamos amigas e compartilhamos um apartamento por dois anos, ignorando sistematicamente nossos namorados do mês por longas noites juntas, debruçadas sobre os textos que amávamos.

"Você está indo ver Itai?", ela diz. Soa como se pudesse estar ali no carro, comigo.

Eu rio. "Você se lembra que Itai e eu rompemos há três anos e que ele está casado?"

"Lembro", ela responde, "mas algumas de suas melhores histórias são de quando você estava com Itai." Eu penso na primeira vez que o vi. Ele era forte, sólido e atarracado. Seus olhos eram bem separados e de um verde bem escuro. Tinha queixo quadrado e bochechas profundas, que pareciam deixar sua boca entre parênteses. A família era iemenita e ele tinha uma exótica pele cor de oliva, cabelos pretos, que me despertavam o desejo de aprender a pintar. Na época, ele era um especialista em tecnologia da informação e trabalhava, principalmente, em agências governamentais. Ainda não tinha se tornado o diretor de pesquisas e escavações do Departamento de Antiguidades, como agora.

"Eu soube recentemente que a esposa dele estudou linguística em Colúmbia, como aluna de intercâmbio, durante os mesmos anos em que estive lá", eu conto.

"Ele se casou com uma versão israelita de você", ela comenta. "Estava tão apaixonado por você. Devia ter lutado por ele." Jordanna raramente edita seus pensamentos e tende a compartilhar sua convicção, sobre a maneira de fazer as coisas, como se não houvesse, de forma nenhuma, um outro jeito correto.

"Eu senti algo como amor, por algum tempo", concordo, e então faço com que ela se lembre, "mas ele se sentia culpado por ter-se enamorado de uma americana e uma cristã, na época, e começou a se afastar. Eu sempre tive a clara sensação de que Israel era como se fosse a outra mulher em nosso relacionamento, como se ela estivesse esparramada no assento traseiro toda a vez que a gente saía, com longas pernas douradas, uma corrente elegante ao redor da cintura, a pele bronzeada — lânguida como uma pantera. Seus cabelos negros e lisos cortados como os de Cleópatra. Seu queixo descansando nas costas da mão, olhando a paisagem, olhos preciosos entediados por minhas tolices."

"Sei", diz Jordanna, habilmente, "foi a sua *imaginação* que ficou entre você e Itai."

Usualmente, nossa dinâmica é que eu retruco quando Jordanna me desafia a respeito das decisões que tomo, porém estou cansada. Eu apenas digo: "Eu chorei um pouco por Itai", e encolho os ombros, olhando para fora, quando passo por uma cintilante paisagem prateada de uma fazenda de peixes. "No máximo, por alguns meses."

"Você sente falta dele?", Jordanna pergunta, com uma ponta de esperança.

"Sim, às vezes", admito. Jordanna conta: "Eu li um texto, outro dia, dizendo que um coração deprimido é como uma tigela virada para baixo. Não pode conter nada. Mas um coração partido é como uma tigela virada para cima, apenas lascada. E continua afirmando como é melhor ter um coração partido do que deprimido, porque mesmo com uma rachadura o recipiente ainda é capaz de receber e segurar." Um grupo de jovens soldados, na parada de ônibus, acena para mim, procurando conseguir uma carona. Alguns deles podem ter metade da minha idade. "Então, fico feliz ao ver um coração se deslocar, de deprimido para partido."

"Eu gostaria de poder dizer que estou com o coração partido, se isso lhe agrada", digo, "mas temo que eu só esteja entediada. Entorpecida e chateada."

Jordanna ri delicadamente, mas não diz nada. Dou uma olhada em meu retrovisor, na direção da parada de ônibus atrás de mim, e vejo os soldados fazendo sinais para o carro seguinte.

"Você está lá em cima, no porão?", pergunto. Imagino o estúdio onde ela trabalha. Está pintado de branco e as vigas do telhado têm desenhos azuis contínuos, como o padrão da borda de um prato Staffordshire Willow. Há um sofá-cama encaixado entre a parede e o teto bastante inclinado, sobre o qual ela se recosta quando enfrenta um texto difícil, deixando que as linhas se reorganizem em traduções. Acima de sua mesa há uma pequena janela redonda, com vista para um longo aclive na floresta.

"Sim", ela diz. "Sentada em minha mesa."

"Leia para mim a última coisa que você traduziu." Hoje, sua janela poderia estar enquadrando um tapete de pelúcia verde. No outono, as árvores se acendem, como se estivessem pegando fogo. No inverno, a floresta é como uma bola, vestida de marta branca, dedos cheios de gelo.

"Hum... tudo bem, é um poema escrito por uma mulher ultraortodoxa, Basya Kaplan. Ela expressa uma nostalgia e uma sensibilidade incomuns. Muito simples. Ouça. Eu não tenho a métrica bem correta, mas amo a imagem: *Se você está procurando por Deus, não se preocupe. Ele não está ao redor. Ele não está em cima. Ele não está embaixo ou no interior ou no exterior. Ele não está além, dentro ou sob. Se você está procurando por Deus, fale comigo. Levante os olhos de seu livro de salmos, uma vez só, e veja sua esposa. Eu sei onde ele está, Mendel. Ele está entre nós."*

"Interessante." Eu sorrio. Gosto quando Jordanna lê para mim. "Não sei como me sinto a respeito. É doce. Tradução é tudo o que todo mundo pensa que seja a arqueologia. Você entra nos pensamentos de poetas perdidos e eu apenas tiro o pó de suas caveiras."

Jordanna dá risada. "Tradução é algo muito entediante. Nem sempre você gosta do autor que está traduzindo e às vezes eu trabalho durante meses sobre códigos legais, que me chateiam a ponto de me fazer chorar."

"Sem poeira nem horas de calor e fome nem sede, meses infrutíferos, mendicância por doações, viagens de longa distância, unhas sujas."

"Mas você tem de ser tátil. A tradução tem sido descrita como beijar uma mulher através de um véu..."

"Ao menos você pode enxergar o fim do tédio. Tem certa quantidade de texto para concluir e, depois, se debruça sobre algo novo. Eu não tenho ideia de onde termina o meu trabalho. Em que ponto eu encontrei peças suficientes para concluir o quebra-cabeça e o que é, afinal, o quebra-cabeça. Não há criatividade no que eu faço. Tudo se reduz a mecânicas consagradas. Você realmente se torna parceira desses pensadores. Você toma decisões ativas e criativas, e, dessa forma, se imortaliza com as palavras que traduz."

Jordanna ri de mim, porém com afeto. "Você não muda nunca, Page", diz, e eu fico imaginando o que foi que disse para que ela dissesse isso. "Nunca serei capaz de convencer você de que tudo o que eu faço tem a ver com moderação. Criatividade é traição, em meu trabalho. De fato, a maior parte do tempo você se sente como nada além do que uma estenógrafa."

Começo a sentir câimbras nos ombros. Eu os pressiono para trás e mudo a posição das mãos no volante. Há muito deslumbramento na vida de Jordanna, penso comigo mesma. Quando os códigos legais a entediam às lágrimas, ela desce as escadas para se divertir com as travessuras dos filhos. Ela não termina um dia aborrecido com eu, sozinha, sem um final em vista. E então eu me lembro dos Barakat. Conto a ela sobre a visita deles e sobre sua convicção de que a casa é mal-assombrada por fantasmas amorosos.

"Com certeza isso a encantaria. Você sempre esteve procurando por fantasmas." De alguma forma, eu já me acostumei às justificadas agressões de Jordanna, mas estou me sentindo vulnerável por causa da noite passada com Norris. O comentário dela me alerta sobre meu vazio e carência. Fico quieta por um instante, depois digo, olhando para fora da janela: "Talvez eu seja um fantasma".

A minha sombra dentro do carro se alonga pela estrada, como se eu corresse. "Estou me afastando de Megido por alguns dias. Talvez esteja tentando voltar à vida."

"É por causa de Norris? Ele ainda está implicando com você por não estar loucamente apaixonada por ele?"

Eu sorrio diante da ideia de que ela pensa que minha vida é cheia de aventuras, quando, na verdade, é o oposto. O interesse dela pela minha experiência é mais profundo que uma curiosidade indireta. Como uma mulher judia, repleta de laços familiares com Israel, ela é quem deveria ter vindo para cá, enquanto eu deveria ter ficado morando nos subúrbios de Nova York. "Você tem esse jeito de traduzir o mais entediante de meus dias em uma espécie de drama", eu digo. "A verdade é que estou me sentindo miserável aqui. Estou me enterrando viva. Estou apenas cavando minha própria sepultura, cada vez mais funda, construindo minha tumba sob o sedimento. É onde vou jogar a toalha, sob uma laje de pedra, com moedas e fragmentos de ossos espalhados sobre meu corpo. Dia após dia, o calor do sol vai derreter camadas de mim, até que não seja mais do que um couro enrugado com uma expressão medonha."

"Arrrrg, Page, pare. Como é que você pode ficar com isso girando em sua cabeça o tempo todo? É horrível! *Você* tem essa maneira de ficar traduzindo tudo nesse discurso de autopiedade, sobre uma pobre garota sem papai."

"Nossa... de fato", eu digo, me preparando para que ela se atirasse em cima de mim.

"Você é uma mulher incrivelmente poderosa", ela está dizendo. Um caminhão de melancias passa devagar ao meu lado, enquanto ela continua a falar, e o motorista, viscoso, paquerador, sorri olhando para baixo, em sinal de apreciação. Minhas pernas se sentem nuas demais. O caminhão vai embora. "Você é uma das mais jovens supervisoras de uma escavação bem patrocinada. Você é linda. Pode fazer qualquer coisa, ter qualquer pessoa. Poderia largar seu trabalho, se quisesse! Deixar até mesmo Israel, na verdade. Procure outra coisa, se está tão desiludida com essa. O que está prendendo você aí?"

"Hummmm, vá em frente. Tenho certeza de que você não terminou." Um adesivo amarelo e preto, na traseira do caminhão, afirma em hebraico que o Messias está a caminho. Uns cinco quilômetros antes de chegar a Jerusalém, um pouco antes da subida para a cidade, vejo uma pequena placa verde com a mesma palavra escrita em hebraico e árabe: Anatote/Anata.

"Você tem esse costume de desvalorizar tudo o que faz. Em seu funeral, eu vou dizer como você é, mesmo, de verdade. Vou gritar, lá do assento traseiro: 'Page Brookstone era uma loira bombástica. Linda!' Vou destruir esse mito que você criou sobre si mesma. Vou dizer, claramente, para que todos entendam: 'Page era tudo isso. E eu a amava.'"

De repente, preciso dar risada. E faço um desvio em meu caminho, ouvindo Jordanna falar de mim depois da morte. Em um sinal de parada, bem diante do meu carro, uma pequena coruja branca voa de um abacateiro onde passou o dia.

"Eu magoei você?", ela pergunta, subitamente arrependida, e eu rio mais ainda.

"Não, com certeza, provavelmente você tem razão." Ficamos caladas por um momento. "Eu quero ser feliz. Não estou muito certa de que lembre como. Eu era muito espontânea quando criança e depois parei de ser. Durante toda minha vida, houve esses momentos em que eu me questiono, devo ou não devo?, e quase sempre disse a mim mesma que não devia e não fiz. Mas, uma vez ou outra, quanto sinto que fiquei tempo demais mergulhada em minhas águas entorpecentes, e a ofegante baleia em mim precisou subir à tona para uma imediata tomada de ar, disse a mim mesma que não devia e não fiz."

"Eu me lembro de alguns desses erros", diz Jordanna. "Alguns deles eram bem bonitos. Especialmente Devon. Você se lembra de Devon, o assistente de arte? Com a tatuagem de serpente?"

Eu diminuo a velocidade no posto de fiscalização de Anatote. Digo: "Às vezes eu sinto que minha própria vida depende disso."

"Do quê? Da tatuagem de Devon?"

"De subir à tona para tomar ar." Uma mulher militar, que provavelmente poderia usar uma pulseira como cinto, vem em minha direção.

"De fato." E depois de um momento: "Onde é que você está, exatamente?"

"Vou visitar os Barakat, em Anatote, para ver se há ou não algum fantama. Para me divertir. Por curiosidade. Apenas fazendo algo diferente."

"Fantasmas, em vez de sepulturas, bem, ao menos você está subindo", ela diz, e, então, afirma, me encorajando: "Realmente, eu acho que é uma boa ideia. Você *deve* ir a Anatote. Quebre sua rotina e depois, quem sabe, considere a possibilidade de voltar para casa. Seu apartamento está esperando por você, um lindo ninho com uma bela vista. E sua mãe. E eu".

V

Ah, ser aquela ovelha dócil levada para o matadouro sem saber!...
Melhor essa distração contente do que esta coisa mortal
e lenta empunhando sua espada como um raio de sol
escorregadio sob nosso queixo.

O PERGAMINHO DE ANATIYA 15:24-26

Anatote, apenas uns cinco quilômetros a nordeste de Jerusalém, hoje é considerada um assentamento judeu. Ao longo do tempo, oscilou entre ser anexada a Jerusalém e manter-se como território ocupado, decidindo por esta segunda opção há poucos anos. Como diversas cidades nos territórios, o assentamento fica lado a lado com uma cidade árabe de mesmo nome, ambas disputando a legitimidade. Anatote, uma cidade onde cerca de 170 famílias judias vivem em edifícios de apartamentos e em algumas casas particulares, é separada de Anata por uma estrada interditada, uma cidade com um número ligeiramente maior de famílias árabes, que vivem em casinhas próprias. Estou acostumada com as referências a Anatote, no Livro de Jeremias, que a considera seu lugar de nascença. Sei também que há outras citações de cidades com nomes parecidos, mas que, provavelmente, são as mesmas, Alamet, em I Crônicas, e Al-Mut, no Livro de Josué.

Anatote é mais verde do que eu imaginava. Há ramos de videira descendo dos apartamentos. Quando passo para Anata, tudo muda, as casas são rústicas e quadradas, construídas informalmente, mas não por profissionais. Os lençóis brancos, pendurados em fios de varal em Anatote e Anata, acenam alegremente uns para os outros ao longo da fronteira, alheios à controvérsia.

Abro minha janela e pergunto a um homem sentado na calçada se ele pode me indicar onde é a casa de Naima e Ibrahim Barakat. Ele olha para o lado e não responde. Dirigindo um pouco mais adiante, vejo um menino jogando futebol no jardim com um irmão mais novo e chamo por ele, saindo para fora da minha janela. Ele me diz que fica bem no fim da rua. A casa com flores na janela. "Mas", ele alerta, "não é bom ir lá." E então ele levanta os braços, com os dedos da mão virados para baixo, e faz *buuuuuus*, como um fantasma. Seu irmãozinho se agacha, dá risada, e o garoto faz ruídos de beijos.

"Mahmoud! Hassan!", eu ouço alguém chamá-los.

Dirijo meu carro pela rua, até a frente da casa dos Barakat. É uma residência pequena, de dois andares, construída de pedra calcária talhada com aquele típico telhado plano. Obviamente muito bem cuidada. Belas e bem aparadas eras se espalham pela fachada, cuidadosamente recortadas para enquadrar as janelinhas. Floreiras, em ambos os pisos, o inferior e o superior, estão abarrotadas de gerânios vermelhos. Muros de pedra delineam a pequena propriedade sem árvores dos lotes contíguos. É, de longe, a casa mais bonita da rua. Parece ser a residência mais charmosa de Anata, um pouco fora do lugar ao lado das casas em ruínas, nas quais faltam janelas e os jardins estão infestados de ervas daninhas. Uma passagem bem limpa, entre tufos arredondados de perfumados alecrins, leva à porta da frente.

Eu me aproximo da entrada dos Barakat, olhando para o tapete onde se lê Salaam em letras ocidentais. Há um sino de vento balançando no batente, soando como um ranger de colheres, garfos e facas. Estou nervosa e penso em Jordanna descendo as escadas para ajudar os filhos a se aprontar para a escola. Dentro de uma hora, o sol vai deixar este continente para reinar por lá. O fato de ela me abrigar em sua mente, mesmo estando tão longe, me conforta. Bato duas vezes na porta.

Ninguém atende. Bato algumas outras vezes e chamo pelo nome deles, mas está claro que não há ninguém em casa. Estou surpresa com meu próprio desapontamento. Provavelmente, é melhor que seja assim, digo para mim mesma, apesar de sentir uma estranha ansiedade de conhecer o que está lá dentro. Eu me sinto como uma viajante que tem um vago senso de estar deixando algo para trás, para perceber, depois de tudo, que se tratava da coisa mais importante. Mas, o que é isso? Em pé, ao lado do meu carro, coço a cabeça e fico olhando para a casa. Uma brisa inesperada sopra dos vinhedos e perturba os gerânios, que dançam para mim como barras de saia de bailarinas de flamenco.

As eras sobre a casa tremulam, o movimento das pétalas e o tilintar do sino de vento se complementam, como se a suave aragem tivesse espirais sonoras, transformando ondas de luz fora de lugar em uma claridade a tilintar. As cortinas de gaze balançam nas janelas superiores e, por um momento, é como se a casa inteira tivesse feito uma respiração profunda e, depois, tudo ficasse absolutamente parado.

Entro no carro e me dirijo à fronteira da cidade, por um caminho diferente daquele em que vim. Ao ingressar em Anatote, noto que há um pequeno quiosque anunciando Falafel, Cigarros, Frutas, Passeios Turísticos. Hesito em ir embora. Penso que poderia aprender um pouco sobre a casa de Jeremias. Ele é, de longe, o profeta mais interessante para mim. Com certeza, Ezequiel tinha as visões e, Jonas, a baleia. Mas Jeremias sabia como incubar, o que fazia dele uma alma gêmea.

"Você faz passeios turísticos?", pergunto, inclinando-me sobre o quiosque, a um homem que está tirando uma soneca sobre um saco de grãos, debaixo de um balcão. Ele desperta imediatamente.

"Sim, sim, com certeza!", diz o velho comerciante. Seu rosto é tão manchado e encarquilhado como uma casca de árvore. Ele tem um sorriso amigável.

"Há muita coisa para se ver por aqui?"

"Oh, sim, *arbeh lirot*! Você quer fazer um passeio? Belo dia para andar." Seu sotaque é pesado. Ele se aproxima, vindo detrás da barraca.

"O que há para se ver em Anatote?", pergunto, olhando ao redor.

"Bem, você conhece a Torá? Torá?", ele abre as mãos, imitando um livro. "Anatote está por toda a parte na Bíblia. Jeremias nasceu em Anatote. Eu lhe mostro a sepultura dele."

"Por favor. Mostre-me o túmulo dele."

"Cinquenta shekels", ele informa, encolhendo os ombros, como se fosse uma ninharia.

"Trinta", eu digo, barganhando apenas para que ele não pense que sou tola.

"Está bem, quarenta e cinco. Shuki! Você fica cuidando da loja, agora." Um jovem sai de uma casa e corre para o quiosque, a cabeça erguida, com responsabilidade.

O comerciante se volta para mim e pergunta: "Você quer suco, querida?" "Não, obrigada."

"Então, me siga." Ele pega duas garrafas de água de um balde com gelo e começamos a caminhar. "Você vê aquilo ali? Há uma pedreira, você sabe. Toda Jerusalém é feita de pedras daquela pedreira. Velhas, velhas pedras."

"*Toda* Jerusalém?"

"Tudo bem." Ele ri, enrugando os olhos. "E então, o que você é, uma professora? Então, nem toda Jerusalém, mas muito dela."

As pedreiras me fascinam. Eu tenho visto pedreiras em Israel que, inadvertidamente, desenterram pedras e tijolos de sítios arqueológicos desconhecidos, recondicionando-os para serem usados em construções modernas. Eu amo a ideia de que uma polida parede de banco foi, no passado, uma roda de moinho ou uma bancada em uma humilde casa ancestral.

A curta caminhada, de menos de um quilômetro, por uma estrada rochosa parece essencial. Chegamos a um mausoléu de pedra, com um teto abobadado. Há uma fonte de água do lado de fora da porta, onde uma pessoa pode lavar as mãos e pés antes de entrar. Uma senhora idosa oferece tiras de tecido azul, que uma mulher pode enrolar nas pernas, se estiver usando shorts, ou usar para cobrir os cabelos, conservando a modéstia no lugar sagrado.

"*Shalom*, Edna", meu guia cumprimenta a senhora.

"*Shalom*, Elazar", ele responde gentilmente.

Enrolo o pano em minhas pernas indecentes. Dentro do mausoléu, há duas freiras rezando, quatro judias recitando salmos e seis judeus em prece, balançando seus corpos como juncos em um vendaval — visivelmente sob o êxtase da fé. As mulheres estão em um dos lados do recinto, separadas dos homens por um cordão. Bem atrás da divisória, há um grande ataúde de pedra, envolto em veludo vermelho, bordado com brotos de ramos e versículos do Livro de Jeremias. Eu sei que esta não deve ser a tumba de Jeremias. O teto em forma de cúpula significa que, provavelmente, seja do primeiro período muçulmano — mas experimente dizer isso aos fiéis. Inclino a cabeça, fingindo devoção, e pronuncio intimamente uma oração para que o xeique beduíno enterrado neste local seja digno das homenagens prestadas pelos devotos.

Elazar e eu voltamos pela estrada até o quiosque. Vejo que há algumas pessoas sentadas na calçada, segurando copinhos. O garoto está colocando café neles. À medida que nos aproximamos, um dos homens me parece familiar e, antes que eu possa perceber que se trata de Ibrahim, ele fica em pé, dando um salto.

"Olá! Sim, olá!", Ibrahim grita, correndo pela rua. Ele me segura pelos dois pulsos. Estou surpresa com o seu toque e entusiasmo ao me ver. "Você está aqui para nos visitar? Tem fome? Sede? Naima está em casa. Não vá embora sem nos visitar. Iria partir o coração dela e o meu." Seus olhos verdes bailam sob os últimos raios de sol. Sinto meu coração disparar, pela pulsação ao longo do pescoço.

"Ibrahim, convide-a para tomar um café, também", sugere Elazar, dispensando Shuki de segurar a chaleira preta.

Num gesto de gratidão, Ibrahim pega minhas duas mãos e as leva aos seus lábios, dando um beijo na ponta de meus dedos unidos. Ele se volta para os três homens que estão na calçada e anuncia, orgulho-samente: "Uma arqueóloga americana", como se estivesse apresentando um espécime raro.

Um dos homens diz algo em árabe e os outros dão risada. Ibrahim não ri. Diz: "Sei o que sei", dirigindo-se a eles e a mim. Eles erguem seus copos fumegantes para nós e um deles fala para mim, em um inglês elegante: "Lembre-se, querida, nada do que ele diz é verdade, a menos que esteja sob juramento."

"Eu sempre estou sob juramento", assegura Ibrahim, fazendo um gesto de golpe na direção de seus amigos, para me mostrar que eles deveriam ser ignorados.

Sigo o carro de Ibrahim, dirigindo o meu. Ele continua gesticulando desenfreadamente para mim, da sua janela, temeroso de que eu vá embora.

Quando chegamos à casa dos Barakat, Ibrahim salta do seu automóvel e abre a porta do meu lado, antes mesmo que eu estacione.

"Nossa! Acalme-se", eu previno, desligando o motor. Posso sentir que minhas bochechas estão vermelhas.

"É Page, certo?", ele pergunta, enquanto me conduz até a entrada, segurando meu cotovelo. A camisa se revolve contra seus ombros fortes. "Naima! Naima!"

Naima abre a porta e, assim que me vê, grita de alegria. Eu sacudo meu braço para me livrar do apertão de Ibrahim. "Eu sabia! Disse a Ibrahim!", ela corre para mim e segura minhas mãos entre as dela, sacudindo-as vigorosamente. Ela é uns vinte centímetros menor que eu. Sem me soltar, ela diz ao marido: "Viu? Eu lhe disse que ela era diferente. Eu sabia disso porque você veio nos ajudar com o seu carro. Ibrahim estava muito alterado, não podia perceber. Você nos socorreu e então nos perguntou como é que eles eram!"

Ibrahim se inclinou e beijou-a suavemente nos lábios. Seus olhos faiscavam de orgulho ao dizer: "Você me falou".

Quando cruzamos os umbrais da casa deles, subitamente, fiquei triste por ter vindo. Sinto por eles, exultantes demais por me ver — suas faces até brilham. Sou a única especialista que eles têm e, realmente, vim apenas por uma história. Não acredito que haja algo diferente aqui. Honestamente, não estou disposta a escavar sob uma casa de estranhos. Talvez seja apenas o jeito de tentar conhecer pessoas, de sair do solitário assentamento e fazer contato com gente que os faça lembrar de seus amigos na universidade. Subitamente, penso no pai da minha mãe, cujas veias eram finas e difíceis de encontrar. Quando ele estava no hospital, chegando ao fim da vida, as enfermeiras levavam quase meia hora espetando-o repetidamente com aquelas agulhas. Os braços dele estavam cheios de hematomas, grandes manchas violetas e amarelas, mas não havia dúvida de que ele apreciava cada minuto. Para ele, ser tocado era mais importante do que o motivo do contato.

Posso ouvir Norris dizer, em minha mente, em tom condescendente: "Você foi visitá-los? Enlouqueceu completamente?".

A casa é bem agradável. Tem uma área de distribuição que conduz à escada. À direita fica a sala de jantar, com uma porta vaivém, que, presumo, leva à cozinha. À esquerda está a sala de estar. E eu sou imediatamente conduzida para lá.

"Tentei fazer algo por minha própria conta", Ibrahim explica.

O recinto é modestamente mobiliado, com um velho sofá encostado na parede, sob um pôster de um jardim inglês com portão. Do outro lado, contra a parede oposta, está um armário de carvalho com uma televisão, colocado diante de uma janela panorâmica com vista para o jardim. O que é notável, porém, é que entre o sofá e a televisão, bem onde deveriam estar um tapete e uma mesinha de café, o assoalho está revolvido. Alguém havia perfurado as tábuas com uma britadeira, chegando às fundações. Tacos soltos sobressaem ao redor de toda a vala, que parece ter quase três metros de profundidade por três de largura, com uma lona preta cobrindo o fundo.

Vou até a beirada. "Por que você não escavou no quintal? Teria sido bem mais fácil", eu digo, e depois mordo a língua.

"Por duas razões, de fato", Ibrahim fala. "A primeira é que, assim, posso trabalhar à noite — fecho as cortinas e ninguém sabe. A segunda é que jamais os vimos no quintal."

"Eles?", eu comento, olhando para baixo e então recordo. "Está certo, ele."

"Vamos até a sala de jantar", pede Naima, ainda segurando minha mão. Ela percebe que estou desconfortável. Noto que há um machado no canto do aposento. "Vou servir alguma coisa para comer. Você gosta de baklava? Foi minha avó que fez."

Eu estou apenas satisfeita por sair da sala de estar. Ver o chão escavado me fez ficar um pouco temerosa.

"Estou a caminho de Jerusalém", comecei a explicar. Sinto que eu mesma estou branca como um fantasma. Mas Naima é muito simpática. Ela me conduz à sala de jantar e Ibrahim nos segue. "Vou ficar lá por alguns dias."

"Fico muito feliz que você tenha parado aqui!", Naima diz com entusiasmo, gesticulando para que nós nos sentemos. Quando eu me sento, sinto um grande cansaço, como se tivesse carregado um peso enorme. Ela traz uma bandeja com baklava e um jarro de chá gelado. "Não sabemos mais o que fazer com este lugar. Seu trabalho é tão sério e difícil e, a seus olhos, nós devemos parecer completos charlatães. Mesmo assim você veio. Isso torna você alguém muito especial."

"O que vocês dois fazem? Quero dizer, além daquilo", digo, apontando atrás de mim, para a sala de estar. Deus do céu, aquele buraco ali. Quanto mais tempo passa, mais horrível parece. Tenho um impulso de me virar e ver se está crescendo, se expandindo pelo chão para me engolir. É como se esta linda casinha, com suas leves cortinas e alegres floreiras, estivesse tentando gritar, sua boca tapada e abafada com a lona preta. Eu não me viro.

"Ibrahim é advogado e eu, professora de um colégio local. Ensino história. Nós nos conhecemos em Londres, quando eu estava na universidade e Ibrahim, também, estudando leis. Nós ficamos naquela cidade por alguns anos, depois que nos casamos, mas realmente queríamos usar nossa formação para ajudar o povo de nossa terra natal; então voltamos. Ainda nos sentimos deslocados, mas estamos empenhados."

"Aquilo" — de novo, eu faço um gesto indicando atrás de mim — "deve contribuir para que vocês se sintam fora de lugar."

"Eu sei", diz Ibrahim. "Eu me arrependo de ter feito isso."

"Mesmo?", pergunto, um pouco aliviada. Pego um pedaço de baklava e aperto os dedos em volta da massa de mil folhas embebida em mel.

"Sim. Se você tivesse vindo na semana passada, poderia ter evitado que eu fizesse aquilo. Eu só comecei na noite passada. Seu amigo, você se lembra, nos disse para comprar uma pá e quando voltamos para casa eu estava tão enlouquecido que fiz exatamente o que ele falou. Comprei uma pá, um machado e uma britadeira e comecei a trabalhar", conta Ibrahim. Então, imediatamente, acrescentou: "Eu não estava bravo com você. Estava louco com as tolices que esta casa está nos levando a fazer. Achei que eu mesmo podia dar uma olhada e, se não encontrasse nada em uma ou duas semanas, não haveria nada a perder. Eu simplesmente arrumaria tudo de novo; venderíamos a casa e tentaríamos seguir adiante. Mas sabe o que aprendi? Que, de fato, não tenho nenhuma ideia do que estou fazendo. Só uma completa bagunça. Não é um grande problema, como parece. Nós construímos esta casa. Sei como juntar tudo. Apenas me dê sua opinião. Você é a especialista."

Ibrahim está completamente diferente do que parecia ontem, em Megido, lutando para chegar ao topo da colina e depois bufando e rosnando para mim. Naima pega, com guardanapos, um pedaço de baklava polvilhado com açúcar e amêndoas picadas. Ibrahim está limpando migalhas de seus dedos. Em seu lar, ele parece tranquilo e relaxado. Pensar que ele está escavando seu assoalho é que me deixa tensa.

"Meu instinto é dizer que isso é loucura e que você deve consertar a casa e seguir em frente. Mas vou dar uma olhada de perto, considerando que sou a única especialista que você tem."

Naima sorri. "Você vai ficar para o jantar? Meu sobrinho está chegando do Norte e eu acho que você deveria estar conosco. Ele tem dezessete anos. Estamos tentando convencê-lo a ir para a universidade, mas seus pais são contra. Agora ele tem uma namorada, e se casar muito jovem será o fim da sua educação. Ele é muito brilhante."

"Vocês dois talvez não sejam as pessoas mais indicadas para defender o ensino superior", comento. Eu me ouço falando como se o tom fosse muito grosseiro. Minhas palavras parecem abafadas e lentas. Minha língua parece densa e minha cabeça, pesada. Noto que talvez eu os tenha ofendido. Sinto uma súbita vertigem, mas me esforço para dizer: "Sinto muito. Eu não quis dizer isso. Parece que vocês se sacrificaram muito para voltar aqui e retribuir à sua comunidade. Provavelmente, poderiam ter feito um grande sucesso em Londres."

Naima balança a cabeça. "Jamais poderíamos ter permanecido em Londres. Aqui temos menos, mas é algo que não trocaríamos por nada no mundo." Ibrahim se inclina sobre a mesa e eles trançam as mãos a centímetros das minhas. Estou olhando para a baklava e o prato parece vibrar.

"Você tem uma família?", pergunta Ibrahim.

Eu pisco os olhos. "Tenho minha mãe, que vive em Nova York." Sinto como se o ar estivesse congelando e me inclino para trás, longe da mesa, me afastando mais e mais dos Barakat e de suas mãos dadas.

"Você acredita no amor?", Ibrahim volta a perguntar, como se estivesse longe. Não consigo me orientar. Quero que ele venha me buscar, me estreite nos braços e me traga de volta. Desejo que Naima também me abrace.

"Não sei", minha voz diz, sem mim. "Acredito no que vejo. Que aparência tem o amor?"

Ibrahim ri e levanta as mãos. "É como se o azul caísse do céu e voasse para fora do mar e tudo estivesse de cabeça para baixo e diferente, mas absolutamente igual e certo."

Por uma fração de segundo, eu vejo meu pai em Ibrahim. Meu pai, antes de ficar doente, juntando palavras como um joalheiro forma um cordão de pérolas.

"Alguma coisa acaba de acontecer com seu rosto", Naima diz, cheia de esperança. "Você viu algum deles?"

"Não, não." Finjo um sorriso. "Você se importa se eu usar o banheiro? Acho que tem alguma coisa no meu olho."

"Por que você não toma um banho antes do jantar? Relaxe. Vou lhe dar uma toalha. Walid não chegará senão dentro de uma hora e temos de cozinhar. Ele vai ficar muito bravo com Ibrahim por ter escavado o chão. Vocês dois, juntos, podem rir de nós. Venha, siga-me."

Por que eu não vou embora?

Ela se solta de Ibrahim e estende a mão para mim. Seu toque em meu ombro parece equilibrar o aposento. Seu toque me faz sentir como se estivesse exatamente onde deveria estar. Isso me estabiliza. Parece que Jerusalém está muito longe, em uma nuvem. Megido, do outro lado da lua. Nova York, na borda da galáxia. Ela me ancora aqui. Quero ficar, mas não sei por quê.

Chegar ao meu carro é como se fosse uma tarefa monumental. Ela me leva escadas acima. Penso no apartamento de minha mãe, seu bife de peito e seu purê de batatas, tão saudáveis e nutritivos. A baklava cortada em fatias e embebida em mel parece se desdobrar dentro de mim, espessando minhas veias. A cada passo, subindo na escada estreita, meu corpo se torna mais e mais pesado. Quando chego ao banheiro, um poço de lágrimas está emparedado atrás de minhas pálpebras e há bigornas em meus pés e mãos. Naima aperta meu ombro. Ele tem uma expressão de reconhecimento na face.

Entro no banheiro e ela fecha a porta delicadamente atrás de mim.

Fica pairando em minha mente que eu devo ter sido drogada. Tinha veneno na baklava. Tenho de sair daqui. Aquela vala é tão estranha. Eles vão me enterrar ali. Lançar as novas fundações sobre mim. Quando estiverem procurando por meu corpo, Jordanna vai lembrar que estou aqui. Ela está me acolhendo em sua mente agora mesmo.

Sento no vaso sanitário e deixo minha cabeça pesada pender entre meus joelhos. *Vamos lá, sua hipocondríaca paranoica*, eu ordeno para mim mesma. *Levante-se. Você não foi drogada. Jesus! Você está apenas deprimida. Seu coração é uma tigela de cabeça para baixo.* Lavo o rosto com água fria e olho no espelho. Arranco minha bandana. Meus cabelos se derramam logo abaixo dos ombros. Eu me dispo e sento na beirada da banheira. Olho para a banheira. Que bom seria dirigir noite adentro sem que minhas pernas ficassem grudadas no assento de vinil. Posso sentir uma fina camada de praia em mim. Há sais lilases e baunilha do Mar Morto na borda da banheira. Por que eu ainda estou aqui? Minha mente começa a vagar. Seria bom tomar um banho quente em Londres, em um dia cheio de neblina, imagino, abrir a janela e olhar a névoa fria e o vapor quente se encontrando na atmosfera inebriante e perfumada. Ser quente e fria ao mesmo tempo.

Essa gente vai me enterrar sob o piso de sua sala de estar e eu estou entrando numa banheira. "O que há de errado comigo?", me pergunto, distraidamente. Deslizo para dentro da água, que está suave e cálida como o clima de verão em Israel. Inclino a cabeça para trás e fecho os olhos. Meu pescoço parece tão relaxado. O ar está pesado de vapor, as gotas escorregam nos ladrilhos, sob o espelho. Meus olhos estão úmidos e cerrados. Imagino que alguém entra no aposento. Um suave golpe de ar frio me envolve, vindo da porta aberta, e percebo que não estou imaginando isso. Alguém entrou. Fico pensando quem possa ser, enquanto ergo a cabeça e abro os lábios, mas não digo nada. Não abro os olhos. Sinto-me perfeitamente a salvo atrás de minhas pálpebras fechadas. Uma bolha explode junto ao meu pescoço.

"Pensei que você talvez fosse precisar de outra toalha", ouço Naima dizer. Escuto quando ela vai embora, a porta se fechando atrás dela, e deslizo mais fundo na banheira. Uma antiga lembrança vem à tona, uma que esqueci há muito tempo. Eu era criança, talvez tivesse seis ou sete anos e viera até a sala de estar, de camisola. Meus pais estavam dando uma festa. Eu acordara por causa das risadas.

"Venha aqui", disse uma mulher. Tinha feições do Oriente Médio e seus cabelos negros estavam austeramente presos, distantes, sem emoldurar seu rosto.

"Tome um gole." Ela sorriu. Seus dentes eram tortos. Eu podia ver o que estava sob sua blusa, através da fenda do decote, quando ela se inclinou para mim. Segurou a pequena taça de cristal rosa — uma do conjunto que meus pais tinham comprado em Praga — diante dos meus lábios, colocou a mão sob o meu queixo e inclinou a taça. O xerez mal tocara meus lábios, quando meu pai falou: "Page, volte para a cama." Há algo estranho nesta casa, algo sedutor. Todos os tipos de sentimentos me invadem. O ar perfumado me deixa sonolenta. Imagino acordar nas mãos fortes de Itai. Ele sempre costumava me carregar quando eu pegava no sono.

Depois de algum tempo, me levanto e seguro a toalha, enrolada em mim, fazendo um esforço para vir à tona da estranha névoa que me envolve. Mal posso enxergar meu reflexo no espelho embaçado. Conforme o vapor gradualmente se dissipa, minha mente também se torna mais clara. Gotas rolam no espelho, como filetes de prata. Posso ver finas porções de meu reflexo. Estreito os olhos. Entre as faixas de neblina, acho que vejo outra figura em pé, atrás de mim, bem por cima do meu ombro. Dou um salto para trás e perco o equilíbrio na banheira, caindo ruidosamente e espirrando um montão de água. O vapor desenha espirais ao meu redor, quando me levanto com um pulo. Limpo o espelho com a palma da mão e vejo que só eu estou aqui. Meu coração dispara. Sei que vi alguma coisa, uma figura. Começo a me enxugar e me visto rapidamente, pensando: *eles me drogaram*. Mas a forma está se tornando mais clara em minha mente. Eu toco as paredes lisas do chuveiro. Foi bem aqui, apareceu no ar como uma espuma de água do mar saltando de uma onda. Com os braços e os contornos de um rosto. Eu olho para a água derramada no chão, por causa da minha queda. E me arrumo de qualquer jeito e desço as escadas voando. Estou pronta a sair desta casa para nunca mais voltar. Minhas mãos estão tremendo na maçaneta da porta. Enquanto tento abri-la, ouço alguém dizer: "Por que está com tanta pressa?".

Olho para a sala de estar. Um jovem está escalando o buraco.

"*Ahlan*", ele me cumprimenta.

Eu paro e tento me recompor, esfregando a testa. Respiro profundamente. Afinal de contas, do que estou fugindo?"

"Oi", digo, ainda um pouco ofegante. "Eu estava apenas..."

"Eu sou Walkid", ele se apresenta. Seu sotaque é bem mais pesado que o de Ibrahim. Ele é bonito e esbelto, com olhos castanhos e narinas losangulares, boca larga e pele rosada.

"Onde estão Naima e Ibrahim?", pergunto. Minha voz está entrecortada.

"Lá em cima, no quarto deles. Não pergunte." Ele sorri abertamente para mim.

Depois, continua: "Meu tio está louco. Olhe só o que ele fez." Walid começa a puxar a lona preta do fundo da vala. Parece que está tendo dificuldades.

"Deixe-me ajudá-lo", eu digo. Eu me agacho no chão e deixo que ele me estenda a borda da lona. As mãos de Walid parecem macias, sua pele, um veludo caramelo. Juntos, retiramos a cobertura do buraco. Eu me surpreendo: o que parecia ter pouca profundidade é, na verdade, bem mais fundo no centro.

A lona estava cobrindo uma perfuração de mais de quatro metros de fundura, com uma escada de madeira para descer.

"Jesus!", eu exclamo. A curiosidade revela o melhor de mim e não posso resistir à escalada. Afinal de contas, sou a única especialista deles. Walid me ajuda a descer. Eu passo os dedos nos lados, sobre uma rocha saliente. Talvez não fosse a casa que estivesse gritando, mas as pedras. Eu odeio ver pedras britadas assim. Sempre achei que as pedras têm alma e memória. Elas recordam a criação do mundo e preveem o futuro. "Deus do céu! Veja como ele massacrou este lugar." Se houvesse alguma coisa no caminho dessa britadeira, certamente foi triturado. "Ele foi *induzido*", digo para mim mesma, descendo e peneirando a terra entre meus dedos. O que ele está fazendo com esta casa parece tão punitivo. Você não pode ir tão longe e fundo em uma só noite se não estiver *atacando*.

"Pode pegar a lanterna?", peço a Walid;

Ele sobe e retorna um minuto depois, para me estender uma pequena caneta luminosa. Ele senta na beirada da vala e se inclina, olhando para mim.

"Obrigada", eu digo.

É difícil distinguir qualquer coisa nas paredes do buraco, mas em um dos lados algo desperta a minha atenção. Na direção do fundo do poço há duas lajes de pedra proeminentes, uma em cima da outra. Ibrahim havia se atirado cegamente sobre elas, mas restaram elementos que me levam a pensar que aquilo, no passado, pode ter sido uma sequência de degraus. Isso não seria incomum. Israel inteiro é, essencialmente, um tesouro arqueológico. Você anda para cima e para baixo nas tortuosas ruas de Israel e sabe que esses caminhos ondulantes estão sobre camadas e camadas de escombros de cidades, abarcando uns quarenta séculos, umas depois das outras.

"Para onde vocês pensam que estão indo?", eu pergunto, baixinho, às lajes. Eu adoro degraus — a forma como sugerem a possibilidade de conduzir a algum outro lugar.

"Você os viu?", eu falo com Walid.

"Os fantasmas?", ele pergunta.

"Sim", digo, medindo as lajes em palmos.

"Não sei", ele admite. "Alguma coisa como eles contam. Mas não sei o que vi. Acho que eles falam tanto que você acaba pensando que vê coisas."

Eu subo de volta. "Diga a Ibrahim e Naima que eles têm de parar com isso. Alguém pode despencar aqui e se ferir. Uma criança pode tropeçar e cair, ficando enredada na lona, e então eles, realmente, estarão em apuros."

Ouço um barulho de descarga sanitária lá em cima. Os destroços do assoalho, nas bordas, parecem afiados e perigosos. Walid se inclina sobre o buraco, recolocando a lona. Na parte de trás de sua camiseta preta há uma frase escrita em árabe, com um grande ponto de exclamação no fim. Apressadamente, vou até a porta dizendo que tenho de ir embora.

"Minha tia pensa que você vai ficar para jantar", Walid fala, levantando-se de um salto. Ele tem os incisivos de um gato.

"Não, não, lamento", digo, correndo até meu carro.

Eu me hospedo no Jerusalem Citadel e vou até a piscina — enquanto as andorinhas sobrevoam a cidade — me livrar do doce resíduo do banho na casa dos Barakat. Há uma mulher oferecendo massagens. Eu deito na maca acolchoada e ela esfrega minhas costas.

"Você não tem nós", ela comenta. "Uma mulher relaxada e flexível."

"Um caramelo mastigado também parece relaxado", eu digo, através do buraco na maca. "Um filé de frango foi amaciado a marteladas."

Posso sentir as articulações de seus dedos rolando sobre a parte mais estreita das minhas costas. Depois da massagem, deslizo na banheira de água quente e sento, levantando meus pés na direção dos jatos. Certa vez, o pediatra disse à minha mãe que com os arcos pronunciados de meus pés eu poderia me transformar em uma grande bailarina. Nosso dentista de família, em uma consulta, percorreu o céu da minha boca com o polegar, comentando que o arco era tão alto que parecia o de uma catedral. Fisicamente, sou arqueológica, murmuro para mim mesma.

Reclino a cabeça contra a beirada da banheira e fico olhando para o céu. Mal posso detectar o brilho das primeiras estrelas agarrando--se ao firmamento como uma gota de orvalho a uma teia de aranha. O que aconteceu na casa dos Barakay me pareceu muito estranho. Tão inevitável. Norris vai dizer que eu o deixei por loucura, da mesma maneira que sua ex-mulher.

Se ao menos eu pudesse me contentar em ficar peneirando a antiga poeira em Megido pelo resto da vida... Marry Norris o deixava ler jornais na varanda de casa noite após noite. Fazia chá para ele em sua impecável cozinha. Usava robe de flanela. Chinelos.

Há uma mulher na banheira quente, junto comigo, e que já ul-trapassou a flor da idade, mas bonita. Sua pele tem aquela textura acamurçada de quem passou metade da vida ao sol. Fico imersa na água por tanto tempo que começo a ficar zonza, vendo pontinhos luminosos. Levanto.

Ela diz: "Querida, seu corpo é lindo de morrer".

"Acredite", digo a ela, reajustando as tiras do meu biquíni, "estou morrendo por ele".

VI

E Jerusalém vai girar lentamente, como uma grande roda que se ergue sobre a montanha, os nossos espíritos contidos nela. Naquele instante, Jeremias, eu vou permanecer firme em meu lugar. Vou subir diante de teus olhos, e teus ouvidos vão se encher com o som do júbilo e da alegria...

O PERGAMINHO DE ANATIYA 16:13-15

Itai me pega na frente do hotel e nos dirigimos a Beit Shemesh, uma cidadezinha a poucos quilômetros de Jerusalém, no sentido sudoeste. Nós namoramos durante três anos e é fácil e familiar estar com ele. Olho para seus braços e mãos ao volante, enquanto ele dirige. Sua pele é tão brilhante que, comparativamente, eu me sinto translúcida.

Ele foi um amante maravilhoso, experimental e apaixonado. Quando eu estava aninhada em meu sono mais profundo, cercada de calor, ele me afagava com suas mãos gentis e toque delicado, do jeito que fazem os pais quando acariciam seus filhos adormecidos, levando-os do carro para o berço. Ele se afastava apenas o suficiente para que eu pudesse me mexer. E sabia que eu dormia profundamente. Eu sempre acordava devagar, em fases, e a primeira era a mais bela. Meu corpo já podia senti-lo, mas minha mente ainda estava envolvida em algum sonho, os membros meio entorpecidos, e essa mescla bizarra de sexo e sonho trazia à tona fantasias que eu nunca tivera antes.

"Você é um tipo de necrófilo secreto?", eu o provocava.

"Não posso evitar. Você dorme sedutoramente."

Eu revisito com frequência aquelas noites, com sua equilibrada doçura. Eu não oferecia, era tomada, inocentemente conspirando contra meu amante em meu próprio sonho. Que escolha eu tinha? O êxtase que minha igreja teria chamado de pecado era recebido com absolvição instantânea. Não importava o que tivéssemos feito à noite — o que eu dissera no auge do prazer — sempre me sentia inocente com ele de manhã. De muitas maneiras, Itai fazia com que eu achasse certo me tornar uma criança de novo. Mas sempre chega o momento, em todos os relacionamentos, em que a sua verdade é tragada pela luz do dia. Você não pode ficar dormindo ao longo de todo um relacionamento. Uma hora, você tem de acordar.

"Sharon e eu temos uma cadelinha", ele diz.

Eu respiro profunda e gratificantemente. "Eu conheci alguém que pode estar interessado em começar uma escavação embaixo de sua casa", eu comento.

"Todo mundo, aqui, fantasia que está sentado em cima da Arca da Aliança", ele diz.

"Ele vive em Anatote. Eu o visitei ontem", digo. Ele olha para mim.

"Há antigas escadas, conduzindo para baixo."

"Anatote é complicado", ele diz. "Um assentamento apropriadamente localizado fora de Jerusalém. Nesse caso, há complicações quando se trata de qualquer tipo de construção ou de demolição planejada. Poucos meses atrás houve atividade militar fora de Anatote; sei que você não lê o noticiário, então, provavelmente, não soube disso. Houve uma pequena rebelião. O clima político está enlouquecido neste exato momento. Revele o nome e eu o lançarei em um cárcere galileu.

"É uma família árabe", digo.

"Uma família árabe interessada em escavar em Israel? Nunca recebi um pedido de permissão para isso, vindo de uma família árabe. Que coisa bizarra. Está bem, estou um pouco curioso. Eu posso encontrá-los em um instante, você sabe disso." Ele pensa um pouco. "Espere um momento... você não está falando daquele casal que pensa que sua casa é mal-assombrada, não é?"

Ele olha para mim e eu afirmo, balançando a cabeça e sentindo meu rosto ficar vermelho.

"Você foi até a casa deles?", ele olha para mim, franzindo as sobrancelhas, e depois olhando direto para o caminho. "Não gosto deles", afirma Itai. "Não gosto de gente que fica por aí querendo abrir buracos em meu país aleatoriamente, mesmo que sejam talentosos em um tribunal."

Lá estava ela, Israel, sentada de novo no banco traseiro, próxima e desenhando círculos no peito dele. Ele era claramente dela. Itai tinha sido paraquedista e afirmava ter medo de altura, mas amava estar entre seus companheiros de armas e faria qualquer coisa, saltaria de qualquer distância, por eles e por ela. Sua fé também era simples e pura.

"Como é que você sabe que Deus existe?", eu perguntei a ele, certa vez.

"Porque eu não morri no Líbano", ele respondeu.

"Mas você tem amigos que morreram no Líbano."

"Só que nós não podemos perguntar a eles sobre Deus, agora, podemos?"

Ele está sorrindo, as mãos levemente agarradas às bordas do volante. "Você está com boa aparência, Page", ele diz. *É muito melhor estar de coração partido do que deprimida.* Meu coração dói um pouco e eu retribuo o sorriso.

"Você é um pouco parecida com Israel", ele fala, quando saímos da autoestrada. "Está cheia de conflitos internos. Você tem essa constante consciência de mortalidade. Mas há muito mais para Israel, e potencialmente muito mais para você. Você sabia que Israel tem mais empresas negociadas na Nasdaq do que qualquer outro país, fora o seu? Mais do que o Japão!"

Eu balanço a cabeça e olho a paisagem pela janela. O guarda-roupa de Israel é cheio de vestidos dourados e verdes, estampados com flores de cactos. Ele continua glorificando: "As pessoas pensam em Israel e enxergam ruínas antigas. Mas Israel é o Vale do Silício da Europa. De telefones celulares, de mensagens instantâneas a cartões inteligentes e transplantes cardíacos." A luz está incidindo nos olhos dele e ele abaixa o quebra-sol. Seu olhar prossegue, maravilhado. "Você poderia colocar esse país inteiro no lago Michigan e ainda sobraria espaço para acolher todos os americanos nele. Você já se perguntou como um país tão pequeno cria tanto?"

"O tempo todo", eu minto.

"Porque é uma cultura que aceita o risco. Porque, embora esteja realisticamente consciente do antagonismo que a cerca, não se deixa controlar pelo medo. Ela cria continuamente e expande sua mente. Ela prospera."

Ele sorri e relembra os tempos da juventude. "Sentado, com amigos, com um copo de *sahlab* de canela e *rugeleh*, ambos quentes, da padaria Marzipan, depois de dançar a noite inteira em um clube, isso é a minha Israel." Ele dá uma olhada para mim. "Você pode aprender, com Israrel, sobre como se erguer das ruínas." Ele estende o braço e aperta minha mão. Eu me derreto um pouco, como o chocolate dentro daquele *rugaleh* que compartilhei com ele tantas vezes. Penso nele com sua esposa, Sharon, que é tão americana quanto uma israelita pode ser, e imagino se isso parece com algumas conversas que eles têm durante o jantar. Duvido.

Itai estaciona e saímos do carro. O ar está adocicado com o aroma de solidagos. Enquanto caminhamos, Itai compartilha comigo informações sobre propriedades aromáticas e medicinais de cada planta pela qual passamos. Chegamos à entrada de uma caverna. "Você vai amar isso." Ele sorri, me levando pela mão. Acende uma lanterna e descemos por degraus de madeira que devem ter sido feitos por algum espeleólogo local.

"Veja. Moisés."

Itai dirige o facho de luz a uma estalagmite formada de maneira que parece ter uma barba. Com imaginação, até parece que há duas placas de pedra. Nossas risadas ecoam pela caverna, junto com o carrilhão constante dos pingos de água.

"Mas venha ver algo mais, ali. Disso você vai gostar, realmente."

Caminhamos ao longo de ripas de madeira, em direção às profundezas da caverna e Itai ilumina um par de estalactite e estalagmite, ambas com cerca de três metros, a poucos centímetros uma da outra. E diz: "Estão se aproximando ao longo de um milhão de anos. Devem levar mais uns mil até se beijarem, mas não há dúvida de que o farão. É para isso que nasceram."

Há uma pequena gota de água grudada na estalactite. Como estará a superfície do planeta quando, finalmente, se tocarem? Muito depois que eu morrer, elas se tornarão um pilar. Lágrimas começam a brotar de meus olhos e, para evitar que escorram, pergunto com voz embargada: "Como é que você consegue manter esse facho de luz tão firme?".

Ele ri e diz meu nome. Eu sei que pode me ver interiormente, mas é gentil e diz: "Treinando a pontaria".

Nas profundidades da caverna, Itai aperta meu cotovelo e pergunta: "Não consigo me lembrar... você gosta de morcegos?".

"Não especialmente", digo.

"Eu, sim" , ele admite, e levanta o braço.

"Não, não faça isso!", eu grito, jogando-me sobre o seu braço. Mas o meu peso não consegue detê-lo. Os braços de Itai são tão fortes e bonitos, que, mesmo pendendo sobre eles, como um coala, ainda consegue jogar uma pequena pedra na direção do teto da caverna. Eu me abaixo rapidamente bem no momento em que uma onda de pequenos morcegos rumorosos se espalha sobre nós. Meu coração dispara de puro terror. Itai permanece ereto, como um mastro orgulhoso enfrentando um furacão.

"Desculpe", ele diz, rindo, quando me ajuda a levantar. "Eu conheço esses morcegos, eles não inofensivos."

Apavorada e zonza, caio nos braços dele e ele me acolhe. Desliga a lanterna e me beija na orelha. Estou grata pela escuridão mais profunda que só se pode encontrar nas cavernas, porque minhas lágrimas estão rolando livremente agora e meu corpo inteiro treme, uma visão que, espero, ele não testemunhe.

"Você e eu nos dávamos bem, juntos", ele sussurra quando me afasta dele. "Quero que você ame e seja amada do jeito que eu e Sharon nos amamos." E acende a lanterna.

"Eu sei", digo, empurrando-o, brincalhona, e limpando meu nariz com a parte de trás da mão. "Vamos ver."

Meu telefone celular toca quando estou bebendo vinho em minha varanda, no Citadel. Há um casamento no pátio lá embaixo e a música e as risadas soam continuamente, prometendo seguir assim a noite inteira.

"Page? Acordei você? É Ibrahim. Ibrahim Barakat. Preciso falar com você."

Fico surpresa ao ouvi-lo e levanto. "Como você conseguiu meu número?"

Ele parece estar sem fôlego. "Na internet. Sinto muito por tê-la acordado. Algo aconteceu", ele conta, desesperadamente. Não tenho certeza se ele está me dizendo que algo aconteceu ou me perguntando isso.

"Sinto muito por ter ido embora sem me despedir."

Esfrego os olhos. Sinto-me envergonhada por ter fugido. Ouvir a voz dele faz com que eu me sinta desconfortável e embaraçada, pela maneira como agi. Eles esperavam que eu ficasse para jantar e conversasse sobre o seu projeto. "Eu tive de ir embora correndo", disse sem parecer convincente. "Oh, não", ele diz, com a voz um pouco mais calma. "Algo aconteceu ontem. Preciso saber o que fazer."

Então é assim que vai ser, eu penso. Eles vão me chamar toda vez que algo acontecer na casa deles. Nunca vou me livrar deles. Penso no olhar que Itai me deu quando soube que eu os visitei.

"Ibrahim, estamos no meio da madrugada. Ligo para você amanhã."

"Você não vai me retornar. Por favor! Apenas me deixe contar." Sua urgência estava de volta.

"Tudo bem." Suspiro, recostando-me de novo. Ouço aplausos lá do casamento.

"Eu desci no buraco, ontem, com a britadeira..."

"Perigoso", murmuro, mas Ibrahim não se abala.

"Eu estava sozinho em casa e comecei a ir mais fundo..."

"A coisa podia ter escorregado de sua mão e se virado, matando você."

"E... subitamente... você não vai acreditar..."

"Um fantasma escapou", eu o interrompi. Norris, Ramon, Itai, todo mundo vai zombar de mim por tê-los visitado. "Tenho de desligar, Ibrahim. Estamos no meio da noite. Eu nunca deveria ter ido à sua casa. Por favor!" Termino meu vinho e deixo a taça de lado, olhando as luzes da cidade refletidas nela.

"Vou falar depressa", ele diz e suas palavras saltam da boca. Eu rio para mim mesma, imaginando-o em um tribunal, em vez de tropeçar sobre si mesmo, como agora. Meu coração se amolece. "Eu estava usando a britadeira e ela subitamente afundou no chão. Eu caí para a frente, arranhando severamente meu rosto. E ela foi despencando cada vez mais longe, solta no espaço, até parar no que pareceu uns dois andares abaixo, antes que eu ouvisse o barulho. Olhei o buraco aberto com uma lanterna, mas ainda não conseguia ver muita coisa. Parecia uma sala gigantesca. Não sei o que fazer. A britadeira simplesmente ficou destruída. Eu poderia ter caído lá."

"Caiu abaixo do piso?" Subitamente, todos os meus sentidos entram em alerta.

"Sim, sim!" Ibrahim está entusiasmado. Sabe que agora captou minha atenção. "É um túnel? O que é? Quando você vai voltar?"

"Um túnel? Você tem uma câmera digital?" Minha mente começa a funcionar rapidamente. Para onde será que aqueles degraus conduzem, afinal?

"Sim", ele afirma. Eu acho que o ouvi batendo palmas.

"Claro que tenho. Vou pegá-la."

"Desça lanternas com uma corda, coloque suas mãos dentro do buraco e tire fotos. Em trezentos e sessenta graus", eu oriento. "Vi algumas lajes que parecem degraus. Mande as imagens como anexos para meu endereço de *e-mail*. Mas seja realmente cuidadoso. Amarre uma corda ao redor de sua cintura e peça a alguém que segure a outra ponta ou a amarre em uma pilastra ou algo parecido. Esse solo é muito instável. Nem pense em tocar numa britadeira."

"A britadeira se destroçou ao cair lá embaixo, portanto você não precisa se preocupar. Vou fazer isso agora. Enviarei as fotos para você o mais depressa possível."

"Não se machuque", recomendo. Estou andando pela varanda.

"Você vai vir?", ele pergunta.

"Primeiro, deixe-me ver as fotos."

Meu *laptop* está aberto sobre a cama. Eu troco de camisola e subo na cama, aguardando. Quando os *e-mails* chegam, abro o primeiro arquivo em JPEG. É uma foto de sombrias paredes, ao que parece de uma caverna bem profunda. Posso notar, embora a imagem seja desfocada, que as paredes do fosso sob a casa dos Barakat são lisas. *Olhe só, quem diria! Ele encontrou uma maldita cisterna embaixo de sua casa.* Eu abro os outros quatro anexos e só confirmo o que já sei. No sexto, meu computador congela, mas já vi o suficiente.

Eu dou um salto e começo a andar pelo quarto do hotel, tentando controlar minhas expectativas. As paredes da cisterna são rochas que se tornaram sedosas, a superfície polida tem um brilho cremoso. Uma cisterna profunda e imperturbável como essa poderia ter sido usada para algo mais do que conter água. Um depósito de armas, arte ou sepulturas. E a existência de uma cisterna significa que, no passado, houve nas proximidades uma cidade importante. Casas. Fortificações. Ibrahim encontrara uma cisterna. Afinal de contas, ele não era completamente louco.

Uma cisterna mal-assombrada! Eu rio escancaradamente alto, quase chegando às lágrimas. Sento na beirada da cama, me balançando e batendo palmas. Por enquanto, nenhum outro arqueólogo na face da

Terra sabe que ela existe e eu fico saboreando o fato. Sinto um pequeno frasco de felicidade abrir-se dentro de mim, um sabor de alegria me lavando interiormente. É como estar no estacionamento de um parque de diversões, de onde posso ouvir o rumor da euforia a poucos passos de mim. Eu quero brincar lá, naquela cisterna. Tranquila e fresca. Úmida e limpa. A ideia de retornar a Megido é tenebrosa. Posso tirar um sabático. Estou zonza. Quem sabe não seja isso que esteja me faltando nos últimos anos? Algo que eu possa chamar de meu. Uma caverna de espíritos que possa chamar de lar. Algo mais animado do que ossos.

Penso em Naima e Ibrahim, com sua baklava e seus sais do Mar Morto. Lembro como fugi daquela casa, como me senti pesada lá dentro. Depois, penso em retornar a Megido e a Norris, e me sinto pior. Uma cisterna, reflito, e novas faíscas se acendem em mim. Ele encontrou uma cisterna para mim.

Fico aliviada quando retorno a Megido e vejo que o carro de Norris não está lá. Ele e Mickey já devem ter ido para a escavação. Orna fica no meu quarto comigo, enquanto embalo as minhas coisas.

Externo minhas preocupações com ela, sobre a possibilidade de meus colegas me verem gastar tempo escavando um solo alegadamente assombrado da casa de um casal árabe. Orna me assegura: "Todos nós, os que moramos nesta casa, corremos riscos. Eu deixei a faculdade para casar com Mickey. Mickey saiu da Rússia. Ambos tivemos a oportunidade de vir para Megido." Ela puxa e torce as franjas do meu cobertor e, solenemente, acrescenta: "Quanto ao que eu ouvi sobre Anata, entretanto, acho que você está cometendo um erro. Mas — ela deixa o cobertor de lado — você não tem uma família. É suficientemente jovem para sobreviver a grandes erros".

"Tenho quase quarenta anos", eu digo, enchendo uma mochila com roupas. Fico surpresa de quão pouco eu acumulei, depois de tanto tempo. Quase não dá nem para encher o porta-malas do carro.

"Quase quarenta?", Orna diz, genuinamente surpresa. "Achava que você não tinha nem trinta e cinco. Mas sou israelita e nós envelhecemos mais cedo do que os americanos. Isso me faz rir, pensando em todos os cremes antirrugas que vocês, americanos, compram. Em primeiro lugar, vocês não têm um estilo de vida que provoque rugas. Podem se dar ao luxo de ter água para gastar, dietas ricas em gordura, lugares de pouco estresse..."

Olho para ela. "Sua pele é perfeita", digo, e é mesmo. Ela sorri.

"Minha pele é grossa. Não se preocupe, Page, você é suficientemente jovem para fazer tudo errado e depois encontrar um jeito de fazer tudo certo."

Com tudo dentro do carro, eu volto para dar uma última checada em meu quarto. Vou até a janela e pego um punhado de pequenos tomates-cereja da touceira, estourando-os em minha boca. Eles explodem com o sabor do verão e me dão coragem para ligar no celular de Norris.

Sento em minha cama, agora sem cobertas. Corro a mão sobre o colchão nu. Norris atende imediatamente, como se o telefone estivesse esperando ao lado do seu ouvido.

"Por que você faz isso comigo?", ele suspira, antes que eu possa dizer nada além que algumas palavras. Imagino que ele esteja se levantando da posição de cócoras, se alongando e torcendo as costas até que faça barulho.

"O que eu estou fazendo com você?", pergunto. "Eles encontraram uma cisterna sob a casa deles. Tenho um monte de férias que jamais tirei e quero explorar um pouco aquilo. Vou delegar a supervisão das tumbas para..."

"Eu trouxe você para Megido", ele interrompe. Parece desapontado. "Acreditei em você. Sempre fui bom com você, solidário, encorajador. E sempre pensei que teria algum retorno."

"Algum retorno?", eu me vejo afundando muito no colchão, com a apavorante sensação de que ele está se referindo ao beijo.

"Estou falando de amizade. Verdadeira amizade. Acho que, afinal de contas, eu bem mereço. Eu sempre apoiei você... e seu trabalho."

Sempre, exceto naquela vez em que amassou meu manuscrito. Fico olhando para fora da janela e reflito por um instante.

"Eu sempre fui amigável com você, grata e compassiva." Tento parecer realista.

"Sei que você tem sido amigável, mas nunca foi uma verdadeira amiga. Lembra-se quando tive aquela gripe no começo do ano? A mesma gripe que eu pego todos os anos. Fiquei de repouso por uma semana. Orna me trouxe sopa de galinha. Mickey veio com o jornal e sentou-se ao meu lado. Todos quiseram me ajudar, menos você." Imagino-o na escavação, agora andando ao longo do sítio, acenando amigavelmente para os colegas e voluntários, até encontrar um lugar reservado para conversar.

"Era só uma gripe, Norris", eu digo, tentando lembrar quando ele ficou doente. Não consigo.

"Não é que tenha sido só uma gripe. É que você nunca entrou no meu quarto. Você poderia ter posto a cabeça para dentro e perguntado como eu estava me sentindo, mas você realmente não se importou. Talvez pensasse que eu fosse tentar beijá-la novamente." Algo havia sido incorporado à sua voz. Uma irritação.

Subitamente, lembro que ele teve gripe. Eu notei e, no mesmo instante, pensei na história de Tamar, no livro dois de Samuel. *Amnon deitou-se e fingiu estar doente... Tamar entrou na casa de seu irmão Amnon, que estava na cama...mas quando ela lhe serviu o bolo, ele a agarrou... ele a dominou e se deitou com ela à força.* Norris está certo, eu fiquei com medo de entrar no quarto dele porque me preocupei com a possibilidade de ele querer mais do que algumas palavras reconfortantes.

"Acredite, Page, eu jamais cometeria aquele erro novamente." Eu podia sentir a raiva dele aumentando. "Mas, então, a verdade me atingiu. Você realmente não gosta nada, nada de mim. Você me tolera."

Meus olhos começam a marejar. Sinto que as forças me abandonam.

"Norris, você está partindo meu coração. Pare."

"Eu já tenho uma filha bem crescida com quem me preocupar. E agora você quer nos deixar por eles. Por aqueles pervertidos!" — ele levanta bem a voz. Deve estar sozinho, agora, fora do alcance de bisbi-lhoteiros. Talvez esteja atrás de uma oliveira ou abaixado em um dos estábulos de Salomão. "Eu sou muito simplório? Eu lhe provoco té-dio? Megido, como toda a sua história, não significa nada para você?"

"Norris, eu sou assim com todo mundo", eu me vejo lutando para me defender. Norris está certo, penso. Com trinta e nove anos de idade e só tenho uma verdadeira amiga — Jordanna. Mas eu achava, até agora, que Norris tinha me compreendido melhor.

Norris está falando devagar. Deliberadamente. "Estive ao seu lado por doze anos. E, goste ou não, fui seu mentor e trouxe você para Israel e fiz com que se tornasse supervisora de um sítio arqueo-lógico de sonho, planejando delegar a você o projeto inteiro, algum dia. Eu não quero que você se torne motivo de risos de nossa profis-são. Eu me preocupo com você e com o meu trabalho. Não lhe ofe-reci tanto para que você se torne alvo de chacota." Esse é o problema com alguns mentores. Eles querem moldar você em algo que não escolheu para si mesma, e então eles se apaixonam por sua promisso-ra criação. Ele queria uma estrela e conseguiu um buraco negro.

Enquando Norris fala, eu deslizo do colchão até o solo, inclinando a cabeça para trás. Posso sentir a eletricidade estática entre meus cabelos e o colchão, cordões finos de ouro espalhados no ar. Nós tínhamos sido capazes de nos mover do beijo até determinado ponto. Nós tínhamos sido capazes de superar sua diatribe sobre meu manuscrito. Mas não es-tou certa de que possamos nos recuperar desta conversa. Todo esse tem-po eu o tenho tratado como um pai e todo esse tempo eu jamais percebi quem ele realmente é. Será que tenho sido tão obcecada por mim mes-ma, ruminando sobre minha própria solidão, que jamais notei?

Eu interrompo, me lamentando: "Estou muito triste por ter ferido você, Norris; você tem sido uma fortaleza para mim. Jamais quis que você pensasse que eu não fosse uma amiga! Estou tão desarticulada. Mas posso mudar. Retire o que disse sobre eu não ser uma amiga!".

Norris ri. "Retire? Page, é como eu sinto!" Parece até que ele está gostando disso.

Uma chama de frustração me consome. "Bem, o que é que eu posso fazer? Não posso retroceder doze anos." Estou deitada no chão, agora, ao lado de minha cama vazia, olhando para a sua estrutura de metal e, depois, para o teto. Meus olhos estão doendo, minha cabeça, latejando.

"Eu realmente não me importo com o que você possa fazer. Quero dizer, em termos de você e eu. Tenho meus próprios problemas a enfrentar e, para ser honesto, você é o menor deles. Portanto, não fique se achando. Mas eu me importo com o que você faz, quando se trata de arqueologia. Isso eu levarei em conta."

"Você está sendo muito mau comigo", eu mal consigo sussurrar.

"Estou tentando salvar você. Isso está claro? Tenho todo o direito de estar irritado com você por abandonar esta escavação."

"Não a estou abandonando." Tento parecer convincente. "Apenas pensei que podia tirar algum tempo de folga. Você sabe que ultimamente tenho passado por momentos difíceis, e que o meu coração não está mais aqui. Uma mudança pode me reanimar. E tudo tem sido tão tenso entre mim e você."

"Não se engane", ele fala secamente.

"Eu me dediquei por doze anos."

"E eu estou aqui há trinta."

"Você faz parecer como se eu não tivesse dado nada, como se tivesse sido horrível o tempo todo."

"Você fez um ótimo trabalho aqui e sabe disso, todos sabem disso, mas eu sou alguém que está nisso por toda a vida. E eu pensei que você estaria aqui, também."

"Nós não estamos nos divorciando, Norris." Noto, no momento em que estou falando isso, que é um erro. Norris tinha começado a se acalmar.

Sua raiva agora se expande sobre mim e ao meu redor, como a vela de um imenso navio pirata. "Você é quem está se fazendo de louca, Page! Você! Não eu! Estou sendo bem claro para você? Às vezes acho que você mantém a cabeça submersa na água! Aquelas pessoas provavelmente foram a todas as escavações no país inteiro, contando sua história insana, e você foi a única — realmente a única — em todo esse país de merda a dar ouvidos a eles! Como é que você se sente a este respeito?"

"Pare, por favor!", eu murmuro, embora não esteja certa de que as palavras são ouvidas. "Eu pensava em você como um pai."

"Ah", ele diz com extremo sarcasmo, "agora tudo faz sentido: você pensa em mim como seu falecido pai. Um fantasma do caralho! Se você abandonar esta escavação, isso me faz parecer pai, também. Qualquer arqueólogo daria seu braço direito para fazer o que você faz, em um lugar tão rico quando Megido! Eu não mereço isso de você." Ele faz uma pausa e depois acrescenta, com dificuldade: "Você não merece isso de si mesma".

"Mas...", eu começo.

"Você pode enfiar uma pá em qualquer lugar do mundo e achar alguma coisa! Deus do céu!... aquele garoto beduíno que achou os Pergaminhos do Mar Morto? Ou aquele menino que tentou pegar uma pedra em um parquinho e aquilo era a ponta de uma presa afiada de um mamute peludo? As pessoas acham coisas em todo canto. Pastores analfabetos encontram coisas. E então? Você não conquistou um mestrado para se transformar em um simples pastor. Estou conseguindo entrar nessa sua cabeça dura? Toc, toc." Eu ouço Norris bater o telefone contra algo, talvez uma pedra. "Você pode me ouvir? Está escutando?"

Estou em silêncio.

"Eu quis ser seu mentor. E me orgulho de seus sucessos. Mas se você deixar esta escavação por aquela casa de horrores, juro que vou me arrepender de tê-la trazido aqui pelo resto dos meus dias."

Fecho os olhos e mantenho o telefone longe de mim, contendo as lágrimas. Eu me viro de lado. O chão sob a minha cama está cheio de poeira.

"Como é que eu posso voltar, sabendo o quanto você me odeia?", pergunto e imediatamente me arrependo, porque naquele exato momento me dou conta de que a verdadeira razão pela qual Norris está tão bravo é que ele pensa estar apaixonado por mim.

"Você é tão cega". Só vê o que não existe e nada do que é. Odiá-la? Estou é furioso com você! Mas odiar? Você não sabe nada. Você me faz querer esmurrar uma parede."

Limpo os olhos com as costas da mão. "Lamento por não saber nada", falo, derrotada, exausta. O que eu não digo é: *Não é culpa minha que você pensa estar apaixonado por mim, mas desculpe por eu não ter prestado atenção. Sinto muito não ter visto você como a pessoa que é.*

"Então, tudo bem", ele diz, e seu tom é um pouco mais suave agora. Posso imaginá-lo esfregando a mão contra seu rosto áspero, pensando.

Ficamos pendurados no telefone por um momento. Eu imagino, também, que ele esteja olhando para o céu sem nuvens.

"Lamento", murmuro.

"Sim, eu sei", Norris diz de chofre.

"Estou profundamente triste", confesso, tentando refazer o contato com ele.

"Bom", Norris fala, quase provocando. Ambos fazemos uma pausa, nossa respiração suspensa no ar.

"Norris?", eu arrisco prosseguir, com esperança. Talvez a amizade possa ser resgatada. Nós já nos recuperamos antes de desentendimentos.

"O que..."

"Preciso que você acredite que tenho sido tão amiga sua como sou de qualquer outra pessoa. É assim que eu sou. Sou parcamente conectada." Quando digo isso, eu acredito no que falo.

"Page?", Norris diz, sua voz endurecendo de novo.

"O quê?", aguardo humildemente, agora deitada exausta, no chão.

"Foda-se."

Quando eu desligo o telefone, fico muito quieta. Fecho os olhos e imagino que estou no metrô, velozmente embaixo da terra. Meu corpo começa a relaxar. Está feito, penso comigo mesma. Nunca mais permitirei que ele fale comigo dessa maneira. Está acabado. Imagino que estamos, meu pai e eu, voando céleres no espaço contra o relógio. Vamos conseguir. Norris vai convencer todos eles que perdi a razão. Eu sei que ele fará isso. Mas estou bem. Quando, finalmente, levanto a cabeça do chão, as pontas de meus cabelos levantam um monte de poeira, como se fosse uma longa mantilha que estivesse sob a cama. Eu me vejo no espelho e fico olhando por um momento, antes de sacudir a poeira de mim. Esta é a última vez, penso de novo. Acabou.

Orna vai comigo até o carro. Ela encheu o assento traseiro com equipamentos extras, um empréstimo que diz que Norris nunca vai notar. Eu a abraço e me sinto segura e confortada, envolvida em seus braços.

"Haverá um mundo arqueológico me apresentando para ser assada no espeto", digo, quando nos afastamos.

"As pessoas têm seus demônios", ela fala, como que compartilhando sua sabedoria secreta. Ela sorri para mim, ternamente. "Da mesma forma que seus fantasmas."

"Eu sei", digo. Entro no carro e pego a sua mão pela janela.

"De qualquer forma, você ainda é uma trabalhadora da terra, certo?", ela comenta, entusiasmada. "Você não vai deixar Israel, em breve, não é? Nós podemos nos encontrar." Eu sorrio, dou o último aperto em sua mão e vou embora.

VII

Certo dia, alguém vai descobri-las, minhas palavras escritas, e os lábios dela

vão murmurar meu nome, convocando meu espírito adormecido... Acredito, com fé

absoluta, que ela vai me libertar, que ela vai falar comigo, vai me ressuscitar e me salvar...

Precisamos viver e registrar, brilhante intérprete, para que as bibliotecas não fiquem

repletas de pergaminhos de guerra e nem uma só folha de amor.

O PERGAMINHO DE ANATIYA 17:1-9

Pela primeira vez em muito tempo, me sinto diferente. Inflamada, juvenil e cheia de vida. Na escola primária, algumas vezes ao ano, eu ia até um lugar especial, na diretoria, para recuperar um casaco ou um bloco de anotações. Eles chamavam esse posto de achados e perdidos, embora fosse apenas um antigo espaço destinado às correspondências, sob a mesa da recepcionista. Suspeito que este lugar, embaixo desta casa, é o verdadeiro achados e perdidos.

Estamos no começo da tarde e Ibrahim me ajuda a baixar uma longa escada dentro da cisterna. Sou a primeira a descer os frágeis degraus, com uma lanterna presa a uma das presilhas do cinto do meu short. No último degrau, me vem um versículo do Apocalipse de São João, o Divino: *Eu vi uma estrela cair do céu na terra, e Foi-lhe dada a chave do poço sem fundo.* Quando estava mergulhada nos estudos da Bíblia, na escola de teologia, os versículos pareciam se materializar onde quer que eu fosse, gravados em tijolos, expressos em latidos e na migração dos pássaros. Palavras sagradas caíam sobre meus cílios como flocos de neve. Entretanto, houve muito, muito pouco, por muito tempo, tempo demais, até este momento, e estou cheia de gratidão. Sinto que uma parte do meu coração, que foi selada com argamassa de prata, em um recinto de prosa encantada ancestral, foi aberta de novo para mim. E que fui agraciada, aqui nesta cisterna, com uma chave.

No fundo do poço, eu vejo o contorno de um objeto retangular, caído no chão, a poucos centímetros da britadeira destroçada. Meu coração começa a disparar. Enquanto me dirijo até a coisa, estou consciente do cheiro úmido e delicioso da terra. Eu havia penetrado em um bolsão de ar que não era respirado há cerca de mil anos. Vou até o objeto, estreitando os olhos. É um livro. Eu pego. Um Corão.

"Ibrahim!", chamo. "Eu pensei que você tivesse dito que não esteve aqui embaixo!" Minha voz reverbera. Sinto uma pontada de decepção. Eu quero ser a primeira.

"Não estive." Posso ver o rostinho dele espiando para baixo, em minha direção. "Quando o buraco se abriu, eu fiquei tão apavorado que Naima me disse para jogar um Corão lá, afastando os maus espíritos."

Não há maus espíritos aqui, penso, sorrindo, enquanto olho em volta. Ando no perímetro do espaço, roçando as mãos pela parede. É como entrar em ventrículos do meu próprio coração.

À primeira luz do amanhecer, o rei se levantou e correu até a cova dos leões... Daniel, então, falou com o rei, "Meu Deus mandou seu anjo, que fechou a boca dos leões para que eles não possam me ferir." Todos os leões do meu medo estão calados. Não há maus espíritos, aqui. Talvez anjos, neste covil.

É um espaço sagrado, imagino. Um espaço de cura. As paredes me parecem profundamente amadas, suas superfícies incessantemente acariciadas, as protuberâncias alisadas pela água, suavizadas como a textura de um brinquedo muito querido modificada pela constante massagem feita pela criança adormecida. As cisternas são berços mágicos, toda a pureza de uma cidade preservada nas profundezas da terra.

Há nichos na parede, onde antes brilhavam lamparinas. Quartos geralmente têm quatro paredes. Mas cavernas são, na verdade, constituídas de uma só, circulando ao redor de si mesmas, como uma faixa de Möbius. Há uma borda ao longo de todo o perímetro, claramente construída depois que a cisterna já não era mais usada. O piso é em forma de lágrima, com quase treze metros em seu diâmetro longitudinal, e sete metros de largura — são cerca de mil metros quadrados de área, ao todo. Os degraus se localizam no único ponto ao sul.

Olhando para cima, vejo a luz da sala de estar penetrando no interior do buraco. Sinto-me como um gênio brincando no fundo do meu samovar barrigudo. Quando fico bem embaixo do buraco, posso ver o ventilador de teto com suas quatro lâmpadas salientes. Posso ser feliz aqui e fico maravilhada. Imagino se tenho esse sentimento apenas porque estou longe de Norris. Sentada no meio do piso, balanço a cabeça. Não acho que seja. Aqui é lindo. É tão bonito, que não me admira que os Barakat tenham ficado loucos para encontrar isso. Ouço a conversa deles lá em cima. Ela está chamando por ele, pedindo que não esqueça de trazer ovos e cordeiro. Há algo muito adorável sobre uma escavação, que beira a pura intuição. Sua origem está na autoconfiança; portanto, qualquer descoberta é inevitavelmente uma autodescoberta.

Passei o dia tirando medidas, anotando os lugares onde a rocha parece afetada. Junto com os ovos e o cordeiro, dei a Ibrahim uma lista para a compra de equipamentos, incluindo longos cabos elétricos e refletores. Perguntei se as lojas israelenses de ferragens vendiam luzinhas de Natal. Seria ótimo se fosse possível iluminar o teto. Ele olhou para mim inquisidoramente e eu ri, dizendo: deixe pra lá.

Naima reservou para mim o pequeno quarto lá em cima e que Ibrahim usava como escritório. Duas paredes são forradas de estantes de aglomerado, apoiadas de maneira duvidosa, repletas de pesados livros de direito. Caixas e pilhas de livros formam um labirinto sobre o tapete persa dourado e vinho. Há uma velha carteira escolar de metal no canto do aposento, com um grande computador e mais pilhas de livros. Uma cama confortável, revestida com cobertores de estilo militar bem esticados fica no lado oposto à porta, e Naima deixa uma jarra de chá gelado em uma desgastada mesinha de cabeceira. Uma luminária de pedestal, com formato de vitral, inunda o quarto de diamantes vermelhos e âmbar.

Levanto cedo a cada manhã, saio da casa vestida com jeans e camiseta, e ando, refazendo meus passos até o quiosque de Elazar, *Falafel, Cigarros, Frutas e Passeios Turísticos*, e subo até a sepultura de Jeremias. Não entro com os fiéis, mas Edna, na entrada, sempre oferecendo panos para a modéstia, me cumprimenta. Eu paro lá em cima, olhando a paisagem acolchoada, da mesma forma que observava a Via Maris e os olivais, do topo de Megido.

Versos do Eclesiastes se espalham no horizonte, inundando os vinhedos de luz. *Que proveito tira o homem de todo o seu trabalho enquanto labuta sob o sol? Uma geração se vai e outra vem: mas a terra permanece para sempre. O sol também se levanta e se põe, apressando-se em retornar ao lugar onde nasce outra vez. Todas as coisas estão repletas de exaustão... e não há nada de novo embaixo do sol.*

Alongo meus braços, como se estivesse pegando as nuvens e fecho os olhos contra o sol, que paira sob as colinas distantes, o calor formando espirais cor-de-rosa atrás de minhas pálpebras. Talvez haja algo novo sobre você, eu penso. Talvez haja mais do que cansaço neste mundo.

Sigo ladeira abaixo, o coração palpitando, os pulmões cheios. Paro no quiosque de Elazar e tomo um grande trago de café, pratico meu pobre árabe com os trabalhadores, que ficam sentados ali todas as manhãs. Depois volto e desço ao berço de terra, escavando até a hora do almoço e, depois do jantar, vou para a cama.

Dois dias depois de ter mudado para a casa dos Barakat, convido Itai a vir, na esperança de obter a permissão necessária para fazer uma escavação oficial, de maneira que possa reunir uma pequena equipe. Tenho algum dinheiro guardado e também estou avaliando a possibilidade de fazer um contato com o senhor Jerrold March.

Itai traz sua cadelinha para Anata. Fico na beira da calçada da frente e vejo o carro chegar pela rua, com ele afagando o animal, que está sentado no banco do passageiro. Estou nervosa com a sua vinda e a eventualidade de não me ajudar a legitimar o sítio. Olho para a casa atrás de mim. A pedra clareada pelo sol e as janelas escuras, que achei tão agradáveis à primeira vista, agora parecem emergir do solo poeirento como a caveira de Golias. O carro de Itai se aproxima e lança um punhado de cascalhos em minhas panturrilhas.

"Bonita casa. Belas flores." Ele sorri. Entrega a cadela para mim. Eu pego e agradeço. Naima está na porta e a filhote imediatamente entra correndo na casa.

"*S'licha*", Itai se desculpa e passa por Naima, em busca do cãozinho, gritando: "Mazal! Mazal! *Bo alai*! Mazal, onde está você?".

Eu permaneço na entrada, o sino de vento de faquinhas de manteiga bem em cima de minha cabeça. Faço uma careta, enquanto ouço a voz dele lá dentro. Sei o que vai acontecer. "Mazal? Mazal? O que...*oy va voy, aizeh ketah!*"

Corro casa adentro para encontrar Itai com Mazal nos braços, parado na sala de visita, antes da fossa. Ibrahim e eu fizemos o melhor que pudemos para arrumar o que foi tirado das fundações. Fios foram retirados e luzes acesas, de maneira que o fundo marchetado da cinzelada escavação tem um brilho promissor. É o que imagino, a partir da perspectiva de Itai. É como se a bola incandescente de um meteoro tivesse atingido a casa de alguém, restando apenas a tevê e o sofá nas bordas da pequena cratera, onde deveria estar uma mesinha de café.

Os olhos de Itai percorrem rapidamente as bordas do chão revirado. Mazal está nos braços dele, com o nariz cheio de poeira de concreto. Quando ele a coloca no chão, ela fareja os arredores, levantando a poeira do sofá e das cadeiras, ao agitar a cauda.

Ibrahim entra no aposento, parando a meio caminho, quando vê Itai. Este, por sua vez, fica apenas olhando o chão escavado, e diz em hebraico: "Ibrahim Barakat. O advogado de direitos humanos. Isso não é um paradoxo?".

O rosto de Ibrahim está com uma expressão sombria. Ele também fixa os olhos na boca da escavação. Talvez em meu benefício, ele responde em inglês: "É um prazer recebê-lo em minha casa, senhor Harani".

Itai, agora falando em inglês, continua se referindo ao fosso, enquanto anda lentamente ao redor dele, testando o chão antes de passar para o próximo estágio. "Sem liberdade de imprensa. Sem direito de criticar o governo. Sem liberdade de expressão. Prisões sem julgamento. Quando um homem mata sua esposa ou filha, é um crime em defesa da honra. Você defende os direitos humanos em uma sociedade que encoraja suas crianças a se matar, dizendo a elas que serão louvadas se cometerem suicídio e levando consigo algumas outras vidas. Como é que você pode falar em direitos humanos em uma comunidade que não ama seus próprios filhos?"

"Ataques suicidas revelam mais desespero e angústia do que amor ou falta dele, entre um pai e um filho." O tom de Ibrahim é advocatício, com a raiva reprimida. Olho para as bordas irregulares do chão, ao redor do buraco. Parece também estar participando da conversa, com sua boca escancarada aos pés deles, como uma sepultura esperando ser preenchida, e, subitamente, temo que possa ser lançada nela. Eu junto minhas mãos às costas e procuro apoio, agarrando na bonita cortina amarela que enquadra a janela.

Depois de viver a maior parte desses doze anos em Israel, não me surpreendo que estranhos se envolvam rapidamente em discussões políticas. Na América, religião e política são piscinas em que as pessoas se lançam gradualmente.

"Tenho um amigo. O tio dele estava comprando flores para sua esposa, para o Shabbat, quando foi morto. Como é que um advogado de direitos humanos pode explicar isso aos quatro filhos dele? Por que um jovem de dezenove anos enrola explosivos em seu corpo e depois se destroça? E depois, ver palestinos na Faixa de Gaza dançando e celebrando sua morte, carregando cartazes sobre o homicida como se fosse uma espécie de herói."

Ibrahim fala baixinho. "Eu não estava dançando. Da mesma forma que nenhum de meus amigos. Nós choramos. Não apenas pelo tio de seu amigo, mas por um mundo que ensina a um garoto que pode servir melhor a seu país não pela educação e justiça social, mas através da morte. Que mundo terrível e sem esperança, se é isso que um menino pensa."

"Não", diz Itai, olhando para Ibrahim pela primeira vez. "Vocês não tiveram tempo para dançar. Vocês estavam muito ocupados, preparando a defesa da família do atacante suicida, porque o governo demoliu a casa deles. Vocês estavam tentando obter compensação para eles."

"Questionar demolições punitivas de casas não significa que eu aprovo assassinatos", diz Ibrahim, encarando os olhos de Itai. Eles ficam se olhando assim por um lapso correspondente a uma ou duas batidas de coração, mas cria um vácuo que eu temo seja capaz de engolir tudo o mais.

Eu alargo a cortina e falo depressa, estranhamente otimista. "Eu li a seu respeito na internet, Ibrahim. Em como você representou três homens que eram suspeitos de vender terras para os judeus. Um havia reconstruído uma cerca e foi acusado de fazer isso encurtando um pouco o perímetro de seu próprio terreno e seu vizinho era judeu. Foi acusado de ceder uns trinta centímetros para Israel. Esqueci o que os outros dois haviam feito. Todos os três foram condenados à morte, certo?"

Ibrahim pisca e olha para mim. Itai coloca a mão no quadril. Ibrahim diz, pesarosamente: "Eram homens pacíficos e foram executados. Todo mundo os conhecia como pacíficos".

Eu olho para Itai e continuo: "E eu li que você representou oito palestinos que tinham sido acusados de criticar a Autoridade Palestina.

Um casal foi sentenciado à morte. Alguns foram condenados à prisão perpétua em trabalhos pesados, alguns ainda permanecem com julgamentos pendentes e têm esperado por anos. E suas confissões foram obtidas sob tortura — golpes de martelo em suas cabeças e ameaças de estupro contra suas irmãs".

Ibrahim suspira. "Há poucas coisas neste mundo mais vãs do que um advogado de direitos humanos em um regime autoritário mantido por ditaduras."

"É como caçar fantasmas", sublinho.

Itai está apertando os lábios e segurando a barriga, tentando não rir. Ambos olhamos para ele. Estou brava e Ibrahim parece profundamente insultado, mas Itai aponta para mim e diz, surpreso: "Olhe quem está subitamente interessada no mundo acima da terra! Page falando de política!". Ele dá um tapinha na cabeça, manifestando descrédito. Inclina-se sobre o buraco e diz: "Você tem certeza de que não desenterrou o Messias lá embaixo?".

Eu também dou risada e Ibrahim relaxa. Balança a cabeça para Itai, como se eles tivessem chegado a um acordo. Então, Itai aponta para dentro do fosso e diz, com a voz cheia de humor: "O principal porta-voz contra a demolição de casas e olhe o que faz em sua própria sala de estar!". Ele se agacha para afagar embaixo do queixo de Mazal e olha para cima, na direção de Ibrahim: "Como é que você defende isso, a demolição de sua própria casa?".

"Esse é um chamado e, confesso, não comporta defesa lógica."

Itai caminha pelo estreito perímetro do buraco, mais uma vez. Ele se ajoelha e, cuidadosamente, toca na borda do assoalho destroçado. Depois se levanta e olha para mim. "Você é demais, senhorita Brookstone!". Seus olhos dançam sobre mim. Meus sentidos estão formigando e meu pulso se acelera. Então, ele me informa: "Israel, por sua vez, respeita os direitos humanos. Ele introduziu o conceito das liberdades civis no mundo árabe", e eu me lembro *dela,* suas pernas se insinuando sobre ele, a revelar sua eterna juventude.

Itai me convida a ir ao departamento preencher alguns papéis. Ele diz: "Talvez haja algumas lacunas técnicas, uma vez que se trata de uma residência particular; vou pesquisar a respeito. Mas como as pessoas estão comentando, quero assegurar que tudo está *kacher*". Nós nos abraçamos, na porta, e ele roça os lábios no canto do meu olho. Afastando-me um pouco, ele deixa que seus olhos se fixem por um momento na área côncava da minha garganta. Eu sinto um calor subindo pelo pescoço, ruborizando minhas bochechas.

"*B'seder*", ele diz, se retraindo instantaneamente. "Tenho de chegar em casa, para Sharon." Ao me soltar, ele sorri demoradamente, acenando em seguida para o seu cachorro: "*Boi* Mazal, hora de ir", e a cachorrinha salta para sentar ao lado dele. Depois que o carro de Itai parte, Ibrahim pega uma vassoura e começa a varrer a entrada, embora o chão esteja limpo. Eu o observo por um momento, achando que seus movimentos repetitivos são calmantes. "Você está bem?", pergunto.

Ele responde: "Ele está certo e eu sei disso. Israel nos ensinou sobre direitos humanos, como só uma democracia é capaz de fazer. Eu já estive em tribunais israelitas. Sei a diferença, quando não consigo que um juiz palestino permita algum exame médico nos presos. Nenhum exame imparcial. Eu sinto que é um paradoxo", ele admite e levanta os olhos para mim, como poços incomensuráveis de tristeza. "Por que tentar? Mas uma vez ou outra um coração é convertido, uma cela de cadeia é aberta, o mundo violento se acalma por uma fração de segundo e a esperança respira..."

Ele ri, com ironia, se volta para dentro e olha para a sala de estar. "Aqueles homens que foram executados? Eles me *perseguem*", diz. Naima está em pé na entrada da sala de jantar, com os braços ligeiramente cruzados. Ela o olha pelas costas, enquanto ele espia na direção do buraco. E continua: "Eu implorei pela vida deles nos tribunais palestinos. Eram homens bons. Homens inteligentes. Professores. Mas eu não passava de um idiota para as autoridades, como eu e Naima éramos para você e seus colegas. Eu não consegui soltá--los e quase fui morto muitas vezes ao tentar."

Eu segui seu olhar em direção ao fosso e imaginei ali, presas, as almas de todos aqueles homens que ele tentou representar. Olho para ele, seus olhos castanhos e tristes expressando seus pensamentos, e percebo que ele está tão desesperado para se desenredar da morte como eu.

Eu digo: "Você aprendeu com Israel, mas há muito que ele pode aprender com você, também".

Ele se volta devagar para mim e dá um meio sorriso. "Com você, também", ele garante, e eu sinto um suave prazer me envolver. Naima e eu nos olhamos e sorrimos, da mesma forma que esposas-irmãs compartilham um amor generoso pelo mesmo homem.

VIII

Tua carne é ouro refinado e candente. Quero selar meu corpo contra ela. Meus pensamentos se voltam para tudo que é sagrado. Eu quero te devastar como Ruth, na eira. Quero estar a teus pés, enquanto tu dormes...Quero te morder, dar um forte puxão nos teus cabelos, expulsar aquele Deus malicioso de dentro de ti, trilhar tuas visões indiscretas e te deixar apenas pele e pulsação e desejo. Eu caio de joelhos diante de um riacho de lama e me derramo em lágrimas tão duras como diamantes.

O PERGAMINHO DE ANATIYA 17:10-16

Paro um pouco antes do espelho d'água em estilo mouro, no jardim do claustro do Museu Arqueológico Rockefeller, e fico olhando para o edifício principal, cuja torre central se eleva como um bolo de casamento octogonal muito bem estruturado. O tanque é alimentado por duas cisternas subterrâneas e me agrada pensar nesses ventres tão vivos de água. O Departamento de Antiguidades está situado aqui e eu decido fazer uma longa caminhada em direção a essa ala, serpenteando pelas extensas coleções do museu. Fileiras e fileiras de cerâmica me saúdam com bocas abertas como cogumelos *lycoperdon* gigantes, depois de liberar esporos. Eu admiro a alvenaria de pedra do tempo das Cruzadas, as colunas persas ornamentadas e as placas islâmicas. Deuses e deusas clássicos me fitam com um olho só, de perfil, em esculturas egípcias de marfim. Atravesso por arcos de pedra da Idade do Ferro até a nobre estatuária dos romanos. E me inclino sobre uma longa vitrine que abriga folhas dos Pergaminhos do Mar Morto, em um corredor longo e iluminado. Tento ler aquela escrita antiga e sou capaz de entender alguns versos.

Há um homem judeu ortodoxo nessa mesma área, debruçado sobre outro recipiente, correndo o dedo sobre o vidro enquanto lê. Raios de sol de uma das altas janelas em forma de arco clareia a aba de seu chapéu negro, como um halo escuro. Com seu longo casaco preto, ele permanece em marcante relevo contra as paredes brancas. É difícil ignorá-lo, mesmo nesta sala imensa. Eu tento me concentrar nos versos que estão diante de mim, na milagrosa sobrevivência dessas palavras, mas no canto dos meus olhos ele se move como a sombra de um tubarão.

E me sinto desconfortável e abandono o pergaminho, entrando em um pequeno recinto, cujas vitrines cintilam com joias e moedas. Há um painel mostrando numerosos círculos irregulares, pequenas porções de argila impressas com um selo; geralmente, eram grudadas a documentos para identificar o escriba. Observo as que estão aqui. Quatro delas — e uma, em particular — causaram uma bela comoção, não faz muito tempo. Todas estão impressas com nomes de escribas encontrados no Livro de Jeremias. Duas ostentam o de Baruque, filho de Nerias, justamente o que acompanhou o profeta. Eu me inclino para olhar a mais famosa das peças e a foto ampliada, que fica a seu lado. Em seu lado superior esquerdo existe uma clara impressão digital. É a do escriba Jeremias.

Eu me endireito quando ele entra. A sala é bem pequena e me sinto tão desconfortável como quando estou em um elevador com um estranho e ninguém sabe para onde olhar. Estou olhando para um colar de contas pendurado na parede, sem nada especialmente marcante, quando o ouço dizer: "Desculpe... você é Geveret Brookstone?". Eu me viro.

Seu chapéu negro, desajeitadamente inclinado para trás da cabeça, parece fora de lugar sobre o cabelo cor de palha, como se tivesse sido mergulhado em um chá de morangos. É bem aparado — sem costeletas — mas, mesmo assim, rebelde, como se tivesse se amotinado contra aquele chapéu e crescido de maneira selvagem. Seu rosto está bem barbeado. Os dois primeiros botões da camisa branca estão desabotoados. Suas roupas não parecem se encaixar direito. É como se eu estivesse vendo dois homens superpostos. Um deles é claro, tem tons de mel e brilhantes olhos azuis. O outro é escuro e piedosamente taciturno. É como se um belo jovem de fazenda americano tivesse sido misturado com um judeu ortodoxo. É assustador e o ar fica rarefeito na sala, que parece menor ainda.

"Sim", respondo polidamente. "E você é...?"

"Mortichai Masters", ele informa, e estendo automaticamente a mão para ele, esperando uma retribuição, como se costuma fazer ao conhecer alguém. Mas ele apenas olha para baixo, fitando minha mão estendida como se fosse uma das imagens de marfim expostas. Sinto o pescoço corado de vergonha. Eu havia esquecido, por um instante, que os judeus ortodoxos não tocam em nenhuma mulher além de sua esposa.

"Prazer em conhecê-lo", digo, abaixando a mão e seguindo em direção à saída. "Tenho de ir embora."

"Assisti a uma palestra sua, na Universidade de Tel-Aviv", ele fala. "As Tumbas da Fé."

"Obrigada", eu digo, e o rubor se eleva acima do pescoço, porque noto que ele não me elogiou.

"Seu coração não estava nela", ele observa, com uma voz tão monótona como o som de um radiador.

Sinto um calafrio nas costas. "Hum.... tudo bem", comento, voltando para dentro do corredor. Antes de me afastar dele, não consigo evitar uma pergunta, com sarcasmo: "E quem é você, mesmo?", e vou embora rapidamente, antes que ele possa dizer qualquer coisa em resposta. Visito a coleção bizantina, dando uma olhada por cima do ombro, para ver se ele me seguiu, até que me sinto capaz de relaxar e apreciar as miniaturas. Todas as coleções são ricas, mas só consigo pensar em minha cisterna. Mesmo se não contiver nada, exceto as carícias da água, penso, ela é preciosa. Perambulo pelas salas um pouco mais.

Entro pelas grandes portas de nogueira da Autoridade das Antiguidades, onde Itai trabalha. Imediatamente, percebo um murmúrio de baixos decibéis das pessoas falando a meu respeito. Escuto trechos de sussurros em hebraico: "Ela está deixando Megido."; "Meio louca."; "Uma família árabe."; "Fantasmas." Quando me aproximo da sala de espera, vejo a secretária de Itai. Ela é gordinha e usa uma blusa justa, abaixo dos ombros. Seus óculos são cravejados de estrasses. Embora esteja vestido basicamente como qualquer outro judeu ortodoxo, mesmo de costas eu reconheço imediatamente o senhor Masters pelo fato de a bainha de suas calças estar muito curta em relação às suas longas pernas, pelas mangas de seu casaco que mal alcançam seus pulsos e pela maneira como aqueles cachos de um louro rosado estão tentando escapar por amor à vida.

Ouço a secretária de Itai dizer a ele, em hebraico: "O próximo compromisso dele é com uma caçadora de fantasmas". Os olhos dela se abrem mais, olhando para ele sobre as lentes dos óculos e balançando a cabeça. Em seguida, ela percebe que estou ali e se empertiga, dizendo: "Page. *Shalom*, ele está falando ao telefone, mas vou avisar que você chegou".

Eu me sento e o senhor Masters se vira para mim. Eu olho para baixo e pego um exemplar de uma publicação israelense a respeito de arqueologia, *Atiqot*, que está na mesinha de canto. Ele fala comigo como se não tivesse notado que eu me afastara da sala, pouco antes, claramente desinteressada de falar com ele. "Eu estava dizendo que seu coração não estava lá, da mesma forma que está em seus escritos."

Olho para ele, dou de ombros e esboço um meio sorriso, voltando a olhar a publicação. Ele continua, como se estivesse falando consigo mesmo. "Eu soube que há uma cisterna em Anata."

Eu deixo a revista de lado e digo: "Quem lhe disse isso?".

"Gever Anderson publicou um artigo no site *Hadashot Arkheologiyot*. Liguei para ele, que confirmou."

Eu ri. Não foi por acaso que eu o achei assustador. "Ah", digo, "um amigo de Norris. Tenho certeza de que também lhe disse exatamente o que ele pensa de mim." Agora o senhor Masters abaixa o olhar, mirando seus pés. "Não repetiria o que ele disse."

"Certo", falo, abrindo de novo a publicação. O que está levando Itai a demorar tanto?

Posso sentir o homem estranho ainda olhando em minha direção. Ele parece uma sombra pairando sobre mim, da mesma forma que Norris ficaria em pé ao meu lado, criticando e zombando, enquanto eu permanecia agachada na areia. Ele resmunga: "O profeta Jeremias viveu em Anata".

"Ah, é mesmo...", eu falo sem levantar os olhos de minhas páginas. Faço uma voz tão monocórdica quanto a dele. "Não tinha ideia. Imagino que haja um livro ou algo assim onde eu possa encontrar mais a respeito."

Mortichai Masters não parece notar o sarcasmo. "Sim", diz vagamente. "E lá diz: *Então eu comprei a terra em Anatote de meu primo Hanamel. Dei o dinheiro a ele, dezessete shekels de prata.* Mais significativo para você é o versículo nesse mesmo capítulo: *Pegue estes documentos, a escritura de compra, tanto o texto fechado com o selo como o aberto, e coloque-os em um pote de barro.*"

Será que ele pensa que eu preciso de uma aula de história bíblica? Afirmou que foi a uma das minhas palestras. Será que ele não percebe que eu sei de tudo isso melhor do que ninguém, mesmo que meu coração não esteja envolvido? E digo: "Sim, eu sei; capítulo trinta e dois. E em seguida vem: *O Senhor disse a Jeremias, 'construa uma cisterna de doze côvados de profundidade, para que as águas da justiça jamais sequem.' E o profeta assim fez, usando apenas uma pedra, e ele soube que algum dia, com certeza, uma mulher desceria àquele lugar onde sua reputação poderia ser destruída para toda a vida.*"

"Esse versículo não existe", ele diz secamente. Eu não consigo perceber nenhum humor nele. Ele dia: "É possível que seja a mesma cisterna do capítulo quarenta e um, onde está dito..."

"Eu sei o que diz", interrompo, olhando para ele severamente. *"A cisterna onde Ismael lançou todos os cadáveres dos homens que matara."* Estou rubra de raiva de mim mesma, surpresa de que com todos os versos de iluminação e redenção que têm me inundado nos últimos dias, este sobre a cisterna, provavelmente em Anata, tão óbvio, nunca apareceu.

Ele sustenta o meu olhar, continuadamente. Noto que não é muito mais velho do que eu, talvez quarenta? Quarenta e dois?

Seu rosto é sardento, com suaves concentrações de pontos. Sua pele é como um creme regado com xarope de bordo. As pupilas de seus olhos pálidos se ampliam, um indício de que talvez ele tenha percebido que eu estou sendo rude com ele. "Você é a caçadora de fantasmas de quem eles estão falando", diz, juntando as peças do quebra-cabeça.

"Então, me processe", digo. A secretária está nos olhando enquanto digita *e-mails.*

O senhor Masters se volta para ela e diz: "Diga a *gever* Harani que eu passei. Aqui está meu cartão". Ele pega o cartão do interior do longo casaco negro e se vira para sair. Entretanto, detém-se para me dizer: "Se é a mesma cisterna mencionada no Livro de Jeremias, e que estava cheia de cadáveres, e se é assombrada por aqueles homens que ali apodrecem, não vingados, então eu pensaria que você está lidando com alguns fantasmas bem hostis, *Geveret*". Ele inclina o chapéu como faria um *cowboy* e vai embora.

"Que diabos foi isso?", pergunto à secretária, depois que a porta se fecha.

Ela olha para o cartão de visitas e diz: "Não sei, mas informa que ele trabalha para a CRUZ." Ela estreita os olhos para enxergar e lê: a instituição assim denominada reúne membros da uma tal Sociedade Cristã de Salvação dos Restos Mortais.

Minhas sobrancelhas se elevam. "Ele trabalha para uma organização chamada CRUZ?", resmungo para mim mesma, e digo: "Bem, então se trata de uma mistura de contradições".

Ela olha para mim por cima dos óculos, talvez como se quisesse sugerir que não estou em situação de julgar ninguém. Mesmo assim, sugere: "Provavelmente, um caçador de ossos".

Isso faz sentido imediato e claro para mim. O Ministério da Justiça de Israel decidiu, há muitos anos, que os ossos humanos não estão protegidos pela legislação de antiguidades; então, a Autoridade das Antiguidades não pode manter os conteúdos das sepulturas para estudo, mas deve encaminhá-los às autoridades religiosas. Com frequência, apesar da pressão, os restos podem permanecer nos laboratórios durante anos, antes de serem devolvidos para novo sepultamento, o que enfurece os fiéis. Além do valor histórico dessas descobertas arqueológicas, o DNA extraído dos ossos oferece dados vitais sobre o histórico dos distúrbios genéticos. A perda do acesso a esses restos ancestrais constitui um imenso obstáculo no caminho da pesquisa.

Pessoalmente, concordo que haja respeito pelos mortos. Realmente. Mas teria muito mais respeito por eles se levantassem e fizessem alguma coisa. Oferecendo-se à ciência, lhes permite proporcionar contribuições depois de seus nomes serem esquecidos.

Na lei judaica, porém, o respeito pelos mortos é de fundamental importância. A própria santidade da vida depende do respeito pelos mortos. Portanto, os túmulos não podem ser perturbados e, quando são descobertos restos mortais em um sítio arqueológico ou em uma área de construção, pode haver graves agressões. Conheço arqueólogos que receberam ameaças de morte de seitas ultraortodoxas por revolver sepulturas e há três anos houve um incêndio criminoso na sede da Autoridade das Antiguidades. Alguns anos depois de eu chegar a Megido, mais ou menos trinta manifestantes de chapéus negros se concentraram, bloqueando nosso caminho para o eixo vertical das sepulturas.

Hoje em dia, a autoridade religiosa só tem direito de interferir quando os restos são claramente judeus. Jarras funerárias são uma prática do povo de Canaã — as milhares de crianças que eu descobri sepultadas nelas não chamam uma atenção muito especial. Posso lidar com elas como quiser, o que significa mantê-las cobertas e protegidas quando não estou trabalhando. E fotografo cada estágio. Depois que tudo for documentado, chamo meu antropólogo físico, que assume o trabalho, levando os restos mortais para o laboratório, de maneira a reconstruir a vida e a morte daquela pessoa, à procura de evidências de patologias e doenças.

A secretária de Itai me conduz ao gabinete dele. Itai se levanta e me cumprimenta atrás de sua grossa mesa de carvalho, quando sentamos um diante do outro. Sua janela tem vista para a Rua Sultão Suleiman, no leste de Jerusalém, e posso ouvir o barulho dos carros e do comércio lá embaixo. Existe um longo sofá de couro craquelado contra uma parede de livros. Lembro daquele sofá quando estava no apartamento dele. Sharon deve ter feito com que ele o levasse embora. Recordo muito bem daquele sofá. Mordo o lábio.

"Sua nova secretária estava fofocando sobre mim com algum caçador de ossos pirado", digo.

"Eu odeio os caçadores de ossos. São violentos contra os vivos para proteger os mortos. Você sabia que a construção deste edifício foi adiada por causa de um cemitério antigo? Praticamente todos os canteiros de obras em Israel sofrem atrasos porque alguém encontra algo que normalmente acaba sendo a anca de uma mula do paleolítico."

Antes que ele possa acrescentar algo como "mas minha Israel, ela se mantém na rota certa para alcançar o céu", eu me adianto. "Por que todos estão falando de mim? Por que se importam com o que eu faço?"

"É o que fazemos aqui." Ele ri, amavelmente. "Nós nos importamos com o que os arqueólogos desenterram. De qualquer forma, Norris irrompeu aqui como uma tempestade, ontem, enquanto eu visitava você em Anata. Ele estava amaldiçoando espíritos e árabes loucos e homossexuais e cisternas; então, você não pode ficar tão chocada se as pessoas estão falando disso."

"Homossexuais?", pergunto.

"Honestamente, eu não sei sobre o que ele estava falando. Ele ridicularizou você. A questão é que a coisa se espalhou, menos porque seja controversa e mais porque as pessoas sempre precisam de algo para afastar a mente de seus próprios problemas. Você provavelmente deveria voltar a Megido e reconsiderar."

Empalideço ao ouvir Itai. A imagem de Norris saltando dentro de seu carro e irrompendo como um furacão no departamento, contando histórias a meu respeito, fez com que eu me sentisse invadida. "Ele me telefonou, ontem", continua Itai. "Ele me contou sobre a escavação e me pediu para colocar um ponto-final nisso. Eu disse a ele que você já havia falado comigo sobre as licenças e ele perdeu as estribeiras, esbravejando: 'Bem, então é isso'? e desligou." Fico pálida. Sinto meus olhos arregalarem e minha respiração ficando superficial. "Estou escavando aquela cisterna", digo, reunindo coragem. "Não vou retornar a Megido."

Itai senta de volta em sua cadeira e ela faz um ruído. Ele está rindo abertamente. "Eu já sei disso." Ele empurra uma pasta, que está sobre a mesa, em minha direção. O rótulo diz: "Escavação: Anata." E fala: "Eu já preenchi a maioria deles." Suspiro profundamente. Sinto a cor voltar ao meu rosto. "Obrigada."

"Como você sabe, geralmente gostamos de designar um israelita para ajudar a supervisionar qualquer escavação em nosso país. Até certo ponto, pode ajudar a manter as coisas *kosher*, se eu mandar alguém para assisti-la."

Balanço a cabeça, concordando. "Claro. Você pode me dar um pouco de tempo, apenas para absorver isso do meu jeito?"

Itai coloca as mãos atrás da cabeça e me analisa. Diz: "Norris sempre me odiou, porque eu tinha você". Meus olhos pairam em seus lábios. O sofá de couro parece se expandir. Lembro-me de ficar deitada ali com ele. Lembro-me de ficar confortavelmente acomodada quando deitava a cabeça nos braços da poltrona, mesmo com as pernas esticadas. Ele diz: "Conte-me algo mais sobre sua vida. Você sabe, certa vez compartilhamos muito mais do que trabalho, *motek*".

Quando saio pela frente do museu, vejo o senhor Masters sentado na beirada do tanque, olhando o reflexo do céu na linha d'água. Passo por ele apressadamente, sem dizer nada, e ele também não me diz nada.

IX

"Se tu não tens respeito pelo vazio e seu imenso poder", o ceramista nos revela,
"então, não és capaz de entender." Jeremias inclinou a cabeça e sussurrou,
"eu compreendo... que a respiração de Deus está no homem antes
mesmo de ele ter sido criado do barro."

O PERGAMINHO DE ANATIYA 18:12-13

O que há de melhor em escavar é que pode levar à meditação. Minhas mãos revisitam os mesmos movimentos, uma e outra vez. Sozinha na fossa, estou segura de que tomei a decisão certa ao vir para cá. Estou na casa dos Barakat há uma semana. Antes disso, a ideia de que meus colegas estivessem rindo de mim era aterrorizante, seria como a morte. Mas agora percebo que meu medo não passava de covardia do comprometimento parcial. Quando você coloca o dedão do pé na piscina, a água parece fria e a imersão, impossível. Mas se você evita colocar só o dedo e simplesmente se lança direto na água, sua pele grita *aleluia!* como se um ano fosse acrescentado à sua vida.

Estou relaxada. Posso imaginar o brilho suave das antigas lamparinas nas paredes da cisterna. Considero isso como uma espécie de esperança. Só à noite, quando me deito em uma cama estranha, olhando ao redor do quarto, as pilhas de livros criando uma inquietante floresta, é que me lembro do que disse o caçador de ossos ortodoxo. Recordo a história de Jeremias. O rei de Amon mandou Ismael, filho de Netanias, assassinar o governador de Judá. Era um período de relativa paz. O governador Gedalias havia recebido avisos de que Ismael tentaria matá-lo, mas não acreditou neles. Ismael o abateu, bem como a todos os judeus que estavam com ele. Um banho de sangue no quarto século. *A cisterna em que Ismael lançou todos os cadáveres era grande e tinha sido construída pelo rei Asa... foi essa que Ismael, filho de Netanias, encheu de mortos.*

Meus olhos piscam e, por um instante, as pilhas de livros se transformam em cadáveres retorcidos. "Eu pensaria que você está lidando com alguns fantasmas bem hostis, *Geveret*", ele falou. Lembro de como fiquei agitada na primeira noite que visitei esta casa, arrastando meus pés tão pesados escada acima, enquanto aquele buraco profundo na sala de estar gritava por socorro. Foi muito cruel da parte do senhor Masters implantar aquele pensamento em mim. Estou brava com ele e espero que tanto ele como Norris se divirtam espalhando histórias a meu respeito. Eu me virei na cama e dormi de frente para a parede.

É de manhã, estou colocando meu equipamento no chão da cisterna, para continuar o processo de fincar estacas e dividir o espaço em áreas controláveis, quando Naima me chama lá de cima.

"Você tem visitas", diz alegremente.

Subo a longa escada de mau humor e quando apareço à tona, no piso da sala de estar, vejo duas mulheres israelitas na faixa dos vinte anos de idade, paradas, meio sem jeito, na entrada. São uma cacofonia de cores contrastantes. A alta tem um tufo de brilhantes cabelos tingidos de vermelho, e sua pequena amiga, longas madeixas roxas, com alguns centímetros de raízes negras. Elas usam pulseiras e coleiras de couro, aros de prata subindo até os cotovelos e um monte de argolas e *piercings* nas orelhas. O nariz da ruiva tem um enfeite de prata encravado e os olhos da outra são profundos e sombrios, pintados de preto de um jeito tão carregado que poderia ser cortejada por guaxinins. Eu limpo a poeira das mãos e me apresento.

Elas perguntam se podem ser voluntárias; ficam se movimentando, transferindo o peso de um lado a outro do quadril, prontas para confrontar minha resposta. Querem trabalhar como assistentes em minha escavação.

"Como, diabos, vocês souberam deste sítio?", pergunto, observando seus rostos fantasmagóricos. Essas duas poderiam estar vivendo há anos embaixo da terra. A pele delas parece que nunca viu a luz do sol. A ruiva se apresenta como Meirav e sua quieta amiga de cabelos roxos, como Dalia. Naima oferece chá a elas.

Meirav me estende uma recente postagem na edição virtual da *Revista de Arqueologia Oriental*. O artigo é intitulado *Page Brookstone também está entre os profetas?*

Faço um gesto para que as jovens me esperem sentadas na sala de jantar, enquanto perambulo pela de visitas, lendo o texto. O título faz uma brincadeira com o versículo 1 de Samuel 10:11. Depois que o rei Saul foi tomado pelo espírito de Deus e começou a falar, em êxtase, as pessoas passaram a se perguntar: *O que aconteceu com o filho de Quis? Saul também está entre os profetas?*. Em outras palavras, eles pensavam que ele havia ficado louco. Estar entre os profetas significa que você perdeu a cabeça. O artigo é escrito por Norris.

Ele fala sobre um casal de árabes que afirma ter visto fantasmas e sobre a arqueóloga que havia concordado em ajudá-los. "Que tipo de matéria acadêmica é essa?" Ele quer me humilhar. Ele fala sobre o perigo de validar investigações mediúnicas e de tentar examinar a psicologia de outros arqueólogos de sucesso que preferem caçar fantasmas. "Ao celebrar uma descoberta casual de algum arqueólogo que esteja seguindo uma linha psíquica, cometemos grave desserviço àquele indivíduo, cuja instabilidade emocional e grito desesperado por ajuda, em vez de tratamento apropriado, nós recompensamos."

Ele quer se assegurar de que, se houver alguma descoberta de valor aqui, possa ser desconsiderada, porque os fins não deveriam justificar meios tão instáveis. Seu tom parece tão sincero, como se ele realmente se preocupasse com seus colegas e não com seu ego ferido. Estou agradecida pelo fato de ele não ter mencionado a cisterna nem citado os nomes de Naima e Ibrahim, tampouco a localização do sítio.

Retorno às *punks* furtivas, que estão desconfortavelmente sentadas na sala de jantar, como se tivessem receio de ser contaminadas pela mediocridade das cadeiras. "Não há nomes nesse artigo, exceto o meu. Como vocês descobriram onde era?", pergunto, sentando-me de frente a elas. Naima se junta a nós com copos de chá tão cheios de ramos de hortelã, que mais parecem lagoas nas xícaras.

Dalia diz: "Nós perguntamos ao professor Anderson. Ele nos disse que havia uma cisterna e que talvez você precisasse de alguma ajuda com ela." Seu comportamento dócil contrasta com a aparência agressiva. Posso imaginar o quanto Norris ficaria feliz em apontar essas garotas em minha direção. Elas são malucas. Risíveis, tal como ele espera que eu me torne. "Vocês têm alguma experiência com esse tipo de coisa?"

"Estudamos arqueologia na Universidade Hebraica", Dalia informa.

"Se não fôssemos, você acha que estaríamos lendo coisas como essa?", Meirav diz, inclinando-se para trás, até que a cadeira fique suspensa apenas por duas pernas. "*A Revista de Arqueologia Oriental?*" Ela projeta a língua na direção de uma de suas bochechas para parecer rebelde.

"Eu li seu livro, senhorita Brookstone", arrisca a suave Dalia. "*Massa de água, massa de ar*. Você teoriza, dizendo que onde há água, sempre houve culto. E que a palavra hebraica para céu também significa 'onde há água'. Ela fica ruborizada e acrescenta, abaixando tanto a cabeça que mal posso ouvi-la: "Achei que era muito interessante".

"Obrigada", digo, olhando para ela. Eu dobro a folha impressa e depois rasgo em duas. Dalia olha para cima e continua, um pouco hesitante: "Se há água, também há culto. Então não seria lógico que houvesse fantasmas onde há uma cisterna?".

Não consigo evitar de cair na risada, ruidosamente. "Lógico?" Como Norris ia gostar disso.

Meirav assenta a cadeira nas quatro pernas e diz, sarcasticamente: "Não somos aquelas que estão entre os profetas".

Gosto delas. Gosto do jeito como seus olhos cheios de tédio subitamente se iluminam quando as levo até o fundo da cisterna. Meirav, de longas pernas sobre as linhas de demarcação, parece um flamingo psicodélico. Dalia fica parada no mesmo lugar, bebendo aquele espaço fresco e doce com seus olhos delineados em negro.

Eu as recebo e lhes ofereço pincéis e picaretas, instruindo-as para limpar ao redor dos degraus. Elas imediatamente enchem a cisterna de comentários brincalhões sobre pais autoritários e rapazes. Não obstante sua conversa negligente, são cuidadosas e atentas aos detalhes. Eu aprecio o papo delas. Vai bem mais longe do que a parede que eu tive ao meu redor.

Recuperamos sete fragmentos de uma pequena jarra de cerâmica cor de pêssego, de pescoço curto. Um recipiente para coletar água. Meirav e Dalia haviam escavado dois degraus inteiros. O segundo tinha uma camada de argamassa de uns cinco centímetros de grossura, ao contrário dos outros, que eram simplesmente superpostos, sem nada. É possível que alguém estivesse começando um processo de fortificação.

Hoje estamos concentradas na borda sudeste da cisterna, quase um metro à esquerda do canto do degrau mais baixo. Aqui há uma parte áspera na parede, sugerindo que talvez tenha havido alguma intervenção ou um coletor de lodo. Meirav e Dalia estão tentando escavar cinco degraus, antes que comecemos a limpar a área ao redor deles. Durante três dias, elas revelaram sinais de que poderiam se tornar uma pequena equipe forte e promissora, mas hoje a concentração delas está vacilante.

Esta tarde temos um voluntário novo. Walid, o sobrinho de Ibrahim e Naima, veio juntar-se a nós. Ele está fascinado com aquelas duas bombas sob a casa dos tios, enquanto Meirav e Dalia se uniram mais ainda como grupo restrito, embora, ocasionalmente, lançassem um olhar de flerte na direção dele. Walid está medindo, fotografando e numerando os nichos onde, antes, havia lamparinas. Exclamando algo em árabe, ele usa a mesma camisa preta que envergava quando o conheci. Fica olhando por cima do ombro para as garotas agachadas ao lado da saliente escadaria de pedras.

Meirav fala suficientemente alto para que Walid ouça: "Alguns deles podem ser decentes, mas eu me recuso a perdoar todos os árabes".

Posso ver que Walid está tenso, embora continue a tirar as medidas. Depois de um momento, ele se endireita, faz uma pausa e se volta na direção delas. Ele fala seguida e quase mecanicamente: "Quem ia querer seu perdão, de qualquer forma? Uma garota que não tem respeito pelos outros nem por seu próprio corpo. Eu não perdoo você".

Meirav se levanta e seus olhos se fixam em Walid, que, visivelmente, dá um passo atrás. "Deixe meu corpo fora disso, ouviu? Você não tem permissão de olhar para o meu corpo e nem de pensar a respeito dele."

Walid parece um pouco vacilante, segurando sua fita métrica estendida uns trinta centímetros mais ou menos. Afinal, ele é três anos mais jovem do que as meninas. Respira, decidido a não voltar atrás, e diz com as vogais sopradas e as breves consoantes de um sotaque árabe: "E você não tem permissão de pensar a respeito de *meu corpo*".

Meirav cruza os braços diante do peito e Dalia, ainda agachada, tenta abafar uma explosão de risadas. Meirav a fuzila com o olhar e Walid se vira para a parede, segurando a fita métrica. De onde estou, posso ver que ele está sorrindo.

Estou estudando o acabamento da borda construída ao redor do fundo da cisterna, e que tem cerca de quarenta e cinco centímetros de altura. Essa borda foi feita mais tarde, por mãos sensíveis que a deixaram bem alisada na textura da parede — talvez alguém que tenha vivido aqui por algum tempo. Posso imaginar pessoas fazendo cultos aqui e, se isso aconteceu mesmo, provavelmente haja um altar ou uma arca enterrada em algum lugar nas proximidades. Ouço o abafado entusiasmo das meninas quando Dalia dá um salto e chama, a sua voz ecoando pela cisterna: "Há algo aqui entre os degraus".

Eu me ergo da posição de cócoras. Alguém devia escrever um livro de boa forma, *O arqueólogo e a profunda flexão do joelho*. Walid logo vai ver, os olhos arregalados. Eu tiro a poeira com meu pincel suave e introduzo minha sonda dental entre as lajes, raspando a argamassa sob o segundo degrau. Quando tenho certeza do que é, não posso deixar de sorrir. Eu amo a minha equipe de desajustados, reunidos em torno de mim. Adoro compartilhar este momento com eles.

Eu me sento: "É um brinco de ouro batido. Já vi este estilo antes. É egípcio, do sexto século a.C.". Pego minhas ferramentas mais sofisticadas e trato de retirá-lo dali.

"Um brinco de ouro! Eu encontrei um brinco!" Dalia fica saltando sem parar.

Meirav está encostada na parede, impassível: "O que significa mais um brinco? Você tem dezessete". Mas Dalia vai dançando até Walid e o atrai para um grande abraço. "Seu tio não vai ficar animado?", diz a ele. Em seu entusiasmo, ela é doce e infantil. Walid está espantado por estar nos braços dela. Ele não sabe o que fazer. Os braços dele e as mãos pendem, na altura dos quadris. Ela o liberta e dá saltos ao redor do poço, até que retorna aonde estávamos. Então, se aproxima de mim e diz, sem fôlego: "Talvez os fantasmas da casa sejam um príncipe egípcio e uma princesa!".

"Isso seria lógico", comento com um sorriso.

Meirav ainda não se mostra impressionada. "Nós queríamos trabalhar em uma casa assombrada", diz, apática, "porque o mundo dos vivos é uma merda."

Murmuro, enquanto escavo ao redor do brinco: "Eclesiastes diz: *Eu considero aqueles que morreram há muito tempo mais afortunados do que os que ainda estão vivos*".

"Exatamente. Exatamente isso!" Meirav concorda, de repente acesa. "Os vivos que sugam. São assassinos e julgam. Tanta luta e morte. Mas ninguém que morre é imperfeito. Todo mundo lembra os mortos como se todos fossem heróis. Como se morrer fosse um grande feito. Viver é o que mata você!"

Enquanto fala, Meirav se agacha perto de Walid. "Lá em cima, eu nunca falaria com você. Um garoto árabe. E você nunca falaria comigo. Ia preferir jogar uma pedra em mim. Certo? Mas aqui, no mundo subterrâneo, podemos fazer nossas próprias regras." Ele parece confuso, como se ainda restasse um abraço de Dalia ao redor dele.

"Aqui embaixo eu posso até fazer isto." Meirav segura Walid pela parte de trás da cabeça e esmaga seus lábios pintados de azul contra os dele. Quando Meirav se afasta, suas bochechas estão brilhantes como seus cabelos e Walid, uma cereja deslumbrada, se desequilibra sobre os quadris. "E isso nem teria importância." Meirav encolhe os ombros, limpando a boca com a parte de trás da mão. Ela olha para Dalia, que se encolhe um pouco e não diz nada.

Eu gosto de estar com eles. Na realidade, não são diferentes dos entusiasmados adolescentes que iam parar em Megido, em sua Viagem para Jovens em Israel, exceto que em Megido eu não sentia nenhum prazer ao olhá-los. De fato, sua vitalidade me deixava com inveja.

Eu seguro o brinco. É uma argola de ouro martelado. O metal foi tingido de laranja, mas a coisa mais maravilhosa é que tem cinco contas de turquesa pendendo de sua borda inferior. Era preciso ser um artesão especial para criar esse tipo de peça. Dalia agora está dançando na outra extremidade da cisterna, em um ritmo que ninguém consegue ouvir. Sorrio, olhando para ela. Dezessete brincos ao redor desse rosto pequenino. E olho para Meirav, com seu pequeno brinco de nariz e atitude de guerra sem quartel. Ambas se consideram tão contraculturais. Observo o brinco em minha mão e penso em Rachel, do Gênesis, que foi adornada com braceletes de ouro e um anel de nariz, e em Sulamita, do Cântico dos Cânticos, envolta em colares e com pesada maquiagem. Olho para a minha pequena equipe e penso: sempre houve garotas como vocês duas. Eu fecho a palma da mão ao redor do brinco. Às vezes, elas se tornam matriarcas e mudam o mundo.

Eu me inclino para trás e descanso o brinco sobre minha barriga. Costumava deitar assim no campo, com meus pais, quando eles visitavam amigos em Connecticut. A gente repousava sobre ásperas esteiras e ficava olhando as estrelas. Lembro de ter visto a chuva de meteoritos de Perseus passar celeremente. Eu ficava deitada como estou agora, com as mãos atrás da cabeça, fazendo pedidos à medida que eles surgiam.

"Não se mova", meu pai disse uma vez. "Uma estrela pousou em sua barriga."

Levantei minha cabeça bem, mas bem devagarinho, e vi um vaga-lume em cima de mim, na superfície da minha jaqueta estofada, piscando seu bulbo verde. E agora este brinco, pousado em minha camiseta branca manchada de poeira, se elevando e se abaixando com a minha respiração. Esta estrela não vai voar para longe. Se nada mais houvesse, essa maldita escavação psíquica havia rendido um brinco.

Eu me viro para ver que novas travessuras meus assistentes haviam perpetrado e fico paralisada com uma percepção maravilhosa. A argamassa sob o degrau não é de reforço. Alguém quis evitar que algo fosse encontrado aqui. Se a argamassa fosse raspada, a laje poderia ser levantada. Saio da cisterna e deixo o brinco na mesa da sala de jantar, com meu bloco de esboços e papel milimetrado. Naima franze a testa.

"Eu nunca a vi usando brincos", diz, olhando interrogativamente para o aro.

"Ah", eu disse, rindo para mim mesma.

Ibrahim se aproxima e observa a peça criticamente. "Deve ter sido dado a ela como presente", comenta como se fosse um fato consumado. Não consigo me conter e dou uma sonora risada. "Sim, com certeza! Um presente!" Enxugo as lágrimas dos cantos dos olhos.

"Vou acrescentar isso às minhas anotações de campo; a dona da casa estava ansiando desesperadamente por algo tão extravagante."

Ambos concordam, balançando a cabeça, como se aquilo tivesse perfeito senso. As garotas emergem do chão da sala de estar, seguidas por Walid, que parece estranhamente inebriado e brilhante. Elas imploram para que as deixe passar a noite ali, porque querem começar a trabalhar logo pela manhã. Eu digo não e Meirav contesta: "Você não é nossa mãe".

"É verdade, mas sou a sua chefe", respondo.

"O que poderia acontecer?", Dalia pergunta candidamente. Walid sorri, com aqueles incisivos felinos. Eu dou uma olhada desde a boca até o longo e pálido pescoço de Dalia.

"Tudo bem, fiquem", digo. Walid parece que vai implodir.

Com a ponta das pás, trabalhamos na escavação da camada de argamassa que existe sob o segundo degrau. Meirav senta com a mão casualmente apoiada na coxa de Walid e Dalia está apertada perto da parede, cada um de nós tratando de fazer o desbaste gentilmente. Meirav fala. "A ocupação é tão ruim para nós como para vocês", ela está argumentando com Walid, que parece ter muito interesse nela, mas pouco em suas palavras. "Não há solução", ela diz. "A ocupação não funciona. É a morte da Direita. Trabalhar pela paz não funciona quando nosso parceiro da paz deseja nos matar. Essa é a morte da Esquerda. Uma solução de dois estados? Nós lhes demos Gaza e vocês responderam com uma infinita barreira de mísseis. Essa é a morte do Centro." Ela passa os dedos ao redor da cintura dele. "Acho que não há lugar nenhum para ir, senão para baixo", diz, correndo os olhos sedutoramente sobre ele. Ele sorri e se inclina para ela. Ela morde a orelha dele.

"Ou para cima", Dalia diz timidamente, e nós todos olhamos para ela. Está cavando diligentemente a argamassa como se não tivesse dito nada.

"Como é que é?", Meirav pergunta, como se tivesse sido insultada.

Dalia continua delicadamente: "Para cima. Para o sol, que é tão bom e imparcial. Ao contrário do petróleo, que torna as pessoas gordas, preguiçosas e cruéis".

"O que é que o sol tem a ver com isso?", Meirav acrescenta, irritada.

Dalia levanta aqueles olhos tão demarcados. "Se todos nós sairmos de nossos silos e percebermos que podemos compartilhar o sol..."

"É uma boa ideia", digo, sorrindo para ela. Sua pequenez e doçura me tocam.

"Ihhhhhhhhh", murmura Meirav, rebatendo.

Vindo em auxílio de Dalia, Walid alfineta: "Ou o Mar Morto". Mierav olha para ele como se fosse um espécime e ele continua. "Todos compartilhamos o Mar Morto, vocês, nós, os jordanianos... Nós podíamos nos conscientizar de que todos compartilhamos o Mar Morto." Ele para, preso entre o sorriso que Dalia lhe oferece, entre mechas roxas, e Meirav, que agora está agarrando sua coxa.

Dalia senta direito e anuncia: "O ar, no Mar Morto, tem a mais alta concentração de oxigênio de todo o mundo!". Ela respira profunda e exageradamente. "Todos nós podemos compartilhar isso!"

"Nós compartilhamos tristezas", digo, "nós compartilhamos nostalgia... Nós compartilhamos alegrias, também, e amor."

"Tenho emprestado olhos dos palestinos e o que vejo é muita tristeza e desejo", Dalia diz, com os próprios olhos muito abertos e brilhando no fundo da face. O rosto de Walid está se derretendo para ela.

No início da tarde, nós já havíamos limpado o suficiente para, com um pequeno esforço, retirar a laje. Naima está de volta à casa e faz chá e carne no espeto com legumes. Enquanto trabalhamos, ela realiza no mínimo umas cinco viagens, descendo e subindo a escada, para nos trazer uma grande bandeja de cobre, uma mesinha, uma chaleira quente, que ela traz em uma cesta, e cinco tigelas de porcelana, não muito maiores do que taças para ovo quente, sustentadas por anéis de cobre com asas, além de uma grande folha de páo sírio temperado, que carrega dobrado sobre o braço. Por fim, um recipiente cheio de espetinhos. Ela senta de pernas cruzadas no centro da cisterna, diante da pequena mesa posta, a fumaça fazendo espirais, e toma chá bem forte. Ela parece tão pequena neste espaço — um camundongo em uma sala de concertos. Sei que Ibrahim costuma retornar por volta das três da tarde e, embora eu tenha suficiente fluxo de adrenalina para retirar a laje com a ajuda extra de um dos esquisitos, sinto que o certo é esperar por ele. Nossa equipe senta com Naima para comer e conversar. Walid está arrancando pedaços de páo e molhando com os sucos do espetinho para alimentar Meirav, que fica lambendo os dedos dele, sempre que Naima desvia o olhar. O aroma destilado pelo espetinho é inebriante e contagia.

Dalia estende a mão, pega no meu queixo e vira meu rosto de um lado para o outro. "Você é uma dessas mulheres que não precisam de delineador", observa.

"Você também não", digo, delicadamente.

Ibrahim chega e logo desce a escada, com pressa de se juntar a nós. Há uma verdadeira intimidade se formando entre os habitantes desta casa. Imagino que seja algo semelhante ao que seria viver no harém do rei Salomão, entre as mulheres.

Eu me levanto e faço com que todos se aproximem da laje. Dalia liga a câmera de vídeo. Ibrahim sobe no pequeno buraco que escavamos ao redor do degrau, agarra as bordas com os dedos e empurra, enquanto Walid e eu puxamos pela frente. A laje soa tão maravilhosamente que eu levanto a cabeça e digo a Dalia: "Você captou esse som? É o som do Fim dos Tempos".

"Peguei, sim. Agora eu estou focalizando os olhos de Ibrahim." Ela ri. "Estão esbugalhados!" Vejo a mão de Ibrahim se aproximando do retângulo de escuridão que ficou sob a laje.

"Não toque em nada!" Eu seguro a mão dele. "Meirav, Walid, tragam-me as luzes aqui bem perto."

Meirav me passa a lanterna. Eu a introduzo e, na cavidade ciméria, objetos que não foram tocados pela luz ao longo de milhares de anos brilham sob o facho. Meus olhos correm de uma coisa para outra, como duas bolinhas de máquina de jogos eletrônicos vagando furiosamente, ricocheteando, de elástico a sino de prata, todos os alarmes de meu corpo soando ao mesmo tempo.

Eu fotografo a cavidade e faço um rascunho da localização de cada objeto antes de extraí-los. Nós os resgatamos, trazendo-os para fora, com cerimônia e solenidade. Há uma caixa preta de metal cheia de joias, entre as quais as mais notáveis são o brinco que faz par justamente com aquele que estava preso à argamassa, um aro de nariz e um pingente de ouro desenhado com imagens faraônicas, um largo bracelete de cobre polido, no qual há uma pedra incrustrada e, acima dela, uma inscrição em hebraico significando "Eu te amo", e um anel sinete, de ouro trançado, com uma área oval alisada, onde, em um dos lados, está a imagem de uma pena, e, no outro, a de um olho. Retiramos também uma complexa esfinge de marfim com sulcada plumagem e sorriso no rosto. Há quatro escaravelhos. Cuidadosamente, levantamos um modelo feito de argila de um crânio feminino, todo cravejado de minúsculas flores, mesmo dentro da cavidade ocular. Há outra caixa de metal, em formato de cubo, e que contém fragmentos de uma jarra pequena. Existe ainda a estatueta de uma mulher grávida, cinzelada em cima de uma rocha e um recipiente de alabastro que contém tinta.

A despeito de todas as coisas que havia encontrado em Megido — recipientes de basalto, selos cilíndricos e lanças javalinas, esplêndidos capitéis protojônicos e altares de calcário —, faz muitos anos que nada me provoca um estremecimento de prazer. Mas a cuidadosa colocação dos tesouros na cisterna é impressionante. Alguém fez isso com intenso propósito. Eu me sinto tão viva no fundo desse poço, com todos os tesouros ao nosso redor. Posso sentir a energia irradiada pela terra me preenchendo, reforçando minha pulsação e moldando meus pensamentos.

Um por um dos integrantes de minha equipe esfrega os olhos e sobe para a casa, até que fico sozinha com meu tesouro. Deve ser muito tarde; eu também começo a fazer o mesmo caminho, bocejando e ansiosa por uma cama, quando paro no meio da escada. Uma fugaz cintilação faz com que meus olhos se dirijam ao teto da cisterna, como um vaga-lume tivesse piscado e desaparecido. Esfrego os olhos e me viro de novo, bocejo de novo, sem pensar mais naquilo. Vou para o meu quarto, de onde ouço Walid e Meirav, no aposento ao lado. O barulho sugere que ela jogou algo contra ele. Quando me aproximo do banheiro, vejo pela fresta da porta que Naima está escovando os cabelos de dois tons de Dalia, falando baixinho. Ibrahim está encostado na janela, observando as duas. Volto depressa para meu quarto, pego meu travesseiro, dois cobertores e recuo para o interior da cisterna.

Arrumo os objetos em um círculo e, no centro, faço um casulo para mim com os cobertores. *Venham, fantasmas,* penso, *desprendam-se de suas paredes e apresentem suas queixas.* Sorrio para mim mesma, observando ao redor, nas sombras que restam fora do fecho da minha lanterna. Não há sinais de espíritos aqui. Penso nos pesadelos que o senhor Masters me fez enfrentar. Esta não pode ser a mesma cisterna, acredito. Não consigo imaginá-la cheia de cadáveres de pessoas assassinadas. Mesmo assim, a sensação de um frio liquefeito percorre a minha espinha. Vou permanecer aqui, decido, e dissipar os pesadelos para sempre.

Eu me estico no chão, esfregando a borda da caixa de metal cheia de fragmentos daquela rotunda jarrinha. Por que será que alguém a guardou? Razões sentimentais? Eu me acomodo no travesseiro e apago a lanterna. É uma escuridão perfeita. Fixo os olhos na atmosfera escurecida, mas não há nada em que possam se fixar, nada que interrompa a escuridão, nem mesmo lá na abertura do buraco. Sinto como se estivesse flutuando. Tenho o pressentimento de que possa haver algo muito maior do que eu. Olho para o horizonte desconhecido, talvez menos do que uma parede, talvez mais. As paredes são lisas. Imperceptíveis. Aqui, cercada pela escuridão, me sinto de alguma maneira repleta. Talvez não seja apenas uma coisinha ressecada na poeira. Talvez esteja aqui por alguma razão. Eu me arrisquei, deixando Megido. Vim para cá afrontando os alertas de todo mundo e agora estou à beira do precipício de um lindo mistério. Sorrio para mim mesma. Nesta escura e profunda caverna, sinto-me como se estivesse no lugar certo, no caminho certo. Imediatamente, vejo aquela cintilação outra vez, embora, neste momento, seja maior do que o piscar de um vaga-lume. Está mais para a última chama de uma vela, exalando fumaça ao se apagar. Meu peito se descompassa um pouco e meu coração começa a disparar, mas estou resolvida a permanecer mesmo assim. Não há nada aqui. Poderia ter sido um cisco em meus olhos. Desapareceu tão logo surgiu, como uma luminescente água-viva sumindo em águas profundas. Fecho os olhos e controlo a respiração. Meu coração se acalma. Não, não era um rastilho de fumaça. Não era uma água-viva. Era uma mulher. Uma pequena mulher de vidro liquefeito, correndo para dentro e para fora da escuridão, em uma ondulante e leve mortalha.

Abro os olhos. O espaço está absolutamente escuro. E então há um movimento na escuridão. O próprio ar ondula como se tivesse virado um mar negro. Pisco os olhos com firmeza, pensando... estou cansada, nada além disso. Mas quando eu trago os cobertores para perto de mim e olho para o espaço de puro breu, acontece de novo. A cisterna inteira ondula, como se estivesse cheia de água, e, embora não houvesse nenhuma fonte de luz, vejo as sombras se movendo pela parede por um instante e um arco brilhante, como se fosse de uma grande bolha de ar. Deus abençoe minha imaginação fértil, penso, nervosa, quase freneticamente. Fecho os olhos, lembrando o profeta Daniel, que viu aquela mão aparecendo do nada para escrever em uma parede. Brookstone também está entre os profetas. Brookstone também perdeu a cabeça. Eu recobro os sentidos e trato de acalmar meus nervos dizendo para mim mesma: "Quando você abrir os olhos, tudo estará como deveria estar".

Abro os olhos devagar e meu coração quase para. O aposento está oscilando, com sombras. Movimento os pés como se estivesse tentando nadar para fora de uma piscina, abrindo os braços, na esperança de afastar aquela impressão. O pânico domina meu peito, enquanto tateio em busca da escada. Minha garganta está fechada pelo medo. Vou me afogar em solo seco! Caio de joelhos e procuro desesperadamente pela lanterna no chão, batendo em objetos. Por fim, agarro-a e ligo-a. Um facho de luz amarela se espalha pelo piso, dissolvendo instantaneamente a ilusão. Dirijo a luz para cada um de meus tesouros, parando na estatueta da mulher grávida. Para me assegurar de que não estou flutuando no espaço ou me afogando na água, levanto a lanterna na direção das paredes sólidas e, então, suspiro alto. No halo de luz, posso ver imagens, desenhos emergindo da poeira. Ao meu redor, todas as paredes são pintadas. Eu dou um salto e fico em pé. Há figuras, carruagens e cavalos. Passo o facho da lanterna pelas paredes. Há murais em toda parte e, desde pouco acima da borda do piso até o teto, as paredes são pintadas. Como é possível que nenhum de nós tenha percebido isso? Estou sonhando? Já estudei essas paredes. Já as admirei. É como se uma camada de poeira tivesse se soltado sozinha. Minha cabeça lateja e o coração dispara.

Subitamente, há um grande estrondo lá fora e eu subo a escada correndo, o mais depressa que consigo, da mesma forma que Ibrahim está despencando escada abaixo.

"Eles estão jogando pedras de novo!", diz, abrindo a porta.

"Não, Ibrahim!" Eu corro, para evitar que saia. Receio que alguém possa feri-lo.

Ele grita no meio da noite, em árabe: "Mostrem seus rostos, seus covardes! Vou fazer com que cada um de vocês seja preso".

Um grupo de quatro homens está na estrada, no escuro. Gritam de volta: "Traidor!".

Ibrahim corre até eles, rugindo, e eles desaparecem de novo na escuridão.

No alto da escada, Walid permanece com os braços em volta de Meirav e Dalia.

Naima chama a polícia. Ibrahim entra com a testa suada e o rosto vermelho, olha para cima, na direção de Walid e das duas garotas, e, então, para mim, dizendo baixinho: "Eles sabem que temos judeus nesta casa".

A polícia não vem. Eu ajudo Ibrahim a colocar uma folha de compensado vedando a janela da cozinha quebrada e depois nos recolhemos a nossos quartos. Fecho minha porta, reúno algumas blusas para usar como travesseiro e entro na cama. Não quero voltar lá para a cisterna senão quando o dia raiar.

Pela primeira vez, sou a última a acordar na casa. Ibrahim está limpando os cacos de vidro do chão da cozinha. Eu desço as escadas — ainda usando a *legging* e a camiseta que usei para dormir e com os cabelos desgrenhados — e vou direto para a cisterna. Meirav, Dalia e Walid haviam arrumado o círculo de objetos, mas sem tocar no monte de cobertores e travesseiros, no centro.

Dalia ri quando me vê. "Você dormiu aqui, na noite passada?"

"Sim", admito. Ao lembrar o que aconteceu, dou uma olhada nas paredes. São as mesmas de sempre, nuas e sem manchas. Esfrego os olhos e ando até o lado oeste, no lugar para onde dirigi o primeiro facho de luz na noite passada. Pego uma escova de pelos bem macios e subo na laje, bocejando, sonolenta. Escovo suavemente a parede e ali, diante de meus olhos, a não mais de meio metro de distância, na pequena janela que abro limpando a poeira, um rosto me espreita. É a face de uma mulher, não maior do que a unha de um polegar, com minúsculas orelhas de elfo. "Oi, você", eu sussurro. Assopro a parede e pequenas nuvens de poeira se afastam da face — ali está ela, com as mãos levantadas, segurando uma grande jarra sobre a cabeça, o vestido verde atado com um cordão escuro. Está com as costas eretas, os pés apontando para a frente. Eu a contemplo por um instante.

Uma parte de mim chega a cogitar de cobri-la novamente, até que eu esteja sozinha, mas depois de todo aquele trabalho sei que tenho de compartilhar com a minha equipe. Peço a Walid para chamar Ibrahim e Naima, enquanto permaneço de guarda, assegurando-me que ninguém a veja antes que a dona e o dono da casa cheguem.

Quando todos já haviam descido para a cisterna, eu faço um sinal para que Naima se aproxime de mim.

"É esta a nossa fantasma?", pergunto, e me afasto para o lado, revelando-a.

Ibrahim, Walid, Meirav e Dalia se apressam a chegar perto. As mãos de Naima cobrem sua boca e ela engasga: "É linda!" Ela coloca os braços ao redor de Ibrahim. Dalia exclama: "É a princesa! Aquela com todas aquelas joias!".

Eu pego a câmera de vídeo e começo a documentar. Oriento-os a não tocar nas paredes. Vamos precisar de uma equipe para fazer isso. Um cronologista para avaliar as datas, um preservacionista para proteger o mural, um geólogo. Mas eu hesito em trazer qualquer testemunha externa a este lugar sagrado. Não quero ver essa toca de coelho perturbada antes de me confrontar com a minha própria rainha vermelha.

X

Houve uma época em que esta terra era desabitada. Insetos amarelos voavam próximo ao chão, o néctar brilhando em seus ventres. Bandos migratórios pousaram sobre suas áridas encostas e cantaram novas canções para Deus. A areia não era uma abrasadora morte súbita, mas infinitamente paciente. Nunca mais veríamos a terra desse jeito. Nossas leves pegadas deixaram cicatrizes.

O PERGAMINHO DE ANATIYA 22:15-19

Nós nos dedicamos, sistematicamente, a escovar as paredes da cisterna. Minha equipe atua com extremo cuidado, como se estivéssemos trabalhando juntos há anos. Cada um luta para manter a precisão de suas mãos trêmulas. Ninguém conversa. Começando nos degraus e trabalhando contra o relógio, uma história pictórica começa a se revelar ao nosso redor, um novo mural entre os nichos onde, antes, lamparinas dançavam.

"Vamos dar apenas uma leve desempoeirada, para que possamos ter uma ideia do conjunto, e depois vamos retornar a cada painel e limpá-lo devagar, de cima para baixo", oriento.

O artista tem um toque refinado muito mais sofisticado do que outro tipo de arte que vi deste período. Suas linhas são finas e fluidas e nem todos os retratos são de perfil. As cores que restaram são suficientes para provocar nossa imaginação: como devem ter sido vivos os mostardas, os verdes, os vermelhos e até os raros azuis; como a tinta branca deve ter brilhado aqui, sob a luz dançante. Quem foi o artista que ficou milhares de horas neste lugar, transformando a cisterna em uma galeria?

Primeiro, descobrimos a pintura de um menino parado em um campo de pedras, olhando para um céu claro. As extremidades do céu estavam carregadas de cor e uma negra tempestade podia ser pressentida, ameaçando se espalhar sobre o dia luminoso.

No segundo mural, o menino está em prantos, chorando sobre suas mãos, e, sobre sua cabeça, negras carruagens emergem do céu escancarado.

A hora do almoço vem e passa. A do jantar, também, mas nenhum de nós quer parar para comer. Continuamos em silêncio reverente, até bem depois da meia-noite. No terceiro mural, um homem jovem está em pé sobre uma laje de pedra, no pátio do Templo de Jerusalém. Suas mãos indicam que ele está se dirigindo, apaixonadamente, a uma multidão de pessoas que, por sua vez, parecem concentradas em suas diferentes ocupações. Sobre a cabeça dele há uma mancha escura, que parece segui-lo ao longo da história, como uma nuvem ameaçadora.

Em outro mural, ele está em uma cela, cheia de prisioneiros e tem a mancha sobre sua cabeça, com a diferença de que ficou maior do que a da cena três. Na quinta há uma paisagem castigada pela seca e o homem está implorando ao céu.

Quando nos retiramos, uma fina camada de poeira cobre todos nós, aparecendo especialmente nas faces pintadas de Dalia e Meirav. Entro no banheiro para uma ducha. Abro o registro e me dispo, enquanto espero a água esquentar. Olho no espelho e me endireito, olhando para mim mesma. De fato, nunca me senti tão bonita, o que é irônico, penso, porque objetivamente estou com uma aparência horrível, coberta de poeira, cheia de manchas e suada. Meus cabelos estão sebosos por terem ficado presos na bandana por tantas horas. Posso sentir o gosto da poeira na boca. Lembro quando Deus amaldiçoou a serpente, no Jardim do Éden, dizendo: *Em seu ventre você rastejará e poeira terá de comer.* A poeira que eu sinto não tem o sabor de maldição. De fato, lembro um poema de Li Young Lee, que certa vez Jordanna partilhou comigo: "Pêssegos devoramos, suas cascas empoeiradas e tudo o mais, trazendo o gosto familiar da poeira do verão, poeira comemos. Ah, para ter dentro de nós o que amamos, para carregar dentro de nós um pomar". Toda a minha vida eu tenho limpado poeira, afastando-a, tentando resgatar coisas dela. Mas esta poeira... quem me dera poder desenhar nela! Esta poeira, que tem protegido aqueles murais por tantos séculos como um belo e fino cobertor... quero que ela me proteja também. É linda. O pozinho das fadas. O Livro de Daniel diz: *Aqueles que dormem na poeira vão acordar para a vida eterna.* Eu não tenho apenas dormido na poeira. Tenho dormido, ajoelhado, me esfalfado, cavado, chorado e sonhado na poeira. Eu me coloco embaixo do chuveiro e minha pele emerge em seu revestimento delicado. E me sinto imediatamente *desperta*.

Retorno ao Museu Rockefeller, com Ibrahim, para entregar nossos objetos de maneira que fiquem guardados em um lugar seguro. Empacotamos tudo cuidadosamente em caixas de madeira, atadas a dois carrinhos de metal. Juntos, carregamos nosso butim pelo jardim do claustro. Ambos estamos silenciosos e contemplativos, reduzindo o passo instintivamente à medida que nos aproximamos da porta da frente. Ibrahim para diante de um grande relógio de sol antigo e eu me vejo observando, de uma perspectiva inferior, o céu refletido no espelho d'água. Hesitamos quanto a revelar nossas descobertas, algo que havia permanecido como um doce segredo compartilhado apenas por nós seis. Concordamos que ainda não estávamos prontos para expor os murais, mas os objetos tinham de ser armazenados com segurança. Ainda teríamos de limpar um pouco mais a poeira dos murais antes de convidar a Autoridade das Antiguidades e a imprensa.

Passamos três horas com Itai e duas com seus especialistas, desempacotando e analisando os achados. Serão datados, estudados por um egiptólogo e documentados com textos. Levamos a maior parte do tempo falando sobre o crânio de argila cravejado de centenas de florzinhas. "Nunca vimos nada como isso", Itai diz, e nenhum de nós, também. Ibrahim está contente. Enquanto a conversa se concentra em termos puramente arqueológicos, ele apenas permanece ali, olhando para os tesouros distribuídos sobre a mesa diante de nós, como se estivesse pronto para uma parada. Sua boca fica selada enquanto ouve tudo atentamente, mas seus olhos não podem negar que ele está sorrindo. Em determinado momento, Itai dá um tapinha nas costas de Ibrahim e balança a cabeça para ele, e, sem que nenhuma palavra seja dita, eu vejo um tipo especial de ligação se formar entre eles.

Depois que saímos, Ibrahim reserva um tempo para explorar, pela primeira vez, as coleções ao longo dos corredores do Museu Rockefeller, e eu me despeço, dirigindo-me à biblioteca para ver o que posso encontrar sobre interpretações relativas a crânios de argila. Esta é a biblioteca de arqueologia mais importante do Oriente Médio. A magnitude de sua coleção de livros é eclipsada pelos grossos pilares brancos que sustentam seu extraordinário teto abaulado. É tão silenciosa que alguém pode imaginar estar ouvindo os raios de sol serem tocados como se fossem teclas de um órgão celestial. O macio chão de cortiça absorve meus passos, enquanto eu flano ao redor do rotundo pilar. Bem atrás dele, entre duas prateleiras de livros, vejo o senhor Masters debruçado em uma mesa, sobre um grande livro. Não vejo seu rosto, mas suas calças mal ajambradas o identificam suficientemente bem. O chapéu está no tampo, diante dele. Seu sobretudo preto pende de seus ombros como uma capa.

Eu me agacho atrás do pilar. Depois de um instante, espreito o senhor Masters de novo. Sua cabeça se vira um pouco, enquanto lê, mas ele não me enxerga. Eu quase espero ver presas, junto com seu casaco tipo capa. Eu me vejo olhando para ele por um momento. Sua camisa branca parece tão velha e fina, que quase posso ver o rosa pálido de sua pele através do tecido. Suas mangas estão arregaçadas. Seus braços parecem divididos entre os tons dourado e âmbar e rosa pálido de uma hortênsia trêmula quando simplesmente começam a amarelar. Daqui eu posso enxergar, lavados pela luz do dia, pequenos diamantes de sol grudados a seus cílios. Seus cabelos brilham como a aurora. O negro solidéu assentado no alto da cabeça me parece fora de lugar, como uma craca. Por um átimo, todas as melhores cores do mundo estão refletidas nele. Ele se endireita e sua cabeça emerge da inclinação ao sol para a sombra.

Ele nota minha presença. Procura o chapéu e coloca de volta, sobre o solidéu. Fala em tom monocórdio enquanto fecha o livro diante dele: "Você parece diferente".

Eu considero aquele um estranho comentário, mas, mesmo assim, muito perspicaz, porque me sinto muito diferente. Apareço saindo detrás do pilar. "Estou feliz porque encontramos algumas belas relíquias."

Suas sobrancelhas se elevam. "Algo egípcio?", pergunta. Seus lábios são finos, mas têm um lindo formato, da cor das folhas de bordo japonês.

"Quatro escaravelhos, joias, uma esfinge", conto. Eu me inclino para a frente e, cautelosamente, toco o encosto de uma cadeira perto da mesa. "Por quê?"

"Jeremias passou algum tempo no Egito", ele diz, ajeitando seu chapéu um pouco pequeno. Ele parece frustrado com isso e trata de puxá-lo para baixo, desajeitadamente, pressionando-o na cabeça. Eu rodeio a cadeira e sento. Suas sobrancelhas se juntam e se afastam. Eu digo: "Você sabe alguma coisa sobre crânios de argila?".

"Crânios de argila?", ele repete. "Hummm... Não. Sei muito sobre crânios, mas não feitos de argila."

"Tenho certeza de que você sabe sobre crânios", eu digo, como se tivesse agora mesmo descoberto que ele seja um caçador de ossos. "Não encontramos nenhum tipo de restos, se é isso que o preocupa."

Suas sobrancelhas se juntam de novo e então ele olha para baixo, verificando a si mesmo, como se tivesse acabado de lembrar o que está vestindo. "Ah... isso... você pensa que estou preocupado com ossos", e pela primeira vez sorri, o mais fino indício de um sorriso, e faz um ruído que alguém talvez pudesse interpretar como uma risada. Tira o casaco e o coloca sobre a mesa, ao lado do livro fechado. Retira o desconfortável chapéu e o coloca sobre o casaco. A pilha se assemelha a tudo o que restou da Bruxa Malvada, depois que Dorothy a derreteu. Ele olha para mim, enquanto puxa uma cadeira, e diz: "Não estou".

"Agora você parece diferente", digo. Seus ombros se distendem sob a camisa, que também é muito apertada. Ele parece forte. Eu me inquieto em minha cadeira.

"Eu sei que não pareço aquele típico chapéu negro", ele afirma. "Meu pai era irlandês e, minha mãe, uma judia russa. Eles se conheceram em um quibutz, enquanto colhiam abacates. Eles se apaixonaram, ele se converteu e o resto é história. Mas" — ele passa os dedos na borda do chapéu — "não é o tipo de história que poderia interessar alguma pessoa."

De repente, penso que talvez eu pudesse me interessar. "Esse crânio está meticulosamente cravejado de flores", revelo.

"Eu gostaria muito de vê-lo", diz. Um lapso de tempo se alonga entre nós.

"E, de novo, quem é você?", pergunto, inclinando a cabeça. Estou intrigada com esse segundo encontro. Desta vez, ele realmente dá risada. Eu gosto de ver a seriedade em seu rosto se quebrar, mesmo que brevemente. Ele assinala: "É bom ouvir você perguntar isso, querendo mesmo saber, em vez de agir como uma tonta."

"Eu?", pergunto, surpresa. "Você me disse que eu não tinha coração."

"Não, de jeito nenhum, eu disse que seu coração não estava naquela palestra, isso foi tudo." Ele gira a cabeça sobre o pescoço e olha para cima, na direção da janela e do teto em arco. "Você falou da Torá com a velocidade e precisão de um lançador de mísseis", ele disse com admiração, "mas sem muito coração."

Não sei muito bem o que fazer com isso, se considerar um elogio misturado com um insulto, ou simplesmente aceitar como uma observação. Decido seguir adiante. "Ouvi dizer que trabalha para uma organização chamada CRUZ", digo, tentando encorajá-lo a falar. Ele me olha e diz: "Você realmente não se lembra quando fui ouvi-la? Eu até falei com você depois da palestra. Bem, está certo. Eu não estava vestido com estas roupas naquele dia. Uso o chapéu, as franjas e o casaco apenas nos últimos dois anos". Mortichai fica quieto por um instante. Ele parece estar refletindo sobre o quanto deve me contar.

"Você não nasceu ortodoxo?", pergunto, curiosa a respeito dele.

"Ah, eu nasci ortodoxo, acredite. Tinha um irmão mais velho, Menachem", ele diz. "Tenho cinco irmãs e três irmãos mais novos. Para as mulheres de minha comunidade, é como se toda a Torá, com seus seiscentos e treze mandamentos, começasse e terminasse nos dois primeiros."

"*Sejam fecundos e multiplicai-vos*", eu digo.

"Bingo! São esses dois", ele afirma. "Tenho vinte sobrinhos e sobrinhas, com ao menos três a caminho."

"Você consegue chamar todos pelo nome?", sinto-me, de repente, muito confortável com ele. Engancho meu pé ao redor da perna de minha cadeira e relaxo.

"Há quatro Menachem, em homenagem ao meu irmão, e isso ajuda." Ele ri de novo. Também parece relaxado. Depois, seu tom se altera. "Mas com oito outros irmãos, ele era o meu maior rival. Eu jamais poderia ser tão bom ou inteligente quanto ele, como minha mãe previa, dizendo que ele estava destinado a isso." Ele faz uma pausa e depois diz, mais suavemente: "Menachem, o primeiro, morreu quando eu tinha cinco anos".

Mortichai se cala e eu estou prestes a dizer "sinto muito", quando ele continua: "A única vez que minha mãe teve orgulho de mim foi quando eu fiquei noivo de uma moça chamada Fruma. Ela era filha do rabino". Noto que ele me olha cuidadosamente quando conta isso, embora não tenha certeza do motivo.

"Isso confere prestígio", digo, subitamente estranhando que nossa conversa tenha se tornado tão pessoal. Mortichai balança a cabeça. "Eu rompi. Não a conhecia. Queria estudar coisas seculares. Ciência. Literatura."

"Arqueologia não é inteiramente secular," digo.

"Eu sei. Na verdade, a ideia foi de nosso rabino. Pensei que ele ia ficar bravo comigo por ter partido o coração de sua filha, mas ele disse a meus pais para abrir mão do acordo casamenteiro e entender que eu tinha um destino diferente, e que esse destino seria servir nosso povo da mesma forma que se ficasse em casa, casado e tivesse filhos."

"Parece um rabino sábio. Eu acho que meu padre também teve muito a ver com a minha opção pela arqueologia bíblica."

"Padre", ele pergunta, surpreso.

"Católica de sangue vermelho e cabelos amarelos", eu digo orgulhosamente, e, em seguida, contra minha própria natureza, me vi acrescentando quase apologeticamente: "Não do tipo conhecer-os-pais, eu acho".

Ele não reage a esse comentário e eu me inquieto na cadeira. Mas ele ainda está olhando para mim, com olhar de interesse. "Conte-me sobre esse padre", diz, deslocando-se para a borda da cadeira. Subitamente, ouço minha boca proferir o que eu raramente digo a alguém: "Meu pai cometeu suicídio" e, quando digo isso, percebo que é bom dizer a ele, porque me sinto segura falando com ele. Continuo: "Na verdade, ele ia morrer de qualquer jeito, mas se adiantou e se matou. Ele estava com quarenta anos". Espero um momento, ponderando, e depois acrescento delicadamente: "Nem meu avô nem meu pai viveram além dos quarenta".

"Você pode fazer muito em quarenta anos", diz Mortichai, com naturalidade, ainda inclinado para a frente, disposto a ouvir mais.

Não posso evitar de sorrir abertamente. Ele não disse: *É uma tragédia*, algo que eu já sei.

"Depois, eu fui atropelada por um carro e fraturei o pescoço. O padre Chuck me visitou, no hospital. Ele dirigiu o caminho todo, descendo de sua cabana de meditação nos bosques apenas para me ver. Uns cento e sessenta quilômetros! Eu tinha essas contusões no pescoço e minha mãe disse que meu pai me salvara e que eu deveria pensar naqueles ferimentos como batom em minha gola." Levanto minhas mãos em tremenda exasperação. "Um tipo de metáfora confusa, não é?"

"Eu diria...", ele acrescenta, pensando. "Antes de mais nada, seu pai alguma vez usou batom?"

Eu dou risada. Sinto meus olhos brilharem. "Então, o padre Chuck veio me ver no hospital", digo, lembrando como movi minhas pernas, quando ele sentou na cama. Recordo o peso dele, fazendo com que o colchão pendesse, minhas pernas rolando na direção dele, até que eu as recolhi em direção a meu queixo para evitar tocá-lo. "Eu disse ao padre Chuck que senti que deveria ter morrido, que daquele momento em diante estaria morta. E que não possuía mais, de fato, a minha vida." Durante anos, eu não havia levado em consideração aquele momento de minha vida e fiquei imaginando porque estava sendo tão fluente a respeito do meu passado com ele. Seria por causa de suas vestimentas religiosas? Será que eu o havia, de alguma forma, colocado na mesma categoria do padre Chuck? Prossigo: "Ele me disse: 'Mas você não está morta. Deus não levou você. Na opinião de Deus, você tem muito mais a oferecer.' Eu pensei alto, para que ele pudesse ouvir, então, na opinião d'Ele, meu pai não tinha nada mais a oferecer. E ele disse: 'Deus não levou seu pai. Seu pai é que levou seu pai.' E... você sabe? Ele foi a primeira pessoa a reconhecer, de fato, que meu pai se matara. Todos os demais falavam sobre ele como mais astucioso que a doença. Eu disse: 'Mas ele ia morrer de qualquer jeito, em uma questão de meses, talvez semanas.' E o padre falou: 'Não importa. Há eternidade em cada segundo'". Sinto meus olhos marejarem e limpo os cantos com os dedos. "Ele disse que talvez meu pai estivesse destinado a conhecer seu Criador em poucos dias, mas, por se apressar, deixou muito por fazer. Disse que ele me deixou desfeita."

"É um padre sábio", comenta Mortichai. Seus olhos se estreitam ligeiramente, como se estivesse tentando olhar mais fundo dentro de mim.

"Quando saí daquele hospital, mal pude esperar para voltar à escola, especialmente aos meus livros de história", digo, como se estivesse em um confessionário. "Eu estava feliz demais por continuar revolvendo mais e mais os seguros e estéreis registros do passado, em vez de me concentrar em um futuro incerto. Eu estacionei sob a esperançosa luz do sol, olhando só um pouco mais à frente dos ovos mexidos com bacon de mamãe... sinto muito." Eu sorrio para ele, que encolhe os ombros. "Mas se eu tivesse tido o pressentimento de olhar mais longe, veria os anos de minha vida se estendendo a partir daquele momento como um deserto de areia até onde a vista pudesse ver, e o sufocante horizonte seria quase obstruído por alguns marcadores de quilometragem, nada digno de nota. Eu teria me visto formada no colégio, da faculdade..."

Olho para os desvãos escuros da biblioteca, enquanto penso a respeito do passado. "Eu teria me visto em busca de minha graduação, horas e horas nos labirintos da biblioteca, desaparecendo na faculdade de teologia, a poucos passos de um convento, e, então, finalmente descendo nos buracos amarelos e ficando ali, a peneirar à procura de algo, de Jesus, de uma alegria ou de alguma euforia durante décadas. Eu teria me visto confusa e sem forças, as fantasias de minha juventude fritando ao vapor sob o sol, e poderia ter percebido que o que talvez tenha começado como uma busca de recuperar o perdido tinha acabado como uma forma de encontrar um lugar onde eu poderia, total e completamente, me perder nas profundezas da poeira de uma longa, longa morte, onde ninguém jamais poderia me encontrar. E dentro desse lugar, a despeito da inércia e do tédio, estaria mais desesperadamente medrosa do que nunca."

"Nossa!", Mortichai diz, com sinceridade, e eu dirijo o olhar para ele. "Compreendo. Estou realmente muito grato por você compartilhar isso comigo." Ele parece deslocado. Esfrega as palmas das mãos sobre os joelhos. "Não é de admirar que seu coração não estivesse lá", ele diz cuidadosamente, com gentileza. "Até agora, não houve marcas de quilometragem até a cisterna."

"É isso mesmo que parece", admito, e, subitamente, me sinto constrangida e envergonhada por ter revelado tanto a meu respeito. Eu preciso que ele também compartilhe, alise o terreno, antes que eu me torne completa e permanentemente vermelha. Eu me sinto submissa e um pouco desesperada quando pergunto: "E sobre você?".

"Eu", ele diz, se recostando na cadeira. "Como disse, não é uma história que poderia interessar a alguém. Mas... hummmm. Eu queria me alistar no exército, o que é obrigatório para o restante de meus conterrâneos, mas a comunidade ultraortodoxa é isenta, por motivos religiosos. Meu rabino convenceu meus pais a me deixar fazer isso. Então, aos dezoito anos, troquei o casaco e o chapéu por fadiga. Treinei e servi como estudante de medicina por três anos. O rabino também convenceu meus pais a me deixar estudar no exterior, na Universidade de Indiana. Fui para a América quando tinha vinte e dois anos e lá fiquei para completar o bacharelado e o mestrado. Eu era muito secular naquele tempo. Namorei. Tive experiências. Foi lá que o professor de arqueologia bíblica, Yeshu Abraham, decidiu ser meu mentor. Ele foi o fundador da CRUZ."

"Como é conhecida a Sociedade Cristã de Salvação dos Restos Mortais." Enquanto ouço o seu relato, também tento imaginá-lo vinte anos mais jovem, vestido como um universitário americano, com a mochila pendendo do ombro. Namorando. Experimentando. Fico surpresa ao notar como é fácil.

"Certo. Funcionou perfeitamente para mim. Eles queriam alguém que conhecessem e em quem confiassem para explorar novos espaços na Terra Santa e eu queria voltar para casa. Nunca me importei com o fato de ser uma organização cristã. Nunca me incomodei com a maneira como os relatórios eram usados. Yeshu era um cristão novo. Tornou-se gradualmente errático ao longo dos anos, mas seus cheques sempre chegam pontualmente e eu sou grato por fazer o que amo." Ele faz uma pausa, como se estivesse pesando se deveria ou não dizer mais. Fico desapontada quando ele decide concluir: "E esta é mais ou menos a minha história".

"Por que você me disse que eu talvez tivesse de lidar com fantasmas hostis?", pergunto a ele. Todos os pesadelos que ele me causou!

"E não está?", ele questiona ironicamente.

"Não", digo. "A cisterna está repleta de uma energia de afirmação da vida. É linda."

"Eu me refiro a seus próprios fantasmas", ele diz. "Você foi tão agressiva comigo e eu não sabia por quê. Achei que você talvez tivesse alguns fantasmas hostis ao seu redor."

"Não... quero dizer...", eu me encabulo, "tive, durante um longo período. Mas agora não mais, espero."

Ele balança a cabeça e ficamos ali sentados, em silêncio, por um momento, quando Ibrahim vem a meu encontro. "Page!" Ele cumprimenta Mortichai com um aceno e diz: "Vi tudo, cada coleção deste lugar, e nada se compara. Quero voltar para casa, para aquilo".

Eu abro os olhos exageradamente, na direção dele, como um sinal para que não diga mais nada e empurro a cadeira, me levantando. Percebo que os olhos de Mortichai se estreitaram mais. "Voltar para quê?", ele pergunta, perspicaz.

"Para a cisterna", eu digo, e acrescento, enfatizando: "Para a cisterna. Aquela que nunca esteve repleta de cadáveres".

XI

Se tu fosses um anel de sinete em minha mão direita, eu iria te pressionar na cera

e fecharia cada um de meus pergaminhos com a tua marca. Eu te imprimiria nos

calcanhares de meus pés, para que a cada passo que desse ficasse a tua marca, indicando

que tu havias me tocado. Tu me tocastes? Certas manhãs, acordo com a nítida sensação,

roçando a vaga certeza, de que tu me tocastes durante a noite, andastes pé ante pé,

ardente, até ficar do meu lado, tua mão afagando meu pescoço, meu braço,

meu ventre. Acordo com essa parte de mim à flor da pele e inquieta.

O PERGAMINHO DE ANATIYA 22:42-45

O sexto mural retrata um exílio, com pessoas acorrentadas e curvadas. Há capatazes com chicotes e alguns dos prisioneiros estão amarrados, puxando carroças extremamente pesadas. O homem com a nuvem negra sobre a cabeça está separado do resto, usando uma canga de boi.

O sétimo é, no mínimo, duas vezes maior que os anteriores. É uma imagem dos israelitas marchando através do Mar Vermelho. Eles caminham exuberantes, levantando pandeiros no ar. Suas cabeças estão inclinadas para trás, em posição de canto, pés levantados em movimento de dança. A distância, o artista retrata os exércitos egípcios em perseguição, seu general acenando para que os soldados fossem atrás dos israelitas. O homem não aparece neste mural de tirar o fôlego.

No oitavo, as pessoas estão construindo casas e plantando vinhedos. Jerusalém está no topo de uma colina, ao fundo. O homem com a nuvem negra está entre eles, sentado sob uma árvore, com gente reunida ao seu redor, presumivelmente ouvindo seus ensinamentos. Depois de mais um longo dia de varredura, deito de banho recém-tomado em minha cama. Penso na mão de Mortichai descansando no livro encadernado, enquanto ele falava comigo. Em como as veias no dorso de sua mão formam um H. Penso nos belos traços dos murais na cisterna. Quanto tempo deve ter levado alguém para decorar um espaço tão grande?! Para criar os menores detalhes.

O homem é, claramente, Jeremias. A nuvem negra que o acompanha, como se fosse uma pipa, deve ser seu dom, carga ou profecia. As profecias de Jeremias geralmente são sombrias e terríveis. Os murais ilustram sua história, começando quando ele era criança, ao receber o chamado do profeta, e depois com sua visão dos agressores vindos do norte. Em seguida, obviamente, o profeta fala ao povo no Monte do Templo. Na próxima cena, ele é lançado no cárcere, por traição. Então, com certeza, vêm a seca e a ida para o exílio, na Babilônia, as longas fileiras de gente amarradas. E, na sequência, as pessoas replantando a terra. Somente a divisão do mar parece extremamente fora de lugar. E ainda assim, em muitos aspectos, é a mais linda pintura de todas, cada onda quebrando com uma espuma branca de prata, e cada face daqueles que estão cruzando o mar é diferente da outra.

Não consigo dormir. Salto da cama, me enfio em meus jeans cortados e desço a escada para tomar uma xícara de chá, antes de descer ao fosso para mais uma olhada tarde da noite. Já passa da meia-noite e suponho que todos estejam dormindo. A casa está em silêncio. Fervo água com hortelã na minúscula cozinha, pouco maior, em metragem quadrada, do que o sofá no gabinete de Itai. Quando o doce vapor começa a subir, sento no vão da janela com as luzes apagadas. A luz da lua escoa do topo e da base da janela. O espaço restante ainda está pregado com tábuas. Aspiro o aroma da hortelã. Lembro de Naima dizendo que uma vez ela teve uma visão dos fantasmas no vapor de sua panela de sopa. A porta de vaivém que leva à sala de jantar está fechada, mas, em seguida, ouço movimento no outro recinto.

"Lanchinho da meia-noite?", ouço a voz de Dalia.

"Não consigo dormir." É Walid.

Estou prestes a sair da cozinha para cumprimentá-los — já com a mão posta na porta vaivém —, quando ouço Walid dizer: "Você vai quebrar essa mesa".

E ela: "Vem aqui".

Retiro minha mão da maçaneta quando ouço a mesa ranger contra o chão. Não quero perturbá-los, mas também não desejo que saibam que os ouvi, da cozinha. Penso que será melhor apreciar meu chá aqui até que eles voltem para a cama e, então, possa retornar ao meu quarto. Desligo o fogão e preparo uma xícara. Subitamente, a ideia de que um deles possa vir buscar um copo de água e me encontre parada aqui com meu chá é terrível. Eu me abaixo e entro embaixo da pia, afastando os produtos de limpeza e dobrando as pernas. Fico escondida, os joelhos ao redor do tubo de metal. Tateio fora do armário e pego a minha xícara.

Ouço Dalia gemer. Isso deve acabar logo, digo para mim mesma, assoprando meu chá. "Tintim", comemoro em silêncio, e brindo com o tubo.

Ouço uma cadeira sendo chutada fora do caminho de alguém. Há uma pausa e, então, os dois começam a rir, mas os sons de raspagem recomeçam. Logo, penso, os Barakat vão ter, também, um buraco no chão de sua sala de jantar. Eu me resigno a permanecer parada sob a pia por algum tempo. Olho fixamente para o tubo diante de mim. Imagino o que foi lançado lá embaixo. Há uma cisterna pintada sobre a sala de estar, onde, talvez, haja um diamante Hope no ralo. Começo a desparafusar o tubo, silenciosamente, depois de colocar a xícara de chá embaixo do joelho. Encontro um ímã de geladeira e o observo na pequena fresta de luz que escoa do espaço entre as portas do armário. É um cartão de visitas, escrito em árabe. As letras estão desbotadas. Eu sorrio. Talvez seja sorte. Um minúsculo pergaminho com uma escrita antiga ilegível. Eu me contorço para conseguir colocá-lo no bolso. Começo a enroscar o tubo de volta.

As batidas se movem da mesa para concentrar-se na parede que divide a cozinha da sala de jantar. Levanto o braço para fora do armário em direção à pia, onde coloco minha xícara de chá, agora vazia. Bem na hora em que recolho o braço para dentro do gabinete, Walid e Dalia desabam no chão da cozinha, atravessando a porta vaivém. Posso vê-los pela fresta entre as duas portas do armário. Fecho os olhos.

Tento imaginar que sou outra pessoa. Qualquer coisa capaz de me distrair do pensamento daqueles dois ali tão perto de mim. Abro um pouquinho os olhos e os vejo pelo vão entre as portas. Os quadris de Dalia estão a poucos centímetros do lugar onde estou escondida. Pele pálida, com uma fina lista vermelha, como se fosse um filete de sangue. Walid se aproxima do armário e eu seguro a respiração, com receio de que ele vai abrir as portas e ambos verão que estou aqui. Mas ele passa direto do lugar onde me oculto e pega o litro de azeite que Naima usa para cozinhar.

Ele derrama umas gotas de azeite sobre ela. Eu quase suspiro alto. O óleo desliza da garrafa sobre o corpo arqueado dela, sobre o chão de linóleo. O ar tem aroma de azeite de oliva.

Tento me espremer o mais distante que posso das portas do gabinete. E aperto ainda mais os meus olhos fechados. Imagino que estou em outro lugar, em outro tempo, mas não consigo. Eles deslizam para dentro do armário, eu abro os olhos e as portas balançam quase escancaradas, e, então, se estabilizam. Por um momento, posso vê-los inteiramente. A luz da lua escoa pelas placas da janela, iluminando a pele deles com um brilho perolado. As mãos de Walid estão em ambos os lados da face de Dalia, e eles estão se beijando. Os cabelos dela estão espalhados em espirais pelo chão, como se ela estivesse flutuando na água.

Eles não me veem. As portas se fecham novamente. No gabinete abarrotado, subitamente, sinto como se estivesse em um caixão estreito, curvada, do jeito que os corpos são queimados no Levante. Estou com frio. O cano está frio e a poucos centímetros Walid e Dalia estão se agarrando e deslizando pelo chão. Estou praticamente entorpecida e eles, em êxtase, fogosos e vivos.

Penso em Mortichai. Em seu casaco e chapéu ele parecia tão assexuado e, depois, sentado na biblioteca, estava tão diferente, era tão fácil falar com ele. Em minha mente, posso me colocar de volta naquela biblioteca. Consigo imaginar a mim mesma levantando da cadeira e andando a curta distância até ele; e ele me puxando para o seu colo. Consigo imaginar os braços dele ao meu redor, sua boca se fechando sobre a minha. Consigo imaginar introduzindo minha mão sob a sua camisa, esfoliando todas as camadas artificiais dele, até encontrar a essência.

Walid e Dalia ainda estão deitados no chão, respirando pesadamente. Percebo que eu quero isso. Desejo experimentar isso de novo. Estou começando a sentir uma frágil sensação de bem-estar outra vez. Gostaria de estar apaixonada.

Quando Walid e Dalia finalmente vão embora, rastejo para fora da pia, alongando meu corpo que ficara tão apertado, ouvindo meus joelhos estalarem. Limpo o azeite do chão, para que ninguém escorregue de manhã. No dia seguinte, fico curiosa em saber se Walid e Dalia não vão perguntar quem limpou o óleo que espalharam. Não estarão curiosos? Eles agem como se nada tivesse acontecido. Por um instante, penso se vi mesmo Walid e Dalia ou se, quem sabe, foram eles, os espíritos. Então, rio de mim mesma. Mesmo se não estivesse abrigando ilusões românticas, essa casa também deixa a sua marca em mim.

Naima, usando um vestido de verão estampado com flores, se junta a nós na cisterna esta manhã. Meirav está cuidadosamente descobrindo um detalhe, com uma das mãos, enquanto a outra está agarrada ao cinto de Walid. Ela é mais alta que ele, quando não está inclinada, e, embora ele seja musculoso, ao lado dela parece um animal de estimação. Tenho certeza de que Meirav não sabe da escapada de seu namorado na noite anterior, besuntando sua melhor amiga com azeite no chão da cozinha. Dalia, por sua vez, trabalha silenciosamente, embora esteja nitidamente feliz. Ela e Walid trocam olhares a distância. Sinto o telefone celular vibrando no bolso de trás. Limpo o suor e a poeira com o braço e atendo.

Mortichai diz: "O crânio florido, *geveret* Brookstone, é magnífico. Os escaravelhos, também, da mesma forma que as outras coisas. Eu gostaria muito de dar uma olhada em sua cisterna, quando você estiver pronta para aceitar visitantes."

"Por que suspeito que você já esteja a caminho?", digo, ouvindo o som da autoestrada e do vento.

"Então, supervisores de escavações psíquicas também têm poderes sobrenaturais", ele acrescenta.

"Como você sabe onde estamos?" Eu equilibro o telefone entre a bochecha e o ombro e começo a subir, para sair da cisterna.

"*Gever* Harani, seu ex-namorado," ele conta. Meu coração se acelera. Será que ele andou perguntando a meu respeito? Parece estranho, para mim que, a princípio, sua voz soasse monocórdica e que agora tenha um toque de música. Tento imaginar o que pode juntar as partes incompatíveis dele e sinto que faltam grandes peças do quebra-cabeças.

Continuo segurando o telefone entre a bochecha e o ombro e saio da cisterna. Sento no sofá; minha musculatura dói. "Foi muito agradável conversar com você e ouvir sua história", digo. *"Uma palavra falada é como maçãs de ouro em salvas de prata."*

"Ah", ele diz alegremente. "Quem não ama provérbios. Tenho de retribuir com um verso, mas será que esta fervorosa estudante da Bíblia perdoaria minha previsibilidade se eu pegasse um verso do Cântico dos Cânticos?"

"Por favor, não compare meus seios a filhotes gêmeos de gazela e, insisto, não fale a respeito de meu monte de mirra. De fato, quase tudo o que existe no capítulo quatro seria inadequado neste estágio."

Ouço Walid cantar lá dentro da cisterna e sorrio, escutando sua canção ressonar pela sala de estar.

"O capítulo seis é seguro, não?", ele pergunta. *"Quem é ela que brilha como a aurora, é bela como a lua, radiante como o sol?"*

Eu rio, lisonjeada. "Não estou muito certa se é tão seguro assim", digo. Penso nele, banhado em luz na biblioteca, e me vem o verso de Ezequiel: *Havia um brilho em torno dele. Como o halo de luz que contorna as nuvens em um dia de chuva.* Mas isso, tenho certeza, seria demais.

"O que você encontrou, hoje?", ele quer saber.

"Descobrimos petróleo hoje cedo", digo, pensando sobre Walid e Dalia. "E eu estou limpando tudo, desde aquele momento. Jorrou sobre tudo, inclusive em mim. Talvez não seja o melhor momento para visitas." Embora eu queira muito vê-lo, estou falando sério. Ninguém viu lá dentro da cisterna, exceto minha pequena equipe essencial. Por que eu deveria confiar tanto nele? Por que é bonito? Por que eu já confiei e, em menos de vinte e quatro horas, ele não me decepcionou? Talvez eu deva ser mais protetora com o nosso projeto. Revelar apenas como e quando todos nós tivermos decidido que é o momento. "Eu compreendo", ele diz. "Está bem." Depois de uma batida de coração: "Tenho outra chamada. Lamento, ligarei de volta".

Vou até a cozinha pegar água. Estou quase terminando o meu segundo copo quando o celular vibra de novo. Larguei o copo rapidamente, espalhando água na frente da camiseta. "Alô?"

"Sou eu", ele diz. "Está bem, não tenho de ir para ver a cisterna, mas posso, ao menos, ir para um drinque?" Há uma batida na porta.

"Jesus", eu penso, percebendo que estou suja e, agora, também molhada. Mesmo assim, abro a porta. Meus olhos levam um momento para se ajustar à luz do dia que o envolve. Ele parece mais alto e corpulento do que eu me lembrava. Não está usando o chapéu, só o solidéu.

Ele olha para a minha camiseta e diz, secamente e com um sorrisinho: "Parece que você derramou tudo."

"Derramou tudo?", pergunto, cruzando os braços na frente do peito.

"O petróleo", ele diz.

"Escute", digo, confiando mais em meu instinto do que em meu melhor julgamento. "Só uma olhadinha ao redor. Apenas prometa que não vai mexer em nada e que não falará sobre isso com ninguém, ainda. Queremos decidir sobre a revelação."

Ele coloca a mão na altura do coração e levanta a outra no ar. "Prometo", diz. Eu o conduzo à sala de estar. Quando ele passa por mim, seu casaco solta um aroma de limão e cravo, e, por um instante, penso que lembrarei dele por muito tempo. Mas assim que se afasta, a memória se perde.

Faço com que se aproxime da beira da cisterna. Uma suave música árabe está tocando no rádio de Naima. Digo a Mortichai que ele não pode falar disso por, no mínimo, duas semanas. E que ele não pode dizer a ninguém. Ele concorda de novo e alcança a escada com cuidado, mas sem medo. Desce devagar, enquanto eu deito no chão da sala de estar, repousando o queixo em minhas mãos juntas, observando. "Temos um visitante", aviso à minha equipe. "Nada de mau comportamento."

"Tarde demais", se gaba Meirav.

Os olhos de Mortichai se arregalam quando ele vê as cores nas paredes, mas seu corpo se mantém relaxado e sob controle. Ele não estuda as paredes, entretanto, como eu esperava. E não se apressa para ficar boquiaberto diante delas. Apenas dá uma olhada ao redor, como se, para ele, fosse o suficiente para saber, com exatidão, o que eu havia encontrado. E então, em meio a todo o esplendor da cisterna, ele faz a coisa mais inesperada. Levanta os olhos para mim. Eu me vejo pensando onde é que ele pode conseguir uns olhos tão azuis, a menos que entre seus ancestrais um cordeiro tivesse se desgarrado do grupo com alguém semelhante a mim. Então, me lembro de seu pai irlandês. Ao encontrar seus olhos persistentes, posso dizer que ele sabe por que eu preciso manter essa descoberta em segredo. Seja qual for a história que estiver esboçada ali dentro, é também a que está rascunhada dentro de mim. Ele parece surpreso e, por um instante, olha para mim como se eu fosse algo incrível de contemplar. E você achava que os escaravelhos fossem extraordinários, penso, satisfeita comigo.

Mortichai não vai mais adiante dentro da cisterna. Depois de descer uma terça parte do trajeto, sobe de volta, espanando a poeira cinza de suas calças pretas de lã. "É a história de Jeremias", ele diz, depois de emergir e sentar no sofá. "É, realmente. Não posso acreditar nisso." Ele olha para mim, um momento, e então diz: "Você me contou tudo a seu respeito, *geveret*, e nem sequer mencionou isso!".

"Por favor, me chame de Page", digo.

"Quero ajudá-la. Se precisar de qualquer auxílio, conte comigo. Sou um arqueólogo forense com certificado. Posso trazer-lhe um currículo, seja lá o que precisar."

Eu ri delicadamente. "Não preciso de nenhuma ajuda."

"Tenho certeza de que não precisa de nada, mas, de qualquer forma, estou me oferecendo a você por duas semanas. Itai me disse que precisava designar um israelita para esta escavação, de maneira a legitimá-la. Permita que seja eu, por favor. Não admira que você pareça diferente. Não admira que você tenha dito que dissipou seus fantasmas hostis." Ele se levanta de um salto e se inclina sobre a borda. "Você encontrou um jardim em plena florada, embaixo da terra!"

"Você veio para tomar um drinque. O que posso lhe oferecer?", pergunto, e ele responde: "O que é um drinque?". Damos risada. Eu sirvo chá gelado, para ele e para mim. Minha camiseta está quase seca. Nós nos sentamos juntos na sala de jantar e ele está pensando em voz alta. "O próximo mural deve ser Jeremias na prisão, novamente, ou as paredes do templo sendo derrubadas." Ele está falando sem ser para mim, sinto. Penso em Itai e no ciúme pela sedutora e constante presença de Israel entre nós. Imagino se poderia me tornar ciumenta de minha cisterna. Mordo um pedaço de gelo. Como quem é que estou brincando?, penso comigo mesma. Ele tem quatro sobrinhos chamados Menachem, por Deus do céu! É um chapéu preto, mesmo se aquela coisa danada seja muito pequena para a cabeça dele. Não há a menor possibilidade de ele levar a sério uma moça como eu. Cuspo o gelo de volta ao meu copo e mexo com uma colher.

"Vamos descer e eu vou fazer você trabalhar", sugiro, girando o gelo, e ele se ilumina.

Meirav assume atitude petulante quando vê que Mortichai está se reunindo a nós. Mãos na cintura, quadris salientes, o *piercing* da barriga brilhante como uma faca, ela bufa: "Que diabo é isso?", olhando-o de cima abaixo. "Eu me recuso a trabalhar ao lado de um farisaico desertor do exército". A sola do sapato de Mortichai mal havia descido o último degrau. "O que... você pensa que meu sangue é mais abençoado que o meu? Você pensa que só porque faço sexo com quem me agrada e pinto meus cabelos posso morrer defendendo Israel e você, não?"

"Calma, Meirav", digo. "Ele foi médico no exército e, além disso, não foi você que disse: 'Aqui, no mundo subterrâneo podemos fazer nossas próprias regras'? Acho que foi um pouco antes de você esmagar seus lábios contra os de Walid. Hummmmmm?"

Dalia e Walid caem na risada e Mortichai parece que não foi afetado por nada. Ele caminha direto até o mural da divisão do mar e diz: "Extraordinário". Naima está na escada, escovando o topo desse mural e o cumprimenta, perguntando se quer beber algo. "Não, grato", ele responde, "Page me serviu chá gelado lá em cima. Nossa! O que eu realmente desejo é um pincel ou uma pena."

Mortichai e eu trabalhamos juntos no nono mural — uma beleza de pintura. O quadro inteiro está em chamas e, no meio delas, um pergaminho pega fogo. A parte de cima tem redemoinhos de fumaça negra e cinza. Eu fico um pouco atrás, olhando para a qualidade artística das chamas. Observo daqui as repetitivas pinceladas de Mortichai, suas mangas brancas arregaçadas. As chamas pintadas o envolvem em meio à luz sombreada. Admito que me sinto satisfeita pelo fato de a previsão de Mortichai, de que esse mural deveria retratar uma segunda cena de prisão ou as paredes sendo derrubadas, estar errada. Eu quero conhecer melhor minhas paredes do que ele. Então, de novo, penso, enquanto meus olhos vagueiam sobre seus ombros e costas como besouros sobre sacos de farinha, que também gostaria que ele desmoronasse as minhas paredes.

Ele se junta a mim para olhar o quadro, tendo uma perspectiva de nosso trabalho. E aponta para o topo, dizendo em sussurro reverente, como se ninguém devesse saber: "Há desbotadas palavras em hebraico na fumaça." Eu olho para onde ele está apontando. Ele está certo; é como se as letras do pergaminho em chamas tivessem se libertado e estivessem voando.

"Capítulo trinta e seis", digo, "o pergaminho que Jeremias escreveu e que o rei queimou neste palácio."

"Com certeza", diz Mortichai, como um homem que já sabe alguma coisa.

XII

Vê a oliveira retorcida, ferida pelo raio e podridão. Mesmo assim, e sem muito esforço, ela faz crescer um verdadeiro ramo repleto de folhas verdes que se agitam em cintilações de prata, ao vento. Ela consegue nutrir, com seu corpo totalmente corrompido, uma penca de azeitonas, opulenta como as moedas que pendem da tiara na fronte de uma noiva.

O PERGAMINHO DE ANATIYA 23:9-11

No dia seguinte, descobrimos que as previsões de Mortichai estavam certas. O décimo mural é a cena da segunda prisão. Jeremias, com uma nuvem sobre a cabeça, está olhando para cima, do fundo de um poço profundo, e parece que as pessoas estão baixando alguma coisa para ele com uma corda. À esquerda do profeta há uma multidão enfurecida. No décimo primeiro mural, a cena é de batalha e, no centro, um general sendo ferido com uma lança. Jeremias e alguns outros, incluindo uma mulher, estão escondidos no subsolo. Acho que é a mesma mulher, a original, que eu encontrei com um vestido verde, e acredito que algumas das faces em outras cenas também podem ser dela.

Mortichai está em êxtase e eu, secretamente, um pouco perturbada, mas, ao mesmo tempo, impressionada. É meu segundo dia trabalhando ao lado dele. O aroma de limão com cravo que ele exala me intoxica, embora eu tente ignorar.

Dalia pergunta, enquanto tira poeira, por que ele escolheu a arqueologia forense. Ela diz: "Eu tentei fazer essa matéria, certa vez, mas desisti depois de duas aulas. Os slides que o professor mostrava me davam náuseas".

Enquanto escova o mural das paredes do templo sendo derrubadas, Mortichai responde. "Eu gosto de ossos e as histórias que eles contam. Eu gosto da mecânica natural do corpo, da música das juntas."

Estou na outra extremidade da cisterna, sentada no limite extremo do desenho. Faço uma pausa em meu trabalho para ouvir o diálogo entre eles.

"Eu olho para o crânio de um adulto e observo indícios nas fontanelas de sua infância. O externo ramificando-se nas costelas. Os ossos das crianças, como flores que encontramos minutos antes de desabrocharem, com todas as suas pétalas curvadas para dentro de si mesmas e você apenas sabe que há algo bonito em seu interior, encerradas ali para sempre, nunca expostas à atmosfera viral." Tenho notado que em algumas ocasiões — de fato, na maior parte do tempo — Mortichai fala como se estivesse conversando consigo mesmo, como se não tivesse importância que alguém o ouvisse. É por isso que quando ele se concentra em você e lhe fala diretamente, parece que algo extraordinário está acontecendo. Agora ele está falando com a parede e com ele mesmo, como se nós fôssemos apenas testemunhas.

"Isso não o assusta?", Dalia pergunta. "As cavidades vazias do globo ocular e as mandíbulas macabras?" E mostra as próprias cavidades oculares, mesmo que pesadamente pintadas.

"Não, elas são lindas", Mortichai diz gentilmente. "Provavelmente, ao ver ossos você enxergue quietude e morte, então fica tão petrificada como eles. Eu vejo todo o movimento que eles um dia tiveram. Ossos não são rígidos. São esponjosos e suscetíveis. Às vezes, as flores estendem suas raízes através deles. Os ossos falam. Há uma canção que ainda soa nas profundezas da medula."

"Ossos não falam", Meirav diz, bruscamente.

"Com certeza, falam", continua Mortichai, ainda de costas para nós. A atitude do ouvinte nunca o desvia de seu curso. "A largura dos ombros conta uma história de comando. Às vezes eu vejo um esqueleto e sei que odeio aquela pessoa. Embora os ossos sejam comuns, há neles o registro de alguma coisa rompida, uma atitude nas pernas, um falso orgulho no peito. Em outras vezes, observo um esqueleto e agradeço aos céus por ter a oportunidade de conhecer esse indivíduo. Eu amo a dança dos dois ossos do antebraço e dos outros dois da panturrilha, parceiros pela vida. E por que são dois? Só assim eu posso virar meu pulso ou o meu tornozelo desse jeito. Seu único objetivo é nos tornar graciosos. Os ossos são surpreendentes. Costelas inferiores ao norte, quadris salientes no sul, portões para uma cidade proibida."

Meirav dá as costas para Mortichai, murmurando: "Você pode parecer carola, mas é um *monstro*".

Mortichai segue em frente: "Você nunca viu como os elefantes acariciam os ossos, como eles reconhecem os restos mortais de seus parentes e choram? Amo elefantes. Mas cachorros enterram ossos e espalham sujeira entre suas pernas traseiras."

Enquanto Mortichai está falando, me vejo colocando o bloco de rascunhos de lado e ouvindo o que ele diz cuidadosamente, tentando fazer com que suas palavras venham a mim, como uma criança faz para atrair borboletas. Então eu murmuro, inesperadamente: "Norris uma vez me chamou de *T. Rex*", e na mesma hora fico envergonhada. Espero que Meirav não tenha me ouvido e temo qualquer resposta.

"Ele não conhece os ossos", Mortichai fala, devagar, sem se virar para ver meu rosto ficando vermelho. Sou grata a ele.

"Como você descreveria meus ossos", pergunto, me sentindo a salvo por me dirigir a ele pelas costas. Ele responde imediatamente: "*Shacharit*".

"O que significa isso?", pergunto embaraçada. Meu hebraico é excelente, mas não reconheço aquela palavra.

"Quer dizer 'oração matinal'", ele diz com a mesma entonação. "É a oração que, tradicionalmente, recitamos a cada manhã."

Meu corpo inteiro relaxa quando me encosto na parede. Espero que ele nunca se vire e, mesmo assim, anseio por ver os seus olhos.

"Eu já desenterrei centenas de esqueletos", confesso, com cautela, "e todas as vezes fiquei desapontada."

"Por quê?", Mortichai pergunta, ainda passando o pincel no mural. "Você está procurando por Eliseu?"

Fico em silêncio e ele não diz mais nada durante muito tempo. Quando se vira, ele me vê sentada, olhando à minha frente. Estou em outro lugar, em um outro momento. Enquanto segue em minha direção, ele diz: "Desculpe. Referência muito obscura no Segundo Reis".

"Treze: vinte um", respondo. E então acrescento, olhando para o meu colo: "Estive procurando por Eliseu por muito tempo". Estou perplexa pelo fato de ele ter mencionado Eliseu, o profeta, cujos ossos levaram um homem a reviver. Sempre que desenterro ossos, não posso deixar de me horrorizar com o pensamento de que algum dia isso será tudo que vai restar de mim, também. Mesmo assim, tenho continuado a escavar, descobrindo mais e mais tumbas em Megido, na esperança de que algum dia possa ficar frente a frente com a morte e, por uma vez, não ter medo. Não ver a mim mesma. E imaginar que algum dia os ossos de alguém poderiam me curar, em vez de me assustar. E então terei encontrado Eliseu.

"Isso é muito triste", ele diz.

"Essa sou eu." Ele para diante de mim, agora. Está falando comigo. Meirav, Dalia e Walid estão discutindo outras coisas. Estamos apenas ele e eu.

"Eu não quis dizer que é triste para você", ele fala, "mas sim que é triste para os ossos que você encontra. Eles estão tentando contar a história deles para você, que está brava com eles por obedecer à ordem de Deus. Eles ainda têm magia, Page. Você apenas tem de estar aberta para conhecê-los nos termos deles."

Quero responder. Quero agradecer você pode colocar meus medos em uma nova perspectiva. *Maçãs de ouro em salvas de prata.*

Subitamente, a cisterna fica tomada pelo som de um zumbido alto. Vem do cinto de Mortichai. Ele o localiza para desligá-lo e diz, de repente, se desculpando, que se dedica ao voluntariado em um hospital. Uma expressão determinada toma conta de seu rosto e sua testa enruga quando ele olha para baixo, em minha direção. Antes que eu possa perguntar qual é o problema, ele se vira e sobe a escada correndo. Eu o imagino pegando seu casaco e o chapéu no sofá. Ouço quando dispara pela porta da frente e seu carro sai em alta velocidade. Depois que Mortichai vai embora, não tenho mais vontade de trabalhar. Ligo para Itai e digo: "Você não precisa designar um israelita para fazer a supervisão comigo, eu encontrei um. Mortichai Masters está ajudando. Você o conhece?"

"Mortichai, sim, um sujeito interessante. Eu confiaria nele."

Durante a minha caminhada matinal, penso no rosto de Mortichai, quando ele saiu às pressas. Uma parte de mim diz que talvez eu não o veja de novo. Que o zumbido era o som do meu tempo com ele ter expirado. Quando retorno, ele não está. Conforme o dia prossegue, meu telefone celular permanece mortalmente quieto.

No final do dia, nós todos estamos cansados e meio frustrados. Nossos braços estão doloridos por permanecer levantados por tantas horas. Meirav se queixa: "Se a vida é uma tigela de cerejas, a arqueologia é o monte de caroços." Todos riem e deixam cair os braços, aliviados.

"É uma pena", acrescenta Dalia.

"*Aquele que cava uma cova irá cair nela*", ofereço, recitando Provérbios.

E, então, ouço a voz de Mortichai. Descendo pela escada, ele aceita o desafio com: "*A boca de uma mulher estranha é um abismo profundo*".

Estou exultante. E o observo, descendo. Vejo um movimento da saia de Naima lá em cima. Ela deve tê-lo recebido na casa.

Mortichai chega ao fundo. Olha em minha direção e seu rosto se abre em um sorriso e sinto que me transformo em uma jovenzinha.

Nós revelamos o décimo segundo mural, que mostra um grupo de pessoas entrando no Egito. Somos capazes de identificar o Nilo e as gigantescas estruturas a distância. É admirável descobrir um mural da paisagem egípcia aqui em Canaã. Estou muito tocada por esse mural. Tenho certeza de que o artista deve ter estado no Egito, pois as imagens são muito precisas. Seria possível que o artista fosse um discípulo do próprio Jeremias?

Ouço Ibrahim retornando do trabalho, lá em cima, e sei que é noite. Walid e as garotas estão deixando a cisterna e eu estou limpando minhas mãos nos shorts.

Calculando que o pior que pudesse acontecer não seria assim tão ruim, pergunto a Mortichai se ele quer sair comigo para comemorar os murais com um drinque. Suspensa no longo interregno que ele leva para responder, quase não registrei quando ele disse: "Parece bom".

"Vou apenas lavar o rosto?", pergunto quando emergimos na sala de estar.

Ele diz, olhando ao longo de si mesmo: "Não tenho nada para me trocar". Eu rio e subo a escada, certa de que estamos saindo para um encontro. Corro para o meu quarto e me livro das minhas roupas empoeiradas. Visto uma calça jeans e uma camiseta preta limpa. No banheiro, lavo o rosto, olhando para os meus olhos azuis. Eu, de fato, pareço diferente. Acho. Estou feliz. Arranco a bandana e escovo os cabelos. Por um instante, desejo não ser tão loura. Sinto que meus cabelos lisos cintilam a sua mensagem como se eu estivesse usando uma cruz de ouro no pescoço.

Desço a escada aos saltos e ele está esperando bem ali fora da porta de entrada. Seu casaco está pendurado em um dos ombros e ele parece pensativo. Indeciso. "Quer que eu dirija?", ofereço, e ele desperta de seu estado dizendo: "Não, não, permita-me". Ele tem um pequeno Subaru preto com assento bege. Quando ele dá a partida, as luzes do painel se acendem em vibrantes vermelhos, como lava escorrendo por fendas. Cruzo as mãos nervosamente entre as coxas, notando que ele também está tenso.

"E então", ele diz, enquanto passamos pelas casas angulosas de Anata. Roupas escuras fustigadas pela brisa noturna.

"Ei", falo, para quebrar o constrangimento, "seu nome não está soletrado de forma errada? Não deveria ser Mordechai, com um *d?*".

"Meus pais não eram lá grandes soletradores", diz sorrindo discretamente. Meus olhos repousam sobre a curva de suas mãos ao volante.

"Meus pais eram grandes soletradores", digo. "De fato, eram fanáticos por um jogo de palavras cruzadas. Disputavam todos os dias num tabuleiro, com muita intensidade. Por brincadeira, eles compuseram uma canção inacreditavelmente longa que garantiam ter todas as palavras de duas letras da língua inglesa, mais as suas definições."

"Cante-a", ele me desafia.

"Não", digo. Posso sentir meus olhos faiscando.

"Vamos lá, cante. Estou certo de que você cresceu ouvindo isso", ele me dá uma olhada. "Ou talvez você esteja mentindo."

Eu dou um suspiro exagerado. "Mentindo! Por quem você me toma?", eu quase lhe dou um tapa de brincadeira, mas lembro que quando o conheci minha mão ficou ali, estendida, e ele não a pegou. "Tudo bem, então", falo, e, depois de uma respiração inicial, começo: "Xi é uma letra grega, canga nos ajuda a arar melhor, *ye* é inglês arcaico, *oy* é escocês arcaico, *it* é um pronome neutro."

Ele ri. "Perfeito! Acredito em você. Eles eram fanáticos!"

"Sim", digo. Cruzamos o posto de entrada para Anatote. "Meus pais consideravam um sacrilégio limpar um tabuleiro de palavras cruzadas, a menos que você estivesse iniciando um novo jogo; então, sempre havia uma partida concluída, mantida cerimoniosamente no centro da mesa de café. Quando meu pai morreu, minha mãe fixou as peças da última partida. Enquadrou o tabuleiro com acrílico e escreveu embaixo: 'Bilhete de Suicida'".

"Bilhete de suicídio...", ele diz. "O que dizia?"

Eu o observo olhando a estrada. Ele está tomando a direção de Jerusalém. "Não posso lhe dizer com que frequência eu sentei e fiquei olhando para aquilo, tentando vislumbrar algum tipo de mensagem ou explicação."

"Talvez eu possa ajudar", ele sugere.

Eu lhe conto o que estava no tabuleiro, pronunciando cada palavra como se fosse proibida, um segredo de família trancado e com significado oculto. "Brisa, cítara, chaminé, uivo, movimento, carruagem, grasnido."

Ele fica quieto por um longo instante. Eu o observo pensando, ouvindo o som monótono da autoestrada. Fico esperando que ele junte todas as peças. Fico esperando que ele traduza o último jogo inacabado de meu pai na mensagem que ainda tento entender.

Ele me dá uma rápida olhada e depois volta a atenção à estrada. Aí, balança a cabeça e diz: "Nossa!"

"O quê", pergunto, ansiosa.

"Seus pais *eram*, realmente, bons com as palavras cruzadas. Quero dizer... *cítara* deve valer, no mínimo, dezoito, certo?"

Eu dou uma gargalhada. Rio tanto que preciso secar lágrimas dos olhos. Mortichai também está rindo e eu vejo que está relaxado.

Recuperando o fôlego, eu digo: "De qualquer forma, nunca gostei do nome Mordechai".

"Pode me chamar de Jack", ele diz, e lá estamos nós, rindo de novo.

Eu esclareço: "O que quero dizer é que nunca gostei antes, com *d*, mas Mortichai, com *t*, altera tudo. É um nome perfeitamente equilibrado. Como um *menorah*, com quatro letras iluminadas de cada lado e mais uma no meio."

"Agora... o que é que os católicos sabem sobre menorás?", ele diz para a estrada.

"Vivo em Israel há muito tempo", digo, enquanto subimos em direção a Jerusalém. "À esquerda, está *mort*, que é a palavra em francês para 'morte', e à direita está *chai*, que é 'vida', em hebraico. E no meio está *I*, o ego. Fachada e centro. É perfeito."

"Nunca pensei nisso", ele diz. "Sempre achei que era Mais para vida. Mais para vida. Gosto mais de seu equilíbrio perfeito." Ele reflete por um instante. "Eu nunca fui louco por meu nome. Pensei em mudá-lo quando vivi em Indiana. Meu colega de quarto me chamava de Mor, e aquilo estava certo. Não está faltando um *i* no seu nome?

Paramos em um bar-restaurante chamado Colony. Outra coisa que gosto em Jerusalém é que aquela reputação religiosa de austeridade é praticamente destruída à noite, quando seus café e clubes ficam repletos de potrancas e garanhões. O Colony está cheio de israelitas e turistas, muitos deles mais jovens que nós. Alguns deles reparam em Mortichai com seu negro solidéu, camisa branca e calças pretas, mas prestam pouca atenção. Vamos para o deque, no andar de cima. Uma tela plana de televisão localizada acima de sua cabeça mostra uma partida de futebol europeu em verde cintilante. Os clientes no bar explodem em aplausos de vez em quando e nós sentamos alheios a isso. Eu peço um Martini com gotas de limão e ele, uma aguardente com gelo. Fico atordoada antes que a bebida toque meus lábios.

Eu me inclino para a frente. Suas mãos estão abertas, pousadas em ambos os lados do copo. Eu poderia deitar minha cabeça em uma delas e respirar naquela palma. Digo: "Hoje, quando você estava falando sobre ossos na cisterna, não se expressava como uma pessoa que não acredita em fantasmas ou contos de fadas ou monstros sob a cama".

"Eu não acredito", ele comenta. "Meu foco são ossos, não fantasmas."

"Quando você fala, não soam como coisas tão diferentes", acrescento, "para mim."

Ele toma um grande gole, girando o copo sobre a mesa entre nós, depositando-o novamente nela. E fala para o vidro: "Ossos são íntimos. Mesmo seu amante nunca toca neles. Eles são um relevo de marfim de uma vida real, um registro físico de viagens corajosas, guerras enfrentadas, amores entrelaçados. Eu amo ossos." Ele acrescenta baixinho, ainda para sua bebida: "Os seus, também".

"Os meus?", pergunto, e ele olha para cima, encabulado. É óbvio que ele se arrependeu de dizer isso, mas eu o instigo e encorajo.

Ele diz: "A maneira como o seu rosto é todo voltado para a sua boca". Sinto meu sangue correr por todo meu corpo, velozmente passando pelo pescoço, descendo pelos braços, dentro de minhas pernas, cada parte de mim se tornando viva.

Falo: "Sempre pensei em ossos como uma paródia sobre desejo e sonhos. Mas, a pele... você sabe". Mordo meus lábios. Eu estou destroçada.

"A pele está bem." Ele sorri, olhando para mim. Depois dá risada. "Muda de cor, isso com certeza."

Eu rio e mergulho em meu drinque. Ele diz: "Especialmente a pele da barriga. A única cicatriz corporal de quando fomos arrancados de nosso universo de suavidade. Você não tem nenhum daqueles *piercings* estranhos como as garotas que trabalham para você, tem?".

Dou risada e balanço a cabeça. E depois caio na gargalhada.

"O que é tão engraçado?", ele pergunta, sorrindo.

"A maneira como você fala, algumas vezes", comento. "Você sempre me surpreende".

Ele sorri abertamente, enquanto dá de ombros e diz: "Há coisas piores." Ele toma outro gole e fala tão baixinho que tenho de me esforçar para ouvi-lo. Ele está rasgando um guardanapo enquanto fala. Parece nervoso. "Lembra quando lhe contei que era comprometido?"

"Hum, hum...", murmuro, levando o drinque à boca. Coloco o copo na mesa. "A filha do rabino."

"Sim", ele diz, pensando. Depois respira, se ajeita na cadeira e coça a cabeça. Sua voz é mais forte agora. Ele diz: "Diga-me uma coisa. Conte como é que você se tornou assim tão rebelde, perseguindo fantasmas".

Rio. "Não sou rebelde, acredite, é sério. Sou entediante como uma pedra." Penso por um instante e continuo: "E houve aquela vez, quando eu estava no colégio, e a professora nos mostrou as três tiras de celofane colorido, dizendo que eram as cores primárias. E que todas as demais cores derivavam delas — o vermelho, o amarelo e o azul. Eu simplesmente não podia acreditar nisso! Tudo se resumir àquilo? Eu estava confusa. Essa lógica redutivista me enfureceu. Minha mão se ergueu e eu disse: 'Não pode ser verdade, eu tenho *visto* o que a pintura consegue fazer!'".

Mortichai ri. "Você tinha *visto* o que a pintura consegue fazer?".

Eu digo: "Foi exatamente isso que eu disse a ela! Esperava que eu tivesse ouvido mal. Eu segurava aquelas folhas em minha mão e não fazia sentido. Então, comecei a citar os nomes de todas as minhas tintas de acrílico, disparando a nomenclatura na direção dela, como fazem aquelas máquinas automáticas usadas para treinamento de rebatedores, sabe? Violeta, ocre, castanho avermelhado, berinjela, bege, salmão, fúcsia, laranja fluorescente!".

Mortichai está rindo. Eu continuo: "E para cada uma, a professora esbravejava, 'Sim, sim, sim, eu disse *todas* as cores'. E continuei e continuei, até que a classe não pôde mais conter a histeria e ela gritou para eu parar. Mas a questão é que eu não estava fazendo aquilo para divertir a turma. Eu não estava tentando ser difícil. Eu realmente estava encafifada diante da noção das três cores primárias. Fiquei lá sentada, enquanto a aula prosseguia, com as mãos cruzadas, enquanto lembrava de cores em minha cabeça, me tornando mais e mais desesperada. Eu sabia que roxo e amarelo resultam em marrom. E que roxo é azul com vermelho. Então, se azul e vermelho e amarelo produzem marrom, como é que você faz o preto? E o que dizer dos matizes? Tons de vermelho: carmesim, vermelho canário, cereja. Tinha de haver mais cores para colorir, simplesmente tinha de haver mais. Não é possível que tudo se resuma àquilo. De repente, me senti como se tivesse saído fora de mim, como se fosse outra pessoa. Bati a mão na carteira e me levantei de um salto."

"Não, você não fez isso!", ele comenta.

"Eu não menti sobre a canção das palavras cruzadas, menti?"

"*Touché*", ele admite.

"A classe inteira se voltou para mim e a professora largou o giz. Cheia de má intenção, fervendo por dentro, eu despejei em cima dela, com os dentes cerrados: 'Prata'."

"Fantástico!", exclama Mortichai.

"Ela me expulsou!"

Mortichai levanta o copo e proclama: "À sacerdotisa de prata. O mundo é seu cálice!".

Tilintamos nossos copos. Eu digo: "O padre Chuck me contou que as três cores básicas representam o Pai, o Filho e o Espírito Santo".

Mortichai comenta: "Sabe o que é interessante? No mundo da pintura, no mundo físico, todas as cores juntas fazem o preto. Mas no mundo da luz, no mundo do espírito, todas as cores se misturam para fazer o branco. No mundo da pintura, tudo deriva das três, mas no mundo da luz todo o espectro é refratado em uma só cor". Ele levanta o dedo e repete: "Uma".

Fico quieta por um momento e, então, caio na gargalhada. Quando, finalmente, me acalmo, vejo que ele esvaziou o seu drinque. Digo: "Sempre senti que deveria haver mais. Você sabe? Mais para colorir. Mais para viver. Mais". Nós dois rimos e eu digo: "Esse é seu nome, certo?". Estou olhando com adoração para ele, agora. "Mor?" *Mor*. Eu praticamente ronrono.

"Ah, Page!", ele diz, balançando a cabeça. "Você é qualquer coisa!" Paga a conta e fala, gentilmente: "Vamos levar você para casa".

XIII

Antes deixar minha mão esquerda prender a direita, do que testemunhar uma nação escravizar e destruir a outra. Antes deixar meu coração prender meus pés em correntes do que ver um governante se curvar em favor de outro. Deixe as bandeiras das nações serem brancas e alvas e hasteadas, na grande rendição da humanidade...

O PERGAMINHO DE ANATIYA 25:34-36

Todos nós, Ibrahim e Naima, Walid e as garotas, Mortichai e eu estamos sentados na sala de estar, ao redor da entrada do buraco, planejando nossas atribuições do dia e tomando café, quando um tijolo veio voando pela janela. Uma nuvem de cacos de vidro fica suspensa sobre a cova por uma fração de segundo, como um enorme candelabro de cristal e, depois, cai.

Mortichai, instantaneamente, se joga em cima de mim para me proteger. Todos os demais também se atiram no chão. Uma saraivada de pedras segue-se ao tijolo.

Ali, embaixo dele, sinto que minha respiração, antes superficial e rápida por causa do medo, se alterou para desejo. Seu corpo parece grande, quente e forte ao meu redor, e eu sou um cubo de açúcar me dissolvendo nele. É a primeira vez que ele me toca. Ele se afasta de mim e, antes que eu possa me sentir envergonhada por tocar nele, conspurcando sua pureza religiosa, ou extasiada por mim mesma, eu avisto Dalia e dou um grito.

"Dalia! Você está bem?" Ela está tentando levantar. O sangue, vermelho e luminoso, escorre abrindo pequenos riachos entre seus cabelos roxos. Seus olhos se revolvem e suas pernas começam a se contorcer, enquanto o seu corpo vai escorregando para dentro do buraco.

Eu desembesto na direção dela e a agarro pelo antebraço, virando-a para mim. Mortichai me pega pela cintura, antes que eu despenque com ela. Todos nós caímos para trás. Dalia está inconsciente.

Mortichai repousa o corpo dela e se ajoelha a seu lado. Naima corre para chamar os paramédicos. Eu massageio a mão de Dalia, enquanto Mortichai nos garante que ela está respirando. Walid está pressionando sua camiseta contra a cabeça de Dalia para reduzir o sangramento. Depois de cinco minutos, repentinamente, ela suspira profundamente, embora continue inconsciente. Mortichai e eu removemos com cuidado todos os seus brincos. Ouvimos uma sirene. Meirav diz: "O som de uma ambulância é bom, significa que alguém vai ser socorrido. O som de duas significa que houve um bombardeiro e que, provavelmente, haja pessoas mortas. Se o som for de três ou mais ambulâncias, você pode ter certeza de que há muitas pessoas mortas".

Mortichai e eu entramos na ambulância com Dalia, cada um de nós segurando uma das mãos dela. Os paramédicos colocam uma máscara de oxigênio nela e corremos para o hospital. Eu penso no que poderia ter acontecido se ela caísse na cova e, instintivamente, faço o sinal da cruz.

Logo me arrependo quando noto que Mortichai me viu fazer isso. No hospital, Walid está particularmente abatido, visivelmente abalado pelo que aconteceu na casa; está assustado e pálido.

Dalia tem uma concussão e será monitorada durante alguns dias no hospital. Quando ela fica instalada confortavelmente em seu quarto, todos vamos vê-la e sorrimos, acariciando suas mãos. Ela fala com dificuldade e suas pálpebras parecem pesadas. Walid senta na cadeira a seu lado e diz, delicadamente: *"Ahlan"*, olá em árabe. Ela sorri calorosamente para ele, toma suas mãos nas dela e diz: *"Ahlan"*. Walid cai em lágrimas e descansa a cabeça sobre a barriga dela, que acaricia os seus cabelos em movimentos cansados. Uma enfermeira chega e nos pede para sair, para que Dalia possa repousar. Quando começamos a ir embora, percebemos que Walid está dormindo.

Permaneço com Mortichai na sala de espera, enquanto os outros vão até a cafeteria. Mortichai senta ao meu lado no sofá desgastado, mexendo na parte esgarçada da sua manga esquerda. Eu me sinto abatida e derrotada, as luzes fluorescentes minando meu espírito. Depois de permanecermos ali por um longo tempo, pergunto a ele: "É neste hospital que você é voluntário?". Ele responde baixinho: "Não sou voluntário em um hospital."

"Mas quando desligou seu *pager*, você disse..."

"Sou voluntário na comunidade ortodoxa. Há um pequeno grupo, entre nós, especialmente treinado em prática forense e mortuário, e somos os primeiros a chegar quando há um ataque terrorista ou um homem bomba. Faço parte de um grupo de voluntários chamado ZAKA. Nós perscrutamos a cena do crime à procura de carne e fragmentos, para nos assegurarmos de que tenham um enterro apropriado. De maneira que um dedinho de criança ou a bochecha de sua avó não apodreçam na sarjeta ou sejam esmagados por pneus de veículos como se fossem lixo."

Ele senta, com a cabeça entre as mãos. Parece extremamente cansado.

"O que você faz com o que coleta?", pergunto suavemente.

"Levo para um necrotério ortodoxo, para o Necrotério Eternidade, fora da cidade. Venho trabalhando para a Eternidade há muito tempo."

Ficamos ali sentados por um longo tempo, em silêncio. Outras pessoas chegam à sala de espera, sentam por uns instantes e vão embora.

Mortichai tira o chapéu, momentaneamente, para passar as mãos nos cabelos. Depois, se endireita e fala, olhando para a frente: "Tenho visto as coisas mais terríveis, Page".

"Conte pra mim", peço.

Ele coloca a cabeça para trás, apoiada nas mãos, e fala: "Já vi corpos decepados pela metade. Raspei restos de seres humanos de chãos, paredes, mesas e cadeiras. Dedos lançados a quase cinquenta metros das mãos. Coletei olhos, orelhas. Encontrei pedaços de carne na calçada, pequeninos, frios, macios e sangrentos, e os guardei tão gentilmente quando possível em minha caixa de coleta. Cada um de nós tem uma. E depois vamos para o necrotério e tentamos juntar as peças. É melhor enterrar um braço com o corpo ao qual pertencia, se é que as roupas ou o tom da pele possam nos ajudar, mas a maioria dos restos não pode ser unida. Nós limpamos cada parte, fazemos uma oração. Enterramos em uma área especial do cemitério fora de Jerusalém, sem nenhuma indicação."

Ele se volta para me olhar. Não digo nada. Ele continua. "É mórbido, em sei." Mortichai se levanta e se afasta de mim, saindo da sala de espera. Tenho o pressentimento de que ele talvez esteja chorando e não quer que eu veja. Fico muito quieta enquanto espero, e alguns minutos depois ele retorna, enfiando um guardanapo no bolso. Ele senta, outra vez, e continua a falar. "Uma vez em encontrei um pezinho. Eu o peguei, delicadamente. Tinha um pequeno arranhão no tornozelo. Esse ferimento não era do bombardeiro e sim mais antigo, de mais ou menos uma semana antes. Ele havia arranhado mais. Era um pezinho perfeito, de menino, com um perfeito arranhão desses que se faz correndo, subindo em algum lugar, brincando de pega-pega. Não consigo sequer compreender a dor em que mergulhou aquela família. Tudo o que sei é que fiquei de luto por aquele pezinho." Mortichai tira o guardanapo do bolso e pressiona contra os olhos. "Eles perderam uma criança inteira, naquela manhã. Eu só conheci seu pezinho."

Depois de alguns momentos, Mortichai fala mais. "Penso nisso como meu trabalho. Ficar de luto por pequenas partes. Velo por esse pedacinho de pele sobre o qual ninguém está pensando, porque as pessoas estão ocupadas chorando a morte da pessoa inteira. Uma pessoa não é finita, Page." Morticai se volta e seus olhos encontram os meus. "Uma pessoa é uma galáxia. Eu poderia estudar um fragmento de uma pessoa por centenas de anos e, ainda assim, saberia apenas um minúsculo aspecto da pessoa inteira. Eu poderia estudar um só fragmento por centenas de anos ou amar uma pessoa inteira sem ter de passar um século, tempo necessário para estudar apenas um de seus dedinhos. Então, como é que podemos dizer que sabemos alguma coisa?"

"Não sei", tento dizer em um sussurro. Ouvindo Mortichai, eu me sinto embalada pela constante cadência da sua voz.

"Se alguma vez tivesse encontrado carne fresca, como eu, você nunca mais ficaria desapontada escavando ossos. Ossos estão sempre em paz, mesmo que estejam quebrados. Um pedaço de carne é um ferimento físico e emocional insondável."

Naquela noite, nós tomamos um táxi de volta para casa. Mortichai descansa recostado no assento traseiro, tentando ouvir as notícias no rádio do motorista. Eu sento do mesmo jeito, tentando não ouvir.

Enquanto os outros estão almoçando, na sala de jantar, Mortichai e eu vamos dar um passeio. Andamos até o quiosque de Elazar e compramos sanduíches de falafel, e continuamos em frente, subindo até o túmulo de Jeremias. Descemos e desviamos na direção de um campo de girassóis, para nos sentar entre caules gigantes. Desembrulhamos nossos sanduíches. Olho para ele. Ele parece triste. Sua cabeça está caída e seu sanduíche descansa no papel encerado, ao lado dele. Ele está pegando a corola de um girassol caído, deslizando os dedos pelas sementes. Segura entre as mãos a espiral dourada, a Sequência de Fibonacci que se repete em conchas do mar e rosas desabrochadas e furacões. Fico imaginando se terei de casar com ele, para que me toque. Olhando para a galáxia nas mãos dele, com a borda de alegres pétalas amarelas, parecendo uma divertida e flexível coroa, tudo parece possível. Ele levanta o olhar para mim e diz: "Eu tenho enganado você".

Minha boca está cheia de falafel. "Como?", consigo dizer, com as bochechas estufadas. "Eu não lhe contei tudo sobre a filha do rabino", ele diz, com pesar.

"Mor, o que você fez!", digo, brincando, jogando uma pedrinha nele. "Você tirou a virgindade dela?"

Mortichai sorri timidamente e olha para mim durante muito tempo, sem se desviar. Eu tento manter esse contato visual, mas fico nervosa e abaixo os olhos, mergulhando em meu sanduíche. Ele não diz mais nada sobre a filha do rabino, e, em vez disso, conversamos sobre a cisterna e nosso plano de convidar a Autoridade das Antiguidades para vir na terça-feira. O lugar precisa ser protegido.

Quando levantamos para ir embora, me apoio nos dedos e gemo: "Ai, minha unha!". Examinando o dedo, com uma lasca de unha pendente, digo: "Quando eu era jovem, tinha esse pequeno depósito de cálcio na minha unha, nesta unha. Nunca o cobria com esmalte. Gostava dele. Era uma nuvenzinha que a cada semana se movia para cima, quando a unha crescia, deslocando-se no céu. Meu pequeno firmamento. E eu deixei as unhas crescerem muito, porque não queria perder aquilo. Tão boba, certo?". Olho para ele. "Sentir-se assim, por causa de um depósito de cálcio? E então minha mãe me fez cortar as unhas. E quando eu vi aquela unha cortada, em cima da mesa, separada do meu dedo, com aquele sinal tão marcante, fiquei completamente em pânico. Minha mãe não conseguia entender o que acontecera comigo; ela pensou que eu tivesse me cortado." Mortichai permanece quieto. De repente, me sinto desconfortável. Esse é o tipo de coisa sobre a qual jamais conversei com alguém.

"É apenas aquela coisa de rito de passagem, acho", digo. "Como a poetisa St. Vicent Millay, não me conformo em encerrar corações amorosos no chão duro."

"Me dê isso", ele diz, com profunda seriedade. Eu rio. Coloco a unha na palma da sua mão. Ela parece tão pequena, um minúsculo peixe prateado curvado naquela grande palma. Ele fecha a mão e começa a andar na direção dos girassóis. Logo, está praticamente correndo. Eu me apresso em segui-lo. Quando o alcanço, começo a pular em volta dele como uma criança cheia de energia, dizendo: "O que você está planejando fazer com esse pedacinho de mim? O que você vai fazer?".

"Vou colocá-lo em um medalhão", ele diz e ri.

"Não! Nada disso, é meu! O que você vai fazer comigo, o quê? O quê?"

Então, ele para e fala: "Vamos enterrá-lo e fazer as pazes com ele. Vamos homenageá-lo e, depois, seguir adiante, depois dessa pequena morte.".

Ele se ajoelha e escava o chão, colocando ali aquela pequena parte de mim, um arco fininho. Eu ajoelho ao lado dele, ainda rindo e meio confusa.

"Ah, pedacinho de Page Brookstone", ele diz, "você foi boa no que quer que tenha feito. Grato."

"Como você se enroscou tão bem no meu cabelo", eu me intrometo na conversa.

"Tudo bem, você quer mais. Nós agradecemos a você, pequena unha. Sabemos que a morte é uma parte da vida. Todas as vezes que piscamos, milhões de células morrem — perdemos pequenas partes de nós a cada momento... cabelo, pele, sangue e lágrimas caem no solo e acabam nutrindo as rosas. No entanto, sequer paramos para fazer uma prece ou dar uma bênção. Então você, pequena unha, representa todas as partes de nós das quais nos desfazemos. Gostamos de vocês todas. Vocês sempre serão parte de nós. Amém."

"Amém! Amém!", eu dou saltos, entre os ramos.

"Você vê?", ele diz. "Parte de nós morre todos os dias, mas parte de nós segue em frente."

Eu fico quieta. "Mas um dia, tudo em mim vai parar", falo, os olhos arregalados diante dessa verdade.

"Não", ele me corrige. "O melhor de você sempre vai permanecer." Começamos a caminhar em direção à estrada.

"Pensei que você amava ossos", digo, provocante.

"E amo", ele diz, "mas amo seus ossos menos do que você." E então ele rapidamente limpa a boca, como se o que acabara de dizer fosse desagradável. "Sinto muito", ele se desculpa.

"Por quê?", pergunto, mas continuamos a andar sem dizer mais nada.

XIV

*Se eu pudesse fazer desaparecer, com um passe de mágica, aquela canga,
se eu pudesse curar o que te deixa doente, se eu pudesse te afastar do
Julgamento e aproximar da Misericórdia, eu faria qualquer coisa, Jeremias,
mas Deus te protege tanto e coloca as mãos ao redor de teu
pescoço como se fosse um iluminado aro de fogo...*

O PERGAMINHO DE ANATIYA 27:18-19

É sábado e Mortichai não está conosco. Meirav saiu para passar o dia com suas amigas. Estamos só nós, eu, Naima e Ibrahim, e sentamos juntos à mesa da sala de jantar. Naima fez uma grande salada. Pergunto a eles o que pensam de Mortichai e ela me diz que esteve conversando com ele no dia anterior, depois que voltamos do passeio, quando eu estava lá embaixo, na cisterna.

"Ele vem de uma família grande", diz. "Muitos irmãos e irmãs, como eu."

Eu fico enrolando as cenouras e pepinos com o garfo. Ibrahim está comendo, perdido em seus próprios pensamentos. Vez ou outra ele levanta a cabeça do prato e olha através de mim, sobre meu ombro, na direção da sala de estar.

"Qual é a história dele?", pergunto a Naima, percebendo que ela não está disposta a oferecer informação voluntariamente.

"Você gosta dele", ela comenta. E eu me rendo e balanço a cabeça afirmativamente. Ela diz: "Sei que ele vai a lugares bíblicos pelo país todo e faz relatórios para uma organização americana."

"Eu sei", digo. Vejo algo nos olhos dela e quero que ela me diga o que é. "O que mais ele disse?"

"Estudou na Universidade de Indiana", ela diz.

"Eu quase estudei em Indiana", Ibrahim informa, como se estivesse retornando de algum lugar longínquo direto para o meio da conversa.

Naima encolhe os ombros. "Ele parece uma pessoa inteligente", ela continua, e arrasta a cadeira para trás. Vai até a cozinha para tirar o pão do forno. Eu digo a Ibrahim: "Ela sabe de alguma coisa e não está querendo me contar".

Ele comenta: "Ela sabe um monte de coisas".

Naima volta e corta um pedaço de pão quente do filão e coloca no meu prato. Ela assopra os dedos e os movimenta no ar.

"Você se queimou?", quero saber.

"Está tudo bem", Naima responde. Voltamos a comer. Eu havia separado, com êxito, as cenouras dos pepinos e agora trato de misturá-los de novo.

Naima limpa a boca. "Page, ele vai se casar no fim do verão."

Eu olho para ela. "No fim do verão?", pergunto. "Estamos em julho!" Ela espera e olha para mim. "Com quem ele vai se casar? Por que ele não me contou? Eu estou agindo como uma completa idiota!" Vergonha e raiva estão disputando a primazia dentro de mim.

"Ele vai se casar com uma viúva, a filha do rabino. Ela tem dois filhos." Naima coloca uma porção de salada no pão e dá uma bela mordida. Com a boca cheia, acrescenta: "E um neto".

"Ele vai ter um neto postiço?", pergunto. Estou me sentindo mal.

Naima toma um gole de água, me pergunta por que não estou comendo e franze a testa, sempre um pouco injuriada se percebe que a comida que preparou não foi devorada. Sinto uma dor de cabeça chegando e só quero mesmo é me deitar. "Não entendo", digo. Tenho vontade de jogar todos os pratos na parede. E também os copos, porque, assim, ela não vai poder tomar outro maldito gole. *Simplesmente me conte.*

Ela diz, devagar: "Ele ficou noivo da mesma mulher com quem estava comprometido, quando mal completara os dezessete anos de idade", ela fala. "Mas o noivado foi cancelado."

"Isso foi há uns vinte e cinco anos!", digo, quase histérica.

"Depois que o marido dela morreu, acho que o romance deles foi reatado." Naima enche a boca de pão e eu me sinto definitivamente assassina. Olho para Ibrahim e digo: "E você?". A boca dele também está cheia de pão e salada. Ele fala: "E eu? Acho que ele está bem!".

E então Naima acrescenta: "A noiva dele provavelmente não é mais velha que você".

Ele está se casando com a mulher de sua juventude. É o que ele está fazendo. Que maldito covarde ele é, por não me contar. Estou realmente exausta e me sinto suja por estar no subsolo por tanto tempo. Suja por estar apaixonada por ele. Furiosa.

Ibrahim se levanta quando a porta da frente se abre. É Dalia retornando do hospital. Walid ficou o dia inteiro a seu lado e quando ela atravessa, porta adentro, estão de mãos dadas.

Eu desapareço, entrando no meu quarto, sem cumprimentá-los. E me enrolo toda em minha cama, chamando Jordanna pelo celular. O marido dela, Nathaniel, diz que é incrível que eu tenha chamado justo agora, porque eles acham que ela está entrando em trabalho de parto, é maravilhoso. "Ah", comento, "Jordanna está bem?"

"Sim", Nathaniel me garante, "ainda é cedo." Eu caio no choro. "Por favor, coloque-a na linha!" Eu conto a Jordanna, entre soluços incontroláveis, respiração entrecortada, uma ou duas vezes gritando contra o travesseiro, que conheci esse homem há menos de duas semanas, mas ele é só... e não restou ninguém, esperei por tanto tempo, todos foram embora! Ninguém me ama, ninguém jamais vai me amar, ele me fez imaginar que estava enamorada dele; pior, me fez pensar que estava apaixonado por mim! Ele era sedutor, poético, *bonito*, era-como-se-fosse-feito-de-tudo-o-que-eu-sonhei, exceto que seu chapéu era muito pequeno (risada enlouquecida), o que é que eu vou fazer? O que eu vou fazer? Eu grito para ela. Eu o amaldiçoo. Eu me amaldiçoo, estou tão mal, sou tão estúpida, agi como uma completa *idiota*. Ficando ruborizada, dando risadinhas, ficando agitada e dando voltas! E do outro lado da linha, posso ouvir Jordanna respirando rapidamente e Nathaniel dizendo com pressa: "Desligue o telefone, desligue esse maldito telefone, *nós vamos ter um bebê*", e, ela, "apenas um minuto, só um minutinho, as contrações ainda estão muito espaçadas. Ela está desmoronando".

No domingo, estamos todos no buraco. Estou furiosa com Mortichai. Ele deve saber que eu sei. Aceita minha frieza e trabalha. Estou decidindo quando e como vou confrontá-lo. Eu tenho vontade de chutá-lo para fora deste lugar. Quero responsabilizá-lo por partir meu coração. Meu celular vibra. É o marido de Jordanna. Eles acabaram de ter um menino, a quem darão o nome de Eli. Eu lhes dou minhas felicitações e digo que estou emocionada por eles. Quando desligo, Meirav comenta que jamais terá um filho. Diz que o mundo é muito perigoso e mau e que o seu novo namorado, Shrag, também não quer filhos. Ela aponta a pá em minha direção e pergunta: "Você alguma vez se arrependeu por não ter filhos?".

Fico muito embaraçada com a pergunta. Imagino o que Mortichai deve estar pensando. Sua noiva é mãe de dois. Sua mãe teve dez filhos.

"É difícil responder a essa pergunta", digo para Meirav, almejando que ela cale a boca.

Na comunidade de Mortichai, uma vida como a minha deve ser considerada um beco sem saída. Não quero olhar para ele, mas, involuntariamente, me volto em sua direção. Lembro que ele também não teve seus próprios filhos. Mesmo imersa em minha raiva e humilhação, me vejo imaginando como ele se sente a respeito de se tornar padrasto e um avô postiço. Ele me diz: "É uma boa maneira de responder isso". Isso me faz soltar faíscas.

"Não fale comigo", eu falo rispidamente. Dalia e Walid se viram e Meirav diz: "Caramba... o que é que está acontecendo entre vocês?".

"Você também não fale comigo", digo para ela. "Vamos abrir esse espaço depois de amanhã. Vai ser uma loucura e ainda há muito o que fazer."

Mortichai parece pálido. Coloca as mãos nos olhos e os esfrega. Ele diz: "Page, estou...", e eu aponto para ele e digo, devagar e deliberadamente: "Não fale comigo, está entendendo?", como se ele fosse um imbecil. Ele me olha quase impotente, os olhos suplicantes. Dalia e Walid estão observando, com os dedos entrelaçados. Indiferente, Meirav apenas fica ali e aguarda. Eu digo: "E parabéns, *Mortichai*. Estou certa de que você *notou* que, *desta vez*, meu coração está presente.".

"Eu sei", ele tenta dizer, mas eu disparo: "Cala a boca! Está bem? Tenho de ser ainda mais clara? Talvez se eu falar eu hebraico você entenda. *Shtok*!"

As horas passam e todos estão trabalhando em silêncio. O único barulho é o do som das ferramentas se movimentando e dos passos de Naima no andar de cima, se alongando e preparando uma refeição. Eu quero chorar, mas estou concentrada no mural diante de mim. As paredes do templo sendo destruídas.

Depois de umas três horas, há um zumbido alto. O *pager* de Mortichai soando. Ele olha para mim, sua face branca como a de um fantasma, e depois sobe a escada.

Lá do buraco eu ouço Mortichai correndo e a batida da porta da frente. Então algo subitamente se altera dentro de mim. Eu me lembro do que Jordanna uma vez me falou, quando estávamos conversando sobre meu relacionamento com Itai. Eu o amava, mas não queria competir com Israel. Não podia. Jordanna disse: "E então você pega esse tênue fio e vai puxando delicadamente até que a coisa toda seja revelada". Não, penso comigo mesmo. Estou diferente, agora. Essa cisterna me transformou. Não vou passar o resto da minha vida, não importa como seja medida, em minutos ou décadas, aqui embaixo, no subterrâneo. Eu me lembro de Itai espiando, da beirada para dentro do fosso, e dizendo: "Veja só quem está subitamente interessada no mundo acima do solo! Page falando de política... Você tem certeza de que não desenterrou o Messias lá embaixo?". Quero estar a céu aberto. Quero estar com Mortichai. Quero entendê-lo. Não vou deixar isso assim, encoberto.

Largo minhas ferramentas e subo a escada voando. Ouço o barulho da porta do carro enquanto corro pela sala de espera e quando saio ele já se foi. Uma loucura me domina e começo a correr o mais rápido possível, meus braços balançando e minhas pernas descrevendo em longos arcos, meu coração partido diante da possibilidade de que ele não me veja, enquanto eu sigo no limite das minhas forças. Eu sei que ele vai parar no posto de fronteira de Anatote. Há uma chance mínima de que possa alcançá-lo ali. Corro e corro, meu coração pulsando tão forte, que parece que minhas costelas vão se abrir. O vento invade minha garganta. Sinto que minhas pernas desaceleram quando a estrada começa a se inclinar e as odeio furiosamente por não aguentar o ritmo, quando o posto está bem ali na curva. Ah, Deus, por favor permita que ele esteja lá! Eu contorno o caminho, escorregando nas pedras do chão, mas rapidamente me equilibrando, e lá está ele, acaba de sair do posto, para ir embora. "Não!", tento gritar, mas quase não tenho fôlego. Estou a ponto de desistir quando vejo a cabeça de Mortichai se inclinar para cima e se voltar levemente à direta e ali estão seus olhos azuis no espelho retrovisor. O carro encosta à direita e eu dou a última estirada e desabo no assento do passageiro, batendo a porta e me curvando, para segurar minha barriga, tentando retomar o fôlego, na esperança de que meu coração não estoure.

Mortichai pega um cantil do porta-luvas e me oferece. Eu aceno com a mão, indicando que preciso de um minuto para poder falar. Tomo a água e me movimento no banco, concentrada em restaurar o ritmo do meu corpo, a respiração e o pulso. Começo a beber do

Mais **Forte** Que a **Morte**

cantil, lentamente, a água curando minha garganta apertada. Minha cabeça se apoia no vidro.

"Agradeço por vir atrás de mim", ele diz.

Mantenho a cabeça pressionada contra a janela e digo: "Não quero falar com você, neste exato momento".

"Podemos ir?", ele pergunta. Eu aceno para que vá em frente.

Quando nos aproximamos do centro de Jerusalém, vemos as luzes da ambulância piscando entre os prédios baixos. Eu salto do carro e sigo Mortichai. Quanto mais perto a gente chega, mais alto fica o som do gemido. A polícia reconhece Mortichai e acena para que entremos. Martichai encurta o caminho para chegar até os dois outros membros da equipe de coleta de restos humanos. Eles usam coletes amarelo néon, com a palavra ZAKA escrita. Eu sigo bem rente à superfície lisa do edifício de um banco e sigo em frente, descendo a calçada. Há um grupo de mulheres com panos brancos na cabeça, se abraçando e soluçando. Suas mãos trêmulas sobem até suas bocas e depois desabam, para levantar outra vez. Depois de observá-las por alguns momentos, percebo que há uma jovem mulher no centro; está inclinada sobre os joelhos, segurando a cabeça e chorando.

Não muito distante de mim, há um homem de joelhos, com o corpo arqueado para trás, punhos elevados para o céu — ele está gritando. Um grupo de jovens estudantes vestidas com saias xadrez, em tons de verde, e blusas brancas com laços negros, está ao redor de sua professora, que tenta abraçá-las, mantendo-as junto de si, enquanto seus olhos as perscrutam, contando uma a uma. Um policial pede a ela que se apresse a levar embora as estudantes, afastando-as da cena. Bem acima de mim, vejo a fumaça preta ainda saindo da explosão.

As pessoas estão sendo evacuadas. Quando estão em macas, com as saias e blusas empapadas de sangue, maridos e esposas se lançam sobre elas, beijando suas faces. E no meio da praça há dois corpos, cada um deles coberto com um tecido branco, através do qual o sangue dos corpos sem vida continua a fluir. Soldados estão isolando o perímetro. Eu cubro os ouvidos e pressiono as costas fortemente contra a parede. Espero que ela possa me sugar.

A cena do crime é parecida com uma escavação, com todos os especialistas reunindo as provas que conseguiram, apresentando hipóteses. Tento entender dessa forma, para estar presente, para poder observar. Então, vejo Mortichai se movimentar na direção de algo. Ele atravessa o piso de pedra calcinado do pátio, carregando o que parece ser uma lixeira branca, pendurada em seu cotovelo, e uma caixa branca, na mão. Enquanto caminha, se inclina para baixo e, com luvas brancas, os dedos cobertos de vermelho vivo, por causa do sangue, pega grandes destroços deslocados pela bomba e os examina. Se tem sangue ou carne neles, ele os coloca em sua caixa. Eu o observo; como é elegante. Os outros membros da equipe têm barbas negras, espessas a emaranhadas, e bigodes, longos casacos pretos e chapéus negros. O rosto de Mortichai é tão suave e claro. Sua fronte denota paz, como se ele estivesse confortável aqui. *Havia um brilho em torno dele. Como o halo de luz que contorna as nuvens em um dia de chuva.*

Um homem, na maca, está gemendo terrivelmente enquanto é colocado na ambulância. Logo, quatro ambulâncias vão embora e só fica uma. As pessoas ainda estão gritando e chorando. Uma família está amontoada, perto de mim. A filha tem sangue salpicado no rosto e no pescoço, mas não parece ser dela. Está em choque. A família de quatro pessoas, umas com os braços ao redor das outras, se desloca para ir embora para casa. Quando se afastam, posso ver a coisa para a qual Mortichai está se dirigindo. É uma mão.

Parece uma mão masculina, daqui de onde estou agachada. Eu afasto ou olhos, mas logo volto a olhar. Quero entender o que ele vê. Ele se move delicadamente e se ajoelha. Olha para aquela mão repousando na calçada vazia, com a palma voltada para cima, como se estivesse pedindo ou oferecendo algo.

Como ele é capaz de tocar naquela mão sem sentir sequer um tremor no corpo? Ele a segura em suas palmas enluvadas, elevando-a da calçada. Carrega-a como um criado levando uma coroa. Sua boca está se movendo, enquanto caminha. Está murmurando preces. Vai até a ambulância que permaneceu no local e fala com os paramédicos por um instante. Então, conduz a mão até um carro fúnebre, dirigido por alguém de sua equipe, e a coloca lá dentro.

Ficamos lá por quatro horas. Muito depois que todos vão embora, Mortichai e os outros coletores percorrem e inspecionam cada pedra e ao longo de paredes e calhas. Duas pessoas morreram na explosão. Uma delas era um cirurgião, a outra, o homem-bomba suicida, de dezoito anos. A este é que pertencia a mão.

Quanto voltamos ao carro, estou banhada em vergonha. Eu fiquei lá, agachada contra a parede, abraçando as minhas pernas, durante cinco horas. Estava paralisada. Quando vamos embora, as lágrimas começam a assomar e eu respiro fundo e as evito, a duras penas. Estamos em silêncio no carro. Como o meu coração partido parece pequeno, comparado com o que acabara de ver.

E, ainda assim, é só esse coração que eu tenho.

E então peço a ele que me conte.

Mortichai se dirige calmamente para o lado da estrada e o carro para devagar. Ele se vira para mim. Respira fundo e olha para as minhas mãos, cruzadas em meu colo.

"A filha do rabino, Fruma", ele diz o nome dela delicadamente e eu não sei muito bem se tenta protegê-la ou a mim, "se casou logo depois que eu fui embora para os Estados Unidos. Não faltaram candidatos. Afinal de contas, ela era a filha do rabino."

Eu demonstro não estar entendendo. Ele continua. "Um homem gentil e com um olhar suave a desposou. Um estudioso da Torá. Eles tiveram dois filhos, uma menina e um menino. Muito apropriado, delicado e com consciência dos deveres. E, muito bem, o marido dela morreu de doença cardíaca há um ano."

Ele espera um momento. Eu não me movo. Ele continua: "E, olhe só, ela me telefonou, inesperadamente. Não falava com ela há muitos anos. Ela disse: 'Você sabe, eu jamais deixei de pensar em você, desde os meus dezesseis anos. Especialmente no aniversário daquele que deveria ter sido o dia de nosso casamento. Amanhã, nós estaríamos casados há vinte e dois anos.' E, obviamente, eu não sabia disso nem tinha pensado muito nela durante todo aquele tempo. Bem, nós nos encontramos e saímos para almoçar e jantar algumas vezes e, depois, para uma refeição do Shabat na casa dela, com seus filhos. Eu a achei muito inteligente e gentil e até mesmo cosmopolita, embora nunca tivesse saído de Jerusalém. Talvez seu falecido esposo tenha contribuído para isso. Eu não sei. Não havia pressão para que casasse com ela, nós estamos apenas nos vendo como amigos. Passeando pelo parque. Ouvindo uma conferência. E me encontrei, certa vez, comprando flores para ela no Shabat. Não havia pressão, mas o encanto de que essa mulher tinha sido destinada a mim, desde que éramos crianças. De que seus filhos poderiam ter sido meus filhos. E achei, misturando tudo isso, bem... parecia inevitável que iria pedir a ela para se casar comigo, desta vez por minha própria iniciativa, não tendo meu pai para pedir ao pai dela. Eu estava com quarenta e dois anos. Eu tinha viajado para cima e para baixo nesta terra durante quase vinte anos. Parecia que..." A voz de Mortichai treme por um instante. Ele clareia a garganta e conclui: "Me pareceu suficiente. Eu uso o chapéu e o casaco por ela. Estou me preparando para ser um bom marido".

"Ser um bom marido para ela ou ser como o antigo marido dela?", pergunto.

Mortichai olha tristemente pela janela e diz: "Ele era bom". Eu sei que ele está falando sobre o falecido esposo de Fruma, mas, por um momento, penso que poderia estar se referindo a seu irmão morto. O rosto de Mortichai se ruboriza e ele aperta os olhos fechados. Parece envergonhado pelo que está prestes a dizer. Abre os olhos e me fita. Posso ver que estão marejados. Diz: "As roupas que uso eram dele. Ela ia doá-las para *tzedakka*, mas eu disse: 'Nós somos mais ou menos do mesmo tamanho. Por que dá-las a um estranho? Eu vou usá-las'".

"Você a ama?", pergunto.

"Eu gosto de cuidar dela", responde. "Ela é amorosa e dócil e, ao mesmo tempo, criativa e forte. É muito diferente das mulheres de nossa comunidade. Ela tem motivo para andar com a cabeça bem erguida."

"*Encontre alegria na esposa de sua juventude.*"

"E então eu me voltei para você."

"Você a ama?", pergunto de novo.

Ele diz suavemente e com vergonha: "No momento em que fui àquela casa, passei a não saber mais a resposta para essa questão".

"Você deveria ter me contado. Você me vez agir como uma idiota."

"Ah, não", ele diz, olhando atentamente para mim, "não, você nunca foi uma idiota. Page, você é tão extraordinariamente bonita. É tão magnífica. Jamais será uma idiota. Eu é que fui. E ainda sou. Desculpe por não ter contado. Não consigo entender por que todas as vezes que tentei, parei. Estou profundamente arrependido. Você jamais saberá quanto."

Eu balanço a cabeça, concordando, imperceptivelmente. "Leve-me de volta, por favor", digo, e ele liga o carro.

Quando chegamos à casa dos Barakat, ficamos sentados por um momento no carro. Eu digo, delicadamente: "Que pena que você escolheu Indiana e não Colúmbia".

Ele se volta para mim e sorri. Seus ombros relaxam. "Eu deveria ter conhecido você", ele diz, com os olhos marejados sustentando os meus por alguns instantes.

Esta noite, quando deito em minha cama, fico imaginando a que ponto aquela nuvem de fumaça sombria do templo teria chegado. Imagino que ela se espalha no ar, escurecendo o mundo. Eu posso sentir a altura do céu, o vazio que vai tão longe.

XV

Eu afundo a face em minhas mãos e me concentro em respirar o aroma dos cabelos de Jeremias, um perfume de maçãs e azeite e melão e, no alto, brisas distantes que sussurram nas pontas dos cedros do Líbano.

O PERGAMINHO DE ANATIYA 27:44

Estamos na cisterna, fotografando as paredes. Trouxemos refletores de palco e guarda-chuvas para realizar um documentário a ser entregue amanhã ao Departamento e à imprensa. Está na hora de abrir este casulo.

Terminamos a seção nordeste e eu trato de ajustar o tripé para fotografar o sudeste, onde a pintura da mulher de vestido verde espera. Ela se arrumou durante cerca de dois mil anos, aguardando por este momento, seu batom ainda brilhante.

"Ah, cacete, pare isso!", Meirav grita, apontando para um filete de água que aparece na entrada do buraco e avança pelo teto inclinado, em seu imprevisível caminho sinuoso em zigue-zague.

"Faça algo antes que isso danifique o mural", ela esbraveja, observando.

Por um instante, ficamos congelados, olhando para a linha prateada serpenteando ao longo do teto.

"De onde vem vindo isso?", pergunto.

"Lá de cima, do banheiro", diz Meirav.

"Alguém precisa detê-los!", eu me dirijo à escada, mas Ibrahim se adianta. Só posso imaginar Walid e Dalia chapinhando água pelo chão.

Naima comenta, como se estivesse em transe: "Tivemos um vazamento, uma vez, há muito tempo, mas Ibrahim consertou".

"Cristo", exclamo, olhando ao redor. "Alguém vá pegar algumas toalhas e um balde. Desvie o fluxo da sala de estar!" Meirav já está na metade da escada. Naima vai atrás dela. Eu me viro e vejo que Mortichai tirou a camisa e está andando sob o filete de água, pronto para saltar até a beirada, para secá-lo, antes de danifique nossas paredes. Alguns momentos depois, quatro toalhas são lançadas aqui para baixo e eu pego um balde que também foi baixado. O filete de água se aproxima cerca de uns trinta centímetros da parede, quando encontra uma protuberância no teto e começa a pingar. O filete para de escorrer de cima; Naima e Ibrahim o detiveram com cobertores e um esfregão e eu posso ouvi-los secando a poça que ficou acumulada na porta da frente. Fico olhando a água que restou e que continua a escorrer até o ponto onde pinga, *plinc-plinc*, para dentro do balde. Um minúsculo aglomerado de sujeira se desprende da saliência e cai, quase como poeira, um pozinho mágico, pequeno mas suficientemente importante para permitir que, agora, o filete de água continue a deslizar daquele curto espaço que o separa da parede.

"Ali, ali!", grito para Mortichai, que vai saltando em direção ao teto, com a camisa na mão, para secar o mais rápido possível. Suas costas nuas, mais pálidas do que a pele do rosto, estão contra as paredes pintadas, as carruagens e espadas voando ao redor dele parecem uma lona aberta, reservada para a obra-prima do artista. O que eu pintaria ali? Eu mergulharia minhas mãos em ouro e as pressionaria contra isso. Olhando para o vale desnudo de sua espinha, seus tendões e músculos se movimentando sob a pele, sou invadida por um luto relativo a algo que nunca aconteceu, pela felicidade que, tenho certeza, poderíamos criar juntos, mas jamais teremos. Ele alonga o braço para alcançar a área úmida, mas surge uma inesperada depressão na parede que permite que algumas gotas escorram livremente, formando uma lenta e fina lista ao longo da arte. Subo e fico ao lado dele, com uma toalha na mão.

"Espere", digo, "não queremos manchar isso." Mortichai para com a camisa a poucos centímetros da parede. "Você está certa", diz. Ambos descemos e ficamos ali, lado a lado, observando a água se movimentar lentamente para baixo, fazendo uma breve pausa, virando para a esquerda e a direita, de acordo com a textura da parede, até que resvala em uma fenda estreita e reta, que se conecta com todo o traçado do filete de água. Mortichai e eu nos olhamos. Rapidamente, ele veste a camisa de volta. Ambos aproximamos bem nossos rostos da fenda. Está na borda da representação da parede de água resultante da divisão do Mar Vermelho.

"O que é isso?", pergunta Mortichai.

"Olhe", eu digo, e acompanhando a linha com meu dedo, mostro que a longa fenda é, na verdade, o lado de um grande retângulo. O centro desse retângulo é o centro do Mar dos Sargaços, atravessado por uma multidão de israelitas. Por causa do enorme detalhe nesta cena, não percebemos que a argamassa é diferente da que reveste as paredes. Isto não é, de fato, parte da parede, é um imenso tijolo cuidadosamente selado e coberto pela pintura.

Subitamente, lembro do espírito que pensei ter visto em pé, atrás de mim, no mesmo banheiro em que, agora, Dalia e Walid estão se divertindo. Eu não tive certeza se a visão era masculina ou feminina, mas, neste momento, posso recriá-la claramente, postada às minhas costas no espelho, sua face radiante, suas bochechas altaneiras e os olhos grandes e belos. Posso destacar cada uma das vertentes de prata dos seus cabelos a partir da risca na cabeça, através do vapor que se espalha ao seu redor, como se ela estivesse diante de mim neste exato momento.

"Temos de abrir isso", digo.

Por noventa minutos, raspamos os quatro sulcos na parede. Ibrahim documenta nosso progresso, usando a câmera de vídeo e o *notebook*. Não queremos destruir a pintura, mas, caso haja algum dano, nós a fotografamos integralmente. Depois de uma hora e meia, havíamos cavocado a fresta com espátulas bem finas, até uma profundidade de uns cinco centímetros. A peça é menos um tijolo do que uma grande placa. Ela está inclinada para fora. Mortichai e eu a deslocamos delicadamente, segurando-a como dois novos pais trêmulos. Depositamos a placa de barro cozido sobre duas toalhas. Dentro do espaço restante encontramos uma parede de tijolos. Eu pressiono minha mão contra ela.

Mortichai pega um par de picaretas, me estendendo uma delas, para que possamos remover o centro da parede.

Eu pego e digo: "A chave para a cidade dos mortos".

Mortichai é o primeiro a investir contra a parede e, no exato momento em que sua picareta faz um ruído, ouvimos um profundo gemido vindo lá de cima. Ele investe de novo e ouvimos Dalia gritar: "*Hummmmmm! Hummmmmm!*". Mortichai levanta sua picareta, olhando-a por um instante.

Meirav diz, com os lábios franzidos e os quadris para a frente: "Nossa, que tacada, Mort!".

Todos rimos, com o mesmo entusiasmo com que Ponce de Leon esperava rejuvenescer cada vez que inclinava os lábios para uma fonte da Flórida. O subsolo ficou repleto de nossas gargalhadas.

Reiniciamos as marteladas juntos, Mortichai e eu, nada mais ouvindo lá de cima. Apenas o eco de nossas batidas na parede. Sinto uma sensação de calma desdobrar-se em mim. É como se todos nós fôssemos tomados pela luminosidade que os amantes estão sentindo lá em cima. Enquanto batemos na parede interna, minha mente continua repetindo: "Eu estou aqui. Não se preocupe. Estou chegando para você". Eu tenho esse sentimento irracional de que a coisa que vou encontrar lá dentro sou eu mesma. Um fragmento de mim esperando para ser resgatado e reunido ao restante. À uma e meia da tarde, conseguimos romper a parede, derrubando alguns dos tijolos com nossas picaretadas.

Sinto um formigamento tomar conta de mim.

Olho para Mortichai e seu rosto está tão sereno como a lua cheia boiando sobre a maré agitada. Nós dividimos o Mar dos Sargaços. Eu não me importo com o que possa acontecer entre nós, neste exato instante, percebo. Por enquanto, este é o paraíso. Este, talvez, seja o céu. Enquanto todo mundo está rezando com os olhos voltados para cima, nós o encontramos bem aqui. Aqui, com ele, fora do tempo, quem sabe seja suficiente. Se pelo resto de minha vida este é o passado que estou vivendo, este momento é pura eternidade, tudo bem.

Eu trago a lanterna para dentro do espaço e introduzo a câmera dentro. É mais profundo do que eu esperava. Um aposento, talvez de uns três metros de fundura. Dentro, há três grandes jarras, todas expandindo suas barrigas redondas como crianças gordinhas de jardim de infância reunidas em um semicírculo para ouvir uma história. A jarra da esquerda está tingida de vermelho. Sinto que elas não estiveram esperando apenas por qualquer pessoa. Sinto que estiveram esperando por mim. Pergunto a todos se posso ter um pouco de espaço, um momento sozinha.

Mortichai, Ibrahim, Naima e Meirav imediatamente se afastam. Walid e Dalia estão dormindo nos braços um do outro, no andar de cima. E não me dou conta de que Ibrahim continua a gravar, quando ajoelho na borda da entrada do santuário, olhando adiante para o espaço escuro. Desesperadamente, quero rezar, mas nenhuma oração me ocorre. E me balanço e me balanço, esperando que surja algum verso, quando a prece de Jonas dentro da barriga do peixe surge em mim em meio à escuridão e eu começo a repeti-la muitas vezes. *Em minha dificuldade eu chamei pelo Senhor e ele me respondeu; do ventre da sepultura eu gritei e o Senhor ouviu minha voz... as barreiras da terra se fecharam sobre mim para sempre. E mesmo assim o Senhor resgatou minha vida da cova.* Enquanto estou rezando, entro na caverna, estudando as jarras. Elas têm mais de sessenta centímetros de altura. Não são potes de cozinha. Não são potes para guardar azeite e grãos. Posso dizer isso porque seus pescoços são muito largos. Essas são jarras do tipo que guardam documentos. Enquanto rezo e me balanço, começo a ver além das jarras, meus olhos começando a se ajustar, aguçados na penumbra. Começo a enxergar as extremidades de algo atrás delas. A caverna, percebo, é muito, muito profunda.

"Há um caixão, aqui", digo subitamente. "Egípcio, acho."

Entro na cripta e trago duas jarras para fora, dando-as nas mãos de Mortichai e Ibrahim, que as colocam no centro da cisterna. Calculo que tenham uns treze quilos e oitenta centímetros de altura. A atmosfera interna é linda para mim. Mais linda que o ar do oceano, da floresta, dos prados, explodindo de flores silvestres. Na cripta, o ar é positivo, vibrante, pulsante e vivo. Uma quentura texturizada.

Eu faço um gesto para Mortichai, chamando-o para me ajudar com a terceira jarra, que é, no mínimo, duas vezes mais pesada que as outras duas. Ele sobe e, por um momento, naquele reduzido espaço, penso em quando estava embaixo da pia na hora em que Walid e Dalia fizeram sexo no chão da cozinha, e eu sentada ali imaginando se sempre ficaria sozinha.

Conseguimos retirar a jarra. Depois, medimos o caixão. Tem dois metros e dez centímetros e comprimento, por um metro e vinte centímetros de largura, muito largo para um caixão. É esculpido em um único bloco de pedra calcária. Está coberto de desenhos. Nenhum dos caixões que descobri em Megido era tão esculpido e ornamentado como este. Os lados estão gravados com o que parece ser árvores ressecadas, silhuetas de troncos e galhos entrelaçados dirigidos para cima. É bonito e simples. No topo há um relevo esculpido de uma cegonha ou de um cisne de longo pescoço, concentrado em um voo gracioso. É esculpido com um estilo lânguido, perturbador e cheio de movimento.

O caixão não é pintado, exceto por uma pena banhada em ouro, na maravilhosa abertura de asas do passado. A pena é uma comprida e luxuosa pluma de ouro esculpida com um relevo mais alto do que o restante da ave, sendo a ponta pintada de preto.

"Trata-se de uma pena", digo para Mortichai. Ele abre a boca, mas não fala. Deixamos o caixão e abrimos as tampas dos potes. Olhando para o gargalo do primeiro pote que abrimos, vejo que lá dentro existe uma espiral dourada, a mesma espiral que se repete em conchas, furações e na galáxia. Parece que estou flutuando no espaço, mas a galáxia espiralada que tenho abaixo de mim é a extremidade de um pergaminho enrolado bem apertado. Quando inclino a primeira jarra, o pergaminho delicadamente desliza na direção de minhas mãos enluvadas. Abrimos parcialmente cada um dos rolos, para verificar do que se trata o documento, e depois os recolocamos nos recipientes para que possam ser estudados adequadamente em um ambiente controlado.

Curvando delicadamente para trás o documento ancestral do primeiro pergaminho, podemos ler palavras hebraicas claras, nítidas e familiares: "As palavras de Jeremias, filho de Hilquias, um dos padres em Anatote no território de Benjamim." É o Livro de Jeremias, tradicionalmente datado de cerca de 585 a.C. A condição é excelente.

A segunda jarra contém um pequeno pergaminho que começa com as palavras: "Ai de mim! A solidão toma conta da cidade antes repleta de pessoas. Ela que esteve entre as maiores nações é como uma viúva". É o Livro das Lamentações, que, tradicionalmente, os judeus têm atribuído ao profeta Jeremias e os estudiosos dataram de aproximadamente 550 a.C. A letra corresponde à do manuscrito do primeiro pergaminho.

"Esta poderia ter sido a cisterna de Baruque?", avento a possibilidade em voz alta, pensando em Baruque, o escriba mencionado no Livro de Jeremias. Eu me lembro do selo com a impressão digital. "Se estas forem as de Baruque", acrescento, "deve haver uma forma de provar."

"Impressões digitais", Mortichai concorda. Eu olho ao redor da cisterna, imaginando o que significaria ser capaz de identificar o artista dessas belas paredes. Obviamente, penso, seria um escriba, o homem que traçou estas linhas fluidas, bonitas.

Quando me aproximo da terceira jarra para abri-la, faço uma pausa. Subitamente, penso na última descoberta que fiz em Megido, a criança que havia sido sepultada dentro de uma jarra há dois mil e quinhentos anos, sua cabeça descansando na direção da abertura do frasco, como se estivesse esperando para renascer. Meus dedos repousam levemente sobre os lábios da terceira jarra e eu sou a parteira, de novo. A criança tinha sido silenciosa. Eu olho para a trindade das jarras no chão da cisterna, cada uma delas grávida. Eu imagino que, ao contrário dos esqueletos que, incessantemente, permaneciam em silêncio, para mim, em meu trabalho, o que vai nascer dessa jarra finalmente falará.

É difícil de abrir. A tampa parece estar colada no corpo do pote, que está pintado de âmbar escuro, como se uma tintura vermelha tivesse sido misturada à argila. Quando conseguimos abri-la, encontramos dentro outra jarra. Com um prego e um pequeno martelo, batemos no bojo dessa jarra e ela se quebra para revelar uma terceira. De novo, quebramos o ventre desta, para achar a quarta. Dentro da quarta, está a quinta. No interior da quinta, a sexta. A cada uma que se abre, nosso entusiasmo aumenta. Atrás da câmera, Ibrahim quase delira, por antecipação. Dentro da sexta, encontramos um recipiente bastante incomum. Tiras de fina argila estão entrelaçadas em um padrão de cesta e pintadas de vermelho. A jarrinha tem a boca selada. Conseguimos removê-la sem danificar a intrincada textura, seguramente trabalho de um artesão altamente qualificado.

Contém um pergaminho que assim começa (minha pobre tradução): "As palavras de Anatiya, filha de Avigayil, uma das servas do templo de Anatote, na tribo de Benjamim. Ela ficou profundamente apaixonada por Jeremias, quando tinha treze anos. Seu corpo ficou fraco por amor a Jereminas e sua garganta se fechou e ela permaneceu muda durante toda a vida." O manuscrito é diferente dos outros. Esse é um novo pergaminho que nenhum de nós reconhece. Sua métrica é impressionantemente similar à de Jeremias, entretanto, o estilo linguístico não é nada familiar para mim, embora seja claramente feminino.

Eu mando uma mensagem de texto a Itai: "3 PERGAMINHOS E UM CAIXÃO. ENCONTRADOS AQUI AGORA."

Ele responde: "Pergaminhos? Você pode identificá-los?"

Respondo, o mais rápido que meus dedos podem digitar: "Jeremias e Lamentações."

"Você disse 3."

Ligo para ele. "Estou reunindo uma equipe", informa. "Estaremos aí em uma hora. Por Deus do céu, Page, pare de mexer nas coisas", ele diz, fingindo ser brincalhão. "O que é o terceiro pergaminho?"

Leio para ele as primeiras linhas, em hebraico.

"Anatiya?", ele diz, sua voz acentuando a voz. *Anatiya*? Quem, sob a terra de Deus, é Anatiya?" Eu o ouço gritar: "Quero meu preservacionista no telefone! Karen, quero um cronologista, também. Quem quer que esteja no prédio, quero que todos venham agora". Ele volta para mim: "Você tem Jeremias, Lamentações e *Anatiya*? Quem é essa? Uma mulher? Você disse que tem um caixão?".

Menos de meia hora depois, Itai chega acompanhado de seu grupo inteiro, formado por quatorze colaboradores, incluindo especialistas, historiadores e arqueólogos. Itai desce na cisterna primeiro, e, quando sua cabeça está um pouco abaixo do solo, suas mãos se agarram firmemente à escada, como se estivesse prestes a cair. Dá uma olhada ao redor do mural. Posso ver, em sua expressão, junto com um olhar de espanto e admiração, um lampejo de raiva de mim, por não ter compartilhado isso com ele antes. Mas depois ele me vê ali em pé, com minhas mãos juntas e balançando os ombros, admitindo minha culpa e pedindo desculpas, e a irritação dele se desfaz.

"Page, que garota egoísta e sorrateira", ele diz.

Estou pronta. Mantive isso para mim mesma o máximo que pude e agora estou encantada por poder subir à borda com tudo isso e saltar. Eu me sinto inspirada, renovada, jovem e sonhadora. As jarras estão ali, como três homens sábios cumprimentando um messias. O caixão aguarda lá na escura extremidade.

Mais Forte Que a Morte

São pedidos equipamentos para extrair os objetos da cisterna. Um trator para derrubar a parede da sala. Um guindaste para levantar o caixão. Arqueólogos de outras escavações começam a ser indicados. Orna e Mickey chegam em um carro. A polícia e soldados cercam a casa para manter a multidão a distância. Um pequeno veículo militar para no fim da rua dos Barakat, observando. A imprensa chega.

Dentro da cisterna, Mortichai e eu nos mantemos afastados, enquanto um grupo de trabalhadores luta para erguer o caixão, colocando uma lona embaixo dele.

Uma dúzia de repórteres e câmeras estão filmando dentro da cisterna.

Governantes egípcios, sentados em seus tronos, em preto e ouro com listras de âmbar, servem de brilhante pano de fundo para a âncora da Keshet, quando ela diz em hebraico: "Estamos aqui, dois andares abaixo da sala de estar de Naima e Ibrahim Barakat. Ibrahim Barakat é o advogado que atuou no caso Basil, concluído a seu favor há dois anos, em setembro. Naima, eu soube que você andou vendo fantasmas..."

O olival, com folhas verdes escuras contra uma noite estrelada, provoca uma impressão maravilhosa atrás do repórter da BBC que, com sua camisa preta, declara: "Aqui estamos, na casa de uma família palestina, onde uma cristã americana descobriu três antigos pergaminhos judeus". Eu me surpreendo quando Meirav me agarra e beija meu rosto, exclamando: "Um carnaval subterrâneo! Não é engraçado?". Ela praticamente salta para dentro da tomada de câmera.

Com um grande estrondo, o caixão desliza para a beirada de sua cripta e os trabalhadores o depositam no chão. Eu fico diante do caixão e respondo às perguntas dos repórteres em relação à origem da escavação e às descobertas até agora. Tento manter uma atitude profissional. Trato de explicar que a maioria dos lugares de sepultamento nativo nessa região e desse período não usa caixões como o que aqui está, mas sim nichos com lajes. O caixão representa uma prática emprestada do Egito. Ando ao redor da cisterna, seguida por câmeras, como se as estivesse puxando por coleiras. Faço com que percorram as cenas do mural, terminando com a própria cripta. Eu aponto o filete de água que nos levou a descobrir a fenda. E me movo para o lado, de maneira a permitir que cada operador de câmera faça uma tomada em detalhe. Apresento cada uma das jarras, informando o que há dentro delas, e depois trago o pessoal de volta ao caixão, que ainda aguarda, com suas árvores ressecadas, seu cisne maravilhoso ou cegonha ou grua e brilhante pena dourada. As câmeras registram quando quatro homens da equipe de Itai removem a tampa.

Quando vejo o que há dentro, engasgo. Naima se aninha nos braços de Ibrahim e chora de emoção. "São eles! São realmente eles!" Dentro do caixão há um esqueleto masculino, de cerca de um metro e oitenta de altura e outro menor, feminino, e eles estão enroscados. Suas costelas quase se sobrepõem. O braço direito do homem está ao redor do ombro da mulher e os dedos de sua mão direita e os dedos da esquerda dela se entrelaçam. Seus crânios estão olhando um para o outro, a cabeça dela virada para cima, em direção à dele, e, a dele, ligeiramente inclinada para baixo. A perna esquerda dela está dobrada ligeiramente acima das dele. Eles são deslumbrantes. São lindos, encerrados em seu abraço eterno. Devem ter sido muito importantes para terem sido enterrados assim. Alguém deve tê-los amado muito para querer preservá-los tão bem. Seus ossos parecem radiantes, vivos sob as luzes brilhantes. As mandíbulas dela são muito delicadas. Suas costas arcadas na direção dele e os braços dele enlaçando-a amorosamente.

Ouço Mortichai sussurrar atrás de mim: "Você está pensando em Eliseu?".

"Não", digo, e viro a cabeça para ele, as lágrimas inundando meus olhos e descendo por minha face. Ando até Ibrahim e Naima e me incluo em seu abraço. Naima está aninhada no pescoço de Ibrahim e ele me traz para bem perto, também, beijando o topo de minha cabeça e afagando meus cabelos. "Você nos ouviu. Você nos ouviu e veio", ele diz, os lábios pressionados sobre mim. Naima movimenta a cabeça, que decansava no ombro de Ibrahim, para se aninhar ao lado do meu pescoço. "Nós amamos você", ela diz, e ficamos assim, abraçados durante um longo e doce momento.

Só então ouço Walid e me afasto do calor dos Barakat.

O homem da camisa preta o está entrevistando, perguntando sobre o trabalho com judeus e cristãos. Walid, constrangido com a atenção, responde exuberantemente com seu inglês de pé-quebrado: "Nós todos estamos juntos. Qual é o problema? No final das contas, somos apenas homens e mulheres, certo? Todos fazemos amor, aqui. Ibrahim faz amor com Naima. Eu faço amor com Meirav. Eu faço amor com Dalia. A senhoria Brookstone faz amor com Mortichai e todos somos cristãos, judeus e muçulmanos. No fim, somos apenas homens e mulheres. Homens se apaixonam por mulheres, certo? O homem se une à mulher. É o que está dito em todos os nossos livros sagrados".

Nesse momento, todos os repórteres se voltam em busca de Walid. Uma estranha mistura de emoções me invade. Constrangimento, de uma parte, e por alguma razão, de outra, um senso de liberdade. Não me fere, percebo, ouvir histórias espalhadas e alteradas. E me sinto livre. Mortichai, por sua vez, não parece tão feliz e, por um momento, sinto uma pitada de piedade por ele.

"Todo mundo, espere um minuto", ordena Walid com seu enorme sorriso. Ele agarra Dalia e a puxa em sua direção. "Esta é minha Dalia. É uma bela garota judia de Ashdod." Walid se ajoelha e pega a mão de Dalia. Dalia, com suas mechas de cabelo elétricas, parece uma princesa interplanetária.

Walid diz em árabe: "Você quer se casar comigo?".

E ela responde em hebraico: "Em uma pulsação cardíaca".

Gritos de viva! explodem das equipes de tevê e do grupo. Walid dá um profundo beijo em sua noiva, enquanto as mulheres da cisterna o aplaudem e os esqueletos continuam a olhar um para o outro em uma admiração inquebrantável por séculos e séculos.

Itai dá um salto em minha direção.

"Você dormiu com aquele sujeito ortodoxo?", pergunta, apontando para Mortichai, e sua voz está um pouco mais alta do que ele gostaria.

"Não", rio. "Claro que não."

"Isso é completamente injusto", Itai brinca. "Você sabe que fui o melhor amante que você teve."

"Agora todo mundo sabe." Eu indico a câmera que está focada em nossa direção. "Sharon vai matar você."

Itai solicita à equipe que removeu a tampa do caixão para recolocá-la. Antes, olho de novo para os esqueletos. Há algumas evidências de mortalhas, fragmentos de tecidos sobre eles. Os ossos ainda estão fortes e até parecem manipuláveis. Como este é claramente seu local original de sepultamento, estão em excelentes condições. Com um esforço tremendo, o pessoal levanta e repousa a tampa sobre um canto do caixão. Eles estão se preparando para colocá-la no lugar, sobre o misterioso casal, quando tenho o impulso de olhar no interior, para ver a parte inferior da tampa. Apoiada de costas, faço a verificação, enquanto alguns homens aguentam o peso da tampa. Dirigindo minha lanterna pela superfície inferior, vejo uma inscrição. Parece ser a mesma caligrafia do Pergaminho de Jeremias e das Lamentações.

"Coloque a câmera aqui", digo, e quase uma dúzia delas se materializam.

A cisterna fica tão silenciosa como esteve por milhares de anos, enquanto decifro as palavras. Finalmente, leio a inscrição em hebraico.

"Aqui estão enterrados o profeta Jeremias, filho de Hilquias, e Anatiya, filha de Avigayil de Anatote."

A cisterna se enche de suspiros e nem dez segundos depois surge um aplauso caloroso de um pequeno grupo de meus colegas no jardim.

XVI

Assim falou a criança: "Evite que teus olhos derramem lágrimas. Tu és um pouco
Rachel quando chora, pranteando seus filhos. Mas há recompensa por teu trabalho.
Por que tu não és apenas o coração do profeta, Anatiya, a noiva solteira de
Jeremias, mas uma profeta do Senhor. E isso precisas lembrar. São muitos os teus
discípulos: os órfãos na rua, as árvores do deserto, as ninfas e os espíritos.

O PERGAMINHO DE ANATIYA 31:29-32

Quando todas as nossas descobertas foram guardadas em segurança e, finalmente, saio da casa, fico constrangida pelas centenas de pessoas ali reunidas. Muitas delas estão em círculos, os corpos balançando, em oração. Vejo a velha senhora Edna. Ela carrega um cesto de panos e se movimenta entre o povo, encorajando as mulheres a cobrir ombros e pernas. Muita gente tira fotos e há quem apenas fique observando ansiosamente. Quando saio porta afora, o pessoal me aplaude e minhas lágrimas rolam sem constrangimento. Sento entre meus colegas e mesmo aqueles que haviam demonstrado restrições a respeito das origens da minha escavação não menosprezavam a amplitude da descoberta. Será que, realmente, descobrimos os ossos do profeta Jeremias? Esta possibilidade, que depende de ser comprovada por datação de carbono e análises mais profundas, é sem precedentes.

Há sepulturas consideradas pelos fiéis como tumbas de heróis bíblicos em todo o território de Israel, mas nenhuma delas foi objeto de confirmação arqueológica ou científica.

Entre as pessoas que estão ali, noto, de relance, a presença de Norris. Fico impressionada como ele me parece pequeno, agora. Está conversando com o amigo Ramon. Quero me aproximar dele e agradecer por ter-me ensinado tanto, mas, quando me vê dando alguns passos em sua direção, vejo que o seu maxilar se fecha; então, me afasto. Um colega agarra meu braço e diz, espalhafatosamente: "Norris estava certo, você realmente está entre os profetas!".

A parede da sala de estar foi derrubada para dar espaço à entrada de uma grua, necessária para elevar o caixão da cisterna. O veículo passou sobre touceiras de alecrim e o ar está tomado pelo seu perfume. O caixão é levantado. Como a carroceria está preparada para recebê-lo, o caixão fica momentaneamente suspenso no ar sob uma faixa vermelha de pôr do sol. Delicadamente, é baixado e fixado, assegurando-se de que esteja pronto para ser levado a Jerusalém. O rombo aberto na fachada da bela casa dos Barakat dá a impressão de que um enorme animal, na pressa de sair lá de dentro, se arremessou contra a parede.

As pessoas começam a abandonar a área quando a noite cai. O exército deixa cinco soldados fora da casa dos Barakat. Walid e Dalia vão para um hotel, desejando comemorar. Meirav foi para casa. Mortichai também não está. Naima e Ibrahim ficam em seu quarto e eu vou para o meu, onde me aninho entre os travesseiros, sentindo uma felicidade absoluta me envolver. Lembro quando vi pela primeira vez as fotos eletrônicas da cisterna. Quero aproveitar cada momento em que só eu tinha conhecimento daquilo, dessa mina de ouro para mim. Agora me sinto completamente em paz para deixar que ela saia à luz, ser uma mediadora entre o profeta e o povo. Agora, tudo está em mãos alheias, para ser estudado e adorado, são e salvo. E eu termino meu trabalho. A cisterna vai se tornar um museu, um ponto turístico de parada obrigatória. Imagino que um portal gigante será construído na frente da casa, estendendo-se até o buraco na sala de estar, e as pessoas farão doações que serão usadas para manter o lugar. Creio que os Barakat compartilharão com a caridade. É assim que eles são. O que eu fiz é bom. O que é bom foi feito. Durmo profundamente.

Pela manhã, acordo com um delicioso alongamento e abro os olhos para o fluxo de luz que escoa pela janela. Por um instante, me preocupo com a possibilidade de que ontem tenha sido um sonho, e num piscar de olhos estou voando. No Livro de Jeremias há um personagem chamado Ebed-Melech, um criado etíope do rei. Quando o rei pede a ele para tirar Jeremias do terrível fosso em que estava aprisionado, Ebed-Melech lança retalhos de pano para baixo, de maneira que as cordas usadas para resgatá-lo não o machucassem sob os braços. Eu penso: que maravilha que o texto registrou isso. E agora eu sou, junto com Ebed-Melech, uma das poucas pessoas que resgataram o profeta do buraco. Como o escritor tomou cuidado com a delicada pele dos braços dele, reflito, eu também fiz a mesma coisa com os seus ossos.

De todos os profetas a serem descobertos, justamente Jeremias! E eu sempre quis encontrar Eliseu, por desejar a varinha de condão curadora de seus ossos. Mas, de todos os profetas, é Jeremias quem eu mais gostaria de conhecer. Ele é o profeta mais trágico e emocionante, tão profundamente lúgubre e apaixonado. Durante quarenta anos, ele pediu ao povo que mudasse de atitude, ao mesmo tempo em que odiava o fato de ter se transformado em um proscrito. Ele profetizou a desgraça, visualizando a destruição de Jerusalém pelos babilônios e o exílio do povo. Vivendo com o conhecimento de que a calamidade iria acontecer, enxergou a morte ao seu redor e sua própria vida se tornou odiosa para ele; tanto, que desejou nunca ter nascido. Almejou que o ventre de sua mãe fosse a sua sepultura e que a pessoa que levou a notícia de seu nascimento a seu pai tivesse sido assassinada. Era assim o seu tamanho ódio à vida. Então, encontrá-lo, finalmente, nos braços de uma mulher é a mensagem mais esperançosa que posso imaginar do outro lado.

Jeremias foi muito corajoso. Ele pregou o derrotismo, clamando por rendição, e foi desprezado e odiado por seu povo. Atormentado por vários reis, sob os quais fez suas profecias, e espancado por seus fiéis servidores, foi forçado a usar uma canga no pescoço, sendo continuamente humilhado. Tentou convencer as pessoas de que a Babilônia era apenas um instrumento usado por um Deus raivoso para puni-los, por desobedecer seus mandamentos. Seus pergaminhos artísticos foram queimados por escribas do rei. Foi considerado um traidor e preso sob o reinado de Zedequias, até que Jerusalém foi destruída pelos exércitos de Nabucodonosor. Viveu para testemunhar o assassinato de Gedalias, a quem os babilônios haviam designado para se precipitar sobre Judá e dispersar a comunidade judaica remanescente.

Mas quem era Anatiya? Pela maneira como o seu corpo está aninhado ao dele, imagino que ela fez como Avishag, a jovem escolhida para aquecer o velho corpo agonizante do rei Davi, alguém para consolá-lo em seu último suspiro. Mas não, minha impressão sobre Jeremias e Anatiya juntos estava mais para Adão e Eva. Iris e Osiris. Krishna e Radha. A vida de Jeremias foi insuportavelmente solitária e exaustiva. Encontrá-lo na morte, descansado e amado, parece milagroso, celestial.

No carro, hoje, cada estação de rádio está noticiando algum aspecto da descoberta. Na televisão, passam imagens do caixão sendo aberto, do mural e das jarras, bem como entrevistas com Naima e Ibrahim sobre detalhes estranhos. Eu os ouço apresentar e reapresentar trechos de fitas que gravamos. Eu me ouço dizendo vezes sem conta: "Onde você conseguiu esse som? É o som do Fim dos Tempos."

Na televisão, eles repetem indefinidamente a cena em que apareço ajoelhando antes da cripta e murmurando para mim mesma, em oração, como Ana, em Shiloh. Um facho de luz vindo da abertura da cratera incide sobre a parte de trás da minha cabeça, fazendo com que meus cabelos brilhem em tons de amarelo, como um ranúnculo. A piedosa arqueóloga cristã encontra o profeta judeu Jeremias na casa de um casal muçulmano filantrópico. Sempre há humor nas reportagens, mas sob o humor, quase de maneira velada, existe uma faísca de esperança, de que o amor é mais forte do que a morte, de que o nosso passado comum transcende o conflito do presente.

Lá em casa, minha mãe já havia sido entrevistada, bem como alguns dos meus professores e muitos colegas. Mesmo o padre Chuck fora ouvido por, no mínimo, duas redes de televisão. Ele me manda um longo *e-mail*, repleto de floreios sobre o que uma descoberta como essa pode significar, dizendo que não está surpreso. Ele sabia, escreve, que eu estava destinada: "Foi o que eu lhe disse, no hospital, há tantos anos".

Designaram um assessor de imprensa, que me agendou um circuito americano de palestras nas próximas três semanas. Todo mundo me diz que o pessoal do campo deve lançar mão de uma voz erudita com um belo rosto. Não quero deixar Jeremias e Anatiya, a cisterna e os pergaminhos. Não quero deixar Ibrahim e Naima ou me aventurar muito longe da órbita indecisa de Mortichai, mas consigo lugar em um voo dentro de uma semana, pensando que isso vai me dar ao menos algum tempo para ver como as coisas se desenrolam.

Quando chego ao Museu Rockefeller, encontro o lugar todo cercado. Tanques e soldados permanecem em guarda e, além dos militares, há centenas de turistas sentados nas calçadas, lotando a praça ao redor do espelho d'água. Muitos estão estudando Jeremias e Lamentações. Há também um grande grupo de mulheres e homens ortodoxos que rezam, oscilando para a frente e para trás, como metrônomos. Quando me aproximo, posso ouvir que estão lamentando e soluçando. Oram para que o profeta seja protegido e retorne ao chão. Fico imaginando se Mortichai se arrepende de ter participado da exumação do casal.

Quando sou escoltada por um soldado até a entrada, uma imensidão de fotos é tirada de mim. O soldado que me escolta sussurra em meu ouvido: "Meu nome é Yermiyahu", que em hebraico significa Jeremias. E depois, por alguma razão, acrescenta: "Na noite passada, reatei com a minha namorada. Havíamos rompido porque ela me traiu, quando eu estava servindo na Cisjordânia. Mas eu a amo, realmente, e não quis ficar me punindo por mais tempo; então, liguei, e ela chorou ao telefone, dizendo que me amava. O que acha disso, senhorita Brookstone?". Eu não tenho a menor ideia do que dizer; então, apenas sorrio.

Ultrapassadas as portas de carvalho do departamento, os empregados da recepção ficam em pé e aplaudem quando entro. Lembro que há poucas semanas, quando vim aqui, ouvi suas risadinhas abafadas. Agora, a secretária e o soldado Yermiyahu me conduzem escadas abaixo, para o lugar onde os esqueletos estão sendo preparados para a datação. Enquanto andamos pelo corredor, as mules beges da secretária ressoando pelo piso, ela nos diz: "Este é o dia mais excitante da minha vida".

"O meu, também", digo. E é, um deles. De fato, um punhado dos dias mais excitantes da minha vida estiveram todos reunidos ao longo das últimas poucas semanas.

Ela esclarece: "É excitante, porque o motorista do ônibus finalmente pediu o número do meu telefone esta manhã. Tomo esse coletivo há quatro anos e a cada dia preparo algo gentil para dizer a ele, algo que me destaque dos outros, que apenas dizem 'bom-dia' ou 'oi'. Digo: 'O ônibus parece ótimo' ou 'Na noite passada eu sonhei que você me pegou no ponto e não havia ninguém mais no ônibus, mas também não havia assentos; em vez deles, havia sofás e uma tevê, e parecia meu apartamento sobre rodas'. Não é uma coisa inteligente para dizer a ele? Esta manhã, ele quis o meu número. Eu disse: 'Achei que você nunca pediria.' Você acha que foi uma atitude muito avançada da minha parte? Aqui está o lugar".

Na grande sala climatizada, Itai e vários cientistas estão inclinados sobre o caixão. Eu os imagino reunidos em torno de um imenso berço, sussurrando sobre um bebê. Itai vem em minha direção e pega meu braço, entusiasmadamente. "Venha ver dentro do caixão", diz, me puxando. O queixo erguido da fêmea parece tão tímido sob o crânio do profeta. Eu varro com os olhos a parte externa do caixão, aquela floresta de árvores esguias e entrelaçadas, um desenho tão diferente de outras artes que tenho visto na região. É um padrão que se assemelha mais ao de um quimono de seda pintado do que a um sarcófago do Oriente Médio. E me abaixo para observar mais de perto. Espero encontrar algum tipo de assinatura lá dentro, mas vejo que há algo mais simples e mais profundo. O interior foi revestido de argila e depois vitrificado. A argila foi manuseada, em vez de espalhada com algum instrumento. Há marcas de mãos por todo o revestimento.

Um sorriso se espalha pelo meu rosto. Dou uma olhada para as órbitas vazias dos olhos da fêmea e aqueles buracos fantasmagóricos me paralisam por um momento. *Ensine-me algo,* penso. *Mostre-me algo sobre como vocês foram enterrados, como vocês morreram, e eu desvendarei sua história do passado até o presente, desemaranhando sua vida. Um só artesão criou este caixão para Jeremias. Com certeza, ele é um profeta e seu lugar de descanso deve ser único. Mas por que as árvores? Jeremias não era naturalista. E a mão que desenhou o exterior com traços sobressalentes e cuidadosos, cada um deles precisamente colocado, foi a mesma que pintou as minuciosas paredes de sua cisterna? Por que será que esse mesmo artesão revestiu de maneira tão rústica a parte interna do caixão? Por que ele não pintou ou esculpiu um modelo de caixão para o profeta?*

Dizem que os olhos são as janelas da alma. Eu imaginava que as cavidades dos olhos não seriam senão as janelas da caveira. Mas quando olho para elas, uma pergunta vaga se forma em minha mente. Eu estudo sua face. *É possível que o profeta Jeremias seja um convidado em sua sepultura, em vez de você ser convidada na dele?* Sinto como se uma lanterna tivesse se acendido em meu peito. Então, cogito: *Estas marcas de mãos tão rústicas — será que foram a maneira do artista tocar em você? Alguém enterrou você nos braços de um profeta e depois a circundou com suas próprias mãos.*

Itai está em pé, perto de mim, imóvel, mas cheio de expectativa.

"Estamos analisando o selo de Baruque", diz. "A julgar pelo que foi digitalizado no computador, acredito que temos uma forma."

Uma mão ancestral, desintegrada há muito tempo e, mesmo assim, aqui estão as impressões digitais de um fantasma. Baruque existiu naquela época e agora existe de novo! Estou tão zonza como uma alma de alguém que acaba de morrer, no momento em que percebe que o céu existe e que o nada que a perseguiu durante toda a vida não era algo, afinal, com que se preocupar. Estou muito confusa para fazer qualquer trabalho significativo. Só quero olhar e mergulhar em todas as palavras que me rodeiam.

Os cientistas se reúnem ao redor do caixão. Milhares de anos atrás, esse profeta ficou em pé em lajes de pedra pregando, até que sua voz desapareceu e, agora, aqui está ele, em sua laje de pedra, sem mais voz para condenar os homens do campo, mas suficiente para dizer muito. Eles estão trabalhando rapidamente para avaliar e documentar, pois sabem que a qualquer momento a pressão dos ortodoxos talvez os force a tornar a sepultar os restos mortais. Isso seria o fim. Eles entendem que o governo não os está detendo imediatamente porque as autoridades também querem que a pesquisa se complete. Os esqueletos estão em extraordinária forma — completos e íntegros. Eles me recordam os santos cristãos, cujos corpos, ouvi dizer, têm perfume de flores e jamais se decompõem. Branca de Neve preservada em seu caixão de cristal.

"Como os fiéis na missa", digo para mim mesma, olhando os cientistas ajoelhados. Eu estou em um lugar — mental, emocional e espiritualmente — onde nunca estive antes. Se há amor na morte, então, certamente, deve existir em vida. Não há nada que possa destruir a minha paz.

Há um barulho ensurdecedor que faz tremer o prédio inteiro. As pessoas mergulham sob as mesas e cadeiras. Eu não me movo. Quase nem noto. Quanto todo mundo se joga no chão, parece que só resta no recinto o caixão e eu, cada um de nós pesado e real, enquanto tudo o mais é absorvido pelas paredes alvas ou desaparece no chão branco. Apenas o caixão e eu ainda estamos coloridos. As bocas das pessoas se abrem, mas não ouço nada, nenhum grito. Sempre quis ter a certeza de que a morte não é o fim. Estudei minhas escrituras com exatidão, deixando que cada versículo se entrelaçasse em meu tecido vital. Então, diante de mim, nesse caixão, há uma chave. Eu sei. Há uma resposta naquela pena dourada.

Tenho a vaga noção de que algo terrível está acontecendo. Uma bomba, um terremoto. Há pânico no chão ao meu redor, mas estou dentro de uma nuvem. E, ainda que minha mente esteja nublada, a visão vai se tornando clara. Não vejo mais nada do que uma caixa retangular em um espaço branco indiferenciado. Caminho até ele. É um altar. A Arca da Aliança.

Inclino a cabeça. Uma mulher senta nele. Ela está nua, seus cabelos deslizando em ondas escuras, terrosas; sua pele parece quente e ardente, viva; seus seios pousados como pássaros, os bicos levantados para cantar. Dou um passo em direção a ela, e um homem se senta a seu lado, com os braços deslizando sobre seus ombros; a mão dele é grande, a pele dela fica avermelhada onde os dedos dele a pressionam, e ele tem cabelos brancos cascateando de sua cabeça como uma geleira se derretendo, escorrendo por sua face, seu queixo; os olhos dele brilham como brasas. Eu sinto, em meu próprio peito, a luz da lanterna se acender, seu brilho se expandindo dentro de mim, até parecer que meu rosto esteja resplandecendo. Eles estão vivos. Eles sorriem para mim e com seus lábios brilhantes, em tons de marrom, ela murmura uma palavra para mim. O peito dele está arrepiado. Sim, eles estão completamente vivos. Eu paro diante deles quando eles se viram para se olhar. Ele enrola os cabelos dela em um cordão grosso ao redor de sua mão quando a beija. Eu vejo a artéria do pescoço dela, sua pulsação fluindo no canto de sua mandíbula como asas de mariposa. Eles estão vivos. Eu estou bem perto deles e estendo a mão para tocá-la.

Outra mão se levanta e me puxa para o chão. É a de Itai. Meus ouvidos se abrem para os sons ao meu redor. Olho para o caixão e ele está como antes. Um soldado entra desabaladamente pela porta e pergunta: "*Kulan beseder?* Todos estão bem?".

"O que aconteceu?", as pessoas perguntam, se levantando. "Foi uma bomba?"

O soldado prossegue, em hebraico: "Um carro foi lançado contra o prédio. Ultrapassou o portão de segurança. Temíamos que estivesse cheio de explosivos. Alguém saltou fora, deixando tijolos pressionando o pedal do acelerador. O veículo quase atropelou Uri Golan, nosso comandante em chefe. Felizmente, ninguém foi ferido". O soldado olha para o caixão e depois, para nós. "Aposto que não havia explosivos porque ninguém quer danificar os restos mortais de um profeta; então, acho que temos de agradecer a esses ossos." Ele se vira para ir embora, fazendo uma pausa, para acrescentar: "Essas pessoas são loucas. Elas se preocupam mais com a morte do que com a vida".

Alguns de nós seguimos o soldado escadas acima, até a recepção, para ver os danos. Eu não quero ir lá fora. Embora tenha ouvido o soldado dizer que ninguém ficou ferido, ainda estou afetada pelas lembranças do homem-bomba e daquela mão com a palma voltada para cima. A parede situada poucos centímetros à direta da porta de entrada foi perfurada pelo impacto do veículo, o gesso rachou e está curvado perigosamente para dentro. Uma grande comoção envolve as pessoas lá fora e a recepção está cheia de soldados e pessoas que trabalham no prédio. Está lotado. Tenho de me afastar daquela multidão, ficar sozinha para recobrar o que aconteceu comigo na última hora. Não quero que a minha sensação de paz seja desintegrada pelo nervosismo que assalta as pessoas ao meu redor. Quero pensar sobre Jeremias e Anatiya. Eu os vi. Eu acho que os vi. Estou confusa. Subo correndo pelas escadas da torre, na direção do salão octogonal de conferências, no segundo andar. Há imensas janelas por onde escoa luz e em cada um dos oito lados há um nicho para sentar.

Subo na banqueta de um dos nichos e olho para a rua, lá embaixo. Há um barulho caótico. Um carro branco está deixando o edifício. Homens com câmeras tentam atravessar a barricada policial. Há centenas de civis lotando o pátio em frente ao museu e cerca de duzentos homens ortodoxos oscilando para a frente e para trás, próximos do espelho d'água, seus rostos expressando imensa dor, enquanto oram. Há uns vinte garotos ortodoxos que não parecem ter mais de doze anos de idade, pulando ao mesmo tempo em que cantam: "Casa da Morte! Casa da Morte!".

Eu destravo as vidraças da grande janela e dou um impulso, de maneira que elas se abrem como um portão. Olho para o carro, lá embaixo. Através do para-brisa, dá para ver que há um corpo dentro. "Pensei

que ninguém tivesse sido ferido", digo para mim mesma, esticando-
-me para observar. Posso ver que há sangue espalhado pelo para-brisa
e, estreitando os olhos para enxergar melhor, noto a pele rosada de
uma pessoa. Parece pequena, uma criança. Cubro a boca com as mãos.
Sinto náuseas. Inclino-me ligeiramente e fico surpresa ao ver Mortichai na calçada. E pisco, como se a luz e a dor de cabeça estivessem me
pregando peças. Mas lá está ele e, mesmo com o seu chapéu preto e
casaco, permanece como uma rosa lançada em uma tigela de cereal.
Ouço o oficial de polícia gritar para ele: "Ei, Morte, trate de garantir a
ele um enterro adequado, viu?". E, então, o oficial dá risada.

Mortichai vai até o carro e retira o corpo. Eu sinto alívio. Não é
uma pessoa. É um porco. Desde quando aqueles garotos ortodoxos
ou muçulmanos poriam suas mãos em um porco, em Israel? Lembro
que Itai me contou sobre aquela vez em que sua tropa estava fazendo
manobras no deserto de Negev, durante a noite, e o pessoal, repentinamente, se viu afundar até os joelhos na lama. Haviam entrado em
uma fazenda particular de exportação de porcos. Mortichai segura o
porco com a mesma ternura que vi nele quando pegou aquela mão.

Olho de novo para o grupo ultraortodoxo reunidos em uma massa compacta. No meio deles, um homem se vira sobre uma caixa de
leite, perto do grupo de meninos cantores. Ele usa um pequeno am-
plificador que está pendurando em uma tira sobre o seu ombro. Tem
os cabelos ruivos claros e os olhos ardentes de um fanático.

Sua voz troveja sobre os meninos cantores. *"Eles contaminaram
minha terra com os cadáveres de suas abominações e encheram minha
propriedade com suas coisas repugnantes.* Vocês se ajoelham e rezam
aos cadáveres de suas abominações, então, deixem suas portas da
frente serem tomadas com o cheiro da morte! Deixem a obscenidade
de suas oferendas imundas entupir suas narinas!"

Soldados se movimentam para cercar o homem, mas, mesmo assim, ele continua no mesmo lugar. Olhando para baixo, de minha
torre de vigia, sinto que ele está falando diretamente para mim e começo a tremer. Sem que se trate de uma decisão consciente, minha voz

sai como se conectada a algum lugar distante. Inclino-me para fora da janela, com as mãos apoiadas sobre a beirada, e me dirijo a ele.

"Mentiroso! Você é o propagador de coisas abomináveis. Você promove a morte como algo sujo. Quer manter as pessoas temerosas!" Não reconheço minha própria voz. Os rostos se voltam para mim. Os piedosos com seus grandes chapéus e pesadas cabeleiras. Vejo outros arqueólogos. Os soldados olham para o pregador e para mim, lá em cima, esperando, sem saber o que fazer.

Uma faísca de reconhecimento assoma aos olhos do pregador e um rastro de selvageria invade seu rosto. Ele aponta para mim. *"A besta vai subir no alto do abismo! É a besta que vai subir no alto do abismo! E os dez chifres que vistes na besta, esses deverão odiar a meretriz e a devastarão e despojarão e comerão sua carne e a queimarão com fogo."*

Eu me inclino mais na janela e contesto, sarcasticamente: "Revelações, dezessete, muito coloridas. Mas *você* é a besta, pregando veneno e vertendo sangue".

Os cabelos do homem louco estão emaranhados como um merengue e seus olhos têm um brilho selvagem quando estende os braços para a multidão de espectadores fascinados. "Eis aqui, Israel", ele grita. "Eis aqui sua Jezebel, inimiga dos profetas do Senhor."

Estou furiosa. "Inimiga dos profetas?", grito. "Inimiga? Ezequiel, trinta e sete: *A mão do Senhor veio sobre mim. Ele me levou para fora e me colocou em um vale cheio de ossos. Ele me disse: 'Esses ossos podem viver novamente?' De repente, ouviu-se o som de um chocalho e os ossos se juntaram, ossos combinados com ossos. A respiração penetrou neles e eles voltaram à vida e ficaram em pé. Ele me disse: 'Vou abrir suas sepulturas e libertar vocês dos túmulos.' Quem liberta as pessoas de suas covas? Eu! Eu as tiro de suas sepulturas!"*

As pessoas na rua estão congeladas. Meu rosto está suado de tanta paixão. Nas profundezas da compacta multidão, posso ver os fulgurantes cabelos de Meirav. Subitamente, sou lançada para o presente, subitamente consciente do que estou fazendo e do que estou dizendo.

"Eis", o pregador repete, "a prostituta do Megido, a sua Jezebel. Deixe que seu destino seja o mesmo da Jezebel que atormentou o profeta Elias. Deixe que ela caía de sua janela e seja devorada pelos cães!"

Para meu horror, todos os garotos estão cantando: "Jezebel! Jezebel!". Um deles leva o braço para trás e atira uma pedra em minha direção. Ela cai longe da janela, mas me assusta e faz com que eu recue. Por um momento, as palavras do pregador penetram em mim e eu temo que talvez seja realmente lançada para fora da janela. Um monte de pedras e de frutas é lançado contra mim. Meu coração está descompassado, meu corpo parece travado e me movimento muito devagar. A porta atrás de mim se abre e dois soldados correm em minha direção, dispostos a me tirar da janela. No instante em que as mãos deles me tocam, eu grito, pensando que vão me atirar lá embaixo, para ser pisoteada por cavalos e devorada por cachorros, como Jezebel, que foi traída por sua própria guarda.

Tremendo, afundo o rosto contra o peito de um dos soldados, mantendo os olhos cerrados fortemente. Ele está me abraçando. Temo que os soldados possam estar irritados comigo por intensificar a situação. Eu me descontrolei, agindo como um profeta, jorrando fumaça e fogo. Talvez esteja louca. Penso em Anatiya e em Jeremias sentados em seu caixão, rindo para mim. Começo a chorar. Talvez eu esteja. Se uma camisa de força for algo semelhante aos braços deste soldado, atire-me em um quarto escuro e me deixe lá.

Quando levanto a cabeça, que estava encostada no cinto rústico que sustenta uma arma, vejo que os dois soldados estão sorrindo. O que estava me segurando me libera e diz: "Você está bem; agora, relaxe".

Balanço a cabeça docilmente e enxugo os olhos com as costas da mão. Como é que Jeremias conseguia, mesmo que fosse um só dia, falar contra a multidão raivosa? Apenas alguns momentos disso e estou exausta.

O outro soldado ri e bate sua bota pesada. "Meu Deus, senhorita Brookstone", diz, "como é que uma mulher americana conhece tanto as escrituras?" Fico surpresa ao constatar que eles não estão bravos nem parecem considerar que estou louca. Não estão zombando de mim quanto os espectadores do rei Saul, quando ele foi tomado por êxtases. Estão olhando para mim como se eu tivesse feito algo grandioso.

O primeiro soldado diz: "Então, você está bem. Temos muito que limpar lá embaixo. Acalme-se em algum lugar, mas permaneça no edifício. As coisas estão caóticas na rua. Estaremos protegendo o lugar".

Ambos se dirigiram à porta e eu observei quando se retiravam em seus uniformes verdes. Assim que saíam, Mortichai se esprime entre os dois para entrar. Ele perdeu uma parte das suas roupas. "Onde estão seu chapéu e seu casaco?", pergunto, desabando sobre um nicho e secando meus olhos. "Os soldados não iam me deixar entrar, então os tirei e tentei novamente", conta. Pega uma cadeira e senta diante de mim. Balança a cabeça, mas está sorrindo. "A velocidade e a precisão de um lançador de mísseis", diz.

Estou envergonhada.

Ele continua me olhando fixamente. "Quem se importa?", fala. "Esqueça."

Eu dou risada. Sinto que o tremor no corpo está começando a diminuir. "Você conhece as pessoas que estão lá na rua?", pergunto. Não consigo imaginar Mortichai entre eles. "Alguns deles", responde. "De minha vizinhança. Mas nenhum é de minha família."

Os soldados estão tratando de dispersar a multidão lá fora. "Como é que você está se sentindo?", Mortichai quer saber. "Sinto como se tivesse perdido o juízo diante de um monte de gente", respondo, querendo esquecer. Levanto os joelhos e os enlaço, colocando minha cabeça sobre eles. Digo, entre os joelhos: "O que você está fazendo aqui? Está noivo e prestes a casar".

Eu o espreito e depois inclino novamente a cabeça para baixo. "Eu quero saber se você está bem", diz, apressadamente. Levanto a cabeça. Fico aliviada ao notar que ele não parece aflito. Tenho a sensação de que há um grande nó dentro dele e que, se tentar, poderia desatá-lo. Quero que ele saiba como o compreendo profundamente. Lembro de como ele foi denso comigo naquele dia em que perguntou se eu estava procurando por Elias. Quero que ele saiba que eu também posso fazer isso, que sou capaz de ler o seu interior e ler o versículo que se encontra dentro dele. Digo: "Você sabe o que está escrito em Deuteronômio, não sabe? *Eu coloquei diante de você a vida e a morte, a bênção e a maldição. Escolha a vida... por amar do Senhor seu Deus, obedecendo a seus mandamentos e ficando perto d'Ele.*"

Mortichai tira um lenço do bolso e o pressiona em meus olhos. Respira irregularmente e diz: "Page, eu gostaria que você pudesse entender como eu me sinto". Sinto raiva. "Aqui está o que eu entendo. Você não sabe o que significa escolher a vida, se escolher a vida significa honrar a morte ou honrar a vida. Se escolher a vida significa amar o Senhor e seguir Seus mandamentos, o que, em sua mente estreita, quer dizer enclausurar-se em uma comunidade religiosa repressiva, casar com a mulher de sua juventude, de quem você gosta de cuidar, mas não ama, realmente." Noto que o estou ferindo. Não me importo. "Ou se escolher a vida significa..."

"Singnifica o quê?" Mortichai pergunta, esperando. Ser servil.

Escolher a mim, penso. *Escolher a mim, seu idiota do cacete.* Penso por um instante e tento uma abordagem diferente. "Você acredita que o homem é feito à imagem de Deus?", pergunto, abaixando os joelhos. Cruzo uma perna sobre a outra, que balanço nervosamente. Cruzo os braços, também. "Sim", ele diz placidamente. Parece envergonhado. "Então", digo. "Então vamos lá. Você não sabe se escolher a vida significa seguir um código religioso feito por *homens* em nome de Deus ou se escolher a vida significa amar a si mesmo, à imagem de Deus, e obedecer às ordens de seu coração."

Agora ambos estamos muito silenciosos. Mortichai parece esgotado. Estreito os braços contra o meu peito, meu coração está batendo tão rápido como estava quando eu o segui, correndo atrás do seu carro. O sangue sobe ao meu rosto e minhas mãos estão quentes, os punhos cerrados dobrados sob os meus braços.

Ele diz confessional e reverentemente: "Eu tenho lutado com isso desde o dia em que você me permitiu ajudá-la na cisterna". Me levanto, sinto que o corpo está fragilizado, mas consigo me equilibrar.

ZOË KLEIN

"Boa sorte com isso", digo, e saio da sala, decidida a não chorar. Corro escadas abaixo até o piso inferior, onde repousam Jeremias e Anatiya. Quero estar com eles. Imagino que meus olhos estão raiados de vermelho. Itai está ali com dois outros membros da equipe. Olho para Jeremias e Anatiya em sua cama. Estou tão cansada. Quando Itai se vira para mim, vejo preocupação em seu rosto. Digo que preciso me deitar e ele me leva até o seu gabinete. Minha cabeça está doendo muito. Sinto frio. Desabo no sofá e peço um cobertor a ele. Sinto-me confortável, cercada pelas coisas de Itai. Elas são familiares. Ele diz que vai pegar um cobertor na outra sala. Estou dormindo quando ele retorna. Permaneço ali até que Ibrahim me acorda e me leva com ele de volta para casa.

XVII

Eu provoco amor em ondas rumorosas. Eu lanço uma faísca em direção a olhos sem brilho. Meu amor é um imenso rio que rompe suas próprias margens e se lança aos borbotões nos preságios do céu, um fluxo que ninguém pode impedir, lavando torres e muralhas. Matriarca do amor! Intocada por meu próprio amante, meu desejo me inunda e se derrama em torrentes. Meu amor não pode ser medido, nem suas origens jamais serão compreendidas. Quando contemplo a infinitude do meu amor, um grande milagre é liberado das profundezas de minhas contemplações — as chuvas do céu! Grandes cordões de chuva despencam em um intenso e extenso gotejar!

O PERGAMINHO DE ANATIYA 31:61-64

Quando retornamos pela manhã, a cantoria fora do museu é mais alta. A pressão ortodoxa está crescendo. Eles acreditam que cometemos o maior pecado e, a cada instante em que mantemos aqueles esqueletos exumados, continuamos a cometê-lo. Desço ao porão para verificar os progressos de Itai e o encontro com cerca de dez outros profissionais. Tão logo me vê, ele vem rapidamente em minha direção e me oferece uma xícara de café.

"O nome do pregador que eles questionaram ontem é Elias Warner", revela. "É um evangelista americano que tem sido acusado de perturbar a paz em algumas ocasiões. Estou preocupado porque acho que ele a conhecia."

"Como você sabe que ele me conhecia? Por que ele me chamou de prostituta do Megido ou por que ele me chamou de Jezebel?", brinco, sentindo-me mais saudável esta manhã, depois de ter tomado um banho e dormido bem. Itai ri. "Com certeza, neste momento, todo mundo reconhece você, que está em todos os noticiários, mas todos a conhecem pelo que fez em Anata. Ele a conhecia do Megido."

"Isso não me parece estranho", digo, encolhendo os ombros. "Ele é um *arqueófilo*." Itai continua: "Havia um adesivo no carro branco com os dizeres *Fiel e Verdadeiro*".

"*Fiel e Verdadeiro*? Como o nome do cavaleiro do cavalo branco do Armagedom, em Revelação?"

"Eu achei que você gostaria da atenção dele aos detalhes", ele diz. "Venha comigo."

No porão da ala do Departamento de Antiguidades, ao lado da sala dos objetos, há um grande recinto refrigerado que chamam de pergaminheria. Suas paredes estão forradas de prateleiras de fragmentos marrons, frágeis como folhas salvas de um incêndio florestal. Lá, um grupo de especialistas está trabalhando em dois dos pergaminhos — Jereminas e Lamentações. Ambos estão colocados sobre uma longa mesa, ainda enrolados. De tão enrijecidos, terão de ser cortados em tiras antes de ser abertos.

Eu peço para ajudar com o Pergaminho de Anatiya. Está extraordinariamente preservado, como os esqueletos, e não precisam ser cortados. Faz um som de rangido enquanto o desenrolamos, manuseado com extrema cautela. Eu prendo a respiração a cada nova coluna do texto desvendada. Sinto como se estivéssemos retirando o espartilho de uma rainha, revelando devagarinho parte por parte de sua pele.

"Trata-se de carneiro ou cabra?", pergunto a um preservacionista que está raspando fragmentos da borda, para a datação de carbono. Ele me olha estupefato, deixando claro que acredita ser uma pergunta idiota — o menor dos mistérios que está diante de nós.

"Eu penso que deva ser cabra", responde com desdém. Pega uma câmera digital e começa a documentar o pergaminho. Depois, guarda a câmera digital em uma gaveta no fundo do armário do arquivo e começa a armar um tripé, buscando um equipamento mais sofisticado. Enquanto analiso o recém-revelado segmento, uma palavra se destaca diante dos meus olhos, como se estivesse flutuando, como um mosquito prestes a aterrar em uma pele quente. *Mizbeach* — a palavra hebraica para "altar". Observando atentamente a passagem que tenho diante de mim, noto que a mesma palavra está espalhada ao longo de todo esse segmento do pergaminho. Não sou uma tradutora particularmente talentosa, mas nessa passagem o hebraico é nítido e claro. Sou grata por estar no único país do mundo que lê manuscritos antigos em sua própria língua. Sou capaz de entender a maior parte do que vejo. Leio os versículos do painel e, de repente, sou levada a outra época e a outro mundo.

Eu me lancei sobre as tuas costas e eles instantaneamente me empurraram, como se eu tivesse a impureza de um cadáver. Eu não pude romper as linhas inimigas para chegar a ti. Eu arranhei e rasguei a pele deles, mas não me deixaram chegar a teu prisioneiro. Então eu fiz a única coisa que pude pensar em minha loucura e temor por ti. Voei sobre o altar, ultrapassando os guardas que estavam de costas para a cena e me apoderei do tacho de prata ao fogo. Tinha a intenção de atirá-lo contra os padres, batendo com ele sobre suas cabeças como se fossem paredes de um sino. Mas quando o instrumento estava em minhas mãos, fui tomada por uma fúria como jamais havia conhecido...

No topo do altar eu levantei os braços, para a pá em cima de minha cabeça, e a lancei sobre o fogo sagrado. Eu a segurei ali, com a intenção de extingui-lo. Para colocar um fim na queima. A fumaça penetrou em meus olhos, subiu às mechas de meus cabelos. Eu não conseguia retirar a pá dali; não podia diminuir o fogo. Comecei a espalhar as chamas por todo o lado, atirando-as sobre os lados do altar. As chamas se apagaram momentos depois de sair do altar. Visões surgiram de minha loucura: Moisés, Nadav e Abiú e a esposa de Ló; todos aqueles que alguma vez já haviam testemunhado chuvas de fogo caindo do céu. E eu continuei a usar a pá. Fiquei girando com punhados de chamas e cinzas, espalhando-as em amplos círculos ao redor do altar. Círculos de fogo. Um guarda se virou para mim e eu percebi que ele me viu antes de poder gritar. Pulei para o lado norte do altar, saltando sobre as argolas que eram usadas para prender as cabeças dos animais ao solo. Palavras românticas vieram à minha mente, em uma equivocada linha de pensamento: "Corra, meu bem amado, célere como uma gazela, para as montanhas de especiarias!". Enquanto tu estavas te defendendo diante do povo e das autoridades, eu estava abaixada e me escondendo no recinto das ovelhas.

Levanto a cabeça. Yosef Schulman, um renomado intérprete em Israel, acaba de chegar com uma maleta preta de maravilhosos óculos e lentes de aumento. Meus olhos estão brilhando pelo que acabei de ler. Uma mulher espalhando fogo no Monte do Templo e que viveu para contar a sua história! Estou completamente assombrada. Posso imaginá-la espalhando círculos de chamas, tentando apagar o fogo sagrado para salvar o seu profeta. De certa forma, penso que o fogo sagrado era como um condutor de energia. Ela viu seu amor sendo eletrocutado por Deus e estava tentando desligá-lo. Yosef está fora de si, tal a excitação pela chance de observar um pergaminho jamais traduzido antes. Eu sento em um banquinho ao lado, enquanto ele analisa a abertura do texto. Estou aquecida com a luminescência dos anéis de fogo de Anatiya, de séculos atrás. Yosef é um homem pequeno, com uma constituição obesa e uma emaranhada mecha de cabelos negros passando sobre a sua calva, como se houvesse um vento soprando constantemente sobre ele, vindo da esquerda. Com olhos pequenos, ele parece o tipo que tem passado a vida debruçado sobre livros e fragmentos, tomando notas. Posso imaginá-lo quando criança, fascinado por um livrinho sobre insetos. Tem uma presença pouco atraente, mas séria. Eu me sinto aquecida e feliz. Acredito que o pergaminho está salvo entre nós.

Yosef olha para cima, em minha direção e sobre seus óculos de grossas lentes, e diz: "O que você encontrou é inacreditável". Ele seca a testa com um pano. O preservacionista está colocando um invólucro de vidro sobre a mesa para proteger o pergaminho. Quase tudo está no lugar.

Eu me inclino e coloco a mão sobre o antebraço de Yosef, dizendo: "Está tudo bem?".

"Sim. Sim, completamente." Ele limpa os olhos e, então, todo o seu rosto se abre em um largo sorriso. "Esta é a história de uma mulher, senhoria Brookstone. Esta não é a menção de uma mulher no contexto da história de um homem. Esta é a própria voz dela, descrevendo seu próprio amor. E ela viveu durante uma das épocas mais tumultuadas da história desta região. É uma perspectiva inteiramente inexistente em todas as nossas coleções." Ele balança a cabeça enquanto olha para a extensão do pergaminho, que espera por ele como uma estrada amarela de tijolos. Tem mais ou menos três metros de comprimento.

Yosef ajusta os óculos e se inclina sobre o texto, sua respiração umedecendo o vidro. Começa a traduzir o texto em voz alta.

As palavras de Anatiya, filha de Avigayil, uma das servas do templo de Anatote, no território de Benjamim. Ela se apaixonou profundamente por Jeremias, em seu décimo terceiro aniversário. Seu corpo estava tão debilitado de amor por Jeremias que sua alma ficou presa na garganta e ela ficou muda pelo resto de seus dias.

Observo Yosef inclinado sobre o pergaminho, seus dedos descansando delicadamente na beirada da mesa, e fico imaginando se ele alguma vez conheceu a carne de uma mulher. Na outra mesa, um paleógrafo e um cientista discutem sobre a exatidão da análise do texto. É claro que eles estão datando. O paleógrafo, discutindo nosso pergaminho, situa o texto entre 500 e 550 a.C.

"Ah!", digo em voz alta e rio. Yosef me dá uma olhada estranha e o preservacionista vai embora. *Ah*, penso, *é você, os dois vocês, o profeta e o amante, fazendo com que todos se apaixonem*. Rio de novo, delicadamente. *Você intoxicou todos nós, tenho certeza*. Eles espalharam sua poção de amor dentro daquela casa durante anos. Eu senti isso, no banho. Naima e Ibrahim sabiam. Walid e Meirav, Walid e Dalia. Mortichai. Suspiro alto. Eu abri a gaveta de roupas íntimas de Pandora.

Eu me recupero e volto a Yosef. Depois de meia hora debruçada sobre o pergaminho, salto de meu banquinho com entusiasmo, dizendo: "Pare".

"O quê?", Yosef olha para cima, surpreso.

"Espere", eu vasculho em minha mochila e tiro de lá minha desgastada cópia da Bíblia, as páginas cheias de orelhas e repletas de notas a lápis do convento. Olho primeiro para o pergaminho, as palavras de Anatiya:

> *Eu te vi cercado por Deus...mas ouvi tua pequena voz corajosa como um transparente sino de vidro ressoando: "Ah, Senhor Deus, eu não sei como falar!".*
>
> *Ergo meus olhos, não poderia ajudar a mim mesma! Tua voz me consome demais. Eu olho para cima e te vejo em pé na própria essência de Deus e tu não estavas consumado...*
>
> *Eu pensei que poderia morrer, mas eu perdi minha voz em vez de minha vida.*

Comparo isso com os versos da abertura de Jeremias:

> *Eu respondi: Ah, Senhor Deus! Eu não sei como falar, porque ainda sou um menino... O Senhor estendeu Sua mão e tocou minha boca e o Senhor me disse: Com isso eu coloco Minhas palavras em sua boca.*

"Olhe para isso, Yosef", eu aponto, ofegante, estupefata. "No momento em que Deus disse a Jeremias: '*Com isso Eu coloco Minhas palavras em tua boca*', Deus tirou as palavras da boca de Anatiya. Um se tornou sobrecarregado de profecia, enquanto a outra ficou muda. Oh, Yosef, esse não foi um comentário de Jeremias, foi uma experiência paralela!".

Yosef afaga sua caneta e parece pensativo.

"Eu não ficaria surpresa se este pergaminho pudesse ser dividido em cinquenta e dois capítulos, como o de Jeremias. Eles se espelham", digo.

"Eu não diria 'espelho'", ele fala. "Os textos podem ser paralelos, mas este pergaminho não reflete nada que eu já tenha visto." Meu coração palpita por ele, homem precioso.

Peço a Itai alguma coisa para cobrir as partes do pergaminho que ainda não atingimos e ele traz uma pilha de panos brancos. Não quero tantos olhos fitando o texto nu. Eu me sinto melhor cobrindo-o, protetora. Agora, a história de Anatiya pode ser desvendada em seu próprio ritmo.

Telefono para Jordanna, enquanto Yosef continua a traduzir.

"Mande-me as imagens digitais! Por favor", ela pede. "Eu estou acompanhando tudo. Vi você exumando, na televisão. Vi você gritando de uma torre como uma louca. Vi fotos dos esqueletos, mas não divulgaram nada sobre o pergaminho. Você sabe: isso está me deixando louca!"

"Eu sei", digo. "Eu queria muito que você estivesse aqui. Seu lugar é aqui, com ela. Mas você sabe, por experiência em seu trabalho, que uma coisa dessas às vezes leva anos e anos para ser exposta à luz do dia."

"Eu sei, todos estão com medo de que possa haver algo herético aí, algo que abalará os fundamentos das grandes religiões do mundo. Como 'os animais vieram de árvores'."

Nós rimos. Eu adoro o som da risada de Jordanna. Me faz cócegas da cabeça aos pés.

"Espere", digo, "deixe-me ler o que o senhor Schulman acaba de traduzir. *Quando Deus estendeu a mão e tocou sua boca, Deus estendeu a outra mão e levou a ponta do dedo aos meus lábios, sussurrando 'shhhhhhhhhhh...'*"

"Nossa!", Jordanna exulta. "O texto diz exatamente 'shhhhhhhh-hhhh'? Meu coração! É tão maravilhoso, eu gostaria..." Digo a Jordanna que tenho de desligar.

Yosef continua a traduzir, comigo a seu lado, meu caderno de anotações e minha Bíblia na mão. Itai está entrando porta adentro com pressa, entusiasmado. Está trazendo algo. Corre para mim e gira o meu banquinho para que fique bem de frente para ele, suas mãos segurando fortemente os meus ombros. Ele me sacode ligeiramente; seu rosto é uma expressão de felicidade.

"O que é isso?", quero saber, colocando minhas mãos em seus ombros e sacudindo-o de volta.

"A impressão digital de Baruque — ele está sem fôlego — combina."

Eu imagino sua equipe correndo para construir um andor ornamentado, colocando o selo sobre uma almofada de seda e conduzindo-o pelas ruas de Jerusalém, com bandeiras e cornetas. "Baruque, o escriba" ele diz "construiu aquele caixão. Ele provavelmente pintou aqueles murais." E me solta, correndo novamente em direção ao pessoal reunido em volta do caixão. Eu olho de novo para o Pergaminho de Anatiya. *Então vocês dois eram escribas*, penso. *E ambos seguiram Jeremias.* Eu olho na direção do pessoal reunido, tagarelando animadamente ao redor do esquife, e sinto que algo se aclara em minha mente. *Enquanto você estava amando o profeta, ele deve ter amado você. Ele deve ter esculpido aquele crânio engastado com milhares de flores. Ele deve ter amado você profundamente.*

Naima e Ibrahim chegam e são levados diretamente para o caixão, para compartilhar a animação da descoberta de Baruque. Eu nem sequer me levanto para cumprimentá-los. Não quero sair do lado do tradutor para não perder um só detalhe. Até mesmo Mortichai, felizmente, parece distante.

Eu continuo a copiar o primeiro capítulo de Anatiya.

Onde Anatiya escreve *Eu permaneci acordada em meu sofá*, estou prestes a anotar em meu caderno "Aqui, Anatiya está fazendo uma referência ao Cântico dos Cânticos", mas me vejo hesitando. Quem pode afirmar se a frase se originou de uma fonte externa ou da própria Anatiya? Quem pode dizer se Jeremias, Provérbios e o Cântico dos Cânticos e Jó, todos não a estão citando?

Itai está começando a se irritar com a quantidade de pessoas que perambula pelo departamento. Os fotógrafos, os especialistas, os repórteres entrando e saindo. Os guardas lutam para controlar a constante pressão externa. Há barracas na calçada em frente ao prédio com estudantes fazendo reuniões sobre Jeremias e Lamentações, estudando e discutindo, alimentados pelo entusiasmo de estar tão perto da fonte. Enquanto isso, continuamos a traduzir o pergaminho.

Mesmo em minha juventude, antes da flor de minha virgindade desabrochar, eu já era devotada a ti; tua noiva secreta que tu não conhecias. Quando meu desejo me perfurou como uma coroa de espinhos ao redor de minha cabeça e quando a dor era intensa atrás dos meus olhos, eu fugi para a floresta e enchi meus braços com a colheita da natureza. E me estirei em camas de flores até que minha pele ficou impressa de pétalas. Andei com os pés descalços, arando o solo com meus dedos. No auge de minha ânsia por ti, Jeremias, lancei meus braços em volta de uma árvore robusta e minhas pernas sobre um tronco curto e grosso e, Ó Deus, Permita que minha devoção permaneça intacta! Eu te garanto que nenhum homem me conheceu, meu querido, mas aquela árvore rompeu o selo de minha virgindade. Eu beijei seu coração de madeira.

"Ela tem fetiche por árvores", me admiro, falando comigo mesma. "Uma dendrofílica ancestral." Folheio minha Bíblia e continuo: "Mas se você ler isso concomitantemente a Jeremias, no mesmo capítulo, você verá que ele escreve: *Em cada montanha alta e sob cada árvore verdejante tu te reclinas como uma prostituta... olhe para seus feitos no vale como uma camela lasciva fareja o vento em sua ânsia, cuja paixão ninguém pode conter.* Ao longo de toda a Escritura, Israel é comparada a uma donzela cobiçada desenfreadamente por deuses estrangeiros e os deuses estrangeiros são frequentemente citados como madeira, porque os ídolos eram esculpidos em madeira. É uma metáfora para a idolatria".

"Não parece uma metáfora, para mim", Yosef diz baixinho, me surpreendendo.

Penso a respeito por um momento e concordo. "Em Jeremias, capítulo um, ele se refere a um tacho fumegante como uma metáfora para as terras do norte. No verso paralelo de Anatiya, ela se refere a um tacho fumegante de verdade, no qual cozinhava para Jeremias. Então, no capítulo dois, Jeremias fala de Israel reclinada, metaforicamente, como uma prostituta. E no de Anatiya ela sugere que, de fato, se enroscou em uma árvore. Onde ele é metafórico, ela é literal."

Ele diz: "Como se ela fosse o corpo e a alma de uma história ou de uma vida". Nós nos olhamos sobre a mesa.

"Talvez você esteja certo", eu digo. "Nesta passagem, ela, inadvertidamente, se transforma na metáfora perfeita. Que coisa mais complicada é ler concomitantemente com Jeremias, onde está escrito: *Seu amor é como uma noiva, como você me seguiu na floresta, e eu trouxe você para este país agrícola para desfrutar de seus frutos e sua generosidade.*"

Ele se pergunta em voz alta: "Será que Jeremias a esteve observando e desenhando suas metáforas a respeito dela?".

Eu balanço a cabeça, imaginando: "Sim, ele deve tê-la observado".

XVIII

Fora do monte onde estava Jeremias, eu vi um braço ossudo saltar para fora e, perto, a mão estendida de um esqueleto. Ouvi Jeremias murmurar, "Vinde, ó Jerusalém". Eu corri para o meu amor em um turbilhão de vestimentas e lágrimas e lancei os braços em torno dele.

O PERGAMINHO DE ANATIYA 38:76-77

Volto para Jerusalém no domingo, com minhas bagagens, sentindo-me brilhante e livre. Eu me visto casualmente, como uma camiseta leve e meus jeans rasgados. Quero verificar as coisas e depois pegar a estrada para Tel-Aviv, planejando passar a noite em um hotel perto do aeroporto. Ando ágil, minha mochila com o caderno de anotações e o *laptop* pendurada no ombro. Mas, quando chego ao Departamento das Antiguidades, Itai me informa que eles estão suspendendo a tradução.

"Por quê?", pergunto, sentindo nuvens de tempestade se acumulando sobre mim.

"Será preciso contar com uma equipe internacional. Isso é completamente não profissional. Tem de parar".

"Uma equipe internacional? Você está louco?", fico pasma. Não posso acreditar que Itai haveria de querer uma coisa dessas. Yosef é um tradutor renomado. Eu pensei que estivéssemos fazendo tudo certo e que estava indo bem!

Na década de quarenta, uma equipe internacional foi selecionada para acompanhar a tradução dos Pergaminhos do Mar Morto. Bem financiado, o grupo teve o privilégio de contar com todo o tempo do mundo e atuar com exclusividade e elitismo. Em 1991, dois estudiosos da Faculdade União Hebraica, em Cincinnati, conseguiram reconstruir os textos e publicá-los pela Sociedade Bíblica Arqueológica. A equipe internacional ficou furiosa. O *New York Times* afirmou: "A comissão, com obsessivo sigilo erudito de capa e espada, há muito tempo esgotou sua credibilidade diante de estudiosos e leigos. Os dois estudiosos de Cincinnati parecem saber que o comitê do pergaminho esqueceu que os documentos, e o que dizem sobre as raízes da cristandade e do judaísmo rabínico, pertencem à civilização, não a poucos acadêmicos reclusos."

Estou perplexa com a disposição de Itai de retardar o rápido progresso que estávamos tendo e arriscar a perda do material. E então vejo o elevador se abrir. Norris sai e eu percebo que ele está por trás de tudo. Um grupo de homens caminha atrás dele. As palavras subitamente parecem pálidas como marcas d'água no pergaminho, lembrando marcas de lágrimas. Tenho um voo marcado para amanhã, rumo a Nova York, e neste momento gostaria de já estar no avião, correndo para longe de Norris e de seu sorriso. Ao mesmo tempo, temo abandonar o pergaminho sem ninguém para defendê-lo e protegê-lo dele. Como ele odeia quando eu descubro alguma coisa! Sei que ele teria prazer se visse tudo destruído. Quem me dera poder pegar o pergaminho em meus braços, todos os seus três metros de comprimento, e fugir com ele sobre o mar.

Um dos homens que sai do elevador no grupo que acompanha Norris é corpulento e desgrenhado. Reconheço-o como Charles de Grout.

Já ouvi falar dele. Ele é exatamente como aparece nas fotografias que vi nos jornais. Tem um espesso bigode preto e uma barba que esconde o pescoço, fazendo com que o seu corpo tenha um formato ovalado.

Ele é um professor de arqueologia bíblica e um entusiasta de escavações. Esteve envolvido com Megido alguns anos antes da minha chegada e patrocina e supervisiona sítios arqueológicos em todo o país, bem como no Egito e na Jordânia. Fico imediatamente apavorada com o seu envolvimento na tradução dos pergaminhos. Há suspeitas de que ele amealhou a maior parte de sua fortuna através da participação em negócios ilegais de venda de antiguidades, mas isso nunca foi confirmado. Ele traduziu centenas de textos religiosos do hebraico, do aramaico e do latim, mas, pelo que li, sempre com ênfase em temas católicos. Seu prestígio se deve mais ao seu patrocínio financeiro aos sítios do que às suas contribuições intelectuais. Não confio nele para ser o porta-voz de ninguém, só pode falar por si mesmo. Ele é justamente o tipo de pessoa capaz de suprimir o lirismo de Anatiya, tornar seu verso pesado e fazer com que ela se cale, desta vez para sempre.

Dou uma olhada fulminante para Norris. Yosef desliza de seu banco, ao lado do pergaminho. Ele parece ferido. Quero protegê-lo, assim como o documento, que parece tão vulnerável diante desse grupo de homens.

Tento parecer respeitosa: "Como você pode ver, temos feito um maravilhoso progresso no resgate desta história. Yosef Schulman é altamente reconhecido no mundo todo e não vejo necessidade do processo ser submetido ao nível tedioso de uma comissão". Yosef volta à mesa onde estava. Já começa a recolher suas coisas.

Charles de Grout me estende uma fotocópia da tradução do capítulo três, feita por Yosef. Uma coluna está em hebraico e, a outra, em inglês.

"Como você pode observar", ele diz, "a necessidade de discussão e procedimento cuidadoso é imperativa."

Eu pego o papel da sua mão e verifico rapidamente a escrita de Yosef, tentando olhar pela perspectiva de Charles.

Josias tinha oito anos de idade quando se tornou rei, aproximadamentevinte anos antes de meu nascimento... Você encontrou um companheiro em Safã, o escriba. Ele lhe entregou uma mensagem do alto. Proclamou: "Eu encontrei um pergaminho do Ensino na Casa do Senhor!". Ele leu: "Estas são as palavras que Moisés dirigiu a toda Israel, no outro lado do Jordão". Você não se mexeu e quase não piscou enquanto ele lia, durante uma noite inteira sob a luz de uma lamparina. Seu coração disparou quando ele leu: "Ó, feliz Israel!" e, um momento depois, você chorou quando ele leu: "Ele o sepultou". Quando terminou de ver o pergaminho, naquele breve momento, o Senhor lhe mostrou toda a terra. Estava com vergonha e chorando por você. Você rasgou sua vestimenta, chorou e se ergueu...

Eu levanto por um instante os olhos do papel que estou segurando. Nesse momento, odeio todos eles. Odeio Itai por perder sua coragem. Odeio Charles, por sua agenda egoísta. Acima de tudo, odeio Norris, por me punir desta maneira. Ele fica ali, exultante, com uma sádica expressão nos olhos. Subitamente, me sinto envergonhada com o que estou usando. Minhas roupas parecem as das adolescentes da nossa escavação, não as de uma supervisora, não como alguém que tem orgulho de si. E deixo cair minha mochila de merda.

"Não podemos manter os ortodoxos fora disso para sempre", diz Itai. "Estes textos pertencem a todo mundo."

"A questão é justamente essa", digo, lutando para manter a compostura. "Se criarmos uma equipe internacional, esse texto nunca chegará a ninguém. Será manipulado e perdido."

Eu compreendo imediatamente o problema com este capítulo e porque todo mundo está tão preocupado. Há uma controvérsia de longo prazo entre os especialistas bíblicos quanto ao Livro do Deuteronômio — se deve ser incluído como um dos Cinco Livros de Moisés ou se foi realmente escrito bem depois por uma fonte completamente distinta. Alguns argumentaram que foi Jeremias quem, na verdade, escreveu o Deuteronômio e que o Deuteronômio é o pergaminho descrito no Segundo Reis 22:8-11.

Os versos dizem que os criados tinham derretido a prata que estava guardada, como se houvesse uma negociação secreta, um pagamento feito pela realeza, aceito clandestinamente pelos sacerdotes. Subitamente, depois do pagamento, apareceu um pergaminho, que parece ter surgido do nada. Muitos estudiosos acreditam que esse documento era o Deuteronômio, o último dos Cinco Livros, cujo estilo é drasticamente diverso dos quatro anteriores e que foi criado para fazer cumprir o desejo de Josias de devolver um território corrupto à teocracia. O problema de sugerir que o Deuteronômio não seja uma parte autêntica dos Cinco Livros de Moisés é que isso desafia cada pergaminho já criado da Torá.

O Pergaminho de Anatiya poderia ser usado como prova de que o documento lido por Josias era, de fato, o Deuteronômio. A começar pela citação direta da abertura do livro: *Essas são as palavras que Moisés dirigiu a toda Israel, no outro lado do Jordão.* E depois continua a indicar do fim do Deuteronômio: *Ó feliz Israel!* e *Ele o sepultou.* Anatiya escreveu: *O Senhor mostrou toda a terra a você,* da mesma forma que Deus mostrou toda a terra a Moisés, no fim de Deuteronômio.

"E daí?", digo, olhando para cima.

"Você tem de entender o grau de sensibilidade com que isso deve ser tratado", diz Charles.

"Não, realmente eu não entendo", falo. "Acredito que a religião tem a ver com a verdade e não com enganar pessoas. Do que exatamente você tem medo? Em primeiro lugar, o quanto é forte a fé de alguém, se isso tudo for capaz de causar algum abalo? Quão forte é a sua fé? De acordo com a Genesis, a criação do mundo data de menos de seis mil anos e as pessoas que acreditam nisso não se sentem ameaçadas cada vez que é descoberta uma ossada de *T. rex.*" Eu olho para Norris. Ele está estoico.

"Para o mundo secular isso faz diferença", diz Itai solenemente.

"Para o mundo secular de Israel há muito peso colocado nas escrituras de propriedade que estão na Torá; o direito judaico à recuperação da terra está baseado nisso. Para questionar a legitimidade da origem do texto..."

"A legitimidade da origem do texto?", eu tento me manter calma. "Por unanimidade, os secularistas concordam que o texto não apareceu caído do céu no Monte Sinai, como acreditam os ortodoxos. Eles já questionam a origem. Eles já sabem que isso deve ter vindo de algum lugar; então, qual é a diferença se foi encomendado pelo rei Josias ou escrito pelos descendentes do alto sacerdócio?"

"A Torá é um documento sagrado; seja ou não uma pessoa secular, suas histórias são o tecido de nossas vidas", Itai continua.

"Então, você está disposto a suspender a tradução desses pergaminhos porque os secularistas se sentem sentimentais a respeito da Escritura?", pergunto, tentando manter o controle: "Você não entende, Itai? Eles estão usando você!". Eu aponto para Charles. "Ele está contando com sua crença de que isso é para o bem tanto de Israel secular quanto ortodoxo, quando, de fato, não tem nada a ver com você, não tem nada a ver com o texto, tem a ver com o desejo dele de colocar suas impressões digitais em toda a história." Não, eu penso comigo mesma, tem a ver com o desejo de Norris de colocar suas impressões digitais em mim.

Essa é a grande oportunidade de Norris. "Ouça, senhorita Brookstone. Eu compreendo que essa é uma descoberta sua e, portanto, se sente protetora, mas você realmente não tem muita escolha nessa questão. Esses pergaminhos não pertencem apenas a você, apenas porque os levantou da sepultura. Você está sendo tão elitista quanto acusa os outros de ser."

No mesmo tom monocórdio que ele usava quando me dizia, ainda como sua aluna, "Deus deve ser mantido fora da ciência", ele agora fala para mim diante de meus colegas: "Emoções devem ser mantidas fora do trabalho".

Isso me enfurece. O que ele está fazendo tem tudo a ver com emoções. De fato, ele está me punindo precisamente por *não* demonstrar emoções quanto a ele durante todos os doze anos em que vivemos juntos em Megido. Mas não há nada que eu possa dizer sobre isso, sem fazer com que pareça mais tonta. Decido tentar outra tática e reúno meus pensamentos. "No final do século dezoito, Moses William Shapira comprou um pergaminho que diziam ser uma versão antiga do Deuteronômio, mas com algumas diferenças fundamentais em relação ao texto canonizado. Embora tivesse sido autenticado, um dos inimigos

Mais **Forte** Que a **Morte**

dele o acusou de tê-lo falsificado. Shapira nunca se recuperou da acusação e atirou em si mesmo. O pergaminho, um trabalho tremendamente importante, foi perdido. É exatamente em conversações como esta que pergaminhos, e até mesmo vidas, são destruídos."

Os homens ficam em silêncio e eu continuo, desesperada por defender meu ponto de vista. "Nós todos sabemos do quanto é lucrativo e turvo o subterrâneo dos negócios com pergaminhos. E que há pessoas que mantêm redes de inteligência com beduínos e perseguem cada pista e rumor a respeito de uma descoberta. Aqui tivemos um casal árabe, abertamente procurando arqueólogos por todo o país, e é um milagre que ninguém do submundo dos negócios com pergaminhos tenha seguido essa trilha antes de mim. Sabemos como os comerciantes de antiguidades podem ir longe. Sabemos que, quando encontram um sítio, eles tratam de comprar ou arrendar a área e, até mesmo, de construir uma grande tenda beduína sobre ele, escavando somente à noite, para que, assim, não levantem suspeitas. Ou em Jerusalém, onde há tanta riqueza arqueológica sob o solo, como as pessoas vão perfurar o cimento de seus porões? Eu poderia facilmente ter escondido isso das autoridades. Eu poderia ter cuidado disso por conta própria, apoderando-me dos pergaminhos e vendendo-os a um colecionador particular por um preço inimaginável. Poderia ter ficado com todos. Mas não fiz isso. Especificamente, porque não acho que esta descoberta deve acabar caindo nas mãos de uma elite." Eu me viro para Itai e resisto à tentação de cair de joelhos. "Por favor, Itai, você sabe o que está acontecendo. Se você parar a tradução, este pergaminho nunca verá a luz do dia. Se você criar uma equipe internacional, ele pode ser perdido para sempre."

Itai, genuinamente tocado pela minha angústia, diz: "Eu compreendo seus medos, Page. Quero mantê-la envolvida, de qualquer forma. Mas tenho de parar a tradução. Saiu fora do controle. Temos de seguir os procedimentos."

Eu saio intempestivamente da sala de pergaminhos. Sei que, antes de tudo, minhas próprias ações é que podem me afastar do processo de tradução. Mesmo assim, juro que não deixarei que

231

ZOË KLEIN

acontéça com o pergaminho de Anatiya o mesmo que aconteceu com os Pergaminhos do Mar Morto.

Na sala de objetos, paro quando vejo que não há mais cientistas flanando ao redor de Jeremias e Anatiya. Um artista solitário está sentado em um banquinho diante de um enorme cubo de argila. Paro por um momento para pensar. Ele é bonito e semelhante a Deus em seu longo avental branco, moldando e ajeitando a criação. Por outro lado, é cruel a maneira como o foco foi deslocado dos ossos. A interpretação deles em argila não traduz os traços de mudança, os bolsões de tempo e envelhecimento, um registro da infância até a morte. Isso é exatamente o que eles vão fazer com a história dela, penso, observando o artista. Eles vão pintar e bordar no formato que preferirem.

Eu ando até o caixão e fico observando fixa e detidamente o casal. Pergunto ao artista: "Quem você vai esculpir primeiro?"

Ele torce um pouco o rosto, como se a resposta fosse tão evidente, a ponto de não ter certeza se estou falando sério. "Jeremias, obviamente."

"Talvez o rosto de quem você ama reflita melhor você do que sua própria face", digo, mais para Anatiya do que para ele.

Permaneço sozinha na sala com o escultor. Posso ouvir vozes altas vindas da sala dos pergaminhos. Eu desabo em uma cadeira ao lado do artista.

"Conte no que você está pensando enquanto trabalha", digo, tentando me manter íntegra. Ele sorri maliciosamente. "Na verdade, estou pensando em Giovanna Rusutto, a garota que eu adorava no colegial. Seus pais eram sicilianos, mas ela nasceu aqui. No exército, eu a esculpi de memória." Com uma faca de madeira, ele destacou um pedaço de argila, que transformaria no pescoço de Jeremias. E continua: "Nós estávamos acampados na fronteira do Líbano. Um míssil Katyusha destruiu a escultura. Eu estudei anatomia na faculdade. Estava intrigado com os cadáveres. Aprendi a usar computadores e argila para reconstruir o rosto de uma pessoa. Trabalhei com policiais israelenses algumas vezes e, em outras, com arqueólogos ao redor do mundo. Sempre que me deparo com o crânio de uma mulher, temo que o que surja de minha argila possa ser o rosto de Giovanna. Na semana passada, acredite ou não, eu a vi em um restaurante em minha vizinhança e quase derramei meu vinho".

"Você falou com ela?"

"Não, já era suficiente. Eu nunca imaginei que iria pousar meus olhos em sua face outra vez. E aconteceu. Eu sei como ela é, agora. Isso é um imenso presente."

Todo mundo ao meu redor está tonto de amor. Eu olho de novo para Jeremias e Anatiya. Isso é o trabalho dele. E depois olho longa e fixamente para Anatiya. Deixe que ele preserve Jeremias, penso comigo mesma. Eu mesmo vou proteger sua história.

Lá pelas cinco horas, quando a maioria das pessoas já havia saído, sentei-me com Itai em seu gabinete. Estamos ambos em silêncio. Tenho medo de que, se falar, eu possa explodir. Como é que você pode oferecer poesia a lobos? Por que eu não fiz isso por minha conta, sem envolver você? Lembra do quanto você me amou, um dia?

"É melhor que eu volte aos Estados Unidos, para que você possa fazer seu trabalho sem que me intrometa nas coisas", digo, finalmente.

"Não, não é melhor para mim", Itai afirma, se desculpando. "Mas talvez seja melhor para você."

"Estou entregando tudo o que eu amo a pessoas que não amam tanto isso", digo, afundando no sofá. "Então, posso lhe pedir apenas um favor? Posso passar a noite aqui, em seu sofá? Não quero falar com ninguém. Não quero ir para um hotel nem dirigir de volta para Anata. Só quero ficar aqui, com os esqueletos dormindo lá em baixo, em seu caixão. Isso me faria sentir melhor. Uma chance para dizer adeus."

Itai reflete nisso por um instante. "Eu gostaria de deixá-la ficar, Page. Sei que posso confiar em você, mas eu iria enfrentar um monte de problemas. Simplesmente, não podemos permitir isso, entenda. Você não está dizendo adeus. Seu envolvimento nisso sempre será bem-vindo. Eu quero que você esteja nisso. Nós todos queremos. Você precisa participar da comissão. Mas isso tem de ser mais organizado, caso contrário vai se voltar contra mim, contra todos nós, da pior forma." Ele me observa e suspira. "Vamos fechar em uma hora."

"Posso ficar e dizer adeus a eles, antes de ir embora?", pergunto.

Itai levanta, pegando seu conjunto de chaves. "Até que todo mundo saia. Eu vou com você até lá embaixo."

Andamos juntos pelo corredor na direção dos degraus, passando pela porta pesada. Ao descer pela escada de metal, ele diz: "Não fique irritada comigo por fazer meu trabalho, Page. Eu acho que tudo vai funcionar. Não estamos mais nos anos quarenta, é uma nova era. Os Pergaminhos do Mar Morto foram descobertos há sessenta anos. Você não pode comparar os erros de seis décadas atrás conosco, hoje em dia. Somos muito mais profissionais. Anatiya não será perdida."

Eu enrosco meu braço no dele. "Não estou brava", digo. Meu coração parece que está sendo escavado com uma colher de sorvete.

No piso inferior, procuro pela maçaneta da porta da sala de objetos e Itai diz: "Está fechada". Ele a destranca e entramos. Eu ando até o caixão e o aparelho que fecha a porta lentamente não impede que ela se feche com um clique seguido de forte ruído metálico. Os dois esqueletos descansam em paz em um pedestal com o busto em argila de Jeremias em andamento — a base para que surja o rosto contempla o espaço. Eu me inclino para vê-los, Itai se encosta contra uma parede, me olhando enquanto os observo. *Ajude-me a pensar em alguma coisa*, eu murmuro para ela. Minha mente está raciocinando velozmente. Descanso a mão na borda do pedestal com a argila. *Dê-me alguma coisa. Dê-me alguma coisa.* Meus dedos roçam contra as ferramentas no pedestal. Olho para baixo. O que parece ser uma série de instrumentos dentais está disposto em pé, como um jogo de varetas. Perto, há um cartão de visitas. Eu pego e olho. "Dror Katzenov. Arte Forense e Reconstrução Facial." Olho para ele, pensando. Estou de costas para Itai. Pego o cartão e o dobro longitudinalmente e, depois, desdobro. Dobro de novo, no outro sentido. Lembro de outro cartão de visitas, o velho ímã de geladeira com letras desbotadas em árabe, que encontrei sob a pia, na noite em que me escondi enquanto Walid e Dalia faziam amor no chão da cozinha. Penso que, talvez, seja sorte. Coloco a mão no bolso, ele ainda está lá. Eu o retiro. Sorrio para Anatiya e murmuro: *Obrigada*. E depois acrescento: *Tentarei fazer o melhor possível.*

Eu me viro para Itai e ele diz: "Só isso?". Eu balanço a cabeça e ando em sua direção. Ele coloca seus braços em torno de mim enquanto andamos para a porta e alfineta: "Você sempre foi rápida nas despedidas".

"Você poderia ter-me segurado forte", retruco, e ele aperta o meu ombro. Saímos. Meu coração está pulsando tão forte que posso sentir isso em meus olhos. Estamos no primeiro degrau quando a porta fecha e se ouvem os ruídos.

"Nossa!", eu engasgo, "Jesus, acho que deixei algo, espere um segundo."

"Deixe que eu abro", Itai diz, liberando a porta. Tenho o ímã em minha mão. Corro até o pedestal e pego o cartão de visitas de Dror. Nem dou uma olhada para o casal em seu eterno berço. Itai está do lado de fora da sala, braço estendido segurando a porta para mim. Chego ao batente e, rapidamente, introduzo o magneto na placa da fechadura, enquanto movimento a outra mão, atrás de mim, dizendo: "Garanta que eles tomem conta de você, Ana!".

Itai ri. "Nós tomaremos", diz, enquanto dou o braço a ele. No segundo degrau, a porta se fecha com um forte ruído, mas sem o clique característico de antes. Itai não percebe.

"Por que você precisava do cartão daquele sujeito?", ele pergunta enquanto subimos. Respondo, pensando rapidamente: "Quero enviar a ele algumas coisas sobre Jeremias. Ele tem de saber mais sobre o profeta que está reconstruindo, você não acha?".

"Viu?", Itai fala, satisfeito. "Eu sei que você vai permanecer envolvida."

No gabinete dele, dou-lhe um breve beijo de despedida.

"Se você esperar quinze minutos, vou com você", ele diz. Agradeço e digo que já me despedi e que penso pegar a estrada. Para Tel-Aviv. Ele se acomoda em sua mesa e eu pego minha mochila, que está ao lado do sofá.

Na porta, me viro e pergunto: "Você pensa que eu estou louca, Itai?".

Ele responde vagamente, mas de maneira gentil: "Não, de fato. Ouça, se estivesse escavando em uma casa e me deparasse com Moshe Rabbeinu, isso também talvez me enfurecesse". Saio casualmente do gabinete, atravesso a sala de espera e o corredor. Há portas de escritório abertas. Posso ouvir alguns dos empregados remanescentes reunindo suas coisas. Deslizo pela porta da escada e desço os degraus. Alcanço a porta de metal da sala de objetos murmurando uma prece : *Por favor*, e, delicadamente, empurro. A porta se abre. Eu retiro o ímã e coloco em meu bolso, depois empurro a porta silenciosamente, até que um clique me avisa que ela está fechada.

Estou sozinha. Lágrimas brotam dos meus olhos e tenho vontade de gritar de felicidade. Um súbito pensamento me assalta e trato de desligar o telefone celular. Depois, me abaixo até o chão e ali permaneço, olhando em volta. Está muito escuro, com exceção de uma réstia de luz que vem de uma fonte externa. O silêncio ao meu redor é denso e pesado. Prateleiras e prateleiras de objetos estão acostumadas ao silêncio, imóveis como lajes de tumbas, noite após noite. Eu limpo a garganta e, para mim, o som ecoa alto como o de um trem. O caixão é como um pequeno planeta e cada objeto empoeirado orbita em torno dele no enorme salão. Fico sentada por muito tempo, sentindo-se estranhamente segura. Levanto e ando até o caixão; deito atrás dele com a mochila sob a cabeça. Vou esperar aqui, penso, até que todo mundo vá embora. Até que seja suficientemente tarde e esteja certa de que todos se foram, só restando eu e os guardas noturnos. Eles virão até aqui, penso. Apalpo com o dedo uma das árvores esculpidas no lado do caixão. "Ó, Baruque", suspiro. "Que linda mão você teve." Eu fito a escuridão e rezo.

Depois que se passam duas horas, no mínimo, me dirijo à sala dos pergaminhos. Não há janelas aqui. Os materiais têm de ficar protegidos do sol. Assim, quando ligo a luz, receio que alguém possa me ver. Não obstante, sou compelida a fazer algo antes que tudo isso seja trancado. Retiro as capas que cobrem o pergaminho.

Desenrolado na direção do centro da sala, sob a proteção de vidro, descansam os três metros dela, ondulando sob as luzes âmbar como um caminho deserto. Minhas mãos estão tremendo e eu sinto uma fraqueza terrível. Estou procurando pela câmera que vi o preservacionista usar. Busco sobre a mesa, embaixo de papéis, nas prateleiras lotadas. Abro as gavetas da mesa e escavo. Vamos lá, eu vi quando ele a colocou aqui. Retomo o fôlego e digo a mim mesma que não há pressa. Vou ficar aqui a noite toda. Indo mais devagar, encontro uma sacola preta na gaveta mais baixa do arquivo. Retiro o cartão de memória e abro meu *laptop*, para que possa descarregar as imagens e levá-las comigo. Minhas costas ficam tensas subitamente, devido à ansiedade. Sei que deve ter se passado apenas um minuto, mas parece que o computador está demorando uma eternidade para despertar. Finalmente, ele abre e eu insiro o cartão de memória. "Vamos lá, vamos lá", murmuro. Em meu computador se abre uma janela cheia das imagens minimizadas do cartão. "Maldição", digo, rolando a tela. São imagens de várias escavações, de pessoas segurando relíquias, como pescadores orgulhosos com impressionantes presas. Não há imagens do pergaminho. Eu introduzo o cartão de volta na câmera e corro até o começo do documento. Tento manter a câmera imóvel enquanto fotografo o primeiro painel do texto, e, então, observo a tomada no visor. O *flash* faz um clarão no vidro. Tento de novo de um ângulo diferente e, desta vez, sai perfeito. Armazeno a primeira foto e recomeço a percorrer todo o caminho que me resta ao longo do texto. Conforme tiro fotos de parte por parte do documento, minhas mãos vão enfraquecendo e os braços tremem. Tento manter a câmera fixa, checando cada imagem, depois de tirá-la e, às vezes, fotografando pela segunda vez, enquanto tento corrigir meus músculos para não tremer.

Sou despertada do meu devaneio pelo som de passos descendo os degraus metálicos do porão. Meu coração dispara. Ainda me resta fotografar metade do pergaminho e as partes restantes são mais importantes do que as anteriores, as quais já havia traduzido. Eu deveria ter começado pelo fim.

Os passos se aproximam e faço uma careta quando me dou conta de que, neste momento, sou, de fato, uma ladra. Tenho de sair com essas imagens de Israel, antes que alguém perceba que eu as tirei. Corro e apago a luz. Meu computador brilha na escuridão. Eu o coloco em uma gaveta do arquivo e me escondo sob a mesa, esperando. E me vejo mordendo meu próprio pulso. Ouço a porta da sala de objetos ser aberta e empurrada ruidosamente. Acompanho o ruído dos passos ressoando através daquele espaço, parando aqui e ali. Então, subitamente, a sala onde estou fica inundada de luz. Seguro a respiração, mordendo os lábios cerrados. Os passos se aproximam. Meu pulso é um martelo implacável em meus ouvidos. O joelho dele bate na mesa. Fecho os punhos, absolutamente imóvel. Ele também permanece quieto durante algum tempo. Posso ver a sombra dos seus sapatos embaixo da mesa. Então, ele se vira e seus passos se retiram. A abençoada escuridão retorna. Ele sai da sala de objetos e, outra vez, estou gratificantemente sozinha.

Quando restam quatro segmentos para registrar, a câmera indica que sua memória se esgotou. Quase deixando-a cair, apago as primeiras imagens de várias escavações e me apresso a terminar os registros do resto do pergaminho. Um verso da passagem que havia lido na semana passada ressoa em mim: *Corra, meu bem amado, rápido como uma gazela*. Ao mesmo tempo, digo a mim mesma: Você tem a noite inteira, apenas faça direito. Eu pego o *laptop* e introduzo o cartão de memória, carregando as imagens. Analiso cuidadosamente cada uma delas para me assegurar de que estejam nítidas. Não pode haver ambiguidade. Nem clarão. Eu refaço fotos de várias seções. Quando todas estão carregadas, apago do cartão as fotos que tirei e coloco a câmera de volta no lugar de onde a tirei. Guardo meu computador, volto e entro na sala de objetos. Ando cuidadosamente pelo escuro labirinto de prateleiras até me sentir suficientemente escondida e deito, passando a noite a sonhar, com os olhos bem abertos, na melhor forma de divulgar essa descoberta. Digo a mim mesma que a história dela tem de ser resgatada. Tem de ser contada, por quê? Porque, simplesmente, tem de ser. É por isso. Mas no fundo sei que quero viver para ver. E se, como ocorreu com meu pai e meu avô, este for o meu último ano?

XIX

Teus olhos eram únicos, os únicos olhos que viam tudo.
Eles bebiam visões como as penas bebem tinta...
O PERGAMINHO DE ANATIYA 41:29-30

Meu telefone celular indica 7h45 da manhã. Sei que o prédio abre às oito e pretendo sair antes que alguém entre aqui. Exatamente às oito, me recomponho e subo ao primeiro andar. Deslizo para dentro de um banheiro. Diante do espelho, arrumo os cabelos com as mãos e respiro profundamente. Vai dar tudo certo. Espero até as 8h15 e, então, caminho diretamente para a recepção. A parede que o carro danificou já está reparada. Empregados estão entrando pela porta da frente. Não vejo ninguém conhecido, mas estou preocupada que alguém me reconheça. Ando rapidamente, atravesso a porta e chego ao pátio. O ar está frio e fresco. Quando alcanço a rua, há alguns grupos de estudantes lendo textos de Jeremias na calçada. Recipientes de café estão espalhados ao redor deles, com velas que se extinguiram há algum tempo. Eu viro a esquina e corro até o meu carro, dando risada e agradecendo.

No carro, ligo o rádio, tentando cantar junto com roqueiros israelitas. Quando não sei as palavras, invento. No aeroporto, me sinto maravilhosa e terrivelmente visada. Viajantes murmuram e apontam quando passo. E me vejo no monitor da televisão, ajoelhando em oração diante da cripta com uma luz sagrada deslizando sobre mim. Eu me vejo nas primeiras páginas dos jornais que as pessoas estão lendo, meu rosto avermelhado e sujo, cabelos desalinhados. Pareço feliz. Estou saindo da porta da casa dos Barakat e todo mundo aplaudindo. E vejo Jeremias e Anatiya encerrados em um abraço eterno.

As pessoas me pedem para assinar seus jornais e eu autografo sobre a minha fotografia, na altura do pescoço. Um grupo se reúne em torno de mim e começa a fazer perguntas. Enquanto falo com eles sobre a descoberta, começo a notar que as pessoas ali presentes se tocam, de maneira que o grupo ao meu redor é uma mistura de braços e pernas. Alguns de meus admiradores estão de mãos dadas, inclinados na direção dos ombros uns dos outros. Eu peço licença ao pessoal. Um homem se aproxima, segura meu cotovelo, e diz: "Estou indo para o casamento do meu filho. Certo dia, ele pegou uma carona na autoestrada em Ashkelon. Por coincidência, era a sua prima de segundo grau. Agora eles estão se casando. Não é uma bela história de amor?".

"Sim", digo, e vou embora voando.

Dou um rápido sorriso e me viro. É quando vejo Mortichai. Lá está ele com o seu casaco preto, calças pretas, mãos nos bolsos. Está sem chapéu, cabelos meio eclipsados pelo solidéu, um emaranhado de feno e luz do sol. Fico tão surpresa como se estivesse vendo Anatiya aqui, em carne e osso, para o meu bota-fora.

"O que você está fazendo aqui?!", sorrio. "Queria saber se você ia precisar de ajuda com a sua bagagem", ele mente e sorri. "Queria vê-la, antes que fosse embora."

"Café?", pergunto, e ele ri e diz: "Nada seria melhor".

Encontramos a mesa mais discreta que se pode conseguir no Aeroporto Bem-Gurion, onde tudo é envidraçado e tão luminoso que não há lugar onde se esconder.

"Como você está?", ele pergunta. Seus ombros estão apertados contra o casaco que não lhe pertence. Ele parece muito *constrangido*.

"Bem", eu digo. "Como você está?"

"Bem." Ele está sorrindo com os lábios muito apertados. Estamos esperando para ver quem vai falar primeiro.

Não posso me conter. "Tenho certeza de que você sabe que começamos a traduzir o pergaminho. Yosef Schulman terminou três segmentos." Não quero contar a ele sobre Norris e a equipe internacional. Só quero aproveitar a presença dele aqui.

"Isso é ótimo", ele comenta. "Mal posso esperar para ler. Verdadeiramente." Ele não tira os olhos de mim.

"Você teve um bom fim de semana?", digo, ruborizando.

"Realmente, não", ele responde, com um pequeno sorriso.

"Por que não?"

"Tinha muito em que pensar." Eu fico ainda mais roborizada e me odeio por isso.

"Passou o sábado com seus enteados?", pergunto, tentando me recobrar e me conter.

Mortichai fica em silêncio por um instante e depois diz: "Você tem ideia do que é o Shabat?".

"Sim", digo, agindo como se tivesse sido insultada, "o dia do descanso. *Nossa!*, quem não sabe disso?"

Ele ri. "Você também sabe que é o dia do descanso final? De certa forma, cada Shabat é um ensaio para a morte. Agimos como se nossos espíritos estivessem se movendo no mundo material."

"Você passa quase tanto tempo pensando na morte como eu", afirmo. Eu desejo ir até o outro lado da mesa, afagar mechas em seus cabelos, atraí-lo para mim e beijá-lo. Ele é adorável.

"Por que você acha que é assim?", ele quer saber. Centenas de viajantes vagueiam. O Aeroporto Ben-Gurion é, de fato, um dos lugares mais maravilhosos de Israel, animado e projetado artisticamente. Eu me sinto muito identificada com ele, em seu espaço público tão aberto. A luz natural nos envolve, refletindo-se no chão de pedra polida; então, é como se estivéssemos flutuando na luminosidade.

Ele conta: "No fim da refeição de Páscoa, cantamos sobre Deus ter aniquilado o anjo da morte".

"E depois?", questiono.

"A morte só funciona dentro do tempo, mas na era messiânica, quando todos os dias são Shabat e viveremos na eternidade, fora do tempo. A morte não tem poder senão no tempo."

"Mas enquanto isso", digo, "presos no tempo, o que fazemos?"

"Bebemos mais vinho", ele sugere.

"Ah, viu só?", digo. "Essa é a resposta para a morte, ao que parece."

Mortichai pensa durante muito tempo. O aeroporto está lotado de gente, mas eu me encontro vivendo em seu precioso silêncio, esperando enquanto seus pensamentos se agitam. Esperando que ele diga as palavras que gostaria de ouvir.

"Ouça", ele diz, e eu já estou ouvindo. "No Jardim do Éden, Deus diz sobre a árvore do conhecimento: '*Quando vocês comerem dela, morrerão naquele mesmo dia*'. Adão e sua mulher, que ainda não tinha nome até aquele momento, comeram dela, mas não morreram naquele dia. Então, o que Deus quis dizer com '*morrerão*'? Quis dizer que quando comessem da árvore da sabedoria aprenderiam que eram mortais".

Olho o contorno das mãos dele ao redor do copo de isopor.

Ele continua: "Eles haviam brincado no jardim como crianças invencíveis e, então, comeram algum tipo de fruta e, subitamente, souberam que iriam morrer um dia. O primeiro homem e a primeira mulher. Você pode imaginar o terror? Eles não tinham o benefício de séculos de poesia, arte e teologia para lidar com aquilo e, então, o que fizeram? Essa é a sua pergunta, certo? Aprisionados no tempo, o que nós fazemos?".

"Hum-hum."

"Você sabe exatamente o que eles fizeram. Você é uma estudante da Bíblia", ele diz alegremente. "Adão se virou para a sua esposa e a chamou de Eva *porque ela era a mãe de todos os seres vivos*. Ele não rogou a Deus. Aceitou que Deus o tornasse mortal e, instantaneamente, colocou toda a sua esperança e confiança em sua companheira. Ele viu eternidade nela. Não apenas porque ela poderia gerar seus filhos algum dia — isso é muito literal —, mas porque era a *mãe de todos os seres vivos*. Lembre-se, isso é antes de ela ter tido um filho; então, mãe de quais 'vivos' ela é? Teria de ser a própria vida. Porque..." — o olhar de Mortichai se aprofunda enquanto escolhe cuidadosamente as palavras — "o amor dela está nele e o amor dele está nela, e isso é algo que vive para sempre. Este é o coração da vida. É por isso que nos voltamos uns aos outros." Ele tosse. "Portanto, para responder à sua pergunta, o amor é o que fazemos."

"Ah, sim...", eu digo, "ainda mais inebriante que o vinho." Está chegando a hora do meu embarque. Decido correr risco. Digo: "Estou feliz por você encontrar alegria na mulher de sua juventude. Realmente, estou. Acho que é uma bela história. Boa simetria". Olho para ele. Ele está esperando. "Mas tenho a sensação de que, mesmo com toda essa conversa sobre a morte, você é um sujeito particularmente divertido. E sabe de uma coisa? Eu fiquei presa em sepulturas durante a maior parte da minha vida adulta e estou pronta para me libertar, para correr nos campos de girassóis, desafiar a lei, fazer minhas próprias regras e aproveitar o fato de estar viva. Sabe?"

"Desafiar a lei?", ele pergunta, levantando as sobrancelhas.

Eu aceno e continuo: "Penso que seria realmente ótimo fazer isso com você". Eu deixo que ele veja meus olhos correrem sobre ele. "De fato", digo, "acho que uma grande parte de você quer tirar as roupas que não lhe servem e tentar vestir alguém como eu."

Ele ri e balança a cabeça. "Uau", diz.

"Sim", digo. "Uau."

"Uma grande parte de mim, é?", ele diz, e, de repente, imagino que estamos em uma cafeteria de uma universidade americana, cheios de vitalidade e potencial.

Levanto e puxo a alça da minha mala deslizante. "Tenho de ir", digo, e ele também se levanta. "Sério, Mor", digo. "Você tem de conseguir algo novo para o seu casamento. Não pode usar as roupas de um homem morto. Não estou me referindo à coisa do preto e branco, mas a todas as suas costuras, que estão arrebentando. Vamos lá, a aparência é realmente horrível."

"Você terá notícias de mim", ele diz. E me agrada que seu rosto esteja vermelho.

XX

Traga-me um pergaminho, Baruque, penas e um frasco de tinta. Eu preciso reunir todas essas anotações. Tenho de organizar essas notas que fui tomando desde o começo e gravá-las em um documento como testemunho de minha vida e uma crônica de como é amar um profeta.

O PERGAMINHO DE ANATIYA 49:15-17

Pela primeira vez, não me sinto como se estivesse em casa quando entro em meu apartamento de Nova York. Sinto falta de Israel. Sinto falta dos Barakat. Há um pacote encostado na minha porta e, como os meus braços estão cheios de coisas, eu o chuto delicadamente para dentro. Troco de roupa, colocando pijama de flanela, embora estejamos em meados de julho. O tecido é tão velho que está prestes a se desintegrar. Ligo todos os equipamentos metálicos. Minha secretária eletrônica está piscando freneticamente, com a memória lotada de mensagens.

 Caminho em minha sala de estar, que, às vezes, também é minha reduzida sala de jantar, e até a pequena cozinha, com um cobertor enrolado nos ombros, como uma capa. Agacho no chão da sala com o pacote. É grande. Estou cansada e, por um instante, fico confusa, pensando que alguém empacotou um dos pergaminhos e o enviou para mim, por alguma razão. O endereço de retorno cita o Departamento das Antiguidades, mas o nome da rua está errado. O embrulho é muito leve.

É um rolo inteiro de toalhas de papel. Começo a desenrolar, no chão mesmo. Em grandes e graciosas letras, leio as palavras cuidadosamente transcritas no papel delicado. São os últimos versos do primeiro capítulo do Pergaminho de Anatiya.

> *Talvez eu nunca te beije, mas se pudesse salvar-te apenas um vez, se pudesse estar lá para atirar meu corpo diante de um dardo envenenado, se eu pudesse estar lá uma só vez para absorver o teu sofrimento e morrer disso em teu lugar, seria mais doce para a minha alma do que um beijo, nenhum tesouro poderia se assemelhar a isso.*

Eu leio a passagem muitas e muitas vezes, olhando para a sequência de toalhas de papel desenroladas em uma grande espiral ao meu redor, enchendo minha sala de estar. Não há nenhum nome assinado, mas, sem dúvida, é de Mortichai. Minha cabeça parece leve. Dou uma risadinha, mas não porque seja engraçado.

Há uma loja de brinquedos, no quarteirão onde cresci, e eles têm aqueles pequenos ímãs espelhados, com bailarinas de metal no topo. Comprei uma porque gosto de observar como parece estar em perpétuo movimento. As pernas da bailarina estão em formato perfeito do número quatro, cabeça jogada para trás. Às vezes, ela gira tão rápido que cai. Como aquela bailarina, estou dando voltas em torno de mim mesma, mas ainda dançando.

Imagino Mortichai no chão, com uma caneta de caligrafia de ponta porosa, tomando cuidado para não romper as fibras delicadas, escrevendo delicadamente para que a tinta não vaze para o chão, pensando durante todo o tempo em qual seria a minha expressão ao ler aquilo, em como eu o estaria imaginando ao pensar nele também me imaginando, dois espelhos, um de frente para o outro. Eu me sinto refletida nele exatamente da forma como quero me ver.

Posso imaginá-lo ao se levantar e ficar observando a bagunça que criou, lavando as mãos de manchas de tinta para não deixar nenhuma impressão, secando-as com a toalha e depois se inclinando para baixo e, suavemente, enrolando tudo. Ah, Mortichai. Coloco isso em meu desejo. Quando morrer, quero ser mumificada em toalhas de papel!

Ligo para o seu telefone celular.

"Shalom?", na voz de Mortichai, posso ver as cores de sua pele, sentir seu calor.

"Oi", digo.

Eu o ouço suspirar, como se estivesse aliviado. "Oi."

"Eu encontrei pergaminhos em Anata", digo. "E hoje, em Nova York, um pergaminho me encontrou."

"Sim. Eu o exumei da parte de trás de um armário de produtos de limpeza. Acredito que seja do final da Era do Ferro de Passar Roupas."

Dou risada. "Foi muito gentil de sua parte, Mor."

"Eu pensei que você pudesse sentir saudade da senhorita Anatiya. Quis mandar um pedacinho dela para você."

"Gostei dos versos que você escolheu."

"Eles me lembram você."

"Poderia ser...", eu começo e, então, fico sem graça com minha própria pergunta. "Mais doce do que um beijo?", ele termina meu pensamento. "Como poderia saber?" E, então, acrescenta: "Mas para salvar uma vida, para se sacrificar, para salvar alguém que você admira muito, sim, eu poderia imaginar que seria mais doce".

"Mas, então, seria escolher a morte em vez da vida, não é?", falo, devagar.

"Dizer *absorver teu sofrimento e morrer disso seria doce como um beijo* não significa escolher uma morte nobre, senão fria, em vez de quente." Eu faço uma pausa, preocupada, porque, talvez, já tenha dito demais; tenho medo do que estou dizendo, medo de que ele não compreenda — "cheio de vida," — e, também, estou, igualmente temerosa de que talvez ele entenda — "beijo?".

"Sim", Mortichai diz, com grande solenidade, e, então, repete isso baixinho para si mesmo, como se fosse incapaz de dizer qualquer outra coisa, como se fosse parte de uma conversa que estava tendo consigo mesmo durante um longo tempo: "Eu sei. Sim".

"E?", pergunto.

Olho para o rolo de papel-toalha que me cerca. É lindo. Bonito como a poesia de uma profetiza antiga em um pergaminho, que esperou milhares de anos para ser encontrado. Eu tenho me escondido por muitos anos, mas Mortichai, também. Ele tem se ocultado nas roupas de um homem morto. Mas eu o encontrei.

Ele diz: "Sinto sua falta, *geveret* Brookstone."

"Fruma", eu trato de lembrar, embora me doa pronunciar o nome dela. "Ela ama você?"

Há um longo silêncio. "Em nossa comunidade, não se trata de amor. Ao menos no começo. As pessoas se casam e depois se apaixonam, se têm sorte. Mas elas não se casam porque estão enamoradas. Elas se casam por amor a Deus, eu acho. Para serem capazes de todos os mandamentos, relativos a ter um lar, criar filhos."

"Você se sente amado por ela?"

"Eu sinto que ela e eu podemos cuidar um do outro. Eu sinto que os filhos dela me respeitam. Ela faz meus pais felizes."

"Seus pais?", não posso evitar de rir. "Você tem quarenta e três anos de idade!"

Mortichai continua: "Ela e eu, juntos, temos um ritmo."

Eu quase pergunto a ele se fez sexo com ela, se era a esse ritmo que ele está se referindo. Mas percebo que ele deve estar falando a respeito do ciclo de feriados. Esfrego a borda do rolo de papel-toalha. *Talvez eu nunca te beije, mas se pudesse salvar-te ao menos uma vez.* Há tanta beleza nele, todo enrolado bem justo. Escondido. Penso nele e nas restrições de suas roupas apertadas demais. Minha voz é suave, não desafiadora, quando pergunto: "Se as pessoas não se casam porque estão enamoradas, isso significa que, quando um noivado é desfeito, seus corações permanecem intactos? Será que ela poderia chorar por sua causa, como eu, quando soube que você era noivo?", acrescento, ainda mais delicadamente.

"Ah, Page", ele fala, exalando fortemente, "meu Deus, você é..." Ele recuperou o fôlego e se recompôs. "Ela iria se casar novamente, não há dúvida. É a filha do rabino e ele é muito querido. Ah, eu sei que não é justo de minha parte lhe pedir para me dar tempo para pensar. Acho que você pode perceber como me sinto. Estou lutando, porque permaneci na retaguarda durante tanto tempo e acabo de voltar. Quero estar certo, de alguma forma, mas, como, ainda não sei."

"Tudo bem", digo, "está certo. Tenho muito que fazer e vou ficar sumida por algum tempo; então, se você não tiver notícias minhas durante algumas semanas, não se preocupe demais. Não o culpo por lutar pelas coisas certas, Mor. Faça o que tem de fazer."

Quando desligamos, estou em paz comigo mesma. Sinto, em meu coração, um amor que é generoso e não ansioso. Eu torno a enrolar as sequências de toalhas de papel e as coloco na mesinha de cabeceira. Isso é a última coisa que vejo antes de adormecer.

Saindo do banho, ouço um locutor anunciar da sala de estar: "Ela tem sido chamada de 'arqueóloga psíquica' e fez a descoberta da sua vida — os ossos de Jeremias nos braços de uma mulher desconhecida, além de um pergaminho totalmente inédito. Autora de três livros, Page Brookstone estará conosco amanhã e ficará surpresa ao saber que fizemos algumas escavações por conta própria. Espere até que descubra o que desenterramos sobre ela!".

Quando chego ao estúdio do *Bom Dia, América*, me sinto radiante. Estou usando uma camisa de seda cinza abotoada e meu melhor par de calças pretas. Enfrento as perguntas com um sorriso e, durante o primeiro intervalo comercial, um homem bonito se levanta na plateia do estúdio e grita: "Page Brookstone, quer casar comigo?". Isso me faz explodir em risadas. Há centelhas em meus olhos e elas não desaparecem nem mesmo quando um dos apresentadores pergunta sobre o meu pai. Dois de meus livros estão na mesa de café diante de mim, como velhos amigos: *Massa de água, massa de ar* e

Sobre este altar. Eles passam um vídeo em que apareço deslizando para fora da parte inferior da tampa do caixão e anunciando que aqueles são os restos mortais do profeta Jeremias. Mais tarde, mostram outro, em que estou gritando da janela do segundo andar. Acho fácil rir de mim mesma.

Quase no final da entrevista, o apresentador diz: "Parece que há muito amor no ar".

"Sim", concordo. "É uma magia que nunca será quebrada."

Depois do programa, saio para a rua, na calçada ensolarada e brilhante. Com a pasta de meu *laptop* nos braços, chamo um táxi. Salto sobre o banco traseiro meio zonza e eufórica e digo ao motorista: "Você está enamorado de alguém, certo?".

Ele fala: "Pela mesma mulher, trinta e oito anos".

"Leve-me para Trumbull, Connecticut", peço. A cidade que passa do lado de fora de minha janela está banhada de sol. Os prédios estão quase platinados. Algumas vezes, olho para o vidro traseiro, imaginando que, talvez, alguém saiba o que eu tenho, qual é o meu plano e para onde estou indo. Estou quase desapontada de não estar sendo seguida.

A meio caminho da fronteira com Connecticut, pego um *New York Post* do piso do táxi e começo a ler:

"A pressão ortodoxa está crescendo em Israel, quanto à abertura do túmulo de Jeremias, o profeta. Grupos furiosos têm impedido arqueólogos de trabalhar em suas escavações. Ao deixar o trabalho, ontem, empregados do Departamento de Antiguidades encontraram seus carros depredados. Muitos revelam que temem por suas vidas.

"A lei judaica proíbe a exumação de cadáveres sob qualquer propósito, desencorajando veementemente a autópsia e a cremação, pela violência cometida com o cadáver.

"O rabino Yisroel Cohn escreveu esta carta para a Embaixada de Israel, em nome de sua comunidade: '*Kavod hameit,* o respeito aos mortos é o cerne de nossa tradição. Para nós, o corpo não é uma prisão do qual a alma anseia escapar. O corpo é companheiro da alma e permite à alma oferecer atos de generosa bondade ao mundo. Desde o momento da morte, a alma deixa um rastro de si mesma no túmulo, com a promessa de que irá retornar algum dia.

'A ressurreição é a definitiva história de amor entre o corpo e a alma. Eles anseiam um pelo outro tão desesperadamente que seu amor é mais forte que a morte e eles se levantarão, reunidos.

'É uma profanação desenterrar um corpo para mexer e remexer em benefício daqueles *voyeurs* que se denominam cientistas. Um corpo na sepultura não é simplesmente uma concha vazia no solo. É um recipiente sagrado em uma arca. A palavra hebraica *aron*, usada para Arca da Aliança, é exatamente a mesma que se usa para caixão. Um caixão é uma Arca da Aliança, e seus conteúdos, seja um profeta ou um indigente, não são menos sagrados que as pedras gravadas com os Dez Mandamentos. Exumar um corpo é uma abominação. Nenhum túmulo deve ser perturbado até que o próprio Deus abra todos'".

Eu dou uma ótima gorjeta ao motorista e digo: "Compre algo que ela sempre desejou".

Ele me agradece e ri, dizendo: "O que mais ela poderia querer. Ela tem a mim!".

Quando ele vai embora, fico em pé olhando a casa de Jordanna e lembro de ter ficado do lado de fora da casa dos Barakat, com receio de bater. Eu não tinha ideia do que poderia encontrar em Anatote. Agora, Jordanna não tem ideia do que estou trazendo para ela. Sua residência é uma bela Tudor. Os aspersores devem ter acabado de fazer seu trabalho, porque a calçada está molhada e brilhando, e a grama parece luminosa e bem-cuidada. Toco a campainha e Jordanna abre a porta, segurando o bebê nos braços. Seus dois filhos maiores estão no acampamento e seu marido, no trabalho.

"Vi você na televisão esta manhã. Você estava maravilhosa!", diz, eufórica ao me ver. "Você está usando a mesma roupa, então, deve ter vindo direto do estúdio!"

Mais **Forte** Que a **Morte**

"Deixe-me ver essa criança. Parece com o papai." Com três semanas de idade, o bebê está virando o rostinho para mim. Ficamos mimando Eli, na sala de estar. Há brinquedos espalhados por todo o chão e um gato branco e preto repousando em uma mancha ensolarada no tapete. Pergunto a Jordanna sobre sua vida. Ela só quer falar sobre o novo pergaminho. Se tenho cópias do que já foi traduzido, do que se trata, se posso declamar algo dele para ela, se serão meses ou décadas antes que esteja disponível...

"Isso depende de você", digo. O gato se espicha e rola.

"O que quer dizer?", Jordanna pergunta. Ela coloca Eli em um berço de vime e está prestes a seguir para a cozinha. "Quer café?"

Balanço a cabeça negando. "Gostaria de ver no que você está trabalhando."

Sigo Jordanna escadas acima, até o sótão. O cômodo ainda está da mesma forma — é como estar em uma casa na árvore. Através da janela sobre a mesa, posso ver as ondulantes ramagens de bordos e sempre-vivas. Cortinas de azuis e brancas, em estilo provençal, combinam com o padrão estampado do edredom, na cama. Alvas folhas de papel estão organizadas ao lado do seu computador, junto com uma luminária bonita, que projeta uma sombra texturizada. Há uma cadeirinha de balanço elétrica para o bebê, em um canto.

Uma luz pálida é filtrada pelas cortinas rendadas sobre uma pequena janela. Orgulhosamente, Jordanna vai até a sua mesa. A saia balança ao redor dos amplos quadris e ela coloca os óculos.

"Ainda traduzindo aquele livro de poesia israelense. Aqui." Pega um papel e limpa a garganta.

"Pinte-me. A tela nos fundos de seu estúdio, aquela à qual você retorna quando tem tempo. No final da tarde de sábado, acrescenta mais um trecho. Ah, permanecer inacabada para sempre! Minha incompletude criando uma compulsão em você — retocar, camada sobre camada. Talvez os dias messiânicos tragam um final glorioso para o mundo, mas deixe-me sempre recordar

*seu trabalho em curso, a tela sobre a qual você imagina os mundos
que ainda vai criar."*

Seu gato entra, enquanto ela está lendo.

"Hum, hum", murmuro, e ela abaixa a folha de papel.

"Você nunca me ouve? Essa não foi uma tradução fácil de fazer, você sabe!" Seus olhos parecem dois cascalhos polidos de rio, aumentados pelas lentes dos óculos.

"Está bem, está bem", digo, "é como beijar através de um véu, entendi. Mas há algo que quero mostrar a você."

"Ah! — ela aponta para mim —, então foi um estratagema para me conduzir ao sótão, fingir que estava toda interessada em meu trabalho! Você é cheia de truques!"

Sento no sofá-cama e ligo meu computador. Ela se abaixa perto de mim, o rosto tocando meu ombro, e se posiciona para olhar a tela. O gato fica trançando entre nossas pernas.

Finalmente, a primeira imagem aparece. Jordanna olha fixamente por um longo instante. Posso sentir o calor de sua face através de minha blusa de seda. "Isso é ele, não é?" Ela olha para cima e eu balanço a cabeça, afirmativamente.

"Você tem a coisa toda?"

"Sim, e tenho a tradução de Yosef Schulman dos três primeiros capítulos. Quero que você termine o resto."

Jordanna se levanta, cruza os braços, as sobrancelhas levantadas, uma na direção da outra, como nos predadores. Ela parece desconfiada. "Por quê?" Coloco o *laptop* ao meu lado, na cama.

"Porque não quero que ela pertença a um grupo de acadêmicos insidiosos. Se puder compartilhar, nem que for uma dúzia de capítulos dela, a pressão da opinião pública poderia forçar Norris, Itai e o restante da equipe a concluir tudo. Eles estão criando uma equipe internacional para fazer a tradução. Podem fazer com que seja interrompida, você sabe. Eu não ficaria surpresa em saber que o capítulo três foi 'acidentalmente' destruído."

"Por que, o que há no capítulo três?"

"Fala sobre a descoberta do Pergaminho do Deuteronômio, durante o reinado de Josias."

"Mesmo?" Jordanna volta para o sofá-cama, tira o computador de mim e dá uma olhada na tela. "Você roubou isto?"

"Ninguém sabe que tirei essas fotografias", falo, cuidadosamente. "Eu os resgatei. Você vai me ajudar?"

"Não sei. É perigoso. Não importa como você chame isso, ainda é um roubo e eu tenho uma reputação e uma família." Ela estreita bastante os olhos. "Deus, eu consigo ler isso; é extraordinariamente claro." Ela começa a observar as imagens. Para em uma delas. "Deus, é, espere" e, então, olha demoradamente para a tela. O tempo parece parar enquanto eu a observo na análise. O brilho do computador exagera as linhas da sua testa. Dez, talvez quinze minutos se passam antes que ela volte a falar, rindo: "Esqueça o capítulo três, caramba..., espere". Jordanna vai em direção à mesa, pega papel e caneta e, então, volta para a cama. "Você tentou ler? Deus, não, espere." Ela está escrevendo freneticamente, entremeando seu rascunho com comentários pontuais.

"Ele não está indo para, ah, não, Deus, ele está!", ela grita e eu salto para trás na cama, batendo fortemente a cabeça no teto inclinado.

"Merda, você está bem?", ela pergunta sem olhar para mim. Eu esfrego a parte de trás da cabeça, olhando o seu profundo mergulho em Anatiya. Ela continua com seus garranchos.

Finalmente, pergunto: "Você vai me contar por que, diabos, está gritando? Jesus, é assim que você faz seu trabalho?"

"Fica quieta", ela diz. "Você não entende."

Eu rio. Eu a amo. "Eu não entendo?", pergunto. "Sou a pessoa que contrabandeou isso de Israel."

Ela se vira para mim. Seus olhos gigantes me fazem querer dar risada.

"Certo, *você* não entende. Ele está *nu*!"

"Quem está nu?", pergunto, colocando-me rapidamente perto dela.

Ela lê em seu papel:

Minhas unhas escavam a borda e meus olhos rastreiam à tua procura, gulosamente espreitando tua vida. Ó Deus, eu não quero isso, eu não quero espiar para dentro de janelas como um gato de rua. Meus olhos estão ardendo. Minha boca está seca. As palmas das minhas mãos estão suadas. Tu tiras teu manto e ficas nu. Minha língua sulca o céu de minha boca. Meus ossos são tomados por um tremor violento. Aqui está meu profeta, marido de minha alma. Uma luminosidade emana de tua pele. Tuas coxas são lisas como a praia. Tua barriga é uma placa de marfim. Tu estendes teus braços para o teto e toda a tua extensão fica acesa como a luz do sol percorrendo uma cachoeira muito alta. Tu caminhas, à luz difusa, emaranhando teus cabelos com teus dedos. Teu corpo brilha como a pele de um golfinho e tu te moves no ar como na água, cada músculo um dançarino. E o pacto em teu colo é uma delícia para os olhos. Deixe meus olhos baixarem! Minha última imagem...

"A arca em teu colo?", eu repito. Nós nos olhamos, nossas bocas abertas e, então, ao mesmo tempo, respiramos profundamente e gritamos como colegiais em um concerto de rock. "Você acha que esse é o 'pacto' de Jeremias sobre o qual estamos falando?"

Jordanna tira os óculos e limpa os olhos com as costas da mão. E continua lendo: *"Devolva-me meus doze mais um, dê-me aquela idade que eu tinha antes de tu roubares minha respiração e roubares minha voz... Eu vi tua nudez e fiquei em espiral. Totalmente confusa. Jeremias, eu sou uma criança! Você não deve me esmagar tanto!"*.

Eu suspiro. Jordanna também suspira. Nós nos sentamos muito quietas, nossos olhos abertos como pratos fixando o espaço diante de nós, chocadas, como se nós duas tivéssemos acabado de ver um profeta de Deus nu, como se tivéssemos treze anos de idade. "Ó, não", Jordanna diz devagarinho, balançando a cabeça, "Ó, não, ó, não, ó, não."

"Nós vamos traduzir esta história, Jordanna", digo. "Eu sei e você sabe. *Tem* de ser feito. E tem de ser feito com fidelidade."

Ela está pálida. Ouvimos o chorinho do bebê, lá embaixo. Ela olha para mim. "Este é um texto milagroso."

"Eu sei", digo.

Ela começa a manipular o tamanho das fotos na tela. "A escrita é legível, nem de perto a pior que já vi."

Depois de um instante, ela comenta: "Yosef Schulman deve ter ficado de coração partido quando a tradução foi suspensa. Tenho certeza de que ele não pregou o olho desde que foi retirado do projeto".

Eu digo: "Este é um testemunho documentado da jornada de um profeta. Autentica tudo, inclusive o momento em que Jeremias recebeu a profecia pela primeira vez".

"A comunidade religiosa não vai gostar dela se excitando com árvores", diz, lendo um segmento anterior. "Ou de uma menor vendo Jeremias nu. O texto não é previsível, mas há um ritmo nele em que você pode confiar imediatamente".

"E sobre o seu outro trabalho?", provoco-a, usando uma voz chorosa: "Pinte-me! Ah, pinte-me! Por favor!".

Ela avança e me bate com força, no braço. O bebê não está mais chorando, embora Jordanna não tenha feito nenhum movimento para dar uma olhada nele. Ela está lendo minha transcrição dos primeiros capítulos. Lê suavemente em voz alta, como se estivesse lendo uma história para crianças dormir: "*Talvez eu nunca te beije, mas se pudesse salvar-te apenas uma vez...*".

"Mortichai Masters me mandou essas palavras pelo correio, ontem", deixo escapar.

"Você está brincando comigo?", ela me lança um olhar de fúria. "Você não vai me falar a respeito de Mortichai, agora. Você não pode nem mesmo estar pensando nele! Nós temos aqui a mente mais apaixonada do mundo antigo, elevada das trincheiras, e você está pensando naquele embusteiro".

"Embusteiro?", estou espantada.

"Ele deixou você pensar que está apaixonada por ele e nunca lhe contou que está noivo! Que imbecil!"

Eu me lembro de ficar me lamentando com ela depois que soube que ele estava noivo. "Ele não é assim; ele está lutando."

Jordanna ri: "Lutando! Que desculpa presunçosa! Page, eu ouvi você ao telefone. Eu estava tendo um bebê e você estava tão devastada que nem se deu conta; você estava voltada para si mesmo, sofrendo muito por causa dele. Você estava lívida e humilhada. Ele quer se ligar a você porque agora você está no topo do mundo e porque você é ardente. Que egoísta! Você tem tudo, agora mesmo, tudo estendido à sua frente e não pode simplesmente apreciar. Em vez disso, você olha por cima do ombro e sonha em voltar para Sodoma. 'Ele está lutando.' Por favor. Deus deveria transformar você em uma estátua de sal".

"Você nem sequer o conheceu e o está julgando", digo. "No que isso a transforma?"

"Não me torna uma oportunista", ela diz. "E eu não vou conhecê-lo." Ela gesticula furiosamente para o pergaminho, na tela do computador. "Eu me recuso a deixá-lo contaminar isso. A menos que ele deixe sua noiva, não estou interessada. E você também não deveria estar."

Tenho de rir. Jordanna é uma verdadeira leoa. É a perfeita tradutora para Anatiya, porque nada vai tirá-la do seu caminho. O bebê começa a choramingar de novo. Ela diz, sem olhar para mim: "Descongele uma mamadeira com meu leite que está no *freezer* e alimente o bebê. Isso aqui é incrível." Levanto e vou fazer o que ela me pediu. Enquanto vou saindo, ouço Jordanna dizer: "Estou tão feliz que você fez isso. Estou tão feliz que minha melhor amiga seja uma ladra internacional". Eu me viro e ela eleva os olhos para mim, por um momento, sorrindo perversamente. Sei que ela está nisso até o fim. Ela confirma o meu pensamento com uma piscada.

Eu ponho Eli no colo, sobre um travesseiro, e lhe dou a mamadeira. Fico pensando sobre a noiva de Mortichai, Fruma, imaginando como ela deve ser fisicamente. Em minha mente, ela é a personificação do judaísmo. Eu sempre senti que Israel ficou entre mim e Itai. Mortichai nunca será capaz, ao final das contas, de me escolher acima de sua religião e herança, tenho certeza. Mas não estou brava, percebo. Não estou brava com Israel ou com o judaísmo, meus rivais majestosos e corajosos, merecedores de todos os melhores rapazes. Israel sempre mantém sua cabeça altaneira, mesmo cercada por inimigos. Na maior parte da minha vida, tenho sido apenas uma pequena ilha com retalhos de vida, cercada por nada.

"Não há competição", murmuro para o bebê. "Não, não existe, certo? Sim, está certo."

Sentada em uma banqueta em um estúdio iluminado, na cidade, afasto, desconfortavelmente, minhas pernas do operador de câmera, enquanto ele capta as imagens da entrevista para a ABC News. No meio do programa, sou informada de que houve uma ameaça de bomba no Departamento de Antiguidades. Todas as pessoas foram evacuadas e o edifício, vasculhado. Nada suspeito foi encontrado.

Depois de me contar isso, o entrevistador se inclina e pergunta: "Você concorda que os esqueletos, pergaminhos e objetos que você descobriu devam ser levados para fora de Israel, digamos França ou Inglaterra, ou mesmo para os Estados Unidos, para sua própria proteção?".

Eu não ouvi nenhuma conversa a respeito de levar os esqueletos para a França ou qualquer outro lugar, por esse motivo. Balanço a cabeça, mostrando indignação. Aí, então, o tesouro pertencerá a Charles de Gout e nós nunca mais veremos os pergaminhos de novo. Passa por minha mente que De Gout poderia se beneficiar de contínuas ameaças de bomba. "Talvez um francês tenha feito a ameaça para amedrontar as pessoas de maneira que se inclinem a tirá-los de Israel", digo. "Ou, talvez, fosse um colega ciumento."

"Parece que você tem alguém em mente", diz o astuto repórter.

"Ninguém destruiria os restos mortais de Jeremias. Nenhum árabe ou judeu ou cristão, ninguém. Não creio que alguém ousaria ou ache que eles estão em perigo. Talvez seja essa a questão fundamental de amar um profeta do Senhor. Quem sabe foi por isso que Anatiya se uniu a ele, mesmo na sepultura — para ficar protegida na morte e na vida."

"Mas eles não estariam a salvo fora de um país tão instável como Israel?"

"Quando os romanos disseram ao povo judeu que não poderia mais estudar a Torá, sob risco de execução, o rabino Akiva continuou a estudar e, inclusive, a ensinar. Seus discípulos diziam: 'O senhor não tem medo?' E ele respondia com uma fábula. Uma raposa esperta dizia aos peixes do rio: 'Venham para a terra e estarão a salvo das redes dos pescadores!'. Por mais perigoso que seja para os peixes permanecer na água, que é seu ambiente natural, imagine como seria muito pior se saíssem dela. Israel é o ambiente natural para Jeremias e Anatiya. Jeremias até comprou um terreno em Israel, pouco antes de seguir para o exílio, na Babilônia. Isso demonstra o quanto ela acreditava na terra. Ele sabia que iria voltar. Fora de Israel, eles não poderiam respirar."

"Respirar?", pergunta o entrevistador.

"Seriam peixes fora d'água", esclareço.

O entrevistador ri. "Quem poderia imaginar que a garota-propaganda de Israel fosse uma católica nascida em Nova York! Vamos falar sobre o que a levou a se iniciar em arqueologia bíblica. De acordo com o orientador de sua família, o padre Charles Oren, seu interesse foi despertado precocemente. Ele mantém um arquivo com todas as suas histórias bíblicas revistas. Ele nos mandou uma cópia da favorita dele. Você pode nos dizer no que estava pensando quando desenhou esta aqui?"

O entrevistador mostra uma cópia do homem se elevando do túmulo de Elias, depois de ser ressuscitado ao tocar nos ossos dele.

XXI

Abra o pergaminho diante de mim. É comprido e está virgem e se estende como o deserto à frente dos escravos. Como dar o primeiro passo?
O PERGAMINHO DE ANATIYA 49:18-19

Minha mãe vive em um apartamento de dois quartos, em frente ao meu, mas do outro lado do Central Park. Mora no mesmo prédio onde eu cresci. Permanecemos na mesma unidade depois que meu pai morreu, até que me diplomei no colégio e, em seguida ela a vendeu, optando por um espaço menor, alguns andares acima. No elevador, eu sempre olho para o número de nosso piso, na época em que papai era vivo. Dezessete. Ele só pode me ver apagando as quatorze velinhas.

Quando chego ao apartamento da minha mãe, me sinto assoberbada pelo seu entusiasmo. Minha mãe é muito eloquente. Tem ensinado inglês na universidade por trinta anos. Mesmo assim, nunca a ouvi dizer tantas palavras em um minuto. Ela está encantada por me ver. Leu o Livro de Jeremias em uma noite e tem um milhão de perguntas. É, também, maravilhoso estar com ela. Tem cabelos curtos e espetados, mais escuros que os meus, e seu pescoço é longo e gracioso. Sua pele é bonita e hidratada, uma imagem de saúde. Deixo que ela me abrace por muito tempo, mantendo a cabeça em seu ombro. Gosto do cheiro de limpeza de suas roupas, do calor de sua pele e do suave toque de perfume em seu pescoço, colocado ali exatamente para que eu respire o aroma de flores toda vez que me abraça. Mas, sobre seu ombro, meus olhos continuam a vagar na direção daquele maldito quadro na parede, a nota de suicídio que eu jamais consegui traduzir.

Ela me ouve suspirar e nos afastamos, uma da outra. "Você está bem?", pergunta.

Lágrimas brotam dos meus olhos e ela diz: "Eu sei que mesmo com toda essa euforia, este é um ano difícil para você, estando com a mesma idade que seu pai... bem, você poderia fazer exames, e sabe disso, para ter certeza, em vez de esperar a cada dia, entrando em pânico diante da possibilidade de que seus pés algum dia também adormeçam. Você vai ficar bem, querida, eu sinto isso bem dentro de mim, mas você não sabe. Acha que depois de três de setembro a nuvem que está em cima de você vai se dissipar?".

Eu trato de conter as lágrimas e procuro sorrir. "Esse seria um grande presente de aniversário", digo, suspirando profundamente. Para mim é difícil de imaginar o dia seguinte ao do meu aniversário, o que significa entrar no espaço de tempo que meu pai jamais alcançou. Eu me imagino andando ao lado dele na areia e, aos quarenta, seus passos simplesmente parando. Os meus continuam, solitários passos arrastados. Quando penso em meu aniversário, me vejo andando sozinha em um grande círculo, à procura do lugar exato onde as pegadas dele pararam, e naquele ponto ser incapaz de ir adiante.

Talvez haja um escorpião mortal, ali, talvez uma serpente. Talvez só exista mesmo o meu próprio medo me encarcerando. Olho nos olhos da minha mãe agora e vejo suas esperanças por mim dançando neles. Um toque da mão dela na minha e, por um momento, acredito que talvez haja um dia seguinte.

Quando retorno para casa, fico desapontada, porque não encontro uma mensagem noturna de Mortichai. Há outras, de Itai, de

Jordanna, de alguns repórteres, de um executivo da Banana Republic e de uma colega da Universidade de Colúmbia querendo agendar uma série de palestras.

Eu ligo primeiro para a Banana Republic. Eles querem discutir a possibilidade de criar uma nova linha de roupas inspiradas em mim. Arqueologia chique. Eles querem usar o meu nome em propagandas e, também, que eu apareça em seus anúncios. Eu sento enquanto ouço o figurinista na linha, imaginando vestidos de noite em tiras de seda em estampas de bandana, roupas formais de cor cáqui com guarnições de pelo de camelo, tecidos inspirados em padrões de tapetes orientais, um biquíni com a estrela de Davi. Penso em uma jaqueta esportiva na linha Page Brookstone Paz Agora, tendo em uma das mangas a bandeira de Israel e, na outra, a da Palestina, e, nas costas, dois esqueletos abraçados, com os dizeres "Melhor tarde do que nunca".

Eu falo com Jordanna. Sua tradução está se desenrolando gloriosamente. Ela está encantada, mas também com medo. Noto que ela compreende a necessidade de fazer isso vir à luz, mas se preocupa com as ramificações decorrentes do fato de a imagem do pergaminho ter sido roubada e, depois, traduzida. Eu prometo entrar em contato com Jerrold March. Ele vai ficar entusiasmado em nos ajudar a encontrar um advogado para falar a respeito, tenho certeza.

"Ela revela uma paisagem interna precisa", Jordanna murmura, apaixonada. "Mal posso acreditar que sou eu a pessoa destacada para recuperar essa voz ancestral."

Jordanna lê para mim algumas passagens que acabam de ser traduzidas:

Um galho se enrosca em minas pernas
e eu caio.
Meu rosto se arranha na areia grossa
e o pé de um homem está bem ali na parte mais estreita das minhas costas.

Ele me chuta e eu grito:
"Jeremias!", mas nenhuma voz escapa...

Meu profeta está insensato?
Ele ouve o som óbvio das cornetas
mas está surdo ao meu choro silencioso...

O homem me leva com brutalidade
até a tenda devastada,
e bate em meu couro cabeludo já ensanguentado.
O galho cai em sequência
e a cada golpe
eu vejo um clarão luminoso.
A raiva sobe a minha garganta,
curiosamente, não contra ele.
Não, em relação a ele sinto profunda tristeza.
Sinto necessidade de explicar
que ele fez um erro,
que sou tudo de bom existente na Feira do Sião,
tudo de belo escondido sub-repticiamente
e ele não percebe, ele pensa
que eu sou outra ratazana de rua,
ele não sabe que eu sou a guardiã de um amor,
um amor do profeta.
Esse é um erro.
Eu posso perdoar um erro.
Mas você...

Por que eu o perdoaria?
Você me abandonou, Jeremias.
Como é que pode ouvir de Deus
o Maior Segredo
e não ser capaz de intuir meu desejo?

"Ela foi raptada?", pergunto, me sentindo mal, por ela.

"Não creio. Mas se tornou muito queixosa, à maneira de Jó, depois disso."

"Ela está brava com ele por ficar distante, quando precisava dele."

"Sim. Ouça", ela diz e lê mais.

> *Corri como uma gazela*
> *me afastando rapidamente de meu amor.*
> *Tive medo de ser consumida como lenha*
> *nessa fogueira de desejo.*
> *Queima meu peito e seca minha garganta.*
> *Salta e lambe minha barriga*
> *em breves e minúsculos pulso.*
> *Não posso mantê-lo dentro de mim.*
> *Tive medo de que pudesse se derramar,*
> *quente como a boca do Leviatã,*
> *desse caldeirão fervente, em ebulição.*
> *Melhor me render à frieza e umidade,*
> *do que mostrar minha necessidade, essa coisa monstruosa.*
> *Meus espirros são luminosidades fugazes.*
> *Tições incandescentes fluem de minha boca,*
> *e minha respiração inflama brasas,*
> *os olhos raiados de vermelho como o amanhecer.*

"Quero que você perceba como ela está apavorada com o amor", Jordanna diz. "Isso me lembra você." Ela soa mais terna do que de costume. "Você está morrendo de medo do amor e, ao mesmo tempo, como qualquer outra pessoa no mundo, deseja muito isso. Então, você encontrou uma situação perfeita em que pode estar apaixonada sem, realmente, ter de enfrentar outra pessoa."

"Achei que você não quisesse que Mortichai contaminasse o pergaminho", comento, surpresa de que a conversa tenha tomado essa direção.

"Eu posso ouvi-la pensando nele. Está permeando toda a sua respiração."

Corri como uma gazela. Eu compreendo que Anatiya culpe Jeremias por não ouvi-la. Eu compreendo por que ela sente que ele não está tomando conhecimento de sua dor — não estar ouvindo seu choro silencioso era o pior crime. Eu culpei meu pai por não atentar para o meu clamor, para que ele vivesse. Eu culpei Itai por não se dar conta de como eu realmente me sentia, apesar de ter sido eu que o afastei. Eu culpei Norris por não perceber que eu permaneci destroçada por anos e anos. Agora, entretanto, não vou culpar Mortichai por lutar pelas razões corretas. E não vou me culpar por pensar nele. Estou cansada de fugir do amor.

Ela diz: "Às vezes, Anatiya descreve o amor como uma coisa que a deixa doente. E diz — *Nunca mais quero estar sonolentamente saudável. Em vez disso, deixe que a dor e a saudade me invadam.* Isso me entristece. Acredita-se que o amor não deixe você doente. Faz com que seja saudável, cheia de vida. Eu acho que Anatiya e Jeremais fazem o papel de musas para seus próprios escritos. O amor é criativo. Usamos tantos termos violentos para descrever o amor — bombástico, de tirar o fôlego, cativante —, mas há uma maneira de olhar para essa força que, em vez de explodir, reúne tudo."

"Então, você está zangada com ela por amar dessa forma?"

"Não, fico assombrada com ela, pelo fato de ter registrado sua jornada. Ela ensina coisas. Mais adiante, diz: *Eu me entrego ao amor e mesmo assim meus olhos estão abertos.* Ela não fica estagnada com seus sentimentos. Ela cresce. É nessa direção que o amor deve levar, não à destruição, mas à consciência."

"Mortichai me faz ficar consciente. Ele abre meus olhos", penso em voz alta. "De fato, é mais profundo que isso: ele acende a minha curiosidade e isso abre meus olhos. Ele faz com que eu *queira* ver mais."

"Hummm", Jordanna parece pensativa. "Amável."

"Amável?", digo. "Então, ele não é mais um imbecil?"

Jordanna tem de pensar um pouco. "Não, não estou dizendo isso. Provavelmente ele continua sendo um. Mas você parece diferente. Lembra quando eu lhe disse que era melhor estar com o coração partido do que deprimida?"

"Sim. Você disse que ser deprimida é ser uma tigela de cabeça para baixo e estar deprimida é ser uma tigela quebrada."

"Quando você ligou para dizer que ele estava noivo, parecia que você estava querendo morrer. Foi um pesadelo ouvi-la. Você estava de cabeça para baixo, presa, tremendamente deprimida. Mas agora você soa como se estivesse ligeiramente de coração partido e o que quero dizer com isso é... — eu noto que ela está procurando por uma resposta — que você é uma sonhadora."

"Sonhadora", eu repito. "Você acha que estar partida é ser sonhadora?"

"*Deixe seu coração partir e comece a se curar, em vez de sentir esse perpétuo e terrível enjoo*, é isso que Anatiya diz", ela responde.

"Ah... e em Salmos, *Deus está próximo daqueles que têm o coração partido*", eu reflito.

"Há duas formas de viver sua vida, Page. Você pode passar a vida correndo contra a maré, permanecendo exausta, ou ser levada pela própria vida, velejando a favor do vento, sendo conduzida a cada novo dia, em vez de fugir de cada dia que passou. Centrada na morte ou centrada na vida. Você tem seguido sempre a primeira opção, mas agora, não sei, parece diferente."

"Eu me sinto um pouco diferente", admito. "Mais tranquila."

"Fico muito feliz", diz Jordanna. "Espere." Observo que ela está remexendo em papéis. "Eu estava seguindo adiante e fiz algumas anotações... aguarde uns minutos... ah, aqui está! É no meio do pergaminho e eu acho que Anatiya está morrendo."

"Morrendo?", pergunto, chateada. Como é que ela pode morrer no meio do pergaminho?

"De inanição", informa. "Aqui. Ela diz: *Meu corpo se tornou um zigurate de cabeça para baixo. Minhas costelas se projetam para fora de minha cintura.* Ela entra em colapso, não pode se mover. *O piso de mármore era um caldeirão sob mim, o calor subindo para o meu rosto. Agora eu também serei uma chama de fogo.* E aqui está o momento decisivo, você está pronta?"

Balanço a cabeça, afirmativamente, embora esteja ao telefone.

"*Então silêncio. Deus se levanta subitamente, como faz uma tempestade, deixando-nos calmos, apenas com um leve resquício de sofrimento. Algo suave é pressionado contra minha boca e abro os lábios. É um figo, um figo muito bom, um figo de primeira maturação. Meus olhos estão fortemente fechados, soldados com uma linha de luz solar à guisa de argamassa. Eu devoro o figo. Imediatamente, outro é introduzido em minha boca. E outro e outro. Aquela suave doçura cobre a minha face e eu me alegro e rio. Perco o controle sobre o número de figos com os quais me alimentam. Minha vida é restaurada, deslocando-se de minha barriga para os dedos das mãos e dos pés. O mármore esfria. Eu me levanto lentamente e a alimentação é suspensa. O sol libera meus olhos de sua cegueira e eu olho para meu salvador. E vejo, nem perto nem longe, Jeremias indo embora com uma cesta vazia sob o braço.*"

"Ele vai a ela, não a toca, alimenta-a", comento, entusiasmada.

"Sim", ela fala. "Mas o momento crucial, essa é que é a beleza para mim. Todos esses versos repletos de poesia florescente, o êxtase de amor e, depois, simplesmente duas palavras, *então silêncio*: não há nada a dizer. Ela está parada. A pena está parada. O mundo está parado. Silêncio."

"Ele não apareceu porque ela gritou ou porque ela tenha se atirado a seus pés e implorado por comida", eu digo. "Ele veio a ela por causa do silêncio."

"Ela é muda, lembre-se, então sempre está em silêncio", Jordanna comenta. "Mas, aqui, ela também fica parada. Não apenas seu corpo, mas sua mente. Ela se rende, se deixa levar pela corrente da vida, em vez de lutar contra ela."

"Entendo", digo, começando a entender porque Jordanna quis compartilhar isso comigo neste momento. Ela pressente um novo tipo de quietude em mim e, provavelmente, está correta. Eu penso naquele relógio devorador do qual sinto que estive fugindo desde a noite em que soube que meu pai estava morrendo. Sinto paciência e generosidade se esvair do meu coração partido. Talvez o amor arda em mim algum dia, se eu permanecer desse jeito. Talvez não. A verdade, entretanto, eu noto, é que provavelmente eu tenha transferido a corrida contra a minha própria mortalidade para uma corrida a favor da tradução do pergaminho. Então, quem sabe, eu ainda seja a mesma. Mas quando ouço versos de Anatiya, resgatados de suas profundezas, eles me inundam como nada, mais do que absorvi em todos os meus estudos da Bíblia. Como se as palavras dela fossem chaves abrindo pequenas partes de mim. Cada passagem é um elixir sutil, um figo maduro introduzido em minha boca. A cada segmento que Jordanna completa, há outro pedaço de mim que se sente alimentado e restaurado.

Planejamos que amanhã eu volte e traga o jantar.

"Continue traduzindo, vaqueira", eu a elogio no final da nossa chamada, acrescentando: "Traduza para nossas próprias vidas!".

Ligo a televisão. A rede PBS está apresentando um velho documentário sobre as mulheres na Bíblia. Na NPR há um debate, para discutir "como o amor nos define".

XXII

Há momentos em que entro em transe, quando me sinto distante, pairando sobre a tamareira. Olho para baixo, em direção a mim mesma, enquanto escrevo no pergaminho. Olho para baixo, em direção às pessoas que ficam mordiscando em cestas de cerejas e nozes. E permaneço suspensa no ar, flutuando como se fosse na água, sem medo de cair. E quando eu me recobro e os olhos são, mesmo, os meus, as palavras que escrevi não são. São versos de algum outro lugar, de alguma outra mão, mas não ouso descartá-los.

O PERGAMINHO DE ANATIYA 50:60-65

Espero até a uma da madrugada, antes de ligar para Itai, em Jerusalém. Lá são cerca de oito horas da manhã e tenho certeza de que nesse momento ele está fora de casa, se dirigindo ao Museu Rockefeller. Imagino a luz da manhã refletida nas paredes da antiga Casa de Davi, em rosa e dourado. Estou em minha cama, nua sob os lençóis. É uma noite quente. As persianas das duas janelas em meu pequeno quarto estão abertas. Através de uma delas, vejo o zigue-zague da escada de incêndio do edifício de tijolos do outro lado da Rua Noventa e Quatro, iluminada e delineada contra as escuras janelas dos apartamentos. Pela outra janela, observo as sombreadas fachadas ao longo da Avenida Columbus. Descanso em minha cama, quatro andares acima do solo, e os faróis dos carros continuamente perscrutam o meu teto, suavizando minha sensação de estar sozinha.

Itai se desculpa muito ao dar informações sobre o progresso da reunião de indicações para compor a equipe internacional. Ele diz que o pergaminho está envolto em seu tecido branco. Yosef Schulman não se afasta dele e está se comportando como se Itai tivesse dormido com sua noiva. Itai promete que fará todo o possível para manter Yosef envolvido na tradução. A datação de carbono concluiu que os esqueletos são de cerca de 575 a.C., precisamente quando Jeremias deve ter morrido, de acordo com seus próprios escritos. De Grout está furioso comigo pelo comentário sarcástico que lancei no ar, sugerindo que talvez um francês tivesse feito a ameaça de bomba ao departamento, em seu próprio benefício. Ele reivindicou uma retratação pública por tão "descuidado comentário. É exatamente por isso que o tesouro deve ser confiado a profissionais selecionados, em vez de homossexuais e esquisitos". Pergunto a Itai o que é que sou para De Gout, homossexual ou esquisita, e ele fica mais irritado comigo por levar o comentário na brincadeira. Noto que ele está sob imensa pressão.

"Não quero tornar as coisas mais difíceis para você", digo, observando feixes de luz passar por mim. "Você parece cansado, mas sabe, melhor do que eu, que eles vão retirar toda a vivacidade daquele pergaminho. Ela vai se tornar uma criada de Mateus, Marcos, Lucas e João."

"Não sei quando foi que você se tornou tão cínica. É mais fácil resgatar um pergaminho do solo do que retirar a história da página."

"Não deveria ser."

Itai suspira. Ele parece mais velho e sobrecarregado que de costume. "Até este momento, eu passei mais tempo com aqueles esqueletos do que qualquer pessoa", ele diz, "e, acredite, quero fazer tudo certo com eles. Tenho documentado cada centímetro deles."

"Você está bem?", pergunto.

Itai fica em silêncio por um instante. Diz, suavemente: "Você ainda acredita em mim, Page?".

Sento na cama. Meu coração está doendo porque ele deveria saber isso. Houve uma época em que eu era seu constante apoio e estímulo. "Sempre", falo, embora não esteja certa que eu mesma creia nisso. Subitamente, percebo que o roubo das imagens do pergaminho pode custar o seu emprego e que a tradução, quando divulgada, pode prejudicá-lo mais do que a ninguém. Mas sei que não posso parar. Na melhor das hipóteses, essa é a minha vocação. Na pior, é uma compulsão louca que eu simplesmente não posso evitar. Ao ouvi-lo, sinto uma culpa imensa. De repente, me sinto quente demais, embora esteja coberta apenas com um lençol. Eu me livro dele.

"Ouça. Eu entendo por que você está reunindo uma equipe", eu lhe digo. Sinto falta dele. Fico olhando para a saída de incêndio. Posso ver a obscura presença de uma árvore em vaso que alguém colocou ali. Há tantas pessoas enamoradas ao meu redor. Provavelmente, atrás de cada uma dessas pequenas janelas escuras há outro casal apaixonado. Eu olho para mim mesma, nua e sozinha na cama, e meu coração partido subitamente é muito real.

Depois que Itai e eu desligamos, tenho vontade de telefonar para Mortichai, apenas para ouvir a sua voz. Ele pode abrir qualquer livro e apenas ler para mim, uma receita de pão, um manual de lava-louças, com aquele tom profundo da sua voz, e seria tranquilizador. Mas, então, me preocupo — onde ele estará neste exato momento? Não só física, mas emocionalmente? Eu me viro de lado e olho para o rolo de papel-toalha na mesa de cabeceira. Deixe-o sossegado, digo para mim mesma. Fique quieta.

Quando ligo para Jerrold March, de manhã, ele fica encantado ao me ouvir. "Senhorita Brookstone!", se derrete, "o arcanjo da antiguidade, minha querida, como estou orgulhoso de você, como é adorável vê-la na televisão todos os dias."

"Grata, senhor March, tem sido sempre um amigo muito importante para mim", digo.

"Amigo! Ah....", ele fala, "é notável como o verdadeiro significado de uma palavra pode provocar uma dor tão profunda. Mas, querida, você deve estar em Nova York. Quando é que pode me contar tudo a respeito?"

"Jerrold", falo, escolhendo as palavras.

"Sim, amor, diga", ele continua.

"Receio que estou em uma ligeira encrenca."

Ele praticamente explode de prazer. "Encrenca! Ah, meu coração! Ser jovem! Ser livre! O que posso fazer para resgatar a minha princesa? Conte-me e será absolutamente desapontador se você for tímida."

"O pergaminho que eu descobri é extraordinário. É mágico."

"Conte-me, sim", ele diz.

"Eles estão protelando a tradução. Não querem divulgar imagens para o público. É criminoso", digo, com maior dificuldade para soltar a voz.

"Sim, criminoso. Encantador", ele comenta.

"Posso lhe dizer algo confidencial?"

"Claro, minha querida, eu juro sobre o túmulo da minha esposa e pelas vidas de todos os meus filhos, os conhecidos e os desconhecidos", ele continua.

"Eu roubei imagens do pergaminho e tenho alguém fazendo a tradução dele agora mesmo. Quero divulgá-lo ao público, mas não sei bem como fazer isso."

"Realmente, que profundo! Você procurou a pessoa certa, minha querida. Não posso lhe dizer quantos fragmentos e pergaminhos eu tenho resgatado do mercado negro antes que sejam inteiramente perdidos. Tive de suplantar a oferta daquele ínfimo imbecil do De Gout algumas vezes, posso lhe dizer. Isso me custou bastante, mas valeu cada centavo, posso lhe assegurar. Vamos fazer isso. Venha a meu apartamento nesta sexta-feira e vou convocar meu advogado, para que esteja presente. Traga a pessoa que está traduzindo, qual é o nome dela?"

"Chama-se Jordanna Lamm", conto.

"Ah, meu coração!", ele fala. "Vamos abrir um par das minhas melhores garrafas."

"Eu gostaria que Andrew Richter também fosse", sugiro.

"Ah, sim, o editor da revista *Archaeology Digest*, ele é um bom amigo meu. Deixe-me ligar para ele e me assegurar de que possa comparecer à nossa pequena noitada de espionagem. Ele não poderia recusar. Depois de eu ter financiado sua expedição tailandesa, seria simplesmente de mau gosto, não concorda, preciosa?"

Jordanna coloca em travessas a comida que eu trouxe de seu restaurante indiano favorito, em Manhattan. Estamos todos reunidos em sua mesa de café da manhã, na cozinha, Sharon, filha mais velha de Jordanna e Nathaniel, que tem oito anos, e Joshy, com seis, ambos munidos de nan, típicos pãezinhos indianos, já estão mergulhando em uma petisqueira com chutneys de cajum coco, manga verde, tomate e abacaxi. Eu trato de mantê-los afastados do gengibre e do tamarindo. Preparo camadas de arroz com curry em três pratos e coloco sobre elas uma de espinafre temperado, lentilha e frango tandori para mim, Jordanna e Nathaniel.

"Você me deve uma esposa", Nathaniel comenta entre uma e outra garfada. Ambas as crianças se parecem muito com ele. Ele e Joshy têm cabelos negros emaranhados, como a pelagem de uma ovelha. Os de Sharon são mais compridos e estão domados por tranças. Os três têm os mesmos olhos castanhos gentis. Jordanna e Nathaniel formam um belo casal e, evidentemente, se adoram. Jordanna parece um pouco cansada, por causa da amamentação do bebê em horas tardias e do tempo que passa diante da tela do computador, enquanto Nathaniel, que dirige uma cadeia de lojas de produtos saudáveis, tem a mesma aparência do dia de seu casamento, alto e esbelto, com características bonitas, quase femininas, e uma face rosada, como se estivesse sempre voltando de uma corrida revigorante.

"Ela está tendo um caso com uma profetisa de dois mil anos de idade, graças a você", ele prossegue. O bebê Eli está em um assento que balança, colocado no chão; Nathaniel faz com que ele se movimente, usando o pé.

"Dois mil e quinhentos anos de idade", eu o corrijo.

"Ah, desculpe...", ele diz.

"Eu tenho seis!", exclama Joshy. Cada um de seus dedos tem uma cor diferente, de acordo com os diversos chutneys.

"Eu posso conhecer uma pessoa de dois mil e quinhentos anos?", Sharon pede. "Por favor?"

Jordanna ri. "Bem, ela morreu há muito tempo. Mas eu quero compartilhar algo sobre isso." Jordanna levanta da mesa.

"Vê isso?", Nathaniel comenta. "Ela não consegue se manter sentada nem durante o jantar! Ela quase não está comendo nada."

Jordanna retorna com algumas páginas de um texto impresso, senta em sua cadeira e está prestes a começar a ler, quando Nathaniel diz: "Querida, você tem de comer algo. Você está amamentando. Você come e Page lê".

Pego o papel e leio:

Eu fiz essa aliança com você, Jeremias, filho de Hilquias, e eu, Anatiya, filha de Avigayil, na presença da rósea aurora. Porque Deus encerrou sua alma em uma gaiola dourada, você não pode cortejar e amar da mesma forma que um homem comum. Então, eu me prometi em casamento a você com integridade. Eu me prometi em casamento a você pela eternidade. Quanto a você, eu peço apenas uma condição. Que você não me deixe morrer. Que você me mantenha através do poder de sua vocação derivada de Deus. E só quando você estiver próximo do fim de seus dias é que você permita que minha vida seja liberada, que você deixe que Deus me receba, e que você mesmo, profeta, você com suas próprias mãos, pegue meu corpo e me carregue, me lave e me sepulte com uma túnica branca de linho e que você tenha usado.

Eu abaixo o papel e olho para Jordanna. Ela, diligentemente, encheu a boca de comida, mas não está, de fato, interessada em comer. E aponta para o papel, como se quisesse dizer: *Está vendo isso?*

"E me sepulte com uma túnica que você tenha usado", eu repito. Eu os imagino em seu caixão compartilhado, os braços de um enlaçando o outro. "Ele sabia qual era o desejo dela. Era assim que ela queria ser enterrada."

Jordanna diz: "Acho que Jeremias a sepultou. Acho que ela morreu primeiro e, quando ele morreu, alguém muito próximo colocou o corpo dele ao lado do dela."

"Eu quero ser enterrada com você, mamãe", diz Sharon. Olho para ela e despenteio seus cabelos.

"Eu também", fala Joshy. "Quero levar meus caminhões comigo."

Nathaniel comenta: "Nossa, esta é uma bela conversa para a hora do jantar!". E acrescenta, parecendo um pouco chateado: "Como é que é isso de ninguém querer vir comigo?".

"Você ronca, papai", Joshy diz, e nós todos damos risada.

"É mesmo?", ele pergunta a Jordanna, parecendo preocupado.

Jordanna ri e responde: "Sim, amor, você ronca".

"E por que você nunca me contou?"

"Porque eu não me incomodo", ela responde. "Na verdade, eu gosto. Sabe... eu acho difícil pegar no sono quando você não está comigo, e se acordo no meio da noite o som que você faz é confortante. É como um leão rugindo ao meu lado. Eu gosto."

Nathaniel sorri e seus olhos cintilam. "Vocês dois realmente compartilham uma coisa muito boa", observo.

"Eu gosto dele", Jordanna admite, "de seus lóbulos da orelha presos, aos pelos que deixa cair na pia e a seus divertidos pés chatos."

"Você faz com que eu pareça uma espécie de monstro!", diz Nathaniel, timidamente, tocando os lóbulos da orelha. Mas fica corado e diz: "Você está namorando alguém, Page?".

Balanço a cabeça. "Infelizmente, me apaixonei por um homem que é absolutamente inacessível para mim. É ortodoxo, mas esse é o menor dos meus problemas. Ele está noivo de outra mulher. Mesmo assim, não consigo parar de pensar nele."

Jordanna pega outra página do seu texto e, depois de um gole de água, lê:

Ó Deus, me dê esse homem. Antes de transformá-lo em nada, reduzindo cada vez mais seus limites, acabando com suas defesas e deixando-o com os ossos expostos. Deus querido, eu amo a carne e o coração dele. Eu amo as ondas de seda que se expandem de seu couro cabeludo. Eu amo as rosadas almofadas de seus dedos. Eu amo o rápido pulsar em seu pescoço. Eu amo o arco perfeito da sola de seus pés, a cavidade atrás de seus joelhos, a respiração que ele exala no fim do dia. Desista dele a meu favor, ó Deus! Eu vou apreciar a sua humanidade. Eu vou acalmá-lo, em carne e osso. Talvez o Senhor vá apavorar e atormentar a alma de Jeremias durante toda a eternidade com Seus caprichos. Que impacto eu posso causar em Sua eternidade? Mas durante esses poucos anos, enquanto ele está localizado em uma concha suave e eriçada, que envelhece e tem calafrios e dores, dê esse homem para mim... porque eu o amo. Eu o amo não pelo que ele pode fazer pelo Paraíso ou por Israel. Eu o amo porque eu sou Anatiya e ele é Jeremias. Solte-o, Pai. Aqui estou, uma fêmea frágil, mortal, ridiculamente ordenando ao Senhor, o Comandante: o Senhor não deve matar, amor.

Conversamos a respeito do fato de que ela tenha abusado da licença criativa ao acrescentar uma vírgula entre *matar* e *amor*. A vírgula confere a ela uma alegria tão afinada, da qual não quis abrir mão. Comento: "Que dano pode fazer uma vírgula?". Ela está rindo por causa do julgamento de uma vírgula, diante de um tribunal internacional. Nathaniel está maravilhado com o quanto nós conseguimos ser tontas.

"Quem se importa com uma vírgula?", pergunta Sharon, inclinando-se para o pai, em franca adoração.

Nathaniel explica: "Tem a ver com o trabalho da mamãe. Muitas coisas que a mamãe traduz estão escritas em hebraico e no hebraico antigo não há nenhuma pontuação, como vírgulas, pontos final e de exclamação; então, às vezes é muito difícil para a mamãe descobrir o que, supostamente, está sendo dito ali."

Joshy começa a cantar, de sua coleção do programa *Schoolhouse Rock,* "Interjeições! Mostra entusiasmo! Ou emoção! São, geralmente, destacadas em uma sentença por um ponto de exclamação ou uma vírgula, quando as sensações não são tão fortes..."

"Vocês têm uns filhos muito inteligentes", eu os elogio.

Sharon aponta para mim e diz: "Hummmmmm! Page disse a palavra-chave!".

Jordanna comenta: "Eu gosto quando ela fala sobre as *rosadas almofadas de seus dedos* e do corpo dele como uma *concha suave e eriçada, que envelhece e tem calafrios e dores.* Eu gosto porque ela o ama como homem, não como ideia". E olha para mim significativamente.

"O que você está querendo me dizer, nas entrelinhas?", eu a convido a explicar, embora hesitante.

"Não sei", ela responde, embaraçada. Ergue-se e começa a lavar os pratos. Eu me levanto para ajudá-la. De costas, voltada para a pia, ela diz: "É só que às vezes você fala de amor como se fosse uma ideia inatingível, distante. Sabe o que eu penso?". Ela fecha a torneira e gesticula as mãos molhadas e ensaboadas. "Acho que você quis cavar em Anatote porque pensou que não haveria nada ali. Creio que ninguém ficou mais surpreso do que você quando encontrou aquele primeiro brinco. Acho que você ama esse Mortichai Masters porque há milhares de razões pelas quais ele não pode corresponder. Acho que você trata de evitar que seja desapontada."

"Hummmmmmmmmmmm", Sharon murmura, comentando de novo. "Page está ama-a-a-a-a-a-ando."

"Shhhhhhh", Nathaniel diz a ela.

"Há diferentes formas de amar, Jordanna. Nem todo mundo consegue o que você tem", digo. Posso sentir meu pescoço avermelhar e isso não se deve aos temperos indianos. "Depois que Mortichai se casar, ele vai viver na Antiga Cidade de Jerusalém, a poucos passos do Muro das Lamentações. Quanto mais perto do céu você pode chegar? Estou fazendo as pazes com o fato de ele se casar. Há algo belo a respeito disso. Meu relacionamento com ele existe fora do tempo. É o céu para mim. Pensar nele faz com que cada lugar onde estou se pareça com o céu. Quando ele se casar, eu sempre ficarei com aquele presente. Saberei o que é o paraíso."

"Você sabe como ficou deprimida quando, depois que *Sobre este altar* foi lançado, ninguém entendeu o prólogo, muito menos Norris?"

"Sim."

"Isto faz menos sentido."

"Jordanna, por favor...", Nathaniel tenta interceder, tenta me explicar: "Ela trabalha nessa coisa todas as noites até as duas da manhã e, depois, o bebê acorda às quatro. Estou lhe dizendo, ela está exausta".

Eu mal escuto Nathaniel e me viro para Jordanna: "Como é que eu posso esperar que você entenda? Nunca esteve em uma situação dessas".

"Elas estão brigando?", Joshy pergunta.

Jordanna seca as mãos em um pano de pratos. Remexe nos papéis que trouxera aqui para baixo. "Eu não escolhi estar nesta situação. Isso é o que você parece não entender. Qualquer pessoa pode estar na situação em que você se encontra. E não é só isso, as pessoas costumam fazê-lo todo o tempo. Elas se apaixonam por artistas de cinema, se apaixonam pelo inacessível. Não há nada de especial com o que você está sentindo, exceto que você escolheu transformar a coisa em uma filosofia sobre o céu. Eu não compreendo a sua maneira de pensar. Você é capaz de memorizar imensas quantidades de material, consegue encadear conceitos muito complexos, mas não entende algo tão simples, como o amor recíproco. Quando aparece qualquer coisa que tem a ver com relacionamentos, você simplesmente não capta."

"O que, exatamente, eu não capto?", pergunto, irritada.

"Se você deseja que ele seja seu, faça com que seja seu. Mas eu não acho que você queira isso. Eu penso que você, na verdade, quer que ele case com essa mulher; assim não terá de encarar seus sentimentos por ele de uma maneira real."

Isso me deixa muito brava. Mal posso me conter, mas dou uma olhada para as crianças e para o bebê sendo embalado em sua cadeira de balanço azul, ao pé de Nathaniel. "Você está certa. É exatamente como quando surgiu *Sobre este altar*. Eu criei uma forma única de pensar, uma nova maneira de olhar para o mundo e todo mundo disse que eu era insana. Ou pior, as pessoas simplesmente ignoraram! Agora eu me sinto bem a respeito de Mortichai, não importa a decisão dele, e você quer tirar isso de mim."

"Você está fingindo que se sente bem pensando em um roteiro imaginário, mas quando é que você vai procurar ser feliz na vida real? Bom, Page, a quantidade de energia que você tem de gastar para construir essas fantasias é exasperante!"

Ela pega uma página e diz: "Aqui está. *Quando estou a seu lado, Jeremias, sou uma astrônoma e você é o céu. Aqui nesta caverna, eu sou a rainha da montanha, imensa e gloriosa. À sua sombra, sou apenas uma partícula de pó de canela, mas a vida em mim é grandiosa, como a árvore frondosa oculta em um minúsculo grão de mostarda.* Ouviu isso? É você. Quer ser a astrônoma do céu dele. Mas você é o céu, Page! Seu nome está escrito em luzes em todo o planeta. Ainda assim, você se recusa a ver isso. Quer tudo, mas quando é seu, você volta para o cantinho". Jordanna está andando pela cozinha, agora.

"Agora você está brava comigo *e* com Anatiya?", pergunto. Ela para e fala com mais tranquilidade, mais seriedade. "Você diz que tem medo da morte, do nada, mas persegue isso. Quer a atenção de todos, mas se recusa a se comprometer com alguém, na realidade. Por quê? Por que sua mãe amava seu pai e então ele morreu? Você quer que Mortichai seja o céu? Ele é humano, Page! Ele vai morrer. Não é um deus, é humano. Não há eternidade especial nele. Qualquer que seja a alma dele, é a mesma do restante de nós, a mesma em qualquer homem que você possa escolher para amar. Ele é humano. É uma concha eriçada e trêmula sob as almofadas de seus dedos. E se você quer amá-lo, tudo bem, não posso lhe dizer quem vai amar, mas seria mais tolerável para mim se eu soubesse que você o ama por ser humano, porque, precisamente, são as falhas e defeitos que tornam a vida poética e bonita. Seu pai era falho e sua morte não o tornou perfeito. Ele era estranho. Ele era dramático. Tinha dentes defeituosos. Ele era humano."

Eu pisco. Meus olhos estão ardendo. Nathaniel leva as crianças para a sala de estar, carregando biscoitos de raspas de chocolate. Eu ouço a televisão ser ligada. Sei que Jordanna está exausta e com os hormônios alterados. Sei que ela tem gênio. Tento manter meu coração quieto.

"Não preciso de anjos para vir me salvar", ela continua. "Não estou esperando por nenhuma tremenda filosofia de definição da vida. Amo meus filhos e meu marido e meu lar e minha melhor amiga, e amo isso, o que estamos fazendo juntas, amo Anatiya. E amo minhas dúvidas. Não preciso pensar sobre o céu. Tenho uma vida."

Permaneço em silêncio. O bebê começa a se agitar e Nathaniel o segura no colo.

"Você pensa que eu não li o seu prólogo? Eu li", ela diz. "Achei incrível. Mas também pensei que era inadequado filosofar no início de um livro de estudos comparativos. Você criou uma filosofia sobre altares e, em vez de fazer palestras a respeito, de escrever alguns artigos bem situados, abanando a chama até que se tornasse um livro por direito próprio, você a estufou no começo de um livro, onde, certamente, seria subestimada. Você fez isso para si mesma. Queria ter sucesso, mas criou obstáculos em seu caminho. Queria estar enamorada, mas fica a oceanos de distância. Oceanos! Por que você sequer deixa Israel? Você quer viver para sempre, Page, mas às vezes você mal chega a viver."

Estou brava. Olho para Nathaniel. "Leve-me para o trem", peço, e ele balança a cabeça. Mesmo sua face rosada está pálida.

Lágrimas brotam dos olhos de Jordanna. Ela corre para mim e segura meus braços. "Sinto muito, Page. É assim que eu me sinto e você precisava ouvir isso."

Respiro fundo e o nevoeiro em mim começa a se dissipar. Eu me afasto. "Jordanna", digo, "sei que você está cansada." Ela sorri e enxuga as lágrimas.

Nathaniel apanha as chaves e balança a cabeça. "Você vai dormir um pouco esta noite", diz em voz alta para Jordanna, tentando soar autoritário. "Nada de Anatiya, nada de amamentação de madrugada. Vou preparar as mamadeiras. Você está se consumindo."

Pego uma pilha de papéis em minha maleta e entrego a ela.

"O que é isso?", pergunta.

"Tentei seguir adiante e fiz algumas traduções por minha conta. Não sei se vai ajudá-la ou retardá-la; então sinta-se à vontade para descartar. Nós *estamos* nisso juntas." Nós nos abraçamos até que a tensão se dissipasse completamente.

XXIII

*Se você esquecer meu rosto, algum dia, se você esquecer a sensação de
meu abraço, não chore. Não bata os pés... Quando a sua lembrança de
mim começar a se apagar, está escolhendo descartar algumas memórias,
como o mar desenha com as ondas na maré baixa, para oferecer algum relevo
à praia, de forma a criar espaço para novas lembranças.*
O PERGAMINHO DE ANATIYA 51:17-18

Encontro Jordanna na Estação Central. Ela é uma rajada de negro.
    Quando, finalmente, a vejo, abrindo caminho entre a multidão, para o balcão de informações. Ela está usando uma túnica preta e curta de algodão sobre um vestido de seda preto, carregando uma maleta também preta. Eu estou com um vestido tipo envelope, de crepe preto-fosco, e sandálias de saltos altos, com uma nova sacola de couro para o computador, pendurada no ombro. Rimos quando nos vemos.
    "Parecemos muito culpadas, não?", digo, e ela me abraça dizendo: "Sim, e depois de um mês de camisetas de tamanho maior, eu adoro isso".
    Jordanna está elétrica. Posso dizer que não tem dormido, mas está totalmente ligada, graças à cafeína. Tamborila os dedos na maleta e fala mil palavras por minutos, no táxi em direção à parte alta da cidade. "Você pintou os dedos dos pés!", percebe. Respondo: "Nunca vi você usar meias".

Ela ergue a barra do vestido de seda acima dos joelhos e posso ver que as meias terminam em cintas na altura das coxas.

Dou risada. "Por que não?", ela pergunta. "Esta é a aventura de uma vida, não é?".

A recepção do edifício de Jerrold é ornamentada com um lustre que parece tão grande como o do palácio de gelo do Super-homem. No elevador espelhado, Jordanna ajeita as ondas dos cabelos ao redor do rosto e eu suavizo as minhas. Respiramos profundamente e nos damos as mãos por um instante.

"Isto pode mudar tudo", ela murmura para mim.

"Sem exagero", concordo.

Entramos em uma área requintada, cuja grandeza e coleção me fazem lembrar a sala de objetos do Museu Rockefeller, exceto pelo fato de que a de lá fica no porão e aqui as paredes parecem ser inteiramente de vidro, descortinando um panorama de colcha de retalhos feita de telhados com caixas d'água acinzentadas e uma selva de canos. Posso ver a linha prateada do Rio Hudson a distância. A sucessão triunfal de monumentos que é a cidade de Nova York faz um fantástico contraste com a arte tribal dominante na residência de Jerrold. Gigantescas máscaras africanas, pequenas cabeças mumificadas mongóis, pergaminhos sânscritos dourados, cocares bordados dos nativos americanos e coloridos totens sul-americanos de madeira e pedra estão ali reunidos, como se fosse um encontro intercontinental de povos primitivos. Armas, desde lanças da Idade da Pedra a estrelas asiáticas, permanecem juntas, e uma autêntica donzela de ferro está aberta como uma planta carnívora, no canto mais distante. O piso é de vidro grosso, colocado sobre autênticos mosaicos do Oriente Médio, enormes lajes de cavernas com arte aborígene e delicadas tapeçarias tibetanas. Sobre nós, está pendurada uma réplica da máquina de voar de Da Vinci. O efeito de tudo isso reunido quase nos deixa sem ar.

"Ah, senhorita Brookstone!", Jerrold exclama, simpaticamente, caminhando em nossa direção. "E esta deve ser a adorável senhora Lamm. Muito encantado em conhecê-la." Ele pega a mão de Jordanna e a beija dramaticamente. Ela sorri abertamente. Jerrold está em ótima forma, com uma camisa de seda azul-acinzentada, abotoaduras de prata de lei e calças compridas pretas impecavelmente passadas. "Entrem, não deixem que minha coleção as assuste", diz, dando o braço a nós duas e nos conduzindo à área de estar. "Não é magnífico?", pergunta retoricamente e, então, para por um momento diante de uma imensa máscara de javali com presas de marfim verdadeiro. Ele fecha os olhos e inspira, para em seguida exclamar: "Ah, o perfume das mulheres sofisticadas! Uma de vocês está usando Chanel. Estou inebriado". Ele continua a nos conduzir aos sofás, que, certamente, são de couro. Dois homens colocam seus copos de vinho de lado e se levantam para nos cumprimentar.

"Andrew Richter," diz um deles ao apertar nossas mãos, depois que Jerrold nos soltou. Andrew é baixo e bem rechonchudo, mas é bem apresentável, com as calças presas à cintura por um largo cinto de couro e a cabeça brilhante. Tem abundantes tufos de pelos grisalhos nas orelhas.

"E este é o meu indispensável advogado", Jerrold apresenta, "Greg Chesterfield. O melhor dos melhores. E elegante como o negro obelisco de Salmanasar III."

Greg nos cumprimenta com um aperto de mão. A minha desaparece dentro da dele. Sua pele ônix brilha muito mais do que seu terno inglês feito sob medida. Sua mandíbula quadrada e sua testa alta lhe dão um aspecto nobre e majestático. Uma senhora idosa, usando avental azul e touca sobre os cabelos grisalhos, oferece taças de vinho para mim e Jordanna. Jerrold comenta: "Você acredita que Anna cuida de mim desde que eu era uma criança?".

Anna sorri e faz mesuras, polidamente. "De garrafas de leite a garrafas de gim", ela diz, com um sotaque sueco, e todos rimos. Em seguida, se aproxima de Jordanna e a ajuda a tirar o casaco. "Você nem precisa usar joias, minha querida, com esses braços tão perfeitos. Venham, vamos nos sentar."

Jordanna e eu nos acomodamos no sofá, cada qual de um lado de Jerrold, enquanto Andrew e Greg se sentam em magníficas poltronas diante de nós.

"Sou extremamente grata a você, Jerrold, por este encontro; tem sido tão amigo do nosso campo de escavação", digo.

Jerrold segura minha mão. "Lá vem você com essa palavra outra vez", suspira. "Ah, minha bela, por favor, compartilhe seu dilema conosco."

Anna retorna com uma travessa de biscoitos de arroz, tâmaras abertas ao meio e recheadas com queijo de ervas, caviar e doces de gergelim, e a coloca sobre a mesa de centro.

Abro a maleta e retiro o meu *laptop*, que ligo e espero até que os programas apareçam na tela.

Andrew diz: "Todos estão esperando ouvir mais sobre o pergaminho. Nem consigo lhe dizer quantas cartas e *e-mails* recebo diariamente querendo saber quando será divulgado. Você o viu? O que pode me dizer a respeito? É tão incomum encontrar um novo e extenso trabalho nessa região".

"Sim, eu o vi", digo, girando o computador. "E eu o trouxe comigo." Andrew tira um par de óculos do bolso e se inclina para chegar mais perto.

Greg estreita os olhos, mirando a tela, e pergunta: "Você roubou isso?".

Eu respiro fundo e respondo: "Sim. Sim, eu roubei". Olho para Jerrold e Andrew. "E se isso deixar alguém aqui desconfortável, pode ir embora. Ou nós iremos. No fundo de meu coração, eu sei que fiz a coisa certa."

Jerrold levanta as mãos e exclama: "Esplêndido!".

"Nossa, extraordinário!", Andrew comenta, grudado na tela. "Meu Deus do céu, parece legível. Eu poderia imprimir isso. Poderia levar para tradução. É realmente escrito por uma mulher? Isso é possível?"

Jordanna abre sua maleta e retira uma pilha de papéis. "Eu já traduzi cerca de um terço dele", diz, com o rosto corado. "Procurei torná-lo acessível ao leitor de hoje. Senhor Richter, ele pode ser comparado à importância histórica e literária dos Pergaminhos do Mar Morto, mas, se é que posso dizer isso, se o achado for avaliado com base nas condições do pergaminho *bem como de seu conteúdo*, a descoberta do Pergaminho de Anatiya, íntegro como se apresenta, pode ser considerada inigualável."

Eu me inclino para ver Jerrold observando Jordanna. Levanto a sobrancelhas diante dela, impressionada, me endireito e digo: "O autor é certamente uma mulher. E ela é uma apaixonada seguidora do profeta Jeremias. Pelo que pudemos depreender, com uma olhada geral no documento, ela testemunhou a queda e destruição de Jerusalém, no ano quinhentos e oitenta e sete antes de Cristo, o assassinato do governador designado para a cidade, Gedalia, em quinhentos e oitenta e seis, e sobreviveu ao ataque caldeu. Ela se juntou a um pequeno grupo de israelitas que se exilou no Egito e viveu lá de quinhentos e oitenta e seis a quinhentos e oitenta e cinco, tendo, depois, retornado a Anatote, onde sua vida se acabou por volta de quinhentos e oitenta e três."

Andrew está em êxtase, o rosto e os ombros praticamente fundidos, enquanto fixa a tela. Greg está quase terminando de olhar as imagens, quando se empertiga. Eu explico: "Leitores familiarizados com Jeremias vão notar as óbvias semelhanças entre o texto de suas profecias e este. Há uma assombrosa simetria de estrutura na elaboração dos capítulos. Os dois autores frequentemente discutem os mesmos eventos históricos. Muitas vezes, frases e versos inteiros são compartilhados por ambos os escritos e não fica bem claro se certas frases são originais de Anatiya ou de Jeremias. Da mesma forma, nosso documento cita frases da Torá, dos dois Livros de Samuel e dos Livros dos Reis, Provérbios, Salmos, Cântico dos Cânticos, Jó e excertos dos profetas. Exceto quanto a textos anteriores, de seiscentos e vinte nove, deve-se considerar seriamente que a alusão do autor é intencional, o que é muito particular neste documento e deve ter sido escrito na forma usual de falar da época".

"Ouçam o que ela diz", Jerrold murmura. "Você pode imaginar que tanta erudição possa vir de uma boca tão angélica?" Ele coloca uma colher de caviar sobre um biscoito.

Andrew diz: "Você publicaria isso junto com Jeremias ou separadamente?".

Jordanna comenta: "Eu deixaria que ela permanecesse autônoma. Não iria sobrecarregar a versão inicial com extensas anotações e rodapés. O texto, em si, requer muito estudo acadêmico, e não há dúvida de que haverá publicações subsequentes".

Agora, Andrew está olhando para a tradução. Seus olhos estão baços. Ele olha para Jordanna e diz: "Você traduziu isso lindamente".

Ela se movimenta, encantada, sob o olhar dele, e diz: "Bem, isso requer um compromisso com a fidelidade, às vezes, uma explosão criativa. Há certas palavras que escolhi, para oferecer uma tradução mais moderna, em que as expressões tipicamente hebraicas não eram encontradas em outros textos conhecidos. E interpretações simplórias pareciam colocar a perder os passos que o autor pretendeu dar, baseado na urgência do contexto. Por exemplo: *hazara-hazara* é, literalmente, "repetir-repetir", e eu traduzi como "cantar". *Blizof* significa "sem-fim" e eu usei "infinito".

Andrew está olhando para Jordanna. "Jordanna Lamm", ele diz, lembrando, "eu conheço este nome. Você tem uma excelente reputação. Bem, Jerrold, não vou me arrepender de cancelar meus outros planos para esta noite. Estou simplesmente... assombrado."

Eu digo: "Esperamos poder divulgar isso, sem muito problema, porque pertence ao público, antes que seja mortalmente desinfetado".

"Essa é a sua deixa!", Jerrold exclama alegremente para Greg.

Greg repira profundamente e olha apenas para Jerrold. Está bem claro que ele tem de evitar que o senhor March se enrosque em complicados cipoais. Sua voz é firme e sensata.

"Deixe-me perguntar-lhe, senhorita Brookstone. Você é a arqueóloga que descobriu este pergaminho?"

"Sim", respondo formalmente. Todos sabem que sim.

"E você tem certeza de que conseguiu todas as permissões necessárias para escavar aquela área?", questiona.

"Sim. Tenho a documentação em ordem."

Greg pensa por um momento. "Creio que você tem familiaridade com o termo legal 'propriedade intelectual'. Se um arqueólogo tem licença da Autoridade das Antiguidades, então tudo que você descobrir pertence ao estado. Entretanto, qualquer documentação criada pela expedição é um terreno mais nebuloso. Pertence à pessoa cujo nome aparece na permissão. Se as imagens foram tiradas antes do pergaminho ter sido levado aos arquivos da Antiguidade, não haveria nenhuma dúvida sobre o seu direito de traduzi-lo e distribuí-lo. Mesmo assim, usualmente, o escavador detém os direitos primários do achado, mesmo depois que tenham sido arquivados. Você está autorizada a utilizar os dados, incluindo fotografias, referentes ao que quer que tenha desenterrado da maneira que achar melhor. Você não está transgredindo nenhuma lei ao traduzir e divulgar este material".

"O que estou fazendo é mandar à merda um monte de gente", digo.

"Sim", Greg concorda. "Mas você tem todo o direito legal de fazer isso."

Aliviada, eu me volto para Andrew. "Eu não quero que ninguém saiba que isso veio de mim. Não quero nenhuma menção ao meu nome ou da minha amiga. Agora, tenho certeza de que haverá uma onda de protestos e controvérsias, e ficará claro, para a maioria das pessoas, que estou envolvida. Mas gostaria que eles percebessem isso sem que meu nome estivesse estampado no topo. Eu posso ser processada por roubo, mas acredito que o passado pertence a todos. É por isso que estou lutando." No momento em que estou falando, questiono a minha própria declaração. Por que levar a vida lutando pelo passado? Por que não lutar pelo futuro? Penso no que Jordanna disse. Penso em Mortichai e no fato de que hesitei todas as vezes que procurei pegar o telefone.

"Gloriosa", Jerrold comenta. "Não importa quanto custe, Greg, vou me envolver profundamente e pagar por isso."

"Nem sempre tem a ver com dinheiro, Jerrold", Greg acrescenta, quase exasperado, diante do que Jerrold ri escancaradamente e diz: "De fato! Seja o que for que diga, você é o profissional".

"Eu não esperava ver isso, senão daqui a muitos anos", diz Andrew ao ler absolutamente maravilhado. "Vamos imprimir uma edição especial, apresentando apenas isto. Sem comentários. Sem anotações extensas. Apenas uma pedra preciosa bruta, extraída do coração da montanha. Quero o hebraico fotografado ao longo da tradução, em inglês, para autenticá-lo. Isso é tudo."

"Você está pronto para fazer isso?", pergunto a ele.

"Senhorita Brookstone", ele responde, a testa enrugada, pronto para a briga: "Deus sabe quantos pergaminhos e fragmentos de pergaminhos foram perdidos para gatos gordos e ricos incapazes de ler sequer um trechinho de documento antigo e os mantêm se deteriorando em seus sótãos. Agora tenho a oportunidade de fazer isso, de provar, de uma vez por todas, que a arqueologia não é para a elite, mas para todos. Se estou pronto para fazer isso?". Ele se levanta e, instintivamente, eu também me ergo. Ele toma minhas mãos entre as dele e as agita com firmeza. "Tenho esperado por isso minha vida inteira." E então ele contorna a mesa de centro para chegar até o lugar onde Jordanna está sentada. Pega a mão dela e a cumprimenta também, dizendo: "Sou seu homem".

"Você teve o seu trabalho encurtado", Jerrold diz, jovialmente, para Greg, que balança a cabeça concordando. "Agora vamos tomar mais vinho. Anna! estamos secos!"

Foi uma noite encantadora. Greg se soltou e, depois de alguns drinques, mesmos os totens e cabeças mumificadas pareciam ter uma vida nova, participando de nossa festa.

Andrew ainda está vendo a tradução, saboreando-a. Subitamente, se endireita e lê:

Jereminas bate naquele jarro bojudo, à vista de todos os homens. Na esteira de seu silêncio, ele ordena: "Então Deus quer esmagar esse povo e essa cidade, como se quebra o vaso de um oleiro e que nunca mais poderá ser reparado". Eu observo o recipiente de argila em pedaços e penso a respeito dos anos. Anos que jamais poderão ser restaurados. Não sou uma menina. Esses quadris poderiam ter filhos e esses seios poderiam nutri-los. Essa pele é morena e essas mãos, grosseiras. Eu te amo, Jeremias. Não me importo com a metáfora do jarro quebrado. Eu me preocupo apenas

com que os cacos não firam seus adoráveis pés.
Ao crepúsculo, Jeremias descansa sobre uma rocha. Seus olhos
estão fechados e eu vejo que está dormindo. Bendito sejais Vós,
pelo dom do sono profundo. Eu saio em disparada para recolher os
cacos do jarro. Eu os envolvo em um pacote. No mundo que há de
vir, Deus amado, enquanto estiverdes ressuscitando os espíritos dos
mortos, se não for muito difícil, eu suplico que Vós reparais este
vaso pequeno. É muito precioso para mim.

Ele se dirige a mim: "Entre os objetos que você descobriu não havia uma caixa contendo as peças quebradas de uma jarra?".

Sinto que o vinho aqueceu meu corpo inteiro e suavizou minha mente, mas presto atenção. Eu não havia ligado a passagem aos fragmentos que achei, fragmentos que haviam sido carinhosa e deliberadamente reunidos em uma caixa. Fiquei imaginando, quando encontrei aquilo, por que estariam sendo guardados. Ela os estava protegendo para o mundo que viria. Ela esperava que, quando Deus finalmente ressuscitasse os mortos, Ele poderia restaurar a jarrinha que seu amado havia segurado. As peças tinham sido espalhadas ao redor dos pés de seu amado. Eu me vejo quase chorando com a beleza disso. Olho para Jordanna e ela está em lágrimas. Jerrold coloca seu braço ao redor dela e lhe oferece um lenço.

Jordanna diz, sentimentalmente: "Nós podemos consertá-lo", como se ela estivesse prestes a pregar uma cola ou um adesivo agora mesmo. "Nós poderíamos restaurá-lo para ela." Seus olhos se ampliam. "Talvez este *seja* o mundo por vir..."

"O que você está fazendo tem proporções bíblicas", diz Jerrold.

Greg acrescenta: "Poderíamos chamar isso de Jarro do Jubileu", e é aplaudido por Andrew. Sua iniciativa é contaminadora e logo todos estamos aplaudindo e levantando brindes à Jarra do Jubileu e ao Fim ou Princípio dos Dias.

XXIV

Nós somos comandados pelo amor. Nós não somos comandados pela amizade... Quer você goste ou não do navio, não é esta a questão. Apenas o amor, a luz que brilha dentro da embarcação.

O PERGAMINHO DE ANATIYA 51:91-95

Durante os próximos dias, narro um curto documentário sobre a descoberta, para a IMAX. Fico muito ocupada, esperando pelo lançamento do *Digest*. Anseio ligar para Mortichai, mas resisto. Mesmo assim, no fim do dia, fico desapontada porque ele não me telefonou. Homens se aproximam de mim, onde quer que eu vá, convidando-me para jantar, para passeios, mas eu mal posso olhar para os seus rostos esperançosos. Eles são como esqueletos para mim, de alguma forma, menos vivos que Jeremias e Anatiya em sua tumba.

Quando a primeira terça parte do Pergaminho de Ataniya é oferecida ao mundo, fico parada na banca de revistas da esquina do meu quarteirão, segurando a *Archaeology Digest*. Os versos de Anatoya já são familiares para mim. Corro os dedos sutilmente sobre o texto, como se fosse um soneto de amor, em braile, escrito para mim. *Seu corpo está tão fraco de amor que sua alma está parada na garganta.*

Em toda a sua história, nunca a *Archaeology Digest* vendeu tantos exemplares como atualmente. Em meu apartamento, ouço as notícias, enquanto me apronto para seguir em direção à casa de Jordanna.

"As autoridades israelitas estão furiosas, porque alguém passou por cima delas, atropelando todo o processo e o poder, roubando o texto do pergaminho recentemente descoberto e publicando-o. Falamos com Charles de Grout, o especialista francês em antiguidades, que afirmou: 'Este é um ato sem precedentes de engano e traição. É uma atitude de alguém egoísta e detestável. É o tipo de ofensiva anti-intelectual que gera ignorância e desconfiança'."

Já o repórter diz: "Ao contrário, as pessoas estão dizendo que é um ato de Robin Hood, resgatando um precioso material das mãos de uma elite e distribuindo-o para mentes famintas. Dessa forma, está sendo considerado generoso". Norris Anderson, supervisor do antigo sítio arqueológico de Megido, comenta: "A pessoa criminosa deveria ser entregue à Justiça imediatamente. Judas vendeu a vida do Salvador por trinta dinheiros e esse criminoso vendeu isso por uma bela quantia, tenho certeza".

De acordo com a *Archaeology Digest*, a fonte não recebeu dinheiro pelo privilégio de publicar o pergaminho. Anderson continua: "Um ladrão é, por definição, um mentiroso. Quanto à fonte, todos sabemos como ela é incontrolável. É essa que você quer ver manuseando material sagrado, uma mulher cuja moral, tanto na vida pessoal quanto profissional, é questionável, para dizer o mínimo?". E quando falamos com Itai Harani, responsável pelo Departamento de Antiguidades em Israel, ele declarou: "Não tenho palavras para expressar a minha dor".

Itai soa profundamente ferido. De Grout está certo: sou egoísta. Sabia que isso seria doloroso para Itai e fui em frente, de qualquer forma. Ele vai levar a culpa pela falha da segurança. Eu traí a sua confiança. Estou brava comigo, mas, no fundo de meu coração, não me arrependo da minha decisão. Eles vão ver, trato de garantir para mim mesma; eles verão que o que talvez pareça impulsivo e fora de controle é, de fato, necessário. Não tenho dúvidas de que a história de Anatiya se ergueu do solo para ser contada. Acredito que Itai será capaz de dar a volta por cima. Acredito que isso é a coisa mais certa a fazer.

Tomo um táxi para chegar ao trem. Pergunto ao motorista: "Você é indiano?". O fato de o sujeito famoso que encontrei ser um profeta da Bíblia chamado Jeremias significará muito pouco para ele, imagino.

"Sim."

"O que você pensa a respeito de todas essas histórias sobre Jeremias?"

"Provavelmente, a mesma coisa que você pensa sobre Brahma, Vishnu e Shiva."

O taxista continua: "Sabe... o darma hindu aceita milhares de deuses e deusas. A minha mulher é budista e em sua fé não há deuses nem deusas, mas não vejo nenhuma diferença, realmente. Acho que tudo é a mesma coisa, sabe? Acredito que todos os deuses e deusas estão dentro dela, enquanto os meus estão todos do lado de fora".

"Como um hindu se apaixonou por uma budista?", pergunto, apreciando o seu forte sotaque.

"É uma longa história, mas, em poucas palavras, eu a conheci quando fiz o meu doutorado no Japão. Ela era minha professora."

Continuo ouvindo a minha história rolar no rádio do táxi, minuto a minuto, sempre com nuanças ligeiramente distintas. Ouço que chamam a tradução de "brilhante".

Yosef Shulman é questionado e, rapidamente, o consideram suspeito de ter feito a tradução. No noticiário, ele afirma: "Estou desgostoso pelo descuido que houve no processo e lamento, porque só estive envolvido na tradução dos três primeiros capítulos" — sorrio para mim mesma. Ele quer que o mundo saiba que ele é o artista responsável pelos três primeiros. Quer crédito. E acrescenta: "Entretanto, tenho de admitir que não estou chateado pelo fato de o pergaminho de Anatiya ter encontrado um caminho para chegar ao público. Nem estou surpreso".

"Por que não está surpreso?"

"Leia o que ela diz e entenderá."

Meu coração se derrete por Yosef e pela alma romântica encerrada em seu pequeno corpo arqueado.

Quando chego à casa de Jordanna, ela está em pânico. Digo que estou inteiramente ao lado dela e, se estiver de acordo, não volto para casa até que ela termine toda a tradução. Não quero que nada se interponha no caminho do fim da missão e da libertação de Anatiya.

"Eles vão vir até aqui, mais cedo ou mais tarde. Virão até esta casa!" Jordanna está torcendo as mãos. A notícia brota na televisão da sua sala de estar e Nathaniel está diante do aparelho tentando prestar atenção no que diz o relato, enquanto segura o bebê e lida com duas crianças bagunceiras a seus pés.

"Isso está saindo do controle", ele grita para mim, e sei muito bem que não está se referindo às crianças, que, neste momento, fazem dele um mastro para acrobacias. "A polícia está procurando por Page Brookstone."

"E se me achar? Não é um assassinato. É o contrário de um assassinato, na verdade."

"Lá vamos nós, é a palavra da salvadora!", diz Nathaniel, muito estressado. Jordanna me empurra para a cozinha. "Não tenho ajudado em nada com as crianças. De fato, desde que você veio me visitar, meu leite secou. Os outros eu amamentei por um ano, no mínimo."

"Até onde você conseguiu chegar?"

"Meu coração está partido por ela. Seu amor a está matando. Está fazendo com que tenha vontade de se suicidar. Eu quero recuar no tempo e tirá-la disso, resgatá-la e lhe dizer o quanto a amo, conhecendo apenas seus ossos e suas palavras."

"Posso ver?", pergunto.

No aquecido e claro sótão, sento-me sobre o edredom azul e branco e leio o que Jordanna traduziu. Enquanto leio, todos os meus sentidos parecem intensificar-se. Estou consciente da brisa que passa pelo arvoredo espalhando um delicioso aroma. Estou consciente da arte que paira no ar, envolta no canto dos pássaros e nas nuvens expandidas. Estar no sótão de Jordanna, segurando sua tradução do pergaminho, se assemelha a encontrar-se no santuário mais recôndito da maior igreja do mundo.

Sentamos ombro a ombro, na cama. Pergunto se alguma vez ela já visualizou Anatiya ou pensou que a tivesse visto ou sonhado com ela. Jordanna diz que não. Sou grata, porque ela não ralha comigo por pensar em fantasmas. Ela diz, entretanto, que, às vezes, sente que Anatiya está próxima.

Minha mãe me chama ao telefone celular e parece preocupada. Ela me conta que a polícia foi fazer perguntas sobre o meu paradeiro. Embora tivesse um palpite de onde eu poderia estar, declarou que não tinha a menor ideia. Diz que correu até o meu apartamento e que ele estava sendo revistado pela polícia: o telefone, os arquivos, o correio, tudo. Deixaram tudo bagunçado. A princípio, disse, ficou completamente absorta, olhando os dois policiais remexer em minhas coisas, mas depois eles começaram a falar com ela. Disseram que estão me procurando não apenas porque eu me apoderei do material referente ao pergaminho, mas, também, para a minha própria segurança. E mostraram à minha mãe algumas cartas que haviam chegado para mim e ouviram os recados da minha secretária eletrônica. Havia ao menos seis ameaças, para que toda a tradução fosse suspensa. Uma delas era de morte.

"O padre Chuck me ligou para saber se estou bem", ela diz. "Você sabe, ele tem aquele chalé para meditação em Massachusetts, a cerca de cento e sessenta quilômetros daqui, e disse que se você precisasse de um lugar para terminar a tradução, esse poderia ser suficientemente confidencial."

"Ele sabe que fui eu", comento.

"Ah... querida", ela diz, quase rindo. "Todo mundo sabe."

Os policiais perguntaram sobre Jordanna Lamm. Eles sabem que ela é uma tradutora, que vocês são boas amigas e vêm mantendo contato nos últimos dias.

Agora Jordanna fica totalmente apavorada. Nathaniel está terrivelmente preocupado. Assim, decidimos juntar nossas coisas bem depressa, colocando-as em uma mala com roupas dela para nós duas. Estamos convencidas de que não vamos desistir até completar a tradução do pergaminho. Nathaniel oferece total apoio. Ele entende a paixão da esposa e, depois de ler o que foi traduzido até aqui, acredita que o trabalho tem de ser concluído. Na porta de sua casa, ele envolve Jordanna em um abraço bem apertado e lhe dá beijos por todo o rosto.

Enquanto espero no carro de Jordanna, telefono para o padre Chuck. Não noto nenhum julgamento no tom da sua voz, apenas felicidade ou desejo de saber da sua ovelha favorita. Sou grata. Ele diz que há uma pequena igreja em Massachusetts que fechou as portas porque a comunidade rural, por ser muito pequena, não justificava a existência de uma paróquia própria. Há uma casinha para o padre bem atrás da igreja e ele me informa onde está a chave. Podemos ficar lá. Ninguém irá procurar por nós ali. Penso em ligar para Jerrold, para solicitar um lugar para ficar, mas o chalé parece perfeito. Eu o chamo para informar que vou me afastar por um breve período, até que o trabalho seja concluído. "Não creio que você queira levar um homem idoso consigo. Sou capaz de fazer uma excelente omelete", Jarrold sugere.

Ao saltar para o banco do carro, Jordanna declara: "Eu amo esse homem", referindo-se ao marido. Pelo caminho, passamos por várias igrejas e sinagogas, muitas delas com cartazes anunciando discussões a respeito do Pergaminho de Anatiya. Estamos entusiasmadas.

Da estrada, Jordanna liga para Andrew Richter, que diz estar inundado por avalanches de *e-mails* e cartas. Muitas delas entram no debate sobre pirataria versus heroísmo, na universidade, mas um bom número contém significativos comentários eruditos sobre o pergaminho, sugerindo referências a Jeremias, aos Salmos e aos tons exagerados de Jó. Ele recebeu a cópia de uma dissertação que um estudante inglês, anos atrás, escrevera sobre "O poder produtivo da frustração do desejo". Era fascinante e Andrew pretende publicar tantos comentários desse tipo quantos seja possível. O jornal *The New York Times* também está reproduzindo trechos do pergaminho. Além disso, estão sendo divulgadas fotos, que vieram de Israel, dos esboços de argila de Jeremias.

Minha mãe diz que há uma carta de Mortichai e eu lhe peço que leia para mim.

Shalom Page,

Parece que o mundo está mais saudável, não? Todas as pessoas ao meu redor parecem estar enamoradas, uma primavera internacional. Todo mundo aparenta querer um amor semelhante ao de Jeremias e Anatiya, que possa durar por milhares de anos. Você, provavelmente, já deve saber que os clientes de Ibrahim que tinham processos pendentes, por terem feito críticas à OLP, têm sido libertados e suas acusações, revogadas. Agora ele permanece o tempo todo em casa, monitorando um desfile constante de pessoas em sua mundialmente famosa sala de estar. Dalia e Walid vão se casar no dia doze de agosto, em Jerusalém. Você estará de volta até lá?

Estou escrevendo a você para pedir desculpas por precisar de um tempo para me desenredar. Espero tão ter provocado uma confusão em você, mas, se fiz isso, sinta-se à vontade para usar as toalhas de papel.

Li seus livros ao longo da última semana. Eu gostei de Massa de Água, Massa de Ar, *e achei incrível que você já tenha falado e escrito sobre santuários encontrados em nossas cisternas há tantos anos. Fiquei impressionado quando li que você poderia ter incluído outra seção, chamando o livro de* Massa da Água, Massa de Ar, Massa de Terra. *Acho que você fugiu de si mesma como terra, embora tenha passado sua carreira escavando nela.*

Finalmente, li Sobre este altar. *Li a introdução três vezes. Você escreveu que para conquistar uma grande vida, alguém deve experimentar uma pequena morte, que para ser integralmente restaurada, uma pessoa tem de fazer um sacrifício. É o sacrifício que torna o altar sagrado. Fico imaginando que sacrifício eu tenho de fazer em minha vida para ser inteiramente restaurado. Penso se você talvez possa me ajudar.*

No último parágrafo, você escreveu: "Quando o templo, em Jerusalém, foi arrasado e o altar de pedra, demolido, a essência daquele lugar foi dispersada sobre as costas dos exilados, em setenta nações, e, mais ainda, em cada casa. Da pedra, foi liberada essência. O altar se tornou o gênio libertado. O sacrifício da casta sacerdotal significou que o povo inteiro, de lenhadores a aguadeiros, foi agora restaurado para compor uma nação de sacerdotes. A santidade foi despregada dos tijolos e argamassa e voou em todas as direções. O altar de pedra transformou-se em infinitos altares de tempo, submerso e amedrontados entre cada tic e cada tac".

Eu sei o que você quer dizer quando escreveu sobre altares de tempo. Vivenciei isso sentando-me com você na ambulância, tendo Dalia entre nós, como se ela fosse nossa filha. Vivenciei isso muitas vezes com você.

Sei que não telefonei. É difícil ficar sem a sua voz. Eu leio seus livros, Page, porque quero ouvir você e imaginar que você estava falando para mim. Grato por compartilhar comigo a descoberta em Anata e cada descoberta desde então.

Mortichai Masters.

Depois de ler a carta para mim, minha mãe diz que imagina ser verdade o que aquele rapaz árabe disse na televisão. Que eu tinha feito sexo com esse homem. Eu digo a ela que nunca sequer toquei nele e, então, lembro o momento em que ele se atirou sobre mim, quando o tijolo foi lançado pela janela. Ela fala que a carta dele soa como se eu estivesse fugindo dele.

"Mamãe, ele está noivo para casar", digo. Jordanna olha para mim com o canto do olho.

"Você entende a carta que ele escreveu", diz ela, como se estivesse analisando uma redação com um de seus alunos, "não é mesmo?"

"Não sei." Não sinto que esteja disposta a contar tudo à minha mãe. Acho.

"É uma carta longa, mas, essencialmente, se resume a uma só pergunta, e, conhecendo você, estou preocupada que não tenha ouvido."

"Qual é a pergunta?", quero saber. Então, acrescento: "Em *sua* opinião".

"Espere, deixe-me procurar." Ela faz uma pausa, dando uma olhada na carta. É desconfortável para mim que palavras tão íntimas estejam sendo estudadas e avaliadas por alguém que jamais conheceu Mortichai, mesmo que ela me conheça melhor do que qualquer outra pessoa. "Aqui está! Ele escreve: '*Fico imaginando que sacrifício eu tenho de fazer em minha vida para ser inteiramente restaurado*'. Essa é a pergunta, esta é a única parte significativa desta carta."

"Fico ressentida. Tudo é significativo para mim", digo, com os braços cruzados.

"Sim, tudo é significativo e estou certa de que você vai ficar acordada a noite toda pensando nisso e desejando que pudesse ler e reler continuamente. Mas ainda tem de responder à pergunta e não estou certa de que você a entendeu direito." Ela espera para me dar tempo, para provar que entendi a questão, e, depois, diz: "A pergunta que ele está fazendo a você é esta: se ele desmanchar o noivado, você estará lá para construir uma vida com ele? Se não estiver, então, você é o sacrifício que ele terá de fazer para alcançar uma vida de plenitude. Está tentando dizer que a ama, mas está inseguro quanto à possibilidade de você corresponder a esses sentimentos e tem medo de perguntar."

"Muito bem, nota *A* com louvor. De verdade. Bravo!"

"Não seja tonta, Page. Você tem de dizer a ele como se sente."

E então ela me diz que há, inclusive, um convite de casamento, enviado de Israel. Meu coração quase entra em colapso, ao pensar ser o casamento de Mortichai e Fruma. É para o de Dalia e Walid, no domingo, 12 de agosto, dentro de pouco mais de três semanas. Não há razão para esperar, eu suponho.

Depois que desligo o telefone, não quero olhar para Jordanna, de jeito nenhum. Encosto a cabeça no vidro. Olho para o espelho e ele me evoca a frase: "Os objetos estão mais próximos do que parecem, no espelho". É uma sentença muito mal formulada, confusa. Significa que eles estão mais perto do espelho do que aparentam na realidade, ou que, realmente, estão mais próximos do que parecem no espelho? Deslocar "no espelho" para o fim da frase poderia ajudar, mas até mesmo a ideia que está por trás dessa observação me perturba. Na verdade, os objetos não estão no espelho. Seu reflexo é que está no espelho. Reflexos no espelho parecem mais próximos do que os objetos estão, na realidade. A frase me irrita porque parece indicar um problema muito maior, ou seja, de que o céu , na verdade, está mais distante do que imaginei.

"Você está bem?" Jordanna está inusitadamente terna e lhe sou grata.

"Acho que eu o amo."

Sem olhar para mim, ela procura e aperta a minha mão.

"Eu sei", diz, de modo compreensivo. Ambas olhamos a estrada e eu sinto que meus olhos se enchem de lágrimas. Os verdes profundos do verão se espalham ao nosso redor, enquanto corremos em direção ao nosso esconderijo.

XXV

Persiga a sabedoria, minha criança, mas, antes de tudo, saiba que não é um passeio pelos pastos. Trata-se de uma cansativa escalada de montanha e o pico está distante, no tempo, mas há tesouros ao longo do caminho.
O PERGAMINHO DE ANATIYA 51:97-98

Depois de duas horas, chegamos à igrejinha branca, ao lado da estrada. Está precisando, com urgência, de uma nova demão de tinta e ervas daninhas crescem ao redor do edifício. Atrás da igreja há uma longa estrada de terra, que conduz a uma pequena casa, com a pintura descascada como a da igreja, e o telhado coberto de pinhas e folhas. Encontro a chave atrás da caixa de força, nos fundos, exatamente onde o padre Chuck disse que estaria, e entramos. A porta de tela bate atrás de nós, tão logo a transpomos, e chegamos ao interior. Está muito escuro, mesmo quando as luzes são acesas. Parece que é bem mais do que duas horas da tarde, por causa do denso arvoredo que nos rodeia, bloqueando a luz. A mobília é escassa e os aposentos são frios, pois o sol dificilmente os alcança. Há uma cozinha pequena, com utensílios de metal branco, todos com sinais de ferrugem. A geladeira está vazia, exceto pela presença de uma caixa aberta de bicarbonato de sódio. Há uma reduzida sala de estar com um sofá surrado e uma lareira, bem como um quartinho com uma cama de campanha metálica, um banquinho e uma luminária quebrada, ao lado da qual Jordanna coloca o seu antigo despertador. "Não estou aqui para dormir", anuncia. "Estou aqui para traduzir esta coisa e voltar para casa."

Tiramos as bagagens do carro, desempacotando primeiro a comida. Já estou faminta só de olhar para as poucas coisas que trouxemos. Vou até os fundos da casa e reúno alguma lenha e gravetos. As árvores são imensas, balançando suas pontas distantes como se estivessem secretamente jogando uma celestial partida de jai-lai. O ar tem um ativo aroma de pinho. Posso imaginar o padre Chuck aqui, entoando homílias com o som da floresta. Trago uma braçada de madeira e empilho-a para fazer fogo. É gratificante se concentrar em uma tarefa imediata e ver seus bons e simples resultados — uso um pedaço de jornal como acendedor e fico observando o desenrolar proposital da linha brilhante ao longo da pilha de madeira.

Jordanna está perambulando pela cozinha, para fazer chá. O "chalé para meditação", em si, é bem horrível, e acho que nos arrependemos de vir para cá. É um lugar triste, há traços de umidade nas finas paredes de tábuas.

Espalho nossos materiais no chão, diante da lareira. Quando Jordanna entra e vê o fogo, diz: "É bonito". Sorrio fracamente e me sinto culpada por metê-la nisto, por levá-la para longe de seu adorado marido, de suas belas crianças, do seu receptivo gato e de sua animada e quente residência.

Jordanna me passa uma xícara de chá de baunilha, senta-se no chão ao meu lado e me olha por um instante. "Continuo observando o fogo e pensando", diz. "Parece que tudo isso, realmente, está levando você a um bom lugar." Tento alterar o meu estado de espírito. "Imaginei canteiros de rosas. Cortinas."

"Eu sei", ela diz. "Mas talvez seja uma boa tela para Anatiya revelar suas cores." Envolvo a xícara de chá com os dedos e aspiro o doce vapor. Olho para Jordanna, sentada no piso em posição de lótus, segurando seus papéis no colo, os belos e espessos cabelos formando uma tenda. "Precisamos de um sistema", digo, chegando mais perto dela.

"Por que eu não faço um rascunho inicial da secção seguinte àquela em que você está trabalhando, antecipando trechos problemáticos, para lhe oferecer uma vantagem?" — tento parecer entusiasmada.

"Parece excelente", diz Jordanna. Ela olha para cima. "Ouça, Page, isto é difícil, mas o que estamos fazendo é bom. É realmente bom. Eu sinto no mais profundo de mim."

Meus ombros liberam a tensão. Sinto um amor gentil por minha amiga, que me passa uma pilha de papéis em me dá um sorriso terno, maternal. Olho para o fogo de novo e, desta vez, isso me confortava. A luz que escoa pela vegetação, entrando pelas janelas com esquadrias simples de metal, é realmente bonita. Endireito as costas e alinho a minha Bíblia, o dicionário, as canetas e o papel de rascunho. Entre nós, Jordanna está com o *laptop* brilhando no chão, e já escreve rapidamente. De vez em quando, segura o lápis com a boca, olhando para o espaço vazio bem acima do fogo, pensando.

Eu li e reli oito vezes a passagem que está diante dos meus olhos e minha incapacidade de entendê-la não tem nada a ver com a dificuldade do vocabulário hebraico. Eu consigo ler isso, mas, simplesmente, não consigo analisá-la. "Jordanna?", pergunto. "Hum-hum...?", murmura, sem levantar os olhos.

"Você pode dar uma olhada nisso? Uma simples passada? Eu acho..." — não termino. Jordanna olha para mim. "O quê?", quer saber, um pouco alarmada. Ela pega a página, coloca os óculos e a estuda; então, procura a caneta e faz uma série de anotações por todos os cantos. E depois vejo seus olhos se iluminarem. Olha para mim, repleta de conhecimento. Puxa os cabelos para trás e torce um feixe, formando uma corda na base do pescoço com um nó frouxo.

"Você poderia ler para mim?", pergunto, sentindo-me pequena, mas especial. Gostaria de poder me enroscar em seu colo, como um gato.

Ela lê:

Amar um profeta é ser absolutamente rejeitada, um constante alvo de risadas e a quem qualquer um vaia. Ele sabe que tu estás te arrastando atrás dele. Tudo é revelado a ele e, embora tu sejas visível, és invisível aos olhos dele. Ele enxerga através do fogo que paira em teu coração com fria clareza e te deixa desamparada e abatida, sob humilhação, todo o tempo. Mas se disseres: "Eu não pensarei mais nele, jamais direi seu nome", o nome dele vai reverberar para fora de teus ossos e teus nervos ficarão tão tensos como o arco de Esaú; ficarás tremendo sem parar, até que sintas estar nos estertores da morte.

Amar um profeta é estar absolutamente plena, sabendo que estás próxima da Visão, próxima da Voz e fogo nenhum aparece para te consumir e nenhum anjo desce para te pegar. Sentes emanações radiantes do Deus que está nele e te surpreendes que apenas tu, entre todas as pessoas com nomes reconhecidos, poderá adentrar à câmara mais recôndita de Deus, que teu amor pode se encaixar perfeitamente dentro daquela fechadura, que hostes de anjos simpatizarão contigo e que seres divinos te sustentarão quando não tiveres um tostão sequer para comprar um pedaço de pão, que tu, obscura e linda e abandonada, deverias estar aqui, situada na beira do sofá de Salomão.

"É adorável", digo. Sinto lágrimas escorrendo pelo rosto. "Há mais", suspiro.

E ela completa a passagem:

Se pudesse desenterrar o corpo de Eliseu, eu tocaria em ti com um dos ossos dele como uma varinha de condão e te traria de volta à vida, para uma vida que, sei, deve existir...

Coloco as mãos sobre o meu coração. Ela tira seus óculos. "Ah, Page", diz, maravilhada. "Você tem procurado por Eliseu durante toda a vida. Escavando e escavando por tumbas incontáveis." Fico surpresa ao ver que até Jordanna está chorando. "E ela estava procurando por ele, também, de seu próprio jeito. E vocês duas se encontraram." Eu engatinho até ela e nos abraçamos. "Quais são as chances disso?", pergunta.

"Nenhuma", respondo, deitada em seu ombro. De repente, o chalé me parece lindo. Toda a feiura se dissipa enquanto ficamos ali enlaçadas, diante do fogo. Beijo o pescoço dela; ela beija o meu. Eu enrolo uma mecha dos seus cabelos castanhos em meus dedos; ela afaga os meus. Nos afastamos, ambas secando os olhos e soluçando.

"Se isto não é uma prova de que você foi feita para encontrar isso, não sei o que é", diz.

"*Eu te tocaria com um dos ossos dele, como uma varinha de condão*", repito. "Como uma varinha de condão?"

"Sim", ela diz, com o mesmo tom que usou quando lhe contei que acho que amo Mortichai.

Agora estamos tão brilhantes como o fogo, acesas e determinadas. Somos uma equipe eficiente. Ela é a mestra e, eu, a assistente. Lá pelas cinco horas da tarde, passeamos pela floresta, para alongar o corpo e clarear a mente. Falamos sobre nossos dias na faculdade e ela me faz lembrar coisas nas quais não tinha pensado há anos.

A cozinha é pequena, com utensílios brancos salpicados de cinza, desgastados nos cantos. A madeira dos armários está muito velha e deteriorada. Nada abre ou fecha sem esforço ou ruído, mas o forno funciona, felizmente. Eu sirvo doses de vinho branco para nós, em copos de uma cesta de piquenique que trouxemos, um presente de casamento que Jordanna e Nathaniel receberam e nunca usaram. Cozinho peitos de frango com abobrinha e alecrim e coloco outra panela no fogo, com água para a quinoa. Jordanna prepara alface e pepino.

"Diga-me o que você faria", ela diz, inclinando-se contra a bancada, agora que terminou de fazer a salada, "se ele dissesse que quer se casar com você."

Estou virando o frango. Seu cheiro está maravilhoso. "Aprenderia a manter os alimentos *kosher*?", pergunto.

Ela dá risada. "Não, fale seriamente, Page."

"Nós nem sequer namoramos, ainda", digo.

"E daí? Só estou tentando imaginar. E se ele lhe pedir que se converta ao judaísmo?"

"A questão é que eu, realmente, não creio que o problema seja este. Ele é que está, literalmente, usando uma concha que não serve nele."

"Você acha que ele se converteria?"

"Não, de jeito nenhum", afirmo. "Não quis dizer isso. Apenas penso que ele, internamente, é mais secular. Creio que ele quer ser mais mundano, e até tentou, mas, talvez, tenha se sentido sozinho."

Apoio o queixo no ombro, fingindo timidez, e digo: "Porque ele ainda não havia me conhecido."

Jordanna sorve seu vinho. "Ele foi criado de uma maneira muito tradicional, certo? Tem um milhão de irmãos e irmãs e todos, provavelmente, usam chapéus ou perucas. Você se imagina andando com eles, para o Hanucá? Acha que eles a aceitarão?"

Penso a respeito, por um instante, e digo: "Realisticamente, é provável que não me aceitem, embora o pai dele tenha se convertido ao judaísmo."

"Às vezes, eles são os mais fanáticos", Jordanna adverte.

"A questão, porém, é que quando eu imagino estar com a família dele nos vejo fazendo o que se espera que façamos quando estivermos juntos, e, você sabe, eles podem me ver como quiserem, porque, realmente, não ligo. Meu campo inteiro pensou que eu estava louca, até que encontrei esse pergaminho."

"Na verdade, eles ainda acham."

Eu rio. "Eu até me vejo visitando os seus parentes. Vou usar o que for preciso, e, ele, também. Somos bastante modestos e adequados, e, então, daremos risada a respeito disso. Ultrapassaremos a porta da nossa pequena casa felizes, tiraremos as roupas um do outro e faremos amor selvagem e maravilhosamente. E quando acabarmos, francamente, não vamos pensar em sua família ou nas religiões do mundo."

Jordanna está sorrindo. "O que vocês estarão pensando na cama, exatamente?".

"O que você quer dizer? É óbvio." Coloco a quinoa em nossos pratos e cubro com frango e abobrinha.

"Diga para mim, quero ouvir", ela insiste. Eu olho para ela, observando se está fazendo galhofa, mas a expressão do seu rosto é aberta, seus olhos receptivos.

"Estaremos pensando em como somos felizes, que nos desenterramos um ao outro. Estaremos pensando em como nossas peles se sentem, uma contra a outra. Estaremos pensando que nada mais realmente importa, que acreditamos um no outro e em Deus, na alegria. E estaremos pensando em tomar sorvete."

Jordanna cai na gargalhada. "Isso é suficientemente humano, para você?", eu pergunto, passando o prato a ela, que balança a cabeça afirmativamente. Sentamos no velho sofá diante do fogo e comemos.

Depois do jantar, lavo a louça enquanto Jordanna mergulha na tradução. Quanto fica bem tarde da noite, ela se estende na cama de campanha do quarto e eu me estico no sofá surrado. Fico olhando as últimas fagulhas crepitarem e durmo.

Depois de algum tempo, caio no sono, mas não profundo, porque o sofá é desconfortável. Bem antes do amanhecer, acordo com a certeza de que não serei capaz de adormecer novamente. Pego o telefone celular e resolvo ligar para Mortichai. Abro para discar e percebo que aqui não há sinal. Vou até a porta e giro a fechadura, puxo-a delicadamente, mas ela faz um ruído alto.

Ando no escuro. Parece estranho... é como se estivesse entrando em território de lobos, onde o ruído dos meus passos não é bem-vindo. A lua ainda está esquadrinhando por entre o trançado do teto da floresta. Seguro o telefone, esperando o sinal aparecer, e rio de mim mesma. Penso no que Norris gritou quando leu o meu último livro: "Você vai começar a perambular por Jerusalém com os outros lunáticos?". Eu fiquei admirada quando minha mãe leu a carta de Mortichai, quando ele dizia que lê meus livros porque era difícil viver sem a minha voz. Quando estou quase chegando na igreja, perto da estrada principal, percebo que o telefone está operante.

Ele atende.

"Sou eu", digo baixinho.

"Graças a Deus você ligou", ele diz.

Respiro profundamente. Eu me inclino para trás, apoiada na parede da igreja, olhando para o céu escuro. Estrelas se enroscam nos galhos acima de mim, como gotas de água.

"Sinto a sua falta", confesso.

"Page, eu também sinto a sua", ele diz, com a voz cheia de preocupação. "Onde você está? Sei que está traduzindo aquilo. Há algumas pessoas muito bravas a respeito disso, mas eu acho que é incrível."

"Realmente?", pergunto.

"Acho que você é predestinada. Você é admirável."

"Grata", digo, e ambos esperamos, ao telefone, por um instante; ele ao sol, eu à luz da lua.

"Você parece bem", digo. "Teria sido fácil deixar as coisas como estão, mas você deve estar pensando e não posso deixar de imaginar para onde isso está conduzindo você."

A estrada está surpreendentemente silenciosa ao meu redor.

"Você recebeu minha carta?", ele pergunta.

"Sim", digo, meu coração começando a acelerar. Lembro como minha mãe havia resumido: *Se ele desmanchar seu noivado, você estará lá para construir uma vida com ele? Se não estiver, então você é o sacrifício que ele tem de fazer para ter uma vida de plenitude.*

"Então sabe que meus sentimentos por você são muito verdadeiros", ele diz.

De repente, me sinto triste, aqui sozinha na floresta escura, a um oceano de distância de alguém que pode ou não me amar para sempre. Olhando para as árvores copadas que me causam calafrios, me sinto assustada. Digo doce e tristemente: "Você estava destinado a esse casamento desde criança, ao que parece. Talvez esta amizade seja um pequeno sacrifício por isso."

Sua voz é baixa e ferida. "Eu deveria sacrificar isso, essa amizade?"

"Não sei", digo, toda a minha coragem se esvaindo de mim. *Não, não, não, você deveria ficar comigo.*

"Eu marquei um encontro com o meu rabino para falar sobre essa coisa que você chama de amizade", Mortichai diz, num tom de voz suplicante.

Isso me desconcerta. O mesmo rabino que é pai de Fruma e que vai ser o sogro dele? Qual é o homem adulto que vai ao rabino para decidir sobre o seu futuro? Jamais pensei em conversar sobre minha vida amorosa com o padre Chuck.

Sei o que vai acontecer. Ele vai ao gabinete do rabino com a intenção de procurar orientação e mudará de opinião ao se deparar com os seus olhos bondosos e o seu ar de preocupação. Eles vão conversar sobre o neto e o casamento. Quando Mortichai se ouvir, falando, vai se conformar quanto à sua decisão. Esta — ele tratará de relembrar a si mesmo — não é, de fato, uma decisão, mas o destino dele, desde que nasceu.

Ou talvez reúna coragem e confesse o seu sentimento por mim, ao pai de Fruma. Que tipo de pai levaria esse homem a partir o coração de sua filha? Que tipo de rabino aprovaria a união de um judeu israelita com uma cristã americana? O que o rabino poderia recomendar que Mortichai fizesse? Ele defenderia sua filha, seu povo e seu país contra mim. Se Mortichai está se dirigindo a seu rabino, significa que o que ele realmente deseja é ajuda para me superar.

"Eu não acredito no que você diz, que se trata apenas de amizade", Mortichai observa.

"Bem, então do que se trata?", digo. Estou irritada. "Só nos conhecemos há cinco semanas. Como é que isso pode ser um tempo suficiente para se saber qualquer coisa?", digo, mesmo que, no mais profundo de mim, creio já saber a resposta. Eu o amo. Mas eu o amo de uma maneira que não quero sequestrá-lo de sua vida. Desejo amá-lo generosamente. Se ele precisa ser libertado, pretendo ser capaz de deixá-lo livre.

"Não sei o que é, Page", ele admite, "mas minha alma anseia por você e meu coração a aprecia muito. O mundo perde a cor sem você."

Eu olho para o meu mundo escuro. Ouço um pequeno animal saltar atrás de uma árvore e meu coração quase sai da boca. "Você vai ao casamento?", consigo perguntar.

"Sim", ele responde. E acrescenta, tristemente: "Fruma irá comigo; espero que isso não seja desconfortável para você. Vou me encontrar com o rabino Ruskin alguns dias depois."

Subitamente, me sinto envergonhada. Sua noiva irá com ele ao casamento. Que tipo de pessoa eu me tornei? Tão desesperada por amor que tentaria roubar alguém destinado a outra pessoa. De repente, fico insegura sobre o homem que está na linha comigo. Ele está fazendo planos com a filha do rabino e, ao mesmo tempo, ansiando por mim? Naquele instante, ele me parece desprezível. Estou infeliz, desconfortável.

Ambos ficamos em silêncio, ao telefone, cada um esperando o outro dizer alguma coisa. Alguém perdeu ou entendeu mal uma indicação. Talvez tenha sido eu, talvez ele, mas nenhum de nós entende o estado de espírito do outro. Quem sabe cada um de nós esteja esperando que o outro diga mais. Sinto que algo imenso e trágico está acontecendo comigo e não consigo encontrar palavras ou coragem para impedir que prossiga.

"Então, creio que o verei em algumas semanas", digo, meio sem graça.

Mortichai muda de assunto e diz: "Conte-me sobre o pergaminho; deve ser extraordinário trabalhar nele. Eu adoraria ouvir o que você acha".

Fico imaginando se ele merece ouvir o que estou pensando. A parte de mim que está fisicamente com medo, aqui no bosque subitamente sinistro, deseja se desligar e correr de volta para o chalé, trancando a porta, mas há outra parte que também está com medo, mas não fisicamente — é o receio de perdê-lo, é a parte de mim que só adquire vida quando estou com ele, e esta parte não pode dizer adeus.

"É inspirador, mágico, tão lindo, Mortichai", digo, me rendendo. "Você sabe, está no Livro de Jeremias que ele foi obrigado a usar uma canga no pescoço."

"Sim, com certeza, uma canga de madeira", ele diz.

"É a primeira vez que Anatiya toca nele." Fecho os olhos, viro e pressiono a testa contra a parte de trás da igreja, e com os olhos bem fechados, começo a recitar. As palavras são tão claras para mim, como se estivessem escritas em minhas pálpebras. Conforme elas fluem da minha boca, um poço de lágrimas represadas se abre dentro de mim:

É surpreendente que uma pessoa possa ansiar por algo durante toda a sua vida e o poder que essa mesma ânsia pode fazê-la ter medo, ficar congelada de temor. E então, de uma só vez, aquele pavor é superado, sem um esforço extenuante. Eu mergulhei meus dedos no óleo e os esfreguei em seu pescoço, e minha mão delgada escorregou sob a canga de madeira e eu esfreguei, de um jeito suave, o azeite na pele do seu pescoço, na pele machucada. E nenhum raio caiu sobre mim e nenhum Deus interferiu.

"Page, isso é extraordinário", ele respira. "Como as palavras podem descrever..."

Eu imagino uma canga invisível ao redor de Mortichai, uma dessas das quais ele tem vaga consciência. Falamos um pouco mais sobre a passagem e, quando a ligação termina, caminho rapidamente ao longo da estrada de terra, na direção do chalé.

Quando avisto a sombra da casa, ela parece tão pobre e frágil no bosque profundo. As paredes parecem de papel, os pisos de papelão, os vidros da janela, de celofane. Posso sentir os olhos das criaturas noturnas sobre mim. Salto para dentro do chalé e tranco a porta rapidamente, me abrigando no sofá.

À primeira luz da manhã, a floresta parece uma catedral. Faço café, torradas e espero Jordanna acordar. Quando desperta, ela vem até a cozinha, cabelos transformados em uma fantástica maçaroca de cachos, usando um longo camisolão verde. Ela parece infeliz. Sei que esta é a primeira vez que ela passa uma noite longe dos filhos. Imagino que esteja com saudade de casa.

"Page, você foi a algum lugar durante a noite?", pergunta.

"Não conseguia sinal para fazer uma chamada telefônica e saí para uma caminhada. Liguei para o Mortichai." Sirvo café em duas canecas.

"Despertei, na madrugada. Pensei ter ouvido um barulho — ela parece muito preocupada — e chamei por você algumas vezes. Quando você não respondeu, fui procurá-la, mas você não estava."

"Sinto muito, Jordanna", digo.

"Você me deixou aqui sozinha. Eu me senti insegura. Tenho de ter confiança em que você não vai me deixar aqui sozinha no bosque."

"Desculpe", lhe digo.

"Quero ligar para o meu marido. Estou preocupada com as crianças. Ele, provavelmente, também deve estar preocupado comigo. Talvez a gente deva voltar para casa, se isso continuar assim."

Ao vê-la entrar em espiral, olho para ela e digo, enfaticamente: "Lamento muitíssimo. Eu não devia ter deixado você sozinha. Estou lhe garantindo, Jordanna, que isso não vai acontecer outra vez."

Jordanna parece ter se acalmado e afunda em uma das duas cadeiras de metal da cozinha. Pega o café e assopra a parte de cima. "Acho que podemos terminar isso em menos de uma semana", diz.

Vinte minutos depois, estamos de novo sentadas no chão da sala de estar. Poeirentos fachos de luz do sol se inclinam sobre nós. Estamos trabalhando eficientemente, apreciando a presença uma da outra e a nossa camaradagem.

Aquele se transforma em um dia lindo e produtivo. Ataiya está se abrindo para nós, com seu ritmo suave. No almoço, comendo sanduíches de atum e bebendo chá de baunilha, digo para Jordanna: "Esqueça o que eu disse sobre Mortichai. *Isto* é o céu, estar aqui com a minha melhor amiga, revelando palavras preciosas que permaneceram fermentando por séculos."

No final da tarde, o chalé se torna muito frio. Pego mais lenha e reavivo o fogo. Sentamos diante dele, cada qual com um cobertor nos ombros, e continuamos, cirurgicamente, a dissecar as camadas dessa história ancestral. Depois de algumas horas, ambas precisamos sair, apenas para tomar um ar fresco. Vamos para o terraço dos fundos com nossos cobertores e ficamos olhando para as sombras alongadas da floresta, conversando sobre Anatiya na selva.

> Certa manhã eu vou até as colinas,
> até as árvores que eram minhas amigas,
> nos dias de minha juventude;
> minhas amantes,
> nos tempos de minha doença por você,
> aqueles dedos nodosos que quebraram meu selo de virgindade.
> No momento em que alcanço o emaranhado de ramos
> e esfrego minha face em seu doce musgo cinza
> e olho a verde prateada
> franja de suas folhas
> agitar-se à brisa dos cedros,
> uma parte de mim que eu não sabia que estava morrendo
> é ressuscitada com uma grande rajada da respiração de Deus.
> Com pernas saltitantes eu danço
> em longos arcos e membros lânguidos
> e meus cabelos se expandem para cima e para fora em ondas suaves
> Eu danço como uma árvore cujas raízes estejam de repente
> soltas.
> Quando subitamente um arrepio me percorre, uma criança aparece
> da névoa;
> ele chega perto, porque ele pode se aproximar de mim.

"Ela realmente gosta de árvores", comenta Jordanna. "*Aqueles dedos nodosos que romperam meu selo de virgindade.* Nossa!" Ela vira o rosto e treme enquanto olhamos para a fraca luminosidade entre os imponentes pinheiros.

"Bem", digo, "acho que naquela região as árvores não são tão grossas e robustas como estas." Rimos. Eu abraço o cobertor. Sob ele, me sinto confortável, usando as *leggings* de Jordanna e um de seus agasalhos.

"Ela devia estar *desesperada* por ele para se lançar sobre uma árvore. *Minhas amantes*, disse. Houve mais de uma árvore com a qual nossa pequena Anatiya se deitou."

O ambiente está lindo, com a leve textura de um distante prelúdio de outono. Eu digo: "Você pode imaginar a floresta se tornando viva dessa forma e dançando". Os galhos tremem ao nosso redor, com uma música secreta.

"Será que ela realmente identifica a criança como Ezequiel?", eu fico admirada. "Faz sentido, suponho. Não há referência a Ezequiel, em Jeremias, mas ele deveria estar vivo no tempo de Jeremias, e, provavelmente, seria uma criança. Onde está Jeremias, quando ela está se agitando com os arbustos?"

Jordanna ri. "Ele está na prisão, lembra?"

Ela diz isso como se ali estivéssemos, duas confortáveis e velhas amigas, lembrando dos nossos tempos rebeldes.

"Sim", sorrio, pensando sobre os murais na cisterna. "Eu me lembro."

Jordanna lê em nossa atual passagem:

> *Assim falou a criança:*
> *"Não tenha medo e não chore."*
> *Eu levantei os olhos para ele e perguntei, em meu coração:*
> *"Quem é você, criança celestial?".*
> *E ele disse:*
> *"Meu nome é Ezequiel. Eu sou mortal".*
> *Eu giro e me endireito, confusa,*
> *Porque ele ouvira e respondera a meus pensamentos não expressos.*
> *"Sim, eu vejo*
> *E eu ouço*
> *Muito além do que está estampado no céu."*

Eu quase espero ver uma ou duas criaturas mágicas, elfos, saltar de trás de uma árvore. Olho para Jordanna e ela está mergulhada em pensamentos. Tenho certeza de que está com seus filhos em mente. "Porque você não liga para eles e lhe deseja boa noite?", sugiro.

"Você quer vir comigo?" Jordanna pergunta.

"Não, estou bem. Vá até a igreja; há sinal suficiente ali. Vou arrumar as coisas aqui, antes de jantarmos."

Ouço o ruído dos pneus de Jordanna levantando pedrinhas, quando ela se afasta, e dou uma voltinha pela casa com as meias dela e enrolada em meu cobertor. A casa parece muito mais frágil sem ela, envolta pelo bosque. Vou até a cozinha, na intenção de fazer mais chá para quando ela voltar. O velho relógio sobre o fogão produz um som metálico a cada passagem de segundo. E a cada segundo o denso silêncio parece engolir o ruído, tão logo acontece.

Quando a água está pronta, desligo a chama e fico ansiosa pelo retorno dela, e, também, um pouco temerosa. Vou até o quarto levando os cobertores e travesseiros que estavam no chão da sala de estar. O despertador dela faz tic-tac baixinho, no escuro. Estou caminhando na direção da luminária quebrada no banquinho ao lado da cama, quando meu coração dispara. Vejo algo se abaixar rapidamente bem ali fora da janela do quarto. Suspiro e largo os cobertores. Congelo por um momento. Será um animal? Não, é, definitivamente, uma pessoa. Há alguém lá fora e essas paredes são como papel. A porta da frente está destrancada. Meu coração pulsa em meus ouvidos. Ah, meu Deus, rezo, Jordanna, volte logo. Se ao menos pudesse ouvir o som do carro dela, talvez essa pessoa se assustasse e fosse embora. Estou sozinha, penso, em pânico. Totalmente sozinha.

Ouço passos se esgueirando ao lado da casa e lembro do pregador ensandecido, Elias Warner, em pé sobre sua caixa de leite de cabeça para baixo, me chamando de prostituta, esbravejando para que eu fosse jogada da janela e devorada pelos cães. Corro até a sala de estar e pego o *laptop* e a pilha de papéis. Meus braços tremem violentamente. Depois, corro de volta para o quarto, o terror tomando conta da minha garganta de forma que mal posso respirar. *Por favor, faça com que ela retorne, por favor, faça com que ela retorne!*

Abro a janela sem fazer ruído e coloco uma perna para fora. Equilibro o computador e a pilha de papéis na cama, enquanto dobro a outra perna e a estendo através da janela. Ouço a porta da frente ser aberta. Ele está na casa. Saio integralmente, carregando o nosso trabalho e, então, num súbito impulso, volto para dentro e pego o despertador, antes de me embrenhar no bosque escuro, levando tudo comigo. O instinto me fez agarrar o relógio; é difícil, mas posso feri-lo com isso. Atrás de mim, posso ver luzes sendo acesas na casa. Uma figura sombria sai pela janela do quarto, que eu havia deixado aberta. Fico parada atrás de uma árvore. Posso ouvi-lo andando rapidamente pelo bosque, vindo em minha direção. Olho para o despertador. São nove horas da noite.

Com as mãos tremendo e os braços agarrando desesperadamente os papéis e o computador contra o peito, ajusto o relógio para as nove e um minuto. Jogo o despertador para o mais longe que posso e ele faz um barulhão ao cair a uma boa distância atrás de mim. Ouço que ele toma ritmo e corre na direção do som. Suando frio e tremendo, tento andar suave, mas rapidamente, rumo à estrada de terra, rezando para que Jordanna retorne logo. Cada vez que meus pés fazem ruído em um galho, congelo e espero um milésimo de segundo. Quem é ele? Como nos localizou?

Da base de uma árvore, fora da escuridão, o despertador toca com um chacoalhar estridente às minhas costas. Como que acordando do sono, vejo os faróis do carro de Jordanna aparecer. Começo a correr com toda a energia que posso. Ouço o homem gritar e correr atrás de mim. Corro com todas as minhas forças, entre as árvores monolíticas, mas posso ouvi-lo se aproximar cada vez mais. Seguro o nosso trabalho com mais força e corro, enquanto as lágrimas escorrem do canto dos meus olhos. Quando meus pés tocam a estrada, grito o mais alto que posso e continuo a correr. Posso ver Jordanna vindo em velocidade em minha direção. O homem está quase me pegando. No exato momento em que ele segura a parte de trás do meu agasalho, jogo os papéis e o *laptop* dentro do carro, através da janela aberta de Jordanna. O homem me aborda e abre os meus braços. Não vendo nada ali, olha para o carro e, depois, se volta em minha direção. Eu mal posso ver na escuridão, mas o que vejo dele não faz soar nenhum sino. Ele levanta o punho e sinto como se fosse o choque de um relâmpago em meu rosto — um facho de luz branca.

Lanço os braços e pernas contra ele e ouço Jordanna gritando, enquanto dá marcha a ré. O carro se move bruscamente para trás, pegando a perna dele e quase passando sobre a minha. Ele cai com o rosto virado para o chão. Enquanto isso, me levanto e corro até o carro, para o assento da frente, e nos afastamos ruidosamente.

"Cristo! — suspiro, enquanto Jordanna se desloca para a estrada —, que diabos foi isso?" Olho para trás e vejo o intruso cambalear, enquanto empreendemos velocidade.

"Você está bem?", Jordanna grita, batendo em mim suavemente com a mão, enquanto dirige. "Como você conseguiu fugir?"

"Saí pela janela do quarto, mas peguei todos os nossos papéis e coisas", vou falando. Quase não consigo respirar.

"Seu rosto! Ele bateu em você!", ela exclama. Eu toco meu rosto e está dolorosamente sensível e inchado.

"Meu olho vai saltar", concordo. Dirigimos em silêncio por alguns momentos, enquanto a noite se adensa ao nosso redor. "Ele poderia ter vindo quando estávamos dormindo", digo.

Ela está balançando a cabeça. "Será que ele pensou que nós duas tivéssemos saído no carro?"

Sinto um arrepio. "Não acho. Penso que ele sabia que eu estava na casa."

Depois de um instante, Jordanna diz: "Nossa casa foi arrombada".

"Sim, e ele me perseguiu." Estou respirando novamente. Meu rosto dói, mas meu coração está voltando ao ritmo normal.

"Não, eu estou me referindo à minha casa. Nathaniel e as crianças estavam fora e, quando voltaram, ele notou que a porta da entrada estava aberta, embora sempre a mantivesse fechada. Meu escritório estava uma bagunça danada e roubaram o meu computador."

Eu sinto lágrimas inundando meus olhos. "Pensei que aquele sujeito fosse me matar." O corpo de Jordanna está tenso ao volante. Ela parece incrivelmente determinada. Quer terminar essa tradução; não pretende desistir. Ela também quer voltar para casa, decidida a proteger seus filhos. Os seus dedos passam para o meu assento e se entrelaçam aos meus. Continuamos pela estrada, em silêncio, durante um momento. Ligo para o padre Chuck e pergunto se ele contou a alguém onde estávamos. E digo que alguém tentou nos atacar. Ele está consternado. Lembra que alguém ligou no dia anterior, alegando ser repórter.

"Ele me perguntou se eu tinha tido contato com você e eu disse que sim", falou. "Nossa, todo mundo na igreja sabe que eu vou para aquela casinha, às vezes. Estou tão agradecido de que você esteja bem."

"Não queremos falar com a polícia, até que a tradução esteja concluída", digo para ele. "Talvez leve mais uns quatro dias. Mas quem sabe o senhor possa chamá-los, informá-los do que aconteceu?"

"Vou ligar agora mesmo. Ah, agradeço que vocês estão bem. Agradeço ao Pai, ao Filho e ao Espírito Santo, e a seus bons amigos, Jeremias e Anatiya."

Jordanna liga o rádio. Depois de ouvir o noticiário esportivo, que parece interminável, há uma atualização sobre as pressões para que a tradução continue e, outra, contrária, para que pare. Grupos de estudo foram formados por todo o país. Estão traduzindo o pergaminho para outras línguas, na medida em que vai sendo divulgado. Foram feitas ameaças ao *Digest*. Há discussões sobre a "Jarra do Jubileu", com ouvintes ligando para dar sua opinião, achando se deve ou não ser restaurada.

Quando chegamos a Manhattan, paramos na primeira banca de jornais que vemos e Jordanna corre para comprar um exemplar do *Archaeology Digest*. Enquanto permanece ali, pega também a revista *People*, com uma imagem de argila do rosto de Jeremias sobreposto ao corpo de Davi, de Michelângelo.

XXVI

Quando dizemos não à sabedoria, permitimos que uma região inteira de nós mesmos seque, levando ao esvaziamento da alma. A ignorância é uma praga. Um deserto se infiltra e se instala e se espalha, devorando nosso solo rico em planícies frutíferas, até sentirmos um crescente espaço em branco, não um espaço em branco criativo, como o da página alvíssima, mas um espaço em branco de febril insaciedade, que precisa e precisa, mas não recebe. Chora sua própria fome e lamenta seu próprio vazio. A alma facilmente se perde nesse lugar.

O PERGAMINHO DE ANATIYA 51:101-106

Jerrold March não cabe em si ao nos receber às onze horas da noite. Quando o elevador abre a porta em sua cobertura, ele está parado ali, vestindo um paletó de *smoking* roxo e preto sobre calças de seda jacquard negra. "Venham se abrigar, minhas preciosas refugiadas", diz ele, e, depois, nos observa de alto a baixo. "Querida, você está imunda!" Ao se deparar com o meu olho escuro, ergue as mãos no rosto, espantado, e corre em minha direção, envolvendo-me com os braços. "Anna! Anna! Olhe o que fizeram com a minha menina de ouro." Anna entra correndo na sala escura, serpeteando entre máscaras e cabeças. Seus cabelos brancos estão presos em rolos enormes. Ela diz: "Venha, vou lhes mostrar onde podem se lavar e dormir".

Seguimos Anna e Jerrold nos acompanha pelo espaço escuro. Anna abre a porta de um magnífico banheiro, que deve ter o tamanho do meu apartamento inteirinho. É feito de uma brilhante pedra de Jerusalém, com os objetos folheados a ouro. Tudo é altamente polido, com bordas retas e linhas modernas, exceto no caso de dois fantásticos elementos. Sobre uma banheira infinita, se estende uma imensa imagem de proa de veleiro, uma autêntica amante do mar com olhos apavorantes. E entre o chuveiro, cercado de vidro *bisoté,* e o bidê, repousa uma enorme âncora de navio de três metros de altura, com mais de um metro de sua corrente original, coberta de ferrugem texturada. Há uma janela estreita, do piso ao teto, em ambos os lados do balcão, lembrando que estamos flutuando bem acima de Nova York à noite.

Anna coloca uma pilha de toalhas vermelhas macias entre as pias, junto com pacotes fechados de escovas e pastas de dente, creme de barbear e uma sacola de lâminas de barbear femininas. E pendura dois novíssimos roupões de seda cor-de-rosa em ganchos atrás da porta e, depois, nos mostra os dois quartos de hóspedes, um deles decorado com tema oriental e, o outro, francês, ambos luxuosamente ornamentados.

"Espero que vocês achem seus humildes cômodos aceitáveis", Jerrold comenta, fazendo uma ligeira reverência. "E se precisarem de qualquer coisa, meu quarto fica virando o corredor do quarto da Anna, com a coleção de Virgens Marias na porta." Ele dá um sorrisinho. "Uma pequena brincadeira inofensiva entre mim e o Homem lá de cima."

Jordanna e eu entramos juntas no banheiro colossal. Ela senta entre as pias, enquanto eu tiro o meu agasalho pela cabeça cuidadosamente para não tocar no olho machucado. Parece uma ameixa bicada por um pássaro. Viro de costas para o espelho e retiro minhas *leggings.* O vapor do chuveiro começa a se espalhar pelo recinto. "É bonito, aqui", Jordanna comenta.

"Sim", digo. Entro no box de vidro e a água do chuveiro é incrível. O sabonete com perfume de lírio é tão denso e rico, que me ensaboo abundamentemente, parecendo o abominável homem das neves. Falo para Jordanna: "Vamos dormir no mesmo quarto".

"Eu me sentiria melhor assim", ela diz. "As máscaras e totens e cabeças mumificadas podem me assombrar."

Todos os meus músculos relaxam sob a água. "A gente poderia nadar aqui", ouço Jordanna comentar.

No chalé, o chuveiro era fraco e horrível. Coloco uma perna sobre o banco de pedra calcária no box e passo uma camada de creme de barbear na panturrilha. "Uma sacola de lâminas, você imagina! Ele pensa em *tudo*."

Jordanna ri. "Com certeza, ele gosta de cuidar das suas damas."

"E se eu tivesse trazido Yosef Schulman, em vez de você?", pergunto.

Jordanna dá risada quando imaginamos o sonso renomado tradutor nesse recinto.

"Ouvi dizer que Schulman tem grandes pernas!", Jordanna comenta. Eu afasto a lâmina da minha perna, por receio de que acabe me cortando de tanto rir. Falo: "Acho que Yosef e Jerrold se entenderiam maravilhosamente".

Jordanna reflete por um momento e diz: "Não estou tão certa. Acho que Jerrold, provavelmente, tem mais predileção pelo que é ágil, exótico e jovem".

Deixo a água escorrendo quando saio do chuveiro. Procuro por uma toalha bem no momento em que Jordanna tira a dela e entra. Enquanto ela toma banho, observo o meu olho no espelho por um bom tempo. Tenho de estar curada até o casamento, digo para mim mesma. Enxugo-me e visto um dos roupões de seda — uma sensação deliciosa.

Esfrego a toalha nos cabelos. O terror dessa noite já parece estar distante neste lugar opulento. Minha mente se volta para Anatiya. "Os versos menos poéticos do pergaminho são, de longe, quando Baruque fala", digo.

"Eu sei", Jordanna concorda, do chuveiro. "Tenho pensado sobre isso. Anatiya usa algumas técnicas estranhas quando registra as conversas com ele. Seu estilo se torna meio entrecortado. Há essas frases isoladas, durante o discurso de Baruque. Acredite ou não, estou pensando em interpretá-lo como "esse". Às vezes, as letras estão manchadas e é proposital. Talvez ela queira nos dizer que ele fala arrastado."

"Ela também repete sílabas, como se ele gaguejasse."

"Atraente, hein?", ela comenta.

Com nossos roupões, nos dirigimos para o quarto oriental. Um dragão de papel serpenteia no teto e as paredes estão cobertas de lindos leques pintados e telas de delicadas sombrinhas de papel. Deslizamos para dentro da cama de casal, arrumada com lençóis de seda azul, pintados com orquídeas brancas. Nos aconchegamos uma à outra, e Jordanna se vira para apagar a luz. "Durma bem", ela me diz. "Amanhã temos de recuperar o tempo perdido."

Jerrold faz, de fato, uma excelente fritada. Jordanna e eu nos sentimos uns dez anos mais jovens, cada uma usando, sobre as *leggings*, uma das camisetas da Faculdade de Direito de Yale, do filho de Jerrold. Andrew Richter se juntou a nós para o café da manhã. Ele está vestido para impressionar, com uma camisa preta de mangas curtas e uma fina gravata preta da mesma cor. Chega com um pequeno buquê de tulipas para Jordanna e para mim. Andrew está justificadamente horrorizado com o meu olho, mas, evidentemente, enamorado por Jordanna.

"Você deve ter ficado tão apavorada!", ele exclama para ela, quando se senta à mesa. Anna, com os cabelos bem penteados, lhe traz café e ele corta para si mesmo uma fatia da fritada. "Você teve de ser muito precisa para atropelar ele com o seu carro sem ferir Page."

Estou surpresa ao ver o prazer ondulante de Jordanna pela atenção.

Jerrold está com a mesma jaqueta de *smoking* e as calças que vestia quando nos recebeu na noite passada. "Vocês me acompanham com um coquetel *mimosa* matinal?", ele sugere, e Anna traz quatro taças borbulhantes.

Andrew está analisando o último trecho que traduzimos. "Baruque, o escriba? Eram as impressões digitais dele que estavam no interior do caixão. Ele é o artista dos murais, também, suponho. É ele esse estranho que está no original? Não que eu duvide da sua interpretação, senhora Lamm." Ele olha para Jordanna significativamente.

Jodanna diz: "Ele se atrapalha porque está com muito remorso".

Andrew balança a cabeça como se houvesse camadas ocultas no comentário de Jordanna que só ele conhecesse. "Isso eu entendi inteiramente", diz.

"Bem, que tal se todos ouvíssemos; é possível?", convida Jerrold.

Andrew toca a parte de trás do seu grosso pescoço com o guardanapo e, então, lê:

> *"Eu, mulher, eu te amo!" Baruque agarrou minhas duas mãos nas suas. Eu saltei para trás, mas não as empurrei para longe. Eu estava muito atordoada. "Quero dizer que anseio por ti. Sonho contigo. Eu me viro e reviro sobre ti, tuas curvas, teus quadris, o ouro em ti, o brilho. Fico sedento, quero dizer, minha boca fica inteiramente seca, minha língua é como um couro oculto. Ela pende no interior de minha boca, uma coisa morta. Eu, eu... minha mão treme, deixo minha pena... teus cabelos, ah, quero dizer, esses longos vaivéns, eu apenas..." Ele largou minhas mãos e olhou para o chão, não com tristeza e não envergonhado, porque havia covinhas em suas faces, por estar sorrindo.*
>
> *"Eu apenas..." Baruque levanta seus olhos mirando os meus e dá de ombros. "Bem, eu disse. Como é isso? Tu és uma linda mulher apaixonada por um profeta do Senhor e eu sou um escriba enamorado por você. Tu nunca o afastarás de Deus, eu nunca a afastarei dele e assim é que é. Então tu e eu? Talvez possamos ser amigos, porque compartilhamos este apuro tão singular."*

Os braços carnudos de Andrew se arrepiam. Jerrold exclama: "Ah! Aí está! Você vê isso, Page? Ao longo da história, homens bons lutaram contra o fato de serem considerados 'amigos'. É uma prova ancestral da eterna batalha do homem com a mulher. Pobre de mim, eu até desconfio que fui o cerne da tensão entre você e aquele velho safado do Norris."

"Com toda a sua galanteria, você é um observador agudo", eu noto, com apreciação.

"Sou cheio de surpresas", Jarrold sorri. "Como lhe disse, meu amor, metade deste reino poderia lhe pertencer. Mas não a Maximilian." E Jerrold faz um gesto em direção à maior das máscaras africanas, uma requintada cara de leão feita de contas, com uma juba intrincada. "Ele e eu temos uma longa história juntos. Eu disse a meus filhos que quero ser enterrado com aquela máscara e nada mais. É assim que eu pretendo encontrar meu Criador."

Por um instante, todos olhamos para a máscara em reverente silêncio, até que Jordanna quase espirra um jato de mimosa ao imaginar Jerrold usando aquela cara de leão e nada mais. É impossível não comentar.

O telefone toca e Anna atende. Baixinho, ela faz uma consulta a Jerrold, que diz: "Tudo bem, diga que podem subir."

Poucos minutos depois, há uma onda de entusiasmo, quando o elevador se abre e Joshy e Sharon entram correndo, seguidos de Nathaniel, que empurra um carrinho com uma das mãos e carrega uma mala com a outra.

"Mamãe! Mamãe!" As crianças quase atropelam todas aquelas maravilhas arqueológicas para se agarrar ao corpo de Jordanna. Andrew observa um pouco desanimado, mas aproveita a oportunidade para admirar os quadris curvilíneos de Jordanna, quando ela se inclina para os filhos, para cobri-los de beijos.

Nathaniel ostenta um brilho saudável, feliz. Ele tem a aparência impecável, com a qual sonham homens e mulheres. "Eu lhes trouxe duas mudas de roupas." Nathaniel está abrindo a mala, para nos mostrar o que embalou. "Imagino que serão uns quatro dias de retiro? Menos, com um pouco de sorte?" Ele está orgulhoso de si mesmo, por ser tão solidário, da mesma forma que Jordanna. Ela o abraça e lágrimas brotam dos seus olhos.

"Sinto muito por deixá-lo sozinho", ela diz, enquanto está em seus braços. "Colocar todos eles na cama deve ser bem difícil para você."

"O problema é mantê-los na cama", Nathaniel completa.

"Um bom homem", diz Jerrold, levantando-se para lhe dar um caloroso aperto de mão. E diz: "Se pudesse viver tudo de novo, seria um pai mais capaz de dar uma mão, em vez de ser esse mão torta, se vocês entendem o que quero dizer. Nunca fui um rapaz-conhece-a--garota-e-a-ama-até-a-morte, infelizmente. Sou mais um rapaz-que--conhece-um-rapaz-e-o-ama-por-um-breve-período."

Nathaniel ri e acaricia o rosto de Jordanna, enquanto a enlaça pela cintura com o outro braço. Os filhos desapareceram no labirinto de monstros e totens. Nathaniel grita: "Crianças! Não mexam em nada!".

Ele me dá um rápido abraço e se senta. Jerrold lhe serve um pedaço de omelete. "Em que vocês estão trabalhando?", pergunta.

Andrew diz: "Estávamos justamente dando uma olhada na interpretação que a sua esposa fez sobre os padrões do discurso de Baruque, o escriba. Muito notável".

"Baruque está em dificuldades", digo. "Ele é um sujeito normal, apaixonado por uma linda mulher que está enamorada de um profeta do Senhor. Um relato ancestral."

"Você mesma parece ter uma inclinação pelo povo de Deus", Jerrold me diz. "Escarafunchando a terra para agarrar a mão de um profeta. E esse senhor Masters... ouvi dizer que é um homem de devoção austera e radical. O que você tem contra ateus robustos e extremamente saudáveis?"

Depois que nos regalamos bastante com o café da manhã e passamos um bom tempo com os filhos de Jordanna, Nathaniel leva a mala para o nosso quarto. Ele começa a tirar as roupas da mulher, empilhando-as sobre a cama. E nos diz: "Espero ter pegado as coisas certas". Separa algumas peças íntimas em duas pilhas, uma delas menor, para a qual aponta e, quase chorando, informa: "Trouxe lingerie de vovozinha para você, Page. Agradeceria muito se não usasse nenhuma daquelas". E aponta para as outras, de renda. "E quando isso tudo terminar, quero minha esposa de volta."

Jordanna não resiste e o abraça, esmagando os lábios contra os dele. Quando se afastam, digo: "Grata, Nathaniel. Você tem uma esposa extraordinária e lhe sou muito agradecida pelo seu apoio".

Ele olha para mim significaticamente e diz: "Não se esqueça de que você também é extraordinária, Page. Você merece ser amada loucamente, como eu amo Jordanna". Por isso, Nathaniel é recompensado com outro beijo na boca, antes que arrebanhe as crianças para levá-las de volta à casa.

Nos próximos dois dias, trabalhamos no texto como fanáticas. Anatiya escreveu em um clima político assustador, observando os exércitos babilônios chegarem cada vez mais perto. O clima em que traduzimos é muito mais exuberante com as guloseimas de Anna sempre ao alcance de nossas mãos. Quando paramos para acompanhar os noticiários internacionais, ficamos sabendo que houve uma convocação para o cessar-fogo no Oriente Médio. O mundo inteiro parece estar respirando profundamente. Exceto na parte externa do Departamento de Antiguidades, em Jerusalém, onde a pressão dos ortodoxos tornou-se desenfreada.

Andrew vem nos visitar diariamente, depois do trabalho. Ele não sabe hebraico, portanto, não ajuda muito, mas também não nos empata. Ele e Jerrold conversam baixinho, tomando conhaque. Na segunda noite, Jordanna me entrega uma nova passagem e diz: "Se eles pensavam que o Deuteronômio era um problema, espere até que leiam isto".

"Melhor que Jeremias desnudo?", pergunto.

Jerrold se aproxima e tira a página da minha mão. "Sente, relaxe. Por que você teria de levantar a voz...", ele diz. Está prestes a falar, quando Jordanna o interrompe, dizendo: "Espere, espere... deixe-me traçar o contexto. Jeremias havia escrito um pergaminho, que apresentara ao rei. Este não estava nada satisfeito com as profeciais ali escritas".

Eu acrescento: "Essencialmente, Jeremias está dizendo a ele para se render aos babilônios".

"Certo", continua Jordanna. "Então, o rei manda queimar o pergaminho. Isso está dito no Livro de Jeremias, mas o que temos aqui é que Anatiya entra sorrateiramente no palácio e vai até a pira, onde recolhe as cinzas do documento em um saco. Ela está tão obsecada pelo amor de Jeremias e pela mensagem que ele transmite, que, uma vez lá fora, coloca as mãos no saco e esfrega as cinzas por todo o seu corpo, como se fossem óleo de coco."

"Esplêndido!", Jerrold fala. "Agora, vamos prestar atenção, porque somos os primeiros, em milhares de anos, a tomar conhecimento do que aconteceu em seguida." Meu coração se descompassa, com emoção genuína. Ele lê:

> *Eu esfreguei as cinzas em meus cabelos e em minhas bochechas.*
> *Passei-as pela testa. Espalhei as cinzas daquele pergaminho*
> *por meus braços e as passei em minha vestimenta até que o saco*
> *ficou vazio e eu, coberta de fuligem. Um alef carbonizado ficou*
> *pairando em meus cílios. Outros fragmentos de letras*
> *grudaram em meu suor frio como pernas e asas quebradas de insetos.*
> *Fui até o esconderijo de Jeremias e Baruque, com lágrimas abrindo*
> *longas carreiras na fuligem de meu rosto. Cheguei à caverna onde eles*
> *estavam sentados em silêncio, diante do fogo.*
>
> *Permaneci na entrada da caverna, com os braços levantados, as pal-*
> *mas voltadas para a frente. Baruque ficou em pé e gritou: "Anatiya!", mas*
> *meus olhos estavam grudados em Jeremias. Pela primeira vez, ele pareceu*
> *atordoado. Seus olhos estavam esbugalhados. As partes brancas brilha-*
> *vam à luz do fogo. Os lábios entreabertos. Baruque correu ao meu encon-*
> *tro, quando Jeremias disse:*
>
> *"Não toque nela, Baruque. Ela está usando o pergaminho de Deus."*
> *Jeremias levantou-se do seu lugar. "Ela mergulhou nas palavras*
> *d'Ele." E caminhou em minha direção, enquanto Baruque permanecia*
> *imóvel. "Querida profetiza", disse, quando chegou perto. "Tu estás escura,*
> *mas linda, ó filha de Jerusalém... teus cabelos são cacheados."*
>
> *Ele enrolou uma das mechas em seu fino e branco dedo — "e tão ne-*
> *gros como o azeviche, adornado com safiras". Jeremias acariciou suave-*
> *menteo lado de meu rosto. "Cinzas às cinzas, pó ao pó."*
>
> *"Jeremias?", Baruque inquiriu. "Jeremias, o que está acontecendo?"*
> *Jeremias não tirou os olhos dos meus, enquanto minhas lágrimas*
> *continuavam a escorrer aos borbotões. Jeremias disse: "Esta mulher é*

chamada Anatiya, em vida. Mas os anjos a chamam de Jerusalém. Aqui,
diante de mim, eu vejo a cidade inteira, a própria Sião, justa e linda
Sião, erguida de um monte de cinzas. Baruque, abra um branco perga-
minho e mergulhe a pena na tinta. Registre as palavras que eu digo. Ele
deve chamar este pergaminho de 'Lamentações.'"

Andrew fecha a boca com as mãos e suspira. Seguro a lateral da minha cadeira. "O quê?", pergunto, os olhos muito abertos. Tiro a página das mãos de Jerrold para ver o que vem a seguir. De fato, o que se segue são versos do Livro das Lamentações. "Ele está escrevendo sobre ela", eu fico maravilhada. "*Ela* é Jerusalém, coberta de cinzas."

Os olhos de Jordanna são dólares de prata. "Metáfora e realidade misturados em um só corpo."

Andrew parece em transe. "É estranho", ele diz, "um pergaminho que tem sido tão intensamente estudado ao longo dos séculos, e ninguém jamais soube que o que o inspirou foi isso, uma mulher".

"Uma bela mulher", Jerrold fala, como se estivesse se dirigindo a uma multidão, "desesperadamente apaixonada, o peito arfando de paixão, seu corpo ligeiramente vestido e coberto de cinzas. Seu dese-jo pelo profeta a levou à loucura. A poeira em seus pés, os cacos de um jarro que ele tocou, mesmo as *cinzas* das palavras que ele escre-veu, tudo isso é tesouro para ela". Ele olha para a máscara de leão e balança a cabeça: "Agora, Maximilian, isso é que é mulher".

"Você pode imaginar como isso será recebido?", Jordanna co-menta, parecendo um pouco assustada. "Todo ano, no nono dia do mês judaico de Av, as pessoas se entregam ao hábito da penitência, abrem a Arca Sagrada e estudam o Livro das Lamentações, deploran-do a destruição dos templos em Jerusalém."

"O primeiro templo foi arrasado no tempo de Jeremias, pelos babilônios", lembro.

"Certo. De fato — ela começa ao vasculhar os papéis —, Jerusalém está prestes a ser destruída; é por isso que Jeremias tenta conduzir seu povo à rendição, para sobreviver, para que possa retornar um dia."

"E ali está Anatiya", diz Andrew, o rosto ainda parecendo extasiado, "nada apresentando sobre a cidade, o templo, o rei. Apenas pensando nele. E ainda assim ele diz isso. Ela *é* Jerusalém."

"Ele realmente escreveu Lamentações", afirma Jordanna.

"E ela era sua musa", acrescenta Jerrold.

"Todos esses anos", digo, "as pessoas estudaram este livro e ninguém a viu ali, no meio dele."

"Mas nós a vemos", afirma Jordanna.

Ficamos ali, nós quatro, enquanto Anna perambula pela cozinha. Tínhamos permanecido fora do tempo, resvalando juntos como crianças em uma rampa escorregadia, fora de uma floresta escura e em um enorme e claro espaço, onde todos os nossos dias se expandissem como áreas dos jardins de Giverny.

"Não sei se deveria cantar, rir ou chorar", admite Jerrold.

"Eu também", é tudo o que posso dizer.

Andrew fala, sussurrando: "Cinzas... cinzas... nós todos... caímos...".

Um instante depois, Jerrold e Andrew retornam às suas conversas e conhaques, enquanto Jordanna e eu seguimos em frente com o nosso trabalho.

À noite, deito na cama com Jordanna e nos olhamos de nossos travesseiros, que se elevam ao redor de nossos rostos como Alpes nevados. A luz da lua que escoa pela janela faz tudo parecer delicado e celestial.

Os cabelos escuros de Jordanna se espalham pelo travesseiro como cordões prateados. Ela diz: "Você nunca me contou sobre a sua ligação para ele. Sabe, quando você me deixou sozinha naquela casinha de caramelo em um bosque cheio de bruxas". Eu sinto a mão dela apertar a minha sob o lençol e sorrio, confortada.

Há um sabor de pasta de dente de hortelã em minha boca.

"Foi difícil", conto. "Ele me disse que marcou uma conversa com seu rabino. Será daqui a algumas semanas. Não sei, talvez o rabino esteja tirando férias de verão e não perceba a seriedade da situação."

"Hum-hum...", Jordanna comenta, apertando a minha mão novamente. "Posso imaginar o que veio em seguida. Você desligou. Escreveu a história antes que acontecesse."

Balanço a cabeça, capitulando.

Jordanna continua: "É o mesmo rabino que encorajou os pais dele a deixá-lo entrar para o exército? E que o incentivou a estudar na América?".

Afirmo com a cabeça, de novo. "Mas também é o rabino que é pai da mulher com quem vai se casar". Jordanna me observa. Por um instante, as sombrinhas de papel e os leques na parede parecem agitar-se, girar, e me deito de costas. "Penso que ele marcou um encontro para falar com o rabino. Então, está bem claro para mim que ele precisa de apenas uma pequena ajuda para superar esses tediosos sentimentos por mim. Honestamente, aquele *rabino* iria encorajar o seu futuro genro a ir atrás de uma pagã?" O dragão de papel do telhado olha para baixo, em minha direção, com um largo e amigável sorriso.

Jordanna comenta baixinho: "E que *pai* encorajaria um homem apaixonado por outra mulher a casar com a sua filha?". Fito os enormes olhos do dragão por um momento. Eu nunca havia pensado nisso.

"Fale mais", peço. "Por que, então, ele resolveu aconselhar-se com o rabino?"

Ela responde: "Talvez porque esse religioso o conheça a vida inteira. Quem sabe a cultura ortodoxa seja apenas alguma coisa que você não entenda muito bem. O rabino é, de certa forma, o terapeuta local. Ao mesmo tempo, é o único a dar a aprovação para coisas feitas de acordo com os padrões *kosher*. Se Mortichai está procurando se aconselhar com esse rabino, significa primeiro que ele está profundamente perturbado com isso. Não está considerando o seu relacionamento com ele superficial, de jeito nenhum. Em segundo lugar, ele se preocupa com a aprovação de sua família. O que ele quer está bem claro, mas a questão é que, talvez, queira demais".

"O que você quer dizer com isso?", pergunto.

"Ele quer você *e* deseja as bênçãos de todos", ela resume. De repente, a acusação que ela fez, há uma semana, de que sou capaz de encadear conceitos muito complexos, mas não entender algo tão simples, como um amor recíproco, parece verdade. Jordanna continua: "Você não me disse que a mãe dele era russa e seu pai, um católico irlandês, quando eles se conheceram, mas ele se converteu? Aquela deve ter sido alguma história de amor, não acha? Talvez ele tenha os genes da mãe".

Ele quer e deseja a bênção de todos. Meu coração dói. "Grata", sussurro para Jordanna. Nossas mãos se separam e a minha se enfia sob o meu travesseiro, enquanto me viro de barriga para baixo. Antes de cair no sono, encontro Mortichai em minha mente, o envolvo com meus braços e sorrio levantando a cabeça para admirar o seu rosto. O homem que eu pensava ser tão estoico e frio, quando o conheci, agora é suspeito de ser a alma mais esperançosa e ingenuamente otimista que jamais conheci, mas revestido de um disfarce. Ele está mumificado! Eu imagino... e o estou desembrulhando.

Na manhã do quarto dia, estamos quase mudas como a própria Anatiya, empenhadas em completar a missão. Andrew se juntou a nós para passar o dia, sabendo que estamos próximos do fim. No começo da tarde, antes de Anna ter a oportunidade de esquentar a *focaccia* para o almoço, Jordanna larga a caneta. Ela tem lágrimas nos olhos. Parece que escalou uma montanha. Está resplandescente. Levanta e anda até Andrew, apresentando-lhe as últimas páginas. Ele as lê reverentemente e depois olha para ela. Seus olhos estão repletos de amor. Ela diz: "Agora é com você trazê-la à luz e libertá-la".

Andrew se levanta e fala: "O tradutor é sempre o herói esquecido de qualquer trabalho de arte. Quando eles erguerem seu amigo como herói e elogiarem o fenômeno que Anatiya é, eu estarei pensando em você. Intrépida, inspirada e cheia de graça".

Jordanna o abraça delicadamente e beija a sua face. Jerrold abre uma garrafa de champanhe e fazemos um brinde exuberante.

Jordanna e eu nos abraçamos por muito tempo. "Nós conseguimos", eu murmuro em seu ouvido. "Nós a libertamos." Quando nos afastamos, Jordanna, radiante, descansa sua taça de champanhe e me diz: "Agora, minha melhor amiga, é hora de voltar para casa".

Encontro com o advogado de Jerrold, Greg Chesterfield, em frente ao edifício de Jerrold, e compartilhamos um táxi para a delegacia de polícia. As longas pernas dele se dobram em ângulo reto, no banco de trás. Abro minha janela e aproveito a luz do sol, que penetra, trazendo cores e sons da cidade. Parada no tráfego, observo uma mãe, com um vestido de linho florido, passeando com a filha, saltitante a seu lado, com tanta alegria que parece capaz de transformar-se em gás hélio e subir ao céu.

"No tempo da faculdade, eu fantasiava que poderia me tornar um arqueólogo submarino", Greg me conta. Eu me viro para ele e, mesmo com seu requintado terno e relógio de ouro, que assenta em sua pele como se tivesse sido criado apenas para ele, posso imaginá-lo em seu equipamento de mergulho, aerodinâmico e ágil. Ele comenta: "Eu pensei que teria de encarar barracudas e socar tubarões".

"Você já mergulhou alguma vez?", pergunto.

"No recife australiano, no Hawai, o coral, cores brilhantes", ele pontua, relembrando. "Eu pensava que iria submergir com meu pequeno submarino entre nuvens de nuvens iridescentes de água-viva que brilhariam como a cidade à noite. Eu descobriria a cratera submarina que provaria de uma vez por todas que um meteoro havia se chocado contra a Terra e destruído os dinossauros."

Dou risada.

"Com certeza, haveria navios piratas naufragados. Tesouros espalhados ao seu redor, por quilômetros."

"E você os entregaria para a Autoridade das Antiguidades, como homem obediente à lei que é", digo.

"Sim, mas talvez guardasse uma pedra preciosa para mim, não pelo dinheiro, mas para honrar o espírito dos piratas que morreram no naufrágio."

"Mas você escolheu a faculdade de direito, em vez da aventura submarina", digo.

"Foi um sonho que surgiu da invencibilidade da juventude", ele comenta. Eu sorrio, porque ele ainda continua completamente invencível para mim. "Agora, francamente, me sinto um náutilo ao pensar sobre ficar vagando sob as ondas o dia inteiro."

"Você disse que isso o transforma em um náutilo?"

"Eu disse que me dá náuseas", ele esclarece, mas aparentemente não convencido.

"Não, não foi isso", eu o provoco. "Há quanto tempo você vem mantendo Jerrold a salvo de problemas?"

"Ouça... Jerrold não é Jerrold, exceto quanto tem um montão de problemas."

Rimos juntos. Na delegacia de polícia, eles parecem satisfeitos pelo fato de que estejamos nos apresentando e, também, admiravelmente compreensivos a respeito de minha decisão de me esconder até que a tradução terminasse.

O detetive Vega nos diz: "Como policial, sou cumpridor da lei. Como cristão, sou temente a Deus, e sei que Deus colocou aquele pergaminho em suas mãos por alguma razão."

Converso com os investigadores durante cerca de uma hora, não muito tempo, afinal, e Greg se assegura de que todos estejam cientes de que um arqueólogo tem licença legal para fotografar e utilizar dados como eles se apresentam. Eles me avisam para ter cuidado. Há muita gente furiosa comigo. Mas há muito mais gente, eles esclarecem, que pensam que eu sou uma espécie de heroína.

XXVII

*Não há nada mais perfeito do que uma parede com uma porta
e uma janela. Uma parede para proteger, uma porta para convidar
a entrar, a sair e a retornar, para fechar e abrir ao vasto espaço,
e uma janela através da qual se conhece a verdade.*

O PERGAMINHO DE ANATIYA 51:109-110

Entre a América e a Eurásia, olho para as nuvens escuras, enquanto a lua vermelha as atravessa. Imagino que estou em um tapete mágico. As últimas semanas foram muito surreais. Quando retornei ao meu apartamento, depois de vários dias traduzindo o documento, encontrei minhas coisas ligeiramente fora de lugar. Minha mãe me contara que policiais haviam vasculhado meus pertences e ficou claro que ela tentou colocar tudo de volta em seus lugares. De certa forma, o ambiente parecia até melhor do que estava, exceto pelo simples fato de não mais me pertencer; ou eu não mais pertencer a ele. O lugar, que durante anos foi um lar para mim, não tinha mais esse significado. Talvez as pilhas de cartas fizessem com que soasse mais público do que pessoal. O estranho é que nada o transformou em lar. Eu não tenho lar, realmente. Quando preparei as duas malas para retornar a Israel, não conseguia imaginar que pudesse armar minha tenda em qualquer lugar e chamá-la de lar. Fiquei avaliando lugares que pudessem receber a pessoa errante que sou, lugares onde dormi no mês passado: meu austero quarto na casa que dividia com Norris e os Bograshovs, o escritório na casa dos Barakat e a alcova oriental na cobertura de Jerrold. Penso no tranquilo sótão de Jordanna. Penso no apartamento da minha mãe.

Nenhum deles é lar. Pressiono a testa contra a janela do avião. Emergimos de um acolchoado de retalhos de nuvens. A lua cria um extenso corredor ao longo do oceano. O que Anatiya e Jeremias pensariam do mundo visto daqui?. Eles estarão em um avião, algum dia, gosto de pensar, quando fizerem uma exposição mundial no museu. Eles navegarão pelo céu, encerrados nos braços um do outro. Eu reflito nas profecias de Anatiya. Enquanto Jeremias estava na prisão, ela escreveu que poderia sentir a pulsação rítmica dos hematomas e ferimentos dele, a dor surda que o invadiu como a espuma das ondas na praia. Ela previra: *Algum dia, nós também, querido, vamos deslizar pelo piso de safira, tão graciosamente, longos pescoços estirados, singrando as águas. Hoje eu me sinto envelhecendo. Hoje, eu quero muito odiar os homens que o açoitaram, mas só posso amar, mais profundamente, mais castamente. Saiba, Jeremias, quanta alegria há em mim, para ti. Como eu te servi com adoração, e por tua causa, nosso Deus, eu perdoo.*

Penso na última vez que visitei o túmulo do meu pai, em Long Island, há cerca de vinte anos. Meus pais fariam vinte anos de casados e mamãe quis comemorar esse aniversário. Em todo o caso, esse é o meu verdadeiro lar, percebo — na pequena sepultura da família. Esse é meu lar na Terra. Baseio-me em propósitos e os vejo nos olhos de cada pessoa que conheço, cada pessoa que me vê. Leio isso em pilhas de cartas que esperavam por mim quando retornei ao meu apartamento, a maioria de apoio, algumas agressivas. Isso não me apavora. Meu nome e minha alma sempre estarão entrelaçados com a vida do profeta Jeremias e com a beleza da mulher que o amava. Esse é o meu lar. Há estrelas cintilando no "piso de safira" de Anathiya. As luzes de outro avião muito distante se movem continuamente em outra direção.

Eu antevejo arqueólogos, daqui a milhares de anos, abrindo o túmulo de Jarrold March, encontrando uma enorme máscara africana, e dou uma risada alta. É o que fazemos, penso. Procuramos o legado, seja na loucura, na criança, em grandes ou pequenos feitos. Geralmente, são incontáveis pequenas ações reunidas em um esforço para sobreviver e viver intensamente. Penso nos milhares de tumbas de crianças cananeias que descobri e olho agora para milhares de estrelas. Elas estão relacionadas. Cada estrela emana uma daquelas almas que inspiraram um pouco mais de amor, mesmo que fosse por um ou alguns dias ou anos. Depois vem o luto, que é sempre o preço pelo amor. Mas, graças a Deus, pelo amor. E as estrelas continuam a tremular para dissipar a treva, orientar as tropas, clarear as trilhas dos andarilhos, e assim por diante. Fico extasiada diante da noite.

Cuidei de tudo que tinha deixado pendente. Disse à Banana Republic que não estava interessada no projeto deles, terminei com a IMAX e agora estou livre. Estou diferente. Dalia me pediu que falasse alguma coisa no casamento. Abro a última edição da *Digest*, procurando inspiração em Anatiya.

Volto ao tempo em que ela e Jeremias estão no banquete dos recabitas e ele a beija pela primeira vez. Ela permanece muda ao longo de todo o pergaminho, exceto neste caso, quando diz uma palavra, "eu...", e depois para.

Meu amor falou comigo: "Quando Jacó viu Raquel, ele empurrou a pedra da boca do poço, deu de beber ao rebanho e depois a beijou. Agora eu vejo a pedra se mover do poço. Eu olhei dentro do poço. Está cheio de lágrimas do pranto de Raquel. Eu vejo as águas que vão saciar a sede do rebanho. As águas vivas são o seu amor. Eu nasci com a pedra em minha alma, uma joia deslocada e que sela meu espírito como uma fonte bloqueada.

Eu não posso amar, por causa dessa pedra. Eu não posso casar, por causa dessa pedra. Eu não posso me render, por causa dessa pedra... embora queira, como tudo em mim, como Deus, meu Deus vivo. E força nenhuma de pastor, comando nenhum de rei e força externa nenhuma possam deslocar essa pedra. Mesmo assim, agora vejo a pedra se mover do poço, pelo sutil ruído de uma lágrima de mulher, e, por um momento, contigo, eu sou Jacó...

Meu amor levantou da mesa e suas palavras eram como uma rede infinita envolvendo infinitamente meu corpo, erguendo-me. Eu me voltei para ele. Em um instante, seus braços se fecharam ao meu redor e ele sussurrou e eu senti a doce brisa de sua respiração, "eu nunca beijei, por causa dessa pedra..." e senti meus lábios pressionados contra meu amor. Eu apertei bem forte suas costas largas e minhas lágrimas escorreram sobre nossas bocas unidas. Todo o sangue, em mim, correu freneticamente e cada pensamento, cada pensamento no mundo, foi silenciado, cada respiração suspensa, cada onda do mar, cada pedra rolada, cada estrela em seu caminho ficou quieta naquele momento... Meu amor se afastou e suas mechas de cabelos brancos roçaram meu pescoço, e ele pressionou sua testa contra a minha e uma luz branca incidiu sobre o lugar onde nossas cabeças se tocaram e essa luz inundou meus olhos. Eu abri a boca e disse, com suavidade, "eu" e não pude continuar. E ele disse: "Silêncio, agora, minha noiva. Deus retribui".

Eu deixo a *Digest* de lado, pensando no dia em que removemos a laje de pedra do degrau, descobrindo uma pequena arca de joias e pertences de estimação, incluindo o largo bracelete com uma pedrinha engastada no centro, onde estavam gravadas as palavras hebraicas: "Eu te amo". Eu imagino Anatiya espalhando essas pedras entre as pessoas oprimidas como uma fazendeira celestial disseminando sementes estreladas.

Penso em Mortichai e uma súbita doçura me envolve, como se tivesse sido adoçada. *Algum dia nós também, querido, vamos deslizar pelo piso de safira...*

Ibrahim e Naima sabiam que eu estava retornando para eles. Mesmo assim, quando chego, eles me olham extasiados, como se eu tivesse vindo em carruagens e com grupos de dançarinos. A fachada da moradia parece inteiramente distinta. A sala de estar e o saguão haviam sido estendidos para formar um grande recinto saliente, repleto de equipamentos. Onde antes ficava a sala de estar foi construído um pequeno cômodo sobre a entrada da cisterna, para permitir o controle da temperatura e proteger os murais. Parece uma coisa estranha, como se fosse um *bunker* militar no meio da casa. Dentro, vejo que a entrada da cisterna foi aumentada para formar um patamar polido e construída uma série de degraus para permitir a descida. Fico tentada a lançar uma moeda, como se aquele fosse o poço dos desejos. As cores das pinturas são mais vibrantes e livres de poeira. O resto da casa permanece igual, por enquanto. Ibrahim me conta que eles compraram o terreno contíguo e me mostram que a construção de seu novo lar começou, pois, em última análise, não seria possível viver em cima de um tesouro internacional.

Na mesa da sala de jantar está disposta uma infinidade de delícias saborosas em bandejas de metal. Naima me prepara um prato com cubos de cordeiro nevados com iogurte de queijo de cabra. A salada de pepinos está fatiada tão fininha que as rodelas são quase transparentes. Ibrahim agita os braços, enquanto me atualiza sobre a pressão dos ortodoxos para que os esqueletos sejam enterrados novamente, enquanto alguns cristãos de direita reivindicam que devem ser separados, primeiro. Três membros do parlamento israelita, o Knesset, tiveram suas casas incendiadas e os incendiários não foram pegos. Os Barakat estão agradecidos porque há guardas ao redor da sua casa e Naima os mantém muito bem alimentados.

Quando Mortichai chega, a minha boca está cheia de leite e carne. Eu me levanto, tentando engolir e limpar os líquidos dos lábios, mas a evidência está bem ali, no meu prato, no molho bem temperado de cordeiro, misturado ao branco iogurte. Ele não parece notar a mesa, mas abraça Ibrahim, acena cordialmente para Naima e, então, para diante de mim. É um momento complicado para nós. Eu desejo lançar meus braços ao redor dele e suas mãos dão a impressão de estarem amarradas nos quadris, para não tocar e nem convidar ao toque. Ainda assim, seu sorriso me enlaça forte e ambos damos risadas, olhando um para o outro, sorrindo. Ele tira o paletó preto, atirando-o sobre uma cadeira, e dobra as mangas da camisa branca. Senta ao meu lado. Não está usando chapéu e seus cabelos estão um pouco mais longos, bastos, com aquela cor que eu amo: campos amarelos com os tons rosados da aurora. Suas pálpebras parecem pesadas sobre seus olhos azuis celestes.

Ele dá a impressão de estar sonolento, pensativo, mas aliviado por me ver. Eu me vejo olhando para ele do mesmo jeito que observava os murais, hipnotizada ao imaginar de onde vêm essas cores. Por quais rotas de especiarias o lápis-lazúli teve de viajar para produzir aquele tom de azul? Quais negociações foram feitas para adquirir esse dourado? Penso em seus pais, em sua herança, e imagino um pincel embebido nas encostas e mares da Irlanda, depois mesclado com o sol sobre as florestas russas, cheias de lendas.

"Tenho algo para você", ele está dizendo, e coloca uma caixinha branca sobre a mesa. Está desembrulhada. "Eu não sei...", ele começa. Seu rosto fica ruborizado e ele olha para baixo, mirando suas mãos que estão nos joelhos. Ele respira curta e profundamente e continua: "... se é adequado ou não trazer um presente para você. Provavelmente, não". Ele me olha e sorri. Eu acho a sua luta encantadora. "Mas eu quero que você tenha isso."

Abro a caixa. É uma presilha de cabelo, lindamente adornada. Fico admirada ao vê-la. "Onde você achou isso?", pergunto, baixinho.

"É uma borboleta", ele esclarece, evitando responder. Ibrahim está colocando um prato de comida na frente de Mortichai. Ele pega o prato e balança a cabeça em sinal de aprovação. Por um momento, segura o prato desengonçadamente e o deposita na mesa.

Eu rio e olho para ele. "Não, não é", eu o corrijo. "É uma mariposa lunar."

Eu a seguro. Tem uns dez centímetros de comprimento, laqueada de um verde luminescente. "Uma mariposa?", ele pergunta, embaraçado. "Tem certeza? Eu achei que era tão bonita."

"Vai ficar muito linda em seus cabelos", Naima comenta.

Eu rio. "Mariposas lunares são belas. Eu as vi em Nova York algumas vezes. Quando você vê uma delas, fica sem respiração. São fantasmagóricas e requintadas. São miraculosas, trágicas, delicadas criaturas."

Eu seguro a presilha contra o meu peito. "Eu adorei. Onde você conseguiu isso?", pergunto de novo. Sei que não há mariposas lunares em Israel. O rosto dele fica vermelho outra vez. "De fato, se você tem de saber a verdade, eu a comprei quando estava na faculdade. Foi em Bloomington. Vivi naquele lugar durante três anos. É tão engraçado, porque originalmente eu a comprei pensando em mandá--la para a minha mãe, e só quando voltei para o meu alojamento me dei conta de que a minha mãe jamais usaria uma coisa dessa nos cabelos, sempre cobertos com um lenço."

Algo desperta em Ibrahim, que salta e leva embora o prato de Mortichai, retornando triunfalmente com um copo de água, uma laranja descascada e uma tigela de sementes de girassol. Mortichai agradece e continua. "Então, pensei... bem, vou guardá-la para dar à minha esposa, um dia." Ele olha para a presilha em minhas mãos e, depois, para mim. "Então, lembrei que nenhuma mulher casada em minha comunidade usa os cabelos expostos." Ele ri. "Isso mostra como eu estava distante de tudo isso. Como eu estava alheio, a ponto de comprar um enfeite de cabelo pensando em dá-lo a uma mulher que amasse." Subitamente, ele tosse e parece terrivelmente desconfortável. Toma um pouco de água.

Esfrego a presilha entre meus dedos. É pesada e lisa. Meu coração está tão repleto que sinto como se as costuras da roupa fossem se romper. Ele diz: "Eu queria lhe dar algo, Page, mas parecia estranho sair e lhe comprar alguma coisa, dadas as circunstâncias, você sabe. Então, lembrei que tinha isso. Espero que fique bem." E acrescenta: "Desculpe".

Olho para a presilha e ela está cheia de significado para mim. Não importa o que aconteça entre nós. Mesmo que ele se case e desapareça em um mundo onde cordeiro temperado nunca se mistura com molho de iogurte, vou adorar este presente, um presente que veio do passado dele, do jeito que ele era antes, despojado de sua crisálida de hábito e compromisso. Ele havia comprado isso para mim, tenho certeza em meu coração, muito antes de ter me conhecido. E ele sabe que vou usar isso abertamente, meus cabelos expostos e brilhantes, e será lindo. E ele aprecia isso. Ele só não gosta que sua mãe esteja sempre coberta com um lenço. Por isso, comprou algo bonito para enfeitar os cabelos dela.

"Por que elas são trágicas?", Naima pergunta.

"O quê?", pergunto, saindo de minha euforia.

"Você disse que elas são trágicas", ela me lembra, sobre as mariposas lunares.

"Ah... — eu salto para o presente — ...elas são. Como lagartas são perfeitas, mas quando saem de seus casulos, por alguma razão, há uma falha em sua estrutura. Elas não têm boca. Então, vivem apenas durante uma semana, antes de morrer de fome."

"Como é que elas podem não ter bocas?", Ibrahim pergunta.

"Isso é tão triste", Naima comenta.

Mortichai está me olhando admirado, como se mirasse dentro de um caleidoscópio. "Não é trágico", diz. "Seria se elas nunca pudessem abrir suas asas."

Eu pego meus cabelos e torço para cima, enfeitando-os com a presilha. Estou bastante consciente da nudez do meu pescoço e de que Mortichai está me observando e se virando. Naima limpa a mesa, sem retirar a laranja e as sementes de girassol, abrimos minha cópia da *Digest* e conversamos sobre Anatiya com muito entusiasmo, como uma família compartilhando histórias sobre uma irmã ou filha, que, finalmente, quando as esperanças estavam quase perdidas, retorna.

Reservo bastante tempo me arrumando para o casamento. Depois do banho, de lavar e pentear os cabelos, quero me cuidar ainda mais. Encho a banheira, salpicando a água com sais de banho que estavam aqui desde a minha primeira visita, e mergulho. Depois, coloco talco de bebê e me envolvo em uma toalha macia, torcendo outra sobre a cabeça, como um turbante. Olho no espelho, passando creme de coco no rosto. Pareço mais jovem do que minha idade cronológica, penso com alegria. Ou talvez seja porque estou feliz e relaxada. No quarto, deslizo — pela cabeça — dentro de um vestido que comprei em Nova York, e ele cai sobre mim em ondulações arejadas de seda até os tornozelos. Embora seja muito simples, é mais luxuoso do que qualquer outra coisa que eu tenha usado, em *moiré* cinza sem mangas e plissado, com uma trança prateada ao redor do meu pescoço. No espelho, posso ver meu corpo delineado sob o fino tecido, os bicos dos seios e a curva delicada dos quadris. A textura parece água transbordando sobre meus músculos nas coxas e panturrilhas. Prendo os cabelos e coloco a presilha de mariposa lunar, de maneira que brilhe na coroa sobre minha cabeça. Pequenas mechas loiras, cor de narciso, escapam como se fossem raios de minha pele brilhante. Coloco os brinquinhos de diamantes que meu pai me deu, *post-mortem*, em minha crisma. Finalmente, coloco sandálias de prata com salto sete. Quando desço para o térreo, Ibrahim e Naima estão perto da porta, parecendo elegantes e radiantes. Naima usa um vestido longo, de mangas compridas, cor de esmeralda. "Você vai sentir frio!", ela exclama, quando me vê. "Vou lhe buscar um xale, caso precise", diz, e sobe as escadas rapidamente.

Ibrahim me observa cuidadosamente. "Ele teria de ser tonto", diz devagar. "Você é um farol..."

"Um farol!", eu rio.

"Todo o seu brilho está aqui em cima", ele fala, apontando para a minha cabeça.

Então, repete: "Ele teria de ser um tonto, de verdade".

Subo na parte de trás do carro deles, apesar dos sinceros protestos de Naima, certa de que deveria ir na frente. O casamento será na região oeste de Jerusalém, na Piscina do Sultão, um reservatório do tempo de Herodes que adquiriu esse nome derivado de Suleiman, o Magnífico, que restaurou o lugar no século dezesseis. Enquanto estacionamos o veículo, sinto um tremor nos ossos, sabendo que logo verei Mortichai e Fruma. Ando com um pouco de dificuldade, ao descer os degraus de pedra. Já existe uma pequena multidão reunida lá embaixo. Embora tenha conquistado o Iraque, a Hungria, a Albânia e o mar Mediterrâneo, estou certa de que Suleiman nunca foi recompensado com tamanha quantidade de mulheres em bordados de pedrarias e lantejoulas. Muçulmanos com turbantes leves e túnicas brancas se movimentam entre as pessoas furtivamente. Judeus ortodoxos de ternos pretos elegantes e chapéus escuros, de abas, estão ao lado de suas esposas com coroas de tecidos bordados ao redor da cabeça. Entre os descendentes de antigos feudos, resplandecem brincos e cristais versus taças de Martini. Posso vê-los todos, dando risadas, observando ao redor com negros olhos semitas e, em algum lugar, entre eles, está Mortichai com seus olhos celestes.

Eu paro nos degraus. Ibrahim e Naima desceram na frente.

Pequenas mariposas estão voando no céu noturno e, atrás delas, através das luzes artificiais, silhuetas das paredes da Cidade Antiga e da Torre de Davi, testemunhas de pedra dos embates ao longo dos séculos. Eu gostaria de estar entre as mariposas. Tremo e envolvo os braços nus com o xale de Naima, tentando me equilibrar nos saltos altos. Suleman conferiu autonomia religiosa a judeus, armênios, cristãos e gregos cristãos ortodoxos. Ele ficaria encantado com a reunião internacional em sua piscina, uma bela mistura de tanta diversidade.

Quando chego ao final dos degraus, dezenas de pessoas vêm ao meu encontro, falando excitadamente. Um cinegrafista com microfone atravessa a multidão, caminhando direto ao meu encontro. Em minha imaginação, ele é um aquanauta na beira da Piscina do Sultão, e o cabo do seu microfone é o seu tubo de ar. A luz que fica piscando na câmera, bem atrás dele, é o focinho do seu equipamento de alto mergulho. Um pouco antes da luz se anular diante dos meus olhos, vejo Mortichai. Ele está usando, como sempre, um chapéu e um terno pretos. Fico vagamente desapontada por achar que está com um chapéu que se encaixa direito em sua cabeça. Está se inclinando para falar com uma mulher. Meus olhos a perscrutam, antes que o cinegrafista obstrua a minha visão. Ela está usando um paletó de *tweed* azul-marinho, com uma longa saia preguada e sapatos baixos e fechados. Tem cabelos castanhos lisos divididos ao meio e presos em uma grossa e longa trança. Por um momento terrível, em toda a sua mediocridade, ela é, para mim, o mais belo peixe sinistro da piscina.

Ofereço uma bênção para Dalia e Walid e afasto a câmera, para olhar Fruma de novo. Ela é pequena. Sua pele de marfim é brilhante:

não há manchas nem marcas de sol naquela superfície lisa. Seus cabelos castanhos divididos ao meio sobre sua testa são como cortinas abertas. Os pequenos lóbulos das orelhas são como campânulas brancas pendendo para baixo. Ela não usa brincos, nem maquiagem. Quando sorri, os olhos também sorriem, sobressaindo-se em meias-luas. As paredes da Cidade Antiga se erguem atrás dela e apenas ela parece pertencer ao cenário. Uma filha de rabino. Uma alma pura. Boa e leal mãe. Com um salmo na ponta da língua.

Antes de Fruma, de costas para mim, está Mortichai, com seu novo paletó preto perfeitamente ajustado aos ombros. Seu chapéu negro se volta para ela, quando se inclina para ouvir o que ela diz. Sinto veneno subir em meu peito — *Como ouso tentar roubá-lo dela? Quem sou eu?* — e me viro, pressionando para ultrapassar o círculo de pessoas à espera de agarrar um pedacinho de mim. Eu existo para eles por causa da descoberta. Eu mesma sou nada mais do que os ossos que encontrei.

Mortichai se vira e me vê. Sorri e levanta a mão para acenar. Estou repleta de tristeza, mas tentando me recuperar para retribuir amigavelmente. Ele interpreta a minha atitude e seu sorriso se evapora instantaneamente. No tempo que ele leva para se aproximar, eu encontro o meu centro. Trato de me envolver no xale e sorrio para ele.

"Você está linda", diz, e acrescenta, rapidamente: "Está bem?". Eu balanço a cabeça afirmativamente, com medo de falar.

"A presilha está bonita", ele comenta. "Eu sabia que ficaria."

Respiro profundamente e tento ser corajosa e honesta. "Precisamos conversar em algum momento, não esta noite, mas em breve. Tenho sentimentos por você e ficarei feliz ao comemorar o seu casamento, se isso o deixa feliz. Mas também posso me imaginar andando pela nave com você. E essa é uma fantasia cheia de todo o tipo de lacunas, eu sei. Mas você a sustenta, com seu olhar, e sabe disso. Você tem de me dizer o que sente. Com clareza. E então podemos encarar um futuro imperfeito, mas belo, juntos, ou podemos nos afastar com uma bênção. Isso também é um tipo de amor, suponho. Ambos os caminhos são bons, Mortichai, mas preciso saber o que você quer."

Mal termino de falar, Meirav se aproxima de nós. Ao me ver, ela expressa o seu entusiasmo com um despreeendimento que jamais observara nela. Seus cabelos não são mais vermelhos, mas azuis profundamente escuros. Ainda são espetados, mas suficientemente longos para que pudesse prender alguns lacinhos vermelhos nele. Está usando um *top* de raiom negro, tomara que caia, que parece pintado em seu corpo, e uma saia bufante vermelho-cereja, que parece ter sido cortada a tesoura por alguém alcoolizado.

"Page Brookstone", ela diz, se afastando de mim, "este é meu namorado, Shrag. Shrag, esta é minha chefe, Page Brookstone." Sinto vontade de rir quando ela me chama de chefe, sabendo que há pouca probabilidade de que venhamos a trabalhar juntas novamente. Mas quem realmente sabe de alguma coisa?

Shrag é robusto, está com o uniforme do exército, mas colocou a cinta e a gravata borboleta do *smoking*. Ele usa o corte de cabelo militar clássico, bem rente, mas se diferencia bastante dos colegas em todo o país, porque tem vários *piercings* no rosto e enormes buracos nos lóbulos das orelhas, graças às argolas de plástico preto, formando uma combinação fantástica, tenho de admitir.

"Como tem estado?", pergunto a Meirav. Noto que ela coloriu as bochechas com círculos de *rouge*, como uma boneca de pano.

"Tudo mudou em minha vida desde o tempo em que ficamos juntas no subsolo", ela diz. "Olhe só..., tenho sido convidada a fazer apresentações sobre a descoberta. Você pode imaginar uma coisa dessas? Eu ficar diante de um grupo de garotas judias, ensinado como encontrar Jeremias. Desde que saímos do subsolo, o mundo virou de cabeça para baixo."

"Ela atua como professora", Shrag diz, oferecendo apoio. "Ei... foi bem louco o que você fez, roubando aquelas fotos."

"Ela não é incrível?", Meirav exagera. "E tudo começou porque ela acreditou em uns árabes que contavam histórias de fantasmas."

"É isso que você conta às garotas judias?"

"Com certeza", Meirav afirma, colocando as mãos nos quadris em sua petulante pose clássica. "Eu conto tudo a elas e não paro até ver suas pequenas orelhas ficarem vermelhas e a professora suar, mesmo que seja eu a fazer todo o esforço. Para mim, não se trata mais da descoberta, mas de livrar aquelas pequenas escravas de suas jaulas e ensinar-lhes autoexpressão."

"Minha namorada está em uma missão de liberar as mulheres", diz Shrag. "Você não pode permanecer com esta aqui, se quiser ficar por cima."

Meirav tenta lhe dar um soco no peito, mas ele agarra o braço dela, torcendo-o na direção das costas, o que a faz rir, embora esteja lutando para se livrar. "A menos que você a algeme", ele diz, e rosna em seu ouvido.

"Eu pensava que as mulheres já estivessem liberadas", digo.

Meirav afirma: "Talvez de onde você venha. Mas eu vou rasgar a burka do resto desta espaçonave." Ela pisa na ponta da bota de combate do rapaz e ele a solta.

Quando a cerimônia começa, sento-me com Ibrahim e Naima bem na frente. Como Walid praticamente salta pelo corredor da nave, as mulheres de sua família vibram, em celebração. Seu sorriso é contagiante. Ele brilha e acena, extasiado, para todas as pessoas. Dalia entra com um vestido preto sem mangas, com acabamento de couro e cravos de prata. Irrompe em uma espuma de renda preta e textura de rede rasgada. Elevando-se desse traje negro, sua pele pálida parece fantasmagórica. Seus cabelos estão ao natural, no tom castanho, mas com mechas de um rosa forte encimadas por uma tiara. Sua maquiagem foi feita profissionalmente, em sombras nas cores do pavão ao redor dos olhos.

Penso em Fruma. Ela, provavelmente, coloca suas esponjas e outros utensílios na lavadora de louças todas as semanas. Provavelmente, pode tirar as espinhas de um peixe. Provavelmente, pode atrair pássaros à sua soleira, cantando a escala musical de cima a baixo. Sobre a cerimônia, as mariposas estão flertando com a lua. Como se a lua se importasse com elas. Naima me dá o braço e aninha a cabeça em meu ombro, num toque confortante. Eu trato de me relembrar que sou feliz e quando vejo Walid e Dalia se beijarem, no fim da

Mais **Forte** Que a **Morte**

cerimônia, sinto, genuinamente, carinho por eles. Naima me diz: "Talvez ele beije muito mal".

"Walid?", pergunto.

"Não", ela responde. "Mortichai." Eu fico apenas olhando para ela, por um instante, refletindo.

Ela continua: "Por tudo que você sabe, ele poderia ser virgem".

Eu rio: "Não, eu não acho", contesto.

"Baseada em quê?", ela quer saber.

"Ele me contou que quando estava na universidade namorou e teve experiências." De repente, duvido de mim mesma.

Naima inclina o queixo para baixo e me olha com a testa franzida. "Evidências muito frágeis", ela diz. "Pelo que se sabe, 'namorar', para ele, significa um café e uma caminhada, e 'experimentar' pode ser usar alguma cor."

Eu reviro os olhos, me dando conta. Ela está certa. Eu liguei, mentalmente, todas as pistas que tenho a respeito dele, como se fossem pontos estritamente relacionados. Beijo a bochecha quentinha de Naima.

Depois do jantar, é a minha vez de oferecer um brinde. Vou ao centro da pista de dança, mordendo os lábios e segurando o microfone quase sem forças. Fico ouvindo os grilos de Suleiman e, então, digo: "Em uma cisterna no fundo da terra, um profeta e sua bem-amada levaram seu amor para o túmulo. Walid e Dalia trouxeram seu amor ao mundo". E aqui minha voz se parte. Tento continuar, mas percebo que não posso. O momento fica tenso, desconfortável, o silêncio se aprofundando a cada pesada pulsação.

Ergo a minha taça e respiro profundamente. Lembro o que li no avião e, com base nisso, recito: "*Eu nasci com a pedra em minha alma, uma joia deslocada e que sela meu espírito como uma fonte bloqueada... Mesmo assim, eu agora vejo a pedra se mover do poço, pelo sutil ruído de uma lágrima de mulher...*Quando Dalia foi hospitalizada, uma pedra se deslocou no coração do mundo e no coração de Walid, e, sob o prisma do amor deles, todo o oposto se misturou, tudo o que antes estava em conflito..." Eu vejo Mortichai parecer muito pequeno, onde está sentado. Lembro dele falando comigo no bar Colony. Recordo quando ele dizia: *No mundo da pintura, tudo deriva das três cores, mas no mundo da luz todo o espectro é refratado numa só...* Eu limpo a garganta e encerro: "Tudo o que antes estava em conflito tornou-se um". Levanto um dedo, como ele fez. Ergo a minha taça com a outra mão, e anuncio: "À vida. E mais à vida".

Os convidados levantam e aplaudem. Não tenho muita certeza de que estejam aplaudindo algo que eu disse ou se estão aplaudindo os ossos aos quais eu estou indissocialmente ligada e ao desejo de que este casamento seja abençoado. Quando eles me aplaudem, tenho uma visão de meu próprio funeral. Fogos de artifício estão espocando sobre a Piscina do Sultão.

Logo depois dos fogos, a pista de dança fica lotada. A música se alterna, entre a hebraica e a árabe, e Ibrahim se levanta, convidando a esposa a acompanhá-lo. Um instante depois, fico paralisada ao observá-los agradando-se um ao outro.

"Eles são uma grande equipe", Mortichai diz, e eu me viro para ele, ao mesmo tempo satisfeita e um pouco nervosa por ter vindo se sentar comigo. Estou preocupada por ter colocado, de repente, todas as cartas na mesa cedo demais, mas ele parece tranquilo e está ao meu lado.

"Ei", digo. "Está se divertindo?"

Ele dá de ombros. Há luzes coloridas piscando sobre a pista de dança, mudando o chapéu dele de preto para vermelho, para púrpura, para amarelo, para verde. Ele olha com firmeza para mim.

"O seu pessoal ao menos dança?", pergunto, um pouco ríspida.

Ele parece se irritar, mas depois suspira e se inclina para a frente. "Eu havia me levantado para dançar com meus irmãos, para dançar com meus amigos homens." Ele junta as mãos e traz as pontas dos dedos aos lábios. Depois de uma pausa, me olha e diz: "Eu quero responder ao que você me perguntou. Você quer que lhe diga como me sinto e peço desculpas por ter sido ambíguo".

"Não sei se é apropriado falar sobre isso aqui", comento, dando uma olhada para a mesa em que ele estava, para ver se Fruma está lá. A verdade é que seu semblante ficou sombrio e eu não estou bem certa de que desejo ouvir o que está prestes a dizer.

"Estou falando a respeito", ele diz, e fico surpresa com a sua voz contundente. Ele leva as pontas dos dedos aos lábios, de novo, e depois suaviza o tom. "Ouça, você me perguntou se 'o seu pessoal ao menos dança'. Você disse que pode se imaginar andando em uma nave comigo, mas eu não tenho ideia do que você realmente pensa sobre a minha vida. Eu não tenho nenhuma ideia do que você pensa a respeito da tradição em que fui criado. Eu não tenho nenhuma ideia se você respeita minha luta ou pensa que seja insignificante, ou mesmo se a compreende."

Estou chocada. Eu estou lhe entregando meu coração e ele parece que está me recriminando. Ele continua. "Às vezes, tenho o pressentimento de que você é uma pessoa de mais fé do que eu. Eu sou, em meu coração, um antropólogo. É isso que eu amo. E por causa disso eu amo a complexidade da cultura, da fé e do tribalismo; isso me fascina. Mas, mesmo que me sinta confortável imerso nisso, acho que me mantenho distante, como se minha própria vida fosse um campo de estudo, mas para ninguém. Você compreende? Mas, com você, eu acho impossível permanecer objetivo. Meu coração está envolvido, a despeito de minha vontade. Não estou coletando dados sobre a natureza humana, estou vivendo."

"Grata", eu deixo escapar, insegura.

"Como um antropólogo, eu posso dizer honestamente que eu a respeito totalmente por sua fé. Realmente respeito. Admiro. Entretanto, não consigo perceber qual é o seu compromisso. Não sei se você é uma devota da Igreja Católica ou da capela de Page Brookstone. Seja o que for, não importa, é bonito. Eu gosto. Eu gosto de pessoas com história e devoção. Eu me mantive distante das tradições de minha família por muito tempo. Foi muito doloroso para eles. Alguns estavam abertamente desapontados comigo. Se não fosse pela intervenção de nosso rabino, eu teria sido banido, pranteado como em um funeral. E a despeito de me sentir chamado para fora, me importo com a minha família e não quero que se enlutem por mim. Você compreende?"

"Acho que sim", digo. "Por que você voltou do 'lado de fora'?"

"Voltei porque estava cansado. Tive o coração partido, lá, por uma mulher que pensava amar. Nós tínhamos vivido juntos, embora minha família não saiba disso. Quando terminou, não senti que tinha um lar. Eu estava sozinho."

"Você é virgem?", deixo escapar e, depois, me sinto envergonhada.

Ele ri, mas não gentilmente. "Você não está me ouvindo! Você não tem ideia sobre muitas coisas da minha vida e, mesmo assim, afirma que pode imaginar-se casando comigo. Eu não estou falando de sexo. Isto", ele gesticula irritado entre nós, "não tem a ver com sexo. Ouça, eu não sou um adolescente. Sou um homem. Sim, eu fiz amor antes, se isso a deixa feliz. Mas eu só namorei mulheres judias. Eu nunca experimentei algo semelhante ao que sinto por alguém como você. E a primeira mulher que eu namorei foi muito difícil para mim. Eu tive de superar muita culpa por não ter me casado primeiro, como meus irmãos, inferno, da maneira como a minha comunidade adulta faz. Minha culpa foi, em grande parte, responsável pelo fim do meu primeiro relacionamento. O último, com Dafne, que disse me amar, mas isso não a impediu de me enganar. Ela implorou para que eu ficasse, foram meses de lágrimas, mas não consegui superar a infidelidade. Foi culpa dela, mas minha, também. Para mim, era um símbolo de todo o vazio do secularismo. Sou tão culpado quanto ela pela destruição do nosso lar." Mortichai espera e me olha por um instante. "Você é muito atraente, Page, mas eu já me senti atraído por mulheres antes e isso nunca me manteve acordado à noite, do jeito que você faz. Nunca me assombraram. Não tem a ver com sexo. Seria fácil se fosse."

Ele continua. "Voltei para a minha família porque estava cansado e pronto para sossegar. Você jamais esteve em minha casa. Há muitas coisas que você não sabe a meu respeito."

"Você nunca me convidou", digo. "Onde você mora, então?"

"Moro na Rua Ushiskin, mas isso não importa. A questão é porque eu não a convidei. Eu vivo em um condomínio, com seis dos meus irmãos e suas famílias. Sou o tio aventureiro e bem barbeado. Minhas sobrinhas e sobrinhos sempre lotam o pátio entre nossos apartamentos. Fruma reside no mesmo bloco. Eu pensei em convidar você, eu adoraria, mas depois me preocupei sobre o que minhas irmãs e seus maridos fanáticos poderiam dizer. É mais complicado do que você pensa."

"Talvez sim", digo tristemente, "talvez não."

"Não, é." Ouça, quando nos falamos pela primeira vez na biblioteca Rockefeller, você derramou sua alma sobre mim e sequer me conhecia e, até hoje, ainda não sei por quê. Será que foi porque existe uma ligação entre nós? Ou por que eu estava no lugar certo na hora certa, quando você precisou falar? Será que a minha roupa me tornou suficientemente anônimo para que você se sentisse segura?"

"Não sei", digo. "Acho que você compartilhou primeiro."

"Você me perturba, Page. E é estranho para Fruma, também, depois que Walid anunciou na televisão que você e eu fizemos sexo. Obviamente, ela compreendeu que não era verdade, mas é difícil. Ela não é tonta. Deve saber que estou perturbado por você."

"Bem, eu não pretendia *perturbá-lo*", digo, me sentindo, também, uma pequena cruz. Ferida, inclusive.

"Quando você foi embora, todo mundo ao meu redor estava caminhando ao sol, enquanto, para mim, tudo estava cinza. Senti imensamente a sua falta, mas a distância, honestamente, foi boa para mim. Isso me ajudou a pensar. Ajudou-me a perceber melhor o que sinto." Ele faz uma pausa, medindo as palavras em silêncio, enquanto olha para a pista de dança. E me olha de novo dizendo: "Quando eu me encontrar com o rabino..."

Eu o interrompo. "O rabino. Você consulta o rabino sempre que tem de tomar uma grande decisão? Quando você e Fruma têm de decidir o que fazer para o jantar?"

ZOË KLEIN

"Não zombe de mim", diz, com os olhos apertados. Depois, seus ombros caem e ele parece se render. "Você realmente não compreende ou talvez eu não esteja sendo muito claro. Eu não me perturbo facilmente, mas temo que, talvez, esteja apaixonado por você. E, ao mesmo tempo, tenho de me questionar: o que é que eu, de fato, sei a seu respeito? E quanto de mim você realmente sabe? Quando diz que você pode se imaginar andando na nave rumo ao altar comigo, o que isso significa para você? Não sei como você me vê. Não sei se você, de alguma forma, me inventou e poderia ficar desapontada depois de viver uma semana comigo. Não conheço toda a sua história e você ignora muito a minha. E, mesmo assim, desde que nos falamos pela primeira vez na biblioteca, tenho me sentido atormentado por você. Atormentado e — ele vira as palmas das mãos para cima, enquanto repousam sobre seus joelhos, como se estivesse me oferecendo algo — feliz como jamais estive."

"Mais feliz do que quando estava com Dafne?", quero saber.

Ele balança a cabeça e ri. "Às vezes, você parece tão criança, *Geveret*."

Naima chega à mesa, vinda da pista de dança, e dramaticamente, desaba sobre a cadeira com um ar de euforia. Ela é seguida de perto por Ibrahim, que fica em pé atrás dela, inclinando-se e respirando pesadamente. A noiva e o noivo se aproximam de nós. Walid parece tão mais maduro do que o rapaz de dezessete anos que conheci em minha primeira visita a Anata. Lembro dele reforçando sua coragem, na cisterna, para desafiar Meirav. Sinto que o vi crescer. Levanto e Dalia me abraça fortemente. "Estou muito feliz de que você esteja aqui", diz. "Você é minha heroína. Sou a garota mais sortuda do mundo por tê-la conhecido." Olho para o seu rostinho. Ela está radiante. Parece uma princesa intergalática. Ela aperta minhas duas mãos. "Você salvou minha vida", diz, "de muitas formas. Salvou meu corpo de cair no buraco e salvou o meu coração, ao me trazer Walid. Eu a amo muito."

Walid toma meu rosto em suas mãos quentes e me beija em cada bochecha. "Você abriu um mundo novo para nós", fala, seus olhos castanhos dançando, "um mundo que eu nem seria suficientemente criativo para sequer imaginar."

"Você é muito criativo", digo.

"Eu tento ser, para ganhar a Senhorita Imaginação." E coloca o braço ao redor do pescoço de Dalia, atraindo-a para um beijo leve. Ela dá três pulinhos de alegria e ele a conduz para a próxima mesa. Walid olha para trás e, sobre o ombro, diz para nós: "Vão para a pista de dança, seus tontos, é uma festa!".

Naima acena com as mãos, indicando que está exausta demais no momento; então, Ibrahim estende as mãos para mim. Olho para Mortichai e ele sorri timidamente. Ibrahim me levanta em direção a seus braços fortes e, num instante, estamos misturados à corrente de pessoas que se agitam na pista de dança. Agora a música é árabe, a orquestra versátil utiliza alaúdes elétricos, mantendo a bateria alta, e surge um vocalista, cujas vogais abrem buracos no ar sobre nós. Faz tanto tempo que não danço e aquilo é tão bom. Ibrahim é um forte condutor e, em seus braços, me sinto leve como o tecido do meu vestido. Meirav e Shrag abrem caminho até nós. Eles parecem um pouco bêbados e eu rio pensando que devem ter um talento especial para estarem tão descompassados. Todo mundo levanta as mãos, os quadris se encostam, de um lado e de outo. Os braços de Ibrahim formam um círculo aberto ao meu redor, sem, realmente, me tocar, e eu danço no pequeno centro, minhas mãos, também, se elevando para a lua. Imagino que não somos muito diferentes das dançarinas do ventre de Suleiman, com seus véus misturados a moedas tilintantes e que, provavelmente, dançavam aqui há centenas de anos. O círculo dos braços de Ibrahim se rompe quando o pai de Dalia entra e me convida para dançar. Logo, perco a noção de com quantas pessoas estou bailando, perco a noção de mim mesma e sou arrastada na celebração do que Walid chamou de mundo novo. Dalia está girando nos braços dele e seu vestido ondula com a luz.

XXVIII

Estou cansada. Logo vou largar minha pena.
O PERGAMINHO DE ANATIYA 51:111

Setenta Anatiyas nasceram nos Estados Unidos durante a última semana, leio no jornal. Ela pertence ao público, agora, penso, e jamais poderá ser levada embora. Vou com Itai a um café que costumávamos frequentar. Ele parece cansado, pele azeitonada meio descorada e áspera, com círculos escuros sob os olhos profundos. Sentamos a uma mesa na calçada. Certa vez, sentamos neste mesmo lugar, com as mãos dadas sob a mesa. Do outro lado da rua há uma joalheria e estou atenta aos casais que entram e saem, enquanto Itai se senta, nervoso. Ele está bravo comigo.

"Você quase custou o meu emprego", diz, seus olhos praticamente perfurando os meus.

"E quanto à 'propriedade intelectual'?", pergunto, tentando melhorar o clima.

"E quanto à amizade?", ele retruca. "E quanto a levar as pessoas que se preocupam com você a um torvelinho? E quanto ao respeito?"

Eu me inclino sobre a mesa para tocar na sua manga, mas ele a retira. Lágrimas assomam em meus olhos. "Itai, sinto muito por não ter contado a você. Por favor, me olhe. Eu amava você. Ainda amo, eu nunca pretendi feri-lo. Eu *tinha* de fazer isso. Não sei como explicar, mas sabia, em minha alma, que aquela era a única decisão que poderia tomar. Senti que era maior do que eu ou que você. Tinha a ver com Anatiya. Eu estava com pressa de vê-la traduzida e não pensava em outra coisa. Não pensei que iria ferir você e peço desculpas por isso."

Ele me olha fixamente por um instante e posso ver que está lutando para não me perdoar. Quer fazer com que eu sofra um pouco, porque esta é a primeira vez que nos vemos desde que a tradução completa foi divulgada.

"Você deveria ter me considerado, Page. Pode ter me amado, mas fugiu desse sentimento. *Você* terminou o nosso relacionamento, se é que se lembra. Nunca lhe dei qualquer razão para não confiar em mim."

"Eu sei", digo, sentindo-me completamente derrotada. "Sinto muito. Tinha medo de que você fosse me impedir e não queria que me parassem."

"Naturalmente." Um casal sai da joalheria com os braços dados. A garota está praticamente velejando ao sol, como uma das noivas de Chagall.

"Lamento, Itai", digo de novo. "Seria uma tragédia para mim perder a sua amizade."

Ele balança a cabeça, concordando. Posso notar que ele está ficando mais relaxado no momento em que já havíamos devorado o homus em silêncio e acabam de chegar a minha salada e o filé de peixe dele.

"Podemos fazer as pazes, enterrando o machado?", sugiro esperançosamente.

"Nenhum arqueólogo que se preze enterraria um machado", ele diz, ainda sério. Mas posso notar que está me perdoando. Ele me confidencia que Jeremias e Anatiya serão retirados secretamente do departamento, por temor de tumultos mais sérios. A pressão para tornar a sepultar os restos mortais está se tornando mais intensa. Houve até gente protestando diante da casa dele e apedrejando carros em sua garagem. Os despojos serão levados para um local mais seguro, em uma base militar.

"Como Jeremias e Anatiya estão se sentindo sobre essa mudança?", pergunto, divertida.

"Bem...", ele comenta, embarcando na brincadeira, "Anatiya estava simplesmente dizendo a Jeremias que ela nutria esperanças de que fosse fazer mergulho em Eilat."

Eu rio. Estou muito satisfeita de ser capaz de recuperar a leveza e a amizade dele. O casamento de Dalia e Walid foi no domingo e agora é a tarde de sexta-feira. Não soube nada de Mortichai e tenho certeza de que ele já deve ter conversado com o rabino. Tento não pensar nisso, embora o tema permaneça como um constante ruído estático invadindo todos os meus pensamentos. É tão bom sentar-se com um homem em cujos braços já estive, com quem compartilhei o calor da carne e não apenas a ilusão da fantasia.

Itai continua: "Eu, na verdade, sinto muito que eles estejam deixando o meu domínio, embora uma trégua dos ortodoxos seja bem-vinda".

"Ouvi rumores", digo, "de que o Knesset recebeu ameaças. Soube, ainda, sobre o incêndio e que membros individuais do parlamento foram ameaçados de morte."

"Fui informado de que você recebeu ameaças de morte", acrescenta.

"Há muito tempo que venho vivendo sob ameaça de morte", digo, espetando um cogumelo e um tomate, para, em seguida, mergulhá-los no vinagre de endro. "Há um boato de que alguém do topo está ficando apavorado e quer os esqueletos fora do país."

A voz dele se torna grave. "Jamais acredite em boatos sobre Israel", ele discorda. "O governo israelense não se assusta facilmente." Ele destaca uma garfada crocante de peixe e o saboreia devagar. Fecha os olhos e sinto que ele e Israel estão compartilhando um momento privativo. Quando reabre os olhos, está comigo novamente. "Mas é estranho. Estou compartilhando um edifício com aqueles dois e talvez esteja perdendo isso, mas, às vezes, suspeito que eles esticam as cordas. É como se eles estivessem fazendo com que as coisas aconteçam. Como se quisessem ser encontrados, querem ser remanejados e estão tecendo algum plano intrincado, do qual somos apenas uma pequena parte. Até mesmo você, quando fugiu com a história deles, pareceu... bem... determinada por eles, de alguma forma. Nós os retiramos de seu caixão para preparar a mudança e eles estavam tão leves, é quase como se..."

Fico com raiva ao ouvir que eles foram retirados de sua cama. Não posso sequer imaginar um grupo de cientistas tocando neles, manuseando-os. "Você os manteve juntos, certo?", pergunto, subitamente, temerosa de que tenham sido separados para facilitar o transporte.

"Com certeza." Ele parece surpreso. "Page, nós não somos um bando de amadores e mafiosos de retaguarda, como você parece pensar." Nós somos *Israel*, posso imaginá-lo dizendo, mas ele não fala isso. Dou uma olhada na joalheria. Ele e eu fomos lá juntos, uma vez. Eu experimentei um anel de ouro branco filigranado com um diamante em lapidação princesa. Estávamos apenas testando para ver como ele ficava. Quando ele soube que tinha sido feito na Áustria, disse: "Não compraríamos anéis feitos fora de Israel, de jeito nenhum". E me dei conta de que jamais nos casaríamos, realmente. Percebo que ele também está olhando para o outro lado da rua. "Lamento", digo, "o que você estava dizendo sobre deslocá-los?"

"Não tem importância", ele desiste, concentrando-se no peixe, em vez de olhar para mim. "É bobagem."

"Ah... continue...", peço.

Ele fica às voltas com uma fatia de limão. "Está certo... eu ia dizer que é como se eles mesmos estivessem ajudando. Eu me lembro de quando os levantei, com a equipe. Mas é como se eu tivesse duas memórias simultâneas — uma possível e outra impossível. Uma, de movê-los com a equipe, precisa e profissionalmente. A lembrança correta. E outra memória em que, por mais louco que pareça, eu levanto Anatiya e ela coloca seu braço ao redor dos meus ombros. E recordo que a memória incorreta é tão vivaz quanto a correta. Isso está acontecendo comigo desde que eles vieram para cá. Uma vez eu estava olhando para eles, enquanto comia um sanduíche, e, justamente, refletia sobre a maneira como foram colocados na tumba. Mas também me lembro de estar com o mesmo sanduíche, em igual sequência de mordidas, observando Anatiya andar para fora da porta, mandar um sorriso maroto por sobre os ombros e ir embora. Uma memória verdadeira e uma falsa memória." Ele balança a cabeça. "Eu devo estar exausto."

"A memória é sempre dupla", digo, tentando proteger sua sanidade. "Há o que aconteceu e há a história que contamos a nós mesmos sobre o acontecido. Todo mundo faz isso. Você não é louco." Ao mesmo tempo, eu fico repleta de admiração pelos esqueletos. Eu me lembro de ter visto Anatiya e Jeremias sentarem como se estivessem se levantando de uma cama, em carne e osso, radiantes. A memória ainda é nítida e real.

Quanto retorno aos Barakat, descubro que eles colocaram os móveis da sala de estar na de jantar, tornando este espaço incrivelmente abarrotado. O sofá está encostado no canto mais distante e a televisão repousa na beira da mesa, com fios cruzando o recinto. Os Barakat não estão em casa. Ibrahim me contou que eles iam construir uma ala extra na nova casa para eu morar e eu sei que estão falando sério. Mas sei que não acho certo permanecer por muito tempo. Eu vou fechar o apartamento em Nova York e alugar um lugar só meu, talvez fora de Jerusalém. Começar outro projeto, quem sabe trabalhar para Jerrold.

Itai não quer me dizer quando os esqueletos serão transladados, mas sei que é necessário ficar bem quieta. Eu me curvo no sofá, com as pernas encolhidas embaixo de mim, ao estilo sereia, atenta e imóvel diante da CNN, como se qualquer movimento brusco de minha parte pudesse resultar em turbulência e vibração de ossos frágeis. Pego no sono ali mesmo.

Um delicado toque em meu ombro me desperta. Está escuro e meus olhos se ajustam para ver Ibrahim em pé, à minha frente, seus olhos tão intensos que quase cintilam. Sento, percebendo que meu cabelo está todo aninhado em um só lado da cabeça. "Que horas são?", pergunto, esfregando os olhos. Ele me passa o telefone e diz: "É Itai".

Noto que Ibrahim parece chateado e fico imaginando o que foi que eu fiz. Vejo Naima em pé do outro lado do cômodo, parcialmente bloqueada pela televisão. "O que aconteceu?", digo, enquanto pego o telefone.

"Eles foram roubados, Page." A voz de Itai treme. "Eles desapareceram."

"Quem desapareceu?", digo, meu coração disparado, embora saiba que ele está falando de Anatiya e Jeremias.

"Alguém subiu pelo piso. Eles entraram pelo espelho d'água do pátio. Penetraram pela cisterna subterrânea bem abaixo da sala de pergaminhos e abriram caminho com explosivos. Quando os guardas desceram, eles e os esqueletos tinham desaparecido." A voz de Itai se interrompe e posso ouvir sua pesada respiração. Imagino que esteja andando rapidamente.

"Eles irromperam pela sala de pergaminhos?", pergunto, sentindo um pânico real pressionando meu peito. Ibrahim liga para ver as notícias e posso ver imagens do Rockefeller repleto de soldados. Naima se afunda no sofá ao meu lado.

"Meus Deus", Itai chora. "Lamento. É como se você soubesse, tinha de tirar a história dali e você fez isso, você fez!"

"Eles o destruíram?", pergunto. Sinto a náusea subir à garganta, minhas veias incham com algo mais negro do que sangue.

Posso ouvi-lo soluçando. "Metade dele desapareceu. Metade dele é poeira e cinzas. O restante está queimado, quase nada aproveitável. Eu não acho que eles pretendiam destruí-lo. Mesmo as fotos estão perdidas. Elas estavam atrás dos esqueletos. Estou no museu. Eles estão interrogando os guardas e vão me ouvir em seguida."

Meu sangue está batucando alto em meus ouvidos. Estou ficando tonta. E me apoio em Naima. Ela está com filetes de lágrimas nas faces. Ibrahim está vendo as notícias, as mãos fechadas contra os punhos.

"O que devo fazer?", digo, me sentindo mal do estômago.

"Tudo bem... acalme-se", Itai fala, claramente dando uma ordem para si mesmo, da mesma forma que a mim. "Não há nada melhor nisso do que o exército de Israel. Ninguém no mundo. Os esqueletos serão encontrados." Quando desligo o telefone, Naima e eu caímos uma nos braços da outra e soluçamos. Quando olho para cima, vejo na televisão que são cinco e meia da manhã.

Preciso falar com Mortichai. Tento ligar para o seu celular, mas ele não responde. Provavelmente esteja dormindo, imagino. "Vou para o museu", digo para Ibrahim e Naima, e ele diz: "Vou com você".

O carro de Ibrahim corta a escuridão e eu fico enrolando os cabelos com os dedos, sentindo o peito pesado de preocupação. Ligo para Jordanna quando começamos a subir para Jerusalém. Eu afasto o telefone de mim, quando ela grita. As mãos de Ibrahim apertam de tal maneira a direção, que os nós dos dedos parecem os picos nevados de uma montanha marrom.

"Quem autorizou que eles fossem despachados, em primeiro lugar? Como eles puderam retirá-los do caixão — eles estavam a salvo, ali! Eles vão matá-la! Eles vão separá-los!" Jordanna está esbravejando entre lágrimas.

"Eles não podem matá-la, Jordanna", digo, tentando acalmá-la. Eu posso imaginar seus filhos ficando apavorados, se estiverem em casa. "Ela já está morta." Mas meu comentário só faz com que chore ainda mais.

"Ah, Page...", ela soluça ao telefone. "Ninguém a conhece como nós. Fizemos tudo o que foi possível para libertá-la e agora eles vão reduzi-la a pó e dispersá-la ao vento." Jordanna está praticamente sibilando. "Você se lembra do que ela diz no capítulo dez? *Permita que minha escuridão se una à luz dele! Embora o mundo esteja em gestação, embora nós retornemos à escuridão, embora sejamos imaturos, ao menos amorfos não podemos suportar a canga dele.* Ela pode estar morta, mas eles ainda podem matá-la, eles podem deformá-la. Ah, pobre Jeremias! Ridicularizado e abusado durante toda a vida e, agora, em sua morte — é imperdoável!" Eu decido não contar a ela, ainda, sobre o pergaminho.

"Eles estão juntos", digo, vacilando, mas agora minhas lágrimas estão rolando livremente. "Talvez Jeremias tenha prometido uma lua de mel a ela."

Jordanna segura a respiração. "Vou vomitar", diz. "Eles não levaram o pergaminho, não é?" Eu penso em quando estava com Jordanna na cobertura de Jerrold e líamos a respeito do pergaminho de Jeremias, que tinha sido queimado pelo rei. Aprendemos como Anatoya tinha enchido um saco com as cinzas e teve o impulso de colocar as mãos lá dentro e esfregar, em seus cabelos e em sua pele, as palavras e alertas do seu profeta. E agora seu próprio pergaminho está meio incinerado. Começo a tremer. E respondo a ela: "Jordanna, eu a amo. Anatiya tinha Jeremias e eu e você temos uma à outra. Nós vamos superar isto. Tenho de desligar. Já estamos quase chegando no museu. Vou ligar para você mais tarde."

Uma mulher militar, com um rabo-de-cavalo bem alto e uma metralhadora pendente das costas, me reconhece. "*Geveret* Brookstone", diz, me pegando pelo braço, "venha comigo, nós gostaríamos de lhe fazer algumas perguntas."

"Este é Ibrahim Barakat", digo, procurando por ele.

"*Ken*", ela diz, dirigindo-se a ele em hebraico, "sim, lamento não tê-lo reconhecido. Por favor, venha comigo também."

As áreas estão repletas de policiais israelitas. Ela nos conduz à biblioteca, onde Mortichai e eu conversamos há não mais de três meses. Passa um pouco das seis horas e a luz da manhã escoa pelas janelas em arco. Em uma das grandes mesas há um equipamento de gravação e dois soldados entrevistam um guarda.

A soldado nos orienta para sentar e esperar para sermos ouvidos. Eu quero encontrar Itai, mas obedeço. Pego o celular e ligo de novo para Mortichai, mas não há resposta. De repente, me lembro que é Shabat e ele não deve estar com o telefone e a televisão ligados, em obediência ao dia do descanso. Provavelmente, ainda não sabe de nada. Lágrimas rolam dos meus olhos e Ibrahim me embala. Choro em sua camisa e respiro o aroma de seu almíscar do bosque. Traz um conforto para o meu interior mais profundo.

A militar retorna e pede nossos telefones celulares, para que seja feita uma análise e, sem questionar a ordem, os entregamos. Esperamos por cerca de duas horas antes de sermos interrogados. Sento na cadeira onde o guarda havia estado. O policial é mais novo do que

ZOË KLEIN

eu. Usa boina azul, bigode e cavanhaque tão bem aparados que parecem negras lâminas de metal. Pega um saquinho de lenços umedecidos do bolso e me oferece um, com o qual limpo todo o rosto.

"Você fala hebraico?", pergunta. "Meu inglês é mais ou menos."

"Sim", eu suspiro.

Ele começa a falar comigo em hebraico. "Bom. Você deve ser capaz de nos ajudar. Nossa principal suspeita recai sobre a comunidade local ultraortodoxa. O mesmo grupo tem pressionado a administração para voltar a enterrar os cadáveres e ameaçado fazer isso desde o começo. Já temos algumas pistas. Estamos observando também outros grupos de fé que são daqui, mas mantêm centros no exterior. O que você pode fazer por mim é apenas tentar relembrar alguma coisa incomum que aconteceu a respeito da escavação e do transporte desses esqueletos. Qualquer coisa... pessoas duvidosas, fatos estranhos, observadores excessivamente interessados. Qualquer coisa não rotineira pode nos ajudar."

"Eu continuo a pensar naquele evangelista, Elias Warner, com quem tive uma discussão aos gritos", digo. Eu toco ligeiramente em meus olhos e posso sentir que estão vermelhos, irritados.

"Warner não estava envolvido", o detetive replica com desdém. "Nós já o investigamos." Eu penso em lhe fazer uma pergunta a respeito disso, mas sua expressão me impede de tentar. Ele continua. "Fale sobre Mortichai Masters. Ele teve acesso a este edifício?"

Fico surpresa por um instante. "Ele é um suspeito? Você sabe que ele é, antes de tudo, um cientista. A religião, para ele, é algo mais antropológico." Pareço idiota até para mim mesma. Posso imaginar Mortichai me dizendo como isso é bem mais complicado e que, às vezes, sou muito infantil. Ainda assim, acredito em minhas palavras.

Então me lembro de algo. "Você sabe alguma coisa de uma organização chamada CRUZ, nome pela qual é chamada a Sociedade Cristã de Salvação dos Restos Mortais? É dirigida por um tal de Yeshu Abraham. Mortichai trabalha para eles." O detetive toma nota.

Ibrahim está esperando por mim, encostado contra um pilar. Por um instante, ele lembra o meu pai inclinado sobre os armários fora do salão do ginásio, esperando por mim enquanto eu estava na escola de dança dos meus primos. Um peso invisível sobre ele. Ibrahim só precisa de um cigarro.

Nossos telefones celulares foram devolvidos. Temos permissão de descer ao porão. Podemos sentir o cheiro da fumaça, enquanto descemos os degraus e, dentro da sala de objetos, a cena é impressionante. O caixão vazio é tão estranho e sedutor como um piano de cauda sem teclas nem nada dentro. Eu me sinto congelar. Reconheço Itai pelas costas, ao atravessar a porta da sala de pergaminhos. Corro para ele. Quando ele se vira e me vê, me envolve em um doloroso abraço. Ele segura a parte de trás da minha cabeça, pressionando meu rosto contra o seu ombro, como se não quisesse que eu visse. Quando ele me solta, fico chocada ao ver o recinto. Há um buraco no chão, com mais ou menos o mesmo tamanho daquele que existia na sala de estar dos Barakat, quando os visitei pela primeira vez. Há raios de poeira preta no piso, ao redor da abertura. Parece algo cósmico, um buraco negro, uma estrela caída. Ainda há metade do pergaminho de Anatoya em sua mesa, mas enegrecido; o vidro que o protegia foi estraçalhado. Fragmentos se espalham por todo o lugar, alguns de Anatiya e, também, de outros documentos. Há alguns grudados até no teto. Ao longo de toda a sala, como um massacre de insetos em uma lanterna feita para captá-los, fragmentos são como asas frágeis cortadas e fritas. Eu me contenho e, em vez de chorar, ofegante, procuro me equilibrar. Olho para Itai e digo: "Nada de equipe internacional, agora. Eu quero dirigir a limpeza disso aqui".

"Você está no comando", ele fala. "Diga-me o que fazer." As pessoas que já haviam começado a trabalhar param. Respiro fundo e informo de quais ferramentas necessito, dando orientações a ele, a Ibrahim e aos outros, de que áreas limpar, oferecendo estritas instruções para que não seja desconsiderada nem uma só partícula. Enquanto me abaixo, usando um palito para resgatar fragmentos entranhados nas ranhuras do piso, subitamente lembro de Mortichai e de seu trabalho com a ZAKA. Olho para as partículas de cinza em minha bandeja. Isso é tudo que elas são. Partículas de cinza. Não restou nada para remontar. E, ainda assim, penso no verso *Pó a pó, cinzas a cinzas*, e isso passa a significar algo novo para mim. Penso em Anatiya salvando os cacos do jarro que Jeremias quebrou, amando os pedaços porque eram parte de algo que ele tocou. Penso no mural da nossa cisterna, na parte em que o pergaminho de Jeremias foi queimado, em como havia letras em hebraico subindo na fumaça, sobre as chamas, como se não pudessem ser extintas. Percebo que o pó ao qual retornamos não é o mesmo pó de onde viemos. Não é que viemos das cinzas e do vazio e voltaremos às cinzas e ao vazio. O pó a que voltamos tem história. As cinzas em que nos tornaremos foram tocadas, inscritas, detalhadas, adornadas. Elas brilharam. Pego um fragmento com a pinça e consigo ver nele a palavra heraica *anochi*. Significa, simplesmente, "eu sou". Lágrimas escorrem pelo meu rosto e eu coloco o fragmento cuidadosamente na bandeja.

Organizamos as partículas da melhor forma, para que possam ser estudadas, testadas e recuperadas. Já são sete da noite quando estamos prontos para parar, por aquele dia. Lembro de Anatiya esfregando, por todo seu corpo, as cinzas do pergaminho de Jeremias. Silenciosamente, toco com o dedo numa pequena pilha de cinzas e, quando estou certa de que não há ninguém me observando, passo atrás das orelhas como perfume. Quando sinto que me tocam, uma sensação estranha me assalta. Correm pelo meu sangue, como milhares de raios de luz. Eu a sinto, penso. Sinto que Anatiya está se tornando parte de mim. Então, respiro e a sensação se amaina. Agradeço por terem se empenhado tão intensamente e todos, incluindo Itai, aplaudem. Acabamos de fazer um tremendo trabalho de recuperação.

"Você sabe onde fica a Rua Ushiskin?", pergunto a Ibrahim, quando saímos, e ele concorda em me levar até lá. O sol está declinando no céu, mas falta, no mínimo, uma hora para o ocaso. Shabat ou não, reflito, tenho de ver Mortichai. Ibrahim consente em me levar até o local.

XXIX

*O pardal descansa nas costas da águia, e, quando a águia,
de fadiga, não consegue mais carregá-lo, descansado, o pardal
salta e voa ainda mais alto. Voa ainda mais alto,
meu filho, mesmo mais alto do que eu.*

O PERGAMINHO DE ANATIYA 51:114-115

Seguimos pela rua estreita lentamente, enquanto procuro por um conjunto de apartamentos com um pátio, do jeito que ele descreveu. Vejo um edifício de quatro andares que se estende em torno de um jardim, e, pela janela do carro, posso enxergar um monte de crianças brincando. Menininhos vestidos como Mortichais em miniatura e meninas com vestidos longos e sérios, com cabelos compridos, penteados em tranças, correndo de um lado para outro, atrás de uma bola. Digo a Ibrahim que o lugar deve ser este. Ele me deseja sorte.

Corro até o pátio. Estou usando uma camiseta branca, que nem parece branca, tão suja está de poeira e cinzas. Sequer imagino como está o meu rosto e não pensei em dar uma olhada quando estava no carro de Ibrahim. Paro de repente no centro do pátio, ao notar que todas as crianças estão olhando para mim, todos parecendo pequenos adultos com aquelas roupas tão sérias, exceto por seus rostos suados, bochechas rosadas e camisas brancas abotoadas até o colarinho, saindo um pouco fora das calças. Pergunto a uma menininha, com o mesmo cabelo dourado, reflexos de morango, semelhantes aos de Mortichai, se ela o conhece.

Ela me olha de alto a baixo, como se eu fosse algo novo e estranho, uma criatura das neves que exagerou ao vagar pelo sul. Ela aponta para uma porta. Vou até lá, sentindo os olhos de todos às minhas costas. Antes de bater, vejo a minúscula mezuzá de bronze à minha direita, no batente da porta. Eu o alcanço e toco levemente nele, beijando meu dedo em seguida. Olho por cima do ombro, a menina sorri para mim e, subitamente, uma criança chuta a bola e todo o bando vai atrás dela.

Eu bato. Mortichai abre a porta. Ele me vê, ali em pé, e seus olhos se arregalam de surpresa, a boca se abrindo em um sorriso. Por um momento, esqueço a razão que me traz aqui ao notar que ele está satisfeito em me ver.

"Você sabe?", pergunto.

"A polícia saiu daqui faz uma hora, mais ou menos", responde. "Ia ligar para você assim que terminasse o Shabat."

"E quando é isso?", pergunto, e ele olha para o céu sobre o pátio. Diz: "Em cerca de quarenta minutos". Olha para a minha camiseta e, depois, para o meu rosto. Fala: "*Não toque nela, Baruque. Ela está usando o pergaminho de Deus.*" Seu rosto se abate, quando ambos mudamos de uma sensação de alívio por nos vermos e enfrentarmos a realidade de que os esqueletos desapareceram. Grande parte do pergaminho destruída.

Ficamos ali parados, respirando. O barulho das crianças ecoa atrás de nós. Sinto um calafrio, subitamente. "Tenho permissão de entrar?", pergunto. As lágrimas começando a jorrar dos meus olhos.

"Claro", ele diz, "por favor!" Então, se afasta e eu ouço a sua respiração pesada. "Não posso acreditar", comenta. "A polícia ficou aqui por uma hora e meia. Não estou certo de que tivesse alguma coisa a oferecer a eles." Apesar da minha tristeza, eu quase rio quando entro em seu apartamento e fico feliz que ele não vê. A porta da frente se abre para uma grande sala de estar. As paredes são de um tom chocolate suave e há um longo sofá da mesma cor em tecido ultrassuede, com uma namoradeira combinando e uma grande e peluda otomana quadrada. Em cima há um grande e aparentemente pesado prato de ferro, servindo como bandeja para uma garrafa alta de algo semelhante a um brandy, e uma tigela de prata com balas duras. A parede do fundo é forrada de estantes, de cima a baixo, e cheias de livros e papéis. Há uma mesa de carvalho ao lado das estantes, com um *laptop* fechado, e, ainda, o que parece ser uma luminária de níquel, com uma cúpula retangular negra. No teto, um ventilador com largas hélices de *rattan* de aspecto tropical e vidro âmbar, fosco.

Sobre o sofá, seis diferentes fotografias do deserto em rústicas molduras.

Na parede em frente está uma pequena televisão de tela plana. Há uma cadeira de vime, com almofadas de jacquard vermelho e um tapete de juta trançada. O aspecto geral seria clássico e confortável, não fosse a infinidade de brinquedos espalhados. Caixas de empilhar, blocos com as cores do arco-íris, um quebra-cabeça inacabado, de madeiras no formato de um dinossauro, com letras do alfabeto hebraico, três chocalhos, no mínimo, uma daquelas molas que se movimentam quando lançadas, ursos de pelúcia, duas bonecas vestidas modestamente, sentadas em uma mesa de brinquedo, uma caixa lotada de panelinhas de plástico, dois jogos, um Othello e outro Trouble, e mais um, de tabuleiro, com personagens como Judas Macabeu. Vejo até mesmo um urso de pelúcia pendurado em um paraquedas, pendendo de uma das hélices do ventilador de teto.

"Você é suspeito?", consigo perguntar, ocultando a minha surpresa diante da explosão de brinquedos em um apartamento de solteiro.

"Por Deus, não!", ele exclama. Eu me viro e olho para ele, quando fecha a porta. Está usando a mesma camisa de botões, só que agora está aberta e posso ver o seu peito largo levantando e abaixando sob uma fina camiseta enfiada nas calças pretas. Eu desejo tanto que ele me abrace, beije meu pescoço, me ame. Poucos segundos em sua casa e sinto que o conheço muito melhor. Posso imaginar sua porta sempre aberta quando

ZOË KLEIN

está em casa e seus sobrinhos e sobrinhas entrando e saindo para brincar. Ele realmente os ama, penso, quando o observo. Ele estava tão sozinho e o coração partido, quando morava fora, e aqui está constantemente cercado de crianças que o adoram. Inclusive o neto de Fruma. Ele quer uma família. Tão complicado como acredita ser, ele retornou porque quer uma família. É assim tão simples e dolorosamente precioso.

"Por favor, entre, sente-se", ele diz, sem jeito, embora eu já esteja dentro. Ele retira cuidadosamente o prato de ferro com a garrafa de brandy e o recipiente de doces. Abre a parte de cima da otomana e começa a jogar os brinquedos lá dentro.

"Não, Mortichai, não arrume", digo. "Eu não me importo, realmente. Na verdade, eu gosto." Sento na cadeira de vime. Ele ri e desaba na namoradeira. "Isso faz com que eles me visitem", diz sobre os brinquedos. "Deixo que façam mais bagunça aqui do que em suas casas."

"É claro", digo, sorrindo com os lábios apertados.

"Nossa!", ele exclama subitamente. "É tão bom ver você." Seus olhos estão fixos em meu rosto e sinto que minhas bochechas estão ficando quentes. "Você estava no museu? Foi horrível? Posso lhe oferecer água gelada?"

Conto a ele sobre o pergaminho e o processo de limpeza. Ele me diz que a polícia já tem uma forte pista e que está visitando as casas de outros membros da ZAKA, que, geralmente, estão entre os mais ferozes quando se trata da santidade da morte.

"Como poderiam ser os ortodoxos?", pergunto. "Eles teriam de ter equipamentos para entrar no espelho d'água — oxigênio, lanternas — e depois explodir o caminho para o piso inferior. Depois, teriam de bloquear a entrada da sala dos objetos para ter tempo de ir embora, quando os guardas chegassem. Só Deus sabe como transportaram os esqueletos. Um enorme saco plástico, com fecho. Algum tipo de sacola à prova d'água, espero." As lágrimas voltam a rolar. "Mas, sinto muito. Não imagino seus barbudos camaradas da ZAKA se infiltrando no subsolo, com roupas de mergulho, carregando explosivos no Shabat. Tudo isso me parece errado."

"Não", Mortichai concorda. "Você está certa. Eles não fariam isso no Shabat. Haviam de considerar uma profanação. Pensei a mesma coisa."

"Eles tiveram de fazer uma parceria com alguém e alguém não ortodoxo", digo, e acrescento, me desculpando: "Eu mencionei à polícia que você trabalhou para a CRUZ".

"Tive um pressentimento de que você faria isso. Eles falaram comigo a respeito, mas só por um ou dois minutos. Há milhares de organizações fundamentalistas em Israel, uma mais aperfeiçoada que a outra. A CRUZ é banal, em comparação com as demais."

"Isso é devastador", digo, levantando a manga suja da camiseta para secar os olhos.

"Ah, não... não faça isso, espere." Mortichai levanta rapidamente e retorna com uma toalha de mão marrom e macia. Eu afundo o rosto inteiro nela.

"O que podemos fazer?", digo tristemente. "Tem de haver algo que a gente possa fazer. Eu a sinto em mim. Eu a sinto em minhas veias." Parece que uma fonte de lágrimas irrompeu em minha cabeça, inundando meus olhos e provocando coriza. Esfrego o nariz na toalha. "Talvez não deveríamos tê-los encontrado e nem perturbado."

"Page, isso não tem nada a ver com você ou com o que tenha feito; nada de ir por esse caminho", ele tenta me confortar.

"Mas você conhece essa gente. Para onde os levarão? Ao Monte das Oliveiras? Onde podemos procurar por eles?"

Ele fica pensando por um instante. "Essa gente, Page", ele diz, gentilmente, "não existe 'essa gente'. Nós somos todos diferentes. Você iria gostar de minha família e acho que eles gostariam de você, quando todos superassem seus preconceitos. Eles não seriam mais 'essa gente' e você não pertenceria 'a aquela gente'." Honestamente, não estou com ânimo para ouvir uma lição. Mas há ternura no tom de voz dele, o que me consola. E penso... talvez ele não esteja querendo me ensinar, mas me convidar. "O Shabat termina em cerca de meia hora. Depois, podemos fazer o que você quiser, mas não sei como podemos ajudar. Seja quem for que fez isso, é altamente organizado, altamente motivado. Não é um trabalho para gente como nós. É para inteligência militar."

Entre lágrimas, me ouço fazer queixas: "Mas você foi um soldado", e, então, o vejo me observando com olhos quase sorrindo e sinto vontade de rir de mim mesma. "Sou uma criança, às vezes. Eu sei."

Ele balança a cabeça, concordando. "Aposto que você não comeu. Tenho beringela a parmegiana em uma bandeja aquecida, na cozinha. Posso lhe trazer um pouco?" Ele se levanta e eu também, seguindo-o.

"Mas por que envolver o exército? Não se trata de uma célula terrorista", digo, andando atrás dele. "Não, mas eles roubaram um tesouro nacional", ele diz. Sua cozinha não é muito maior que a de Naima, mas bem menos repleta de panelas e frigideiras. Os armários são de cerejeira e os aparadores, de pedra-sabão cinza-escuro. Ele coloca uma fatia de berinjela em um prato de vidro. Fora da cozinha há uma pequena área de refeições, onde fica uma mesinha com pernas de ferro, trabalhadas em arabescos. Eu me sento e, ele, também, diante de mim. A comida quente e nutritiva parece regenerar o amor pela vida.

"Acho que conheci alguns dos seus sobrinhos e sobrinhas lá fora", digo com a boca cheia. "Não acredito que tenham me odiado."

Ele ri. "Tenho certeza que não. Como poderiam odiá-la?" Por um instante, ele me observa comer. O silêncio começa a me deixar desconfortável. Devoro uma grande porção e pergunto: "Você está preocupado com o que seus irmãos vão dizer por eu estar aqui? Tenho certeza de que não é apropriado." Sinto minhas bochechas esquentarem de novo.

"Não estou preocupado. Eles já viram a polícia entrar e sair, então sabem que algo de grandes proporções está acontecendo. Logo o Shabat vai terminar e eles vão ligar seus televisores e, provavelmente, virão até aqui."

"Isso o preocupa?", pergunto.

Ele balança a cabeça, devagar. Seus olhos parecem pesados e cansados. E diz, em voz baixa: "Page, eu falei com o rabino Ruskin".

Suspiro profundamente e, depois, limpo a boca com um guardanapo. "Sabe? É tudo em que tenho pensado desde o casamento, imaginando quando você iria falar com ele e o que isso poderia significar para mim. Mas..." — eu dobro o guardanapo, depois desdobro e volto a passá-lo nos lábios — "não acho que seja a hora certa de falar nisso. Nada parece estável e seguro. Meu corpo está aqui, mas meu coração está correndo pelo país, à procura de Anatiya. Penso que não posso, realmente, ouvir com justiça o que ele te disse."

"Eu entendo", Mortichai diz. "E respeito."

Sinto na boca o sabor de uma folhinha de manjericão e isso me leva a perguntar: "Foi Fruma quem fez isso?". Sinto um nó no estômago.

Ele balança a cabeça negando. "Mas foi uma das minhas irmãs."

Eu agito um dedo, para ele: "Sabe? Estou vendo que você é uma espécie de gatuno, moço".

"O que é um gatuno?", ele pergunta. Às vezes, esqueço que ele não nasceu nos Estados Unidos.

"Alguém que pega as coisas sem pagar. Você parece se apoderar dos filhos dos seus irmãos. De certa forma, abriu seu caminho para a minha escavação."

Ele sorri um pouco triste. "Não quero ser um gatuno. Quero algo meu."

Depois de alguns minutos, ele levanta e retorna com uma taça de vinho, uma vela em formato de trança e um saquinho de cravos e cascas de laranja secas. Ele diminui a luz ambiente e acende a vela, de cujos pavios saem faíscas até se reunirem em uma só chama. "É uma cerimônia curta", ele avisa. "Três minutos. É chamada de *havdalah*, e marca o fim do Shabat." Eu o acompanho, quando ele se levanta. Abre um pequeno livro de orações dourado e diz as orações depressa e baixo demais para que eu consiga entender. Fico olhando fixamente para a chama. Vejo o mural com as letras hebraicas levantando da fumaça. Vejo o buraco no meio da sala de pergaminhos. As cinzas tão delicadas como cristais de gelo. Penso em Anatiya, uma das primeiras passagens que li, quando ela subiu a rampa do altar, no templo. *Bati a pá sobre as chamas para extingui-las. Acabei com o fogo. A fumaça penetrou em meus olhos, subiu às mechas de meus cabelos...* E então foi como se o fogo tomasse conta da minha mente. O calor se espalha em minha cabeça e minha espinha parece soldada. Sinto como se minha pele estivesse rachando em um labirinto de rachaduras e fendas, de maneira a revelar uma lava incandescente sob a superfície. Sinto os pontos atrás das orelhas, onde me toquei com as cinzas, e eles queimam. Parece que estou prestes a entrar em combustão e, contra a minha vontade, subitamente, grito, lágrimas quentes atravessando meus cílios, e Mortichai coloca o livro de orações na mesa. "O que aconteceu?", pergunta. Eu tusso e sinto fumaça em minha boca. Agarro as costas da cadeira diante de mim e aspiro o ar. "Ataque de pânico? O que é?", Mortichai quer saber. "Ela está queimando", digo. "Eles vão tocar fogo nela." Sinto como se houvesse cinzas na garganta e fico tossindo profundamente. Mortichai estende o braço e, com a mão em ângulo, se aproxima de mim; hesita por um segundo e, depois, sinto sua mão em meu braço e em minhas costas, onde ele dá um tapinha seco, por presumir que estou me sufocando. Minha tosse provoca desprendimento de muco e cuspo em um guardanapo, o rosto lavado em lágrimas. Estou com medo e um pouco embaraçada. Afundo na cadeira. A mão dele ainda repousa em minhas costas. "Eles vão queimá-la", repito. "Ela está sendo queimada. Eu a *sinto.*"

"Mortichai!", ouvimos. "*Shavua tov!* Ligue o noticiário!"

"Minha irmã Rachel," ele diz. Tento secar o rosto, a testa.

"Lá fora está uma loucura", escutamos.

"E seu marido, Hayim", ele informa. Sua mão desliza, sendo retirada das minhas costas. Ele levanta. Eu murmuro: "Ela está queimando, Mortichai. Eu a vi na chama da vela. Ela está queimando".

Eu posso ouvi-lo cumprimentando Rachel e Hayim na sala de estar e logo escuto um bando de crianças. Permaneço onde estou, fecho os olhos e respiro profundamente. Estou viva, digo para mim mesma. Não estou queimando. A febre passa tão depressa como havia subido. Pego meu prato e levo à cozinha. Coloco-o na pia. Abro a torneira e jogo água fria no rosto. Vejo meu reflexo na janela sobre a pia, fantasmagórico contra a noite, como um retalho de seda sobre água escura.

Recomponho-me — coletando todas as pequenas peças — e entro na sala de estar. Dezesseis pessoas já estão reunidas ali, sete adultos, inclusive Mortichai, sete crianças de menos de dez anos de idade, e dois adolescentes. Mortichai está em pé no meio deles, abotoando a camisa. A porta da frente está aberta e, através dela, posso ver mais crianças brincando no pátio. Surgiu um prato de frescas barrinhas de limão e biscoitos cobertos de gergelim.

Os chapéus pretos de seus irmãos ou cunhados são levantados quando entro no recinto, da mesma forma que os rostos de suas esposas. Todos parecem estranhamente majestosos para mim, reunidos na casa de Mortichai. Cada mulher tem sua própria e única coroa sobre os cabelos. Eu me sinto meio nua. Parece que a minha camiseta suja está muito apertada nos seios. Quase dou um passo atrás, de volta à cozinha, quando uma delas diz: "Page Brookstone! Você está aqui! Não podemos acreditar que eles foram roubados!".

"Um profeta do Senhor deveria estar enterrado", um dos adolescentes fala.

"Sim...", diz uma das mulheres, "... mas daí a serem roubados? Com atos de destruição?"

Para minha surpresa, um dos homens bate na parte de trás da cabeça do jovem, mas não muito forte. O chapéu do garoto fica torto. "Nós não aprovamos a violência", o pai repreende. Mortichai começa a me apresentar, mas a minha mente está fraca demais para gravar todos os nomes. Por me sentir vulnerável, cruzo os braços diante do peito. Quando Mortichai me apresenta a uma de suas irmãs, uma linda jovem de pele aveludada e boca carnuda, com o rosto delicado enquadrado por uma coroa de tecido violeta escuro, usando um xale sobre os ombros, combinando bem com seu vestido preto e largo para o seu corpo esbelto, sinto bondade profunda em seus olhos. Peço a ela que me empreste o xale, para que possa me envolver nele. "Eu me sinto um pouco estranha", confesso. Ela se ilumina e se livra dele, enrolando-o em mim. Trata de ajeitá-lo sobre meus ombros e eu sinto as sementes de uma amizade entre nós. "Cochava." Repito o nome dela para ser capaz de me lembrar. "Tenho ouvido muito falar de você", ela diz. "Eu li algo a respeito, mas também ouvi de meu irmão que grande estudiosa você é."

"Ele é generoso", digo.

"Ah, sim", concorda. "Basta olhar para os brinquedos espalhados aqui! Ele é, de fato, muito generoso. É um bom homem, embora seu caminho se escureça às vezes. Lamento que não tenhamos nos conhecido antes."

A televisão está ligada na BBC; um repórter está diante de um edifício em Londres, onde um rapaz descontente acaba de lançar bombas incendiárias no apartamento da namorada.

"Eles não deveriam ter feito isso no Shabat", um dos homens argumenta. "Não deveriam profanar um mitzvah à procura de outro."

"Eles poderiam ter feito parceria com um grupo islâmico; eles são mestres em fazer túneis", diz outro.

Estou sentada no sofá entre Cochava e uma das outras cunhadas. Duas meninas brincam com bonecas na otomana diante de mim.

"Onde eles irão sepultá-los?", pergunto, e eles começam a discutir isso.

"Para onde você leva os corpos, depois de um atentado a bomba, Mortichai? Não é em um grande buraco?", um deles pergunta.

"Eu acho que eles devem ter ido aos montes da Judeia", Mortichai imagina. "Talvez dentro das montanhas. Não acho que iriam procurar um lugar óbvio."

Sinto o pânico retornar, meu estômago se revirando.

As notícias continuam. Um tiroteio em Chicago. Todos eles estão conversando, enquanto olho a tela da televisão. Estamos nos olhando, a tela e eu. Os desastres se sucedem, rolando na faixa que fica embaixo da tela. Estou tentando juntar algumas peças, mas não consigo achar as partes que se encaixam, até que, como um gongo, a resposta ecoa e vibra em mim. Instintivamente, agarro no joelho de Cochava. Ela se assusta e eu digo: "Eles foram separados".

Todos olham para mim. "Eles foram separados, os esqueletos. Foi isso que aconteceu. Houve uma parceria." Eu me levanto. "Houve uma parceria entre uma seita ortodoxa e uma cristã, e o acordo foi que os judeus enterrariam de novo o profeta e os outros ficariam com Anatiya." Lembro das palavras do pastor Elias. *Deixe que o destino dela seja o mesmo do de Jezebel, que atormentou o profeta Elias. Deixe que ela caia da janela e seja devorada pelos cachorros.* Fico em pé. "Eles vão queimá-la."

"Não é possível", diz um dos homens. "É contra a halaca queimar qualquer corpo. É uma violência contra o ser humano."

"Também é uma ideia amarga", uma mulher comenta. "Milhões de pessoas do nosso povo foram massacradas e amontoadas como lixo nos crematórios nazistas. A ideia de permitir que uma mulher judia, que um dia foi uma profetiza, seja queimada é aterradora."

"Mas talvez eles tenham sido obrigados a fazer um acordo", argumenta Mortichai. "Então, um grupo ficou com Jeremias e, outro, com Anatiya."

A televisão continua rolando, me dizendo que houve uma imensa e terrível fissura, e que isso pode ser sentido ao nível celular. Meu telefone toca. É Jordanna. "Eles foram separados", ela diz. Está chorando. "A casa está descontrolada. Estou tendo um colapso."

"Sei que eles foram separados; não sei o que fazer", eu me solidarizo. "Agora, realmente, não posso conversar, Jordanna. Desculpe. Ame Nathaniel. Ele é sua alma gêmea." Desligo o telefone.

Um homem que deve ser marido de Cochava está falando. "Há alguns anos, foi inaugurado o primeiro crematório, nos arredores de Hadera. Houve grandes protestos contra, por causa da lei judaica, do holocausto. É o único, no país inteiro."

"Quem o financia?", pergunto.

Um dos adolescentes liga o *laptop* de Mortichai. Os homens estão se servindo de brandy e fazendo brindes com seus copos. "Hadera teve uma história difícil", diz Cochava. "Foram vítimas de terrorismo da jirad islâmica. Foram atingidos por mísseis de longo alcance, disparados a partir do Líbano. Uma cidade tão bonita."

"Funerária Rio dos Sonhos", o adolescente lê. "Aqui diz que, por causa dos protestos, o incinerador está em um lugar secreto. Ninguém sabe, realmente, onde fica."

"Não posso suportar esta conversa", diz uma mulher.

"É interessante", o jovem continua. "Fiz uma comparação de nomes a partir do site deles e há ligação entre eles e este..."

"O quê?", pergunto, caminhando até ele.

"A Igreja do Armagedon." Olho para a tela do computador, sobre o ombro dele, tendo todo o cuidado para não tocá-lo.

"A Igreja do Armagedon", alguém repete atrás de mim.

"Armagedon não significa Monte Megido?", um deles pergunta, mas não sei quem. Não consigo distinguir nem se as vozes são femininas ou masculinas.

"Aquele orador", digo, me virando para procurar Mortichai, "ele me chamou de prostituta de Megido. Mortichai está sentado na beirada da namoradeira.

"Lembro disso", diz um homem rechonchudo sentado na namoradeira. "Para uma americana, você é capaz de recitar bem algo da Torá."

"Não entendi", se queixa uma criança.

Alguém explica: "Em certos ramos do cristianismo há uma crença de que haverá indícios apontando para a batalha do Armagedon, como terremotos e eclipses, chuvas de granizo e de fogo, uma praga de gafanhotos, sangue escorrendo por centenas de quilômetros."

Outra pessoa acrescenta: "Megido fica exatamente onde o rei Josias, o último dos governantes que descendia da linhagem messiânica de Davi, foi assassinado, em seicentos e nove antes de Cristo. Os fanáticos pensam em vingar a morte de Josias no mesmo lugar em que ele morreu, restaurando os reinos de Davi e de Deus, para dar início à era que terminará com a restauração de Jesus, a ressurreição dos mortos e o julgamento das almas." "Eu ainda não entendi", diz a criança, mergulhando no quebra-cabeça de dinossauro. "Para ser honesto, nem eu", diz o homem sentado na namoradeira.

Penso no livro do Apocalipse, onde está escrito *Então eu vi o céu se abrir e havia um cavalo branco. Seu cavaleiro é chamado Fiel e Verdadeiro e, com retidão, ele julga e faz guerra.* . . e, então, me lembro do carro branco estatelado contra o Rockefeller. Seu adesivo tinha a inscrição: Fiel e Verdadeiro. Olho para Mortichai e ele parece estar nervoso. "Então, você está sugerindo...", diz Cochava, "... que eles querem destruir Anatiya? Por quê? "

"Talvez...", digo, "ao encontrá-la, enroscando sua perna como uma serpente na perna do profeta, sugando sua vida mesmo depois da morte... talvez eles a enxerguem dessa forma, a vejam como uma representação de tudo que é lascivo. Uma sanguessuga em um santo." Subitamente, aperto o xale de Cochava ao meu redor. Olho para Mortichai, que está pálido, e para todos os outros, quietos em seus pensamentos. "Mas ela não era nenhuma dessas coisas. Ela simplesmente o amava. Ele o *ama*. Ela...", sinto-me fraquejar. Mal percebo onde estou. Murmuro: "Ela o ama".

Peço licença para ir ao banheiro. É através do quarto de Mortichai. Eu o atravesso rapidamente. Não quero olhar para mim. Lavo o rosto na pia pela segunda vez e me inclino sobre ela, apoiada nos cotovelos, com a cabeça entre as mãos. "Estou louca", digo para mim mesma. "Estou falando sobre desejo e amor, Jesus Cristo!, na frente da família de Mortichai." Gostaria de rebobinar a última meia hora e reescrever todas as minhas palavras. Rebobinar até o momento em que pedi o xale a Cochava e ela me olhou com respeito e amizade. Eu me sinto humilhada. Seco o rosto cuidadosamente, para evitar o espelho, e saio do banheiro. Paro por um instante no quarto de Mortichai. Uma cama de casal desfeita. Há uma só mesa de cabeceira e, do outro lado, uma grande samambaia, cujos ramos se inclinam sobre o travesseiro dele. Vejo as portas de correr do seu armário e me aproximo delas. Não quero voltar à sala de estar. Fico em pé diante do armário e observo a minha mão se estender. Abro a porta e corro minha mão sobre suas roupas, penduradas. A princípio, elas parecem as mesmas, as mesmas que ele está usando agora. As mesmas que usam seus irmãos e cunhados. As mesmas que até as crianças do sexo masculino vestem. Abro ainda mais o armário e todas as cores nadam em meus olhos marejados. Agasalhos da faculdade. Camisetas coloridas. Jeans. Eu pego um punhado daquelas peças de tecido azul e quase grito de alegria. Minha coragem retorna. Fecho a porta do armário e volto à sala de estar.

Há uma comoção. "Houve um atentado a bomba fora de Tel-Aviv", Mortichai me explica. "Tenho de ir."

"E sobre Anatiya?", pergunto.

"Ouça...", ele fala. "O pessoal da ZAKA estará lá. Talvez saibam de algo. Não há nada a fazer aqui, senão conversar e fazer conjecturas."

"Vou com você", digo. Cochava está ao meu lado. Ela estende os braços e me abraça, e isso parece lindo. Lembra algo como o lar. Ela diz: "Faça com que meu irmão dirija cuidadosamente".

Mortichai vai até o quarto e olho para ele através da porta aberta da sala de estar, onde estou. Ele desaparece das minhas vistas quando vai ao armário. Quando retorna ao meu campo de visão, já está com seu chapéu e paletó. Vai até a cama e se ajoelha ao lado. Estou mentalmente confusa. Lembro de ajoelhar e rezar, assim, quando era criança. Então, noto que ele não está rezando. Em vez disso, ele procura sob a cama e pega uma caixa de metal. Ele a abre com uma chave e apanha uma arma, que trata de guardar sob o paletó, na parte de trás das calças. Quando levanta, percebe que eu o observo.

"Isso é...", começo a perguntar e ele diz: "Eu era um soldado, você sabe" e pisca para mim, com olhos cansados e avermelhados.

Deixamos sua família, que está envolvida em uma animada conversação, todos falando com todos. Posso ver como um homem que se sentia sozinho, mal compreendido, com raiva, traído, encontraria conforto mergulhando no centro dessa agitação.

O *pager* de Mortichai está tocando. Paramos no pátio, enquanto ele vê do que se trata. Há crianças ao nosso redor. Um pequeno grupo delas se separa, com entusiasmo, segurando varinhas luminosas. Elas correm por ali, deixando cair estrelinhas.

XXX

Estou cansada. Eu vivi um momento de adorável natação em uma fonte imensa e fresca, bebendo grandes goles de água limpa, e agora devo mergulhar nas profundezas e agora vou sair voando nas alturas. Estou cansada...

O PERGAMINHO DE ANATIYA 51:116-117

No carro, ligo para Itai. Eu lhe digo que eles foram separados, mas ele já sabe e me diz que ouviu rumores de que o exército está se deslocando diretamente para o lugar onde estão planejando fazer o novo enterro.

"Anatiya não estará lá, estou lhe dizendo", suplico a ele.

Ligo para o detetive que me entrevistou na biblioteca e lhe deixo uma mensagem. Mortichai tolera silenciosamente minhas frenéticas chamadas.

"Vamos para Hadera", digo a ele. "Vamos para o Rio dos Sonhos. É onde ela está, Mortichai."

"Não", diz Mortichai. "Não sabemos de nada, realmente. Vamos considerar por um momento que ela esteja lá. E que eles estejam planejando incinerá-la. Você pode imaginar como aquela gente estará armada? Você vai arriscar a vida para proteger um esqueleto?"

Olho para ele carinhosamente. "Quem diz é o homem que se apressa para acelerar a raspagem da carne dos mortos."

Ele vira os olhos para mim. O detetive me liga de volta e eu lhe conto a minha teoria. Ele me diz que, talvez, saibam onde fica o lugar da incineração e que estão se preparando para ir até lá. Minhas palavras soam incoerentes quando tento inculcar nele o que sinto dentro de mim. Depois da chamada, digo a Mortichai: "Por Deus do céu, nós encontramos um profeta porque eu dei ouvidos a uma história de fantasmas. E agora afirmo que tenho certeza disso, mais do que qualquer outra coisa. Eu tive uma visão. Ela vai ser queimada, eu sei."

Mortichai fica em silêncio enquanto dirige. Estou exasperada e exausta. Inclino o banco bem para trás e observo o céu. Sinto que a minha mente começa a naufragar antes que consiga reunir energias para voltar à superfície. Mortichai me desperta e diz que chegamos. Posso ver barreiras em uma ambulância do Magen David Adom no alto do monte onde estacionamos. Digo a ele que, simplesmente, não tenho forças para acompanhá-lo. Não quero ver aquilo. Sou incapaz de suportar. Lamento. Ele fala: apenas descanse. Aqui estão as chaves. Simplesmente relaxe. Estarei dois quarteirões ao norte daqui, se você precisar de mim. "Grata", digo, e fecho os olhos de novo, quando ele sai. Mortichai bate a porta e fico feliz de estar sozinha. Sinto a mente afundar de novo, mas acordo gritando, pensando que o carro está envolto em chamas. Não está. Fico ali por alguns minutos, respirando e olhando para o teto do carro, virando a chave de Mortichai muitas e muitas vezes na mão.

Hadera fica a uns quarenta quilômetros ao norte de Tel-Aviv. Enquanto dirijo, lembro a sensação que tive quando começamos a escarificar as paredes da cisterna. Naquela ocasião, minha mente repetia seguidamente: *Eu estou aqui. Não se preocupe. Eu estou aqui. Eu estou indo ao seu encontro.* O mesmo sentimento me motiva, agora. *Estou indo ao seu encontro.*

Ibrahim me liga e estou na direção. "Eles foram separados", diz, do mesmo jeito que Jordanna, quando me chamou. "Posso sentir isso."

"Eu também", digo.

"O mundo está uma confusão. Houve uma bomba nos arredores de Tel-Aviv. Pode imaginar isso? Seis pessoas morreram. Todas elas árabes israelenses. Aquele sujeito pensou que estava caminhando em uma multidão de judeus israelitas e, em vez disso, era sua própria família."

"Nós todos somos família", digo diretamente.

"Naima está doente", ele diz. "Tem uma febre terrível e eu já tentei de tudo para reduzi-la."

"Uma febre?", sinto lágrimas quentes em meus próprios olhos e a estrada escura se desenrola diante de mim.

"Ela está vendo coisas, gritando sobre fogo."

"Tive a mesma visão", digo, com a voz incomumente monocórdica. "Acho que sei onde ela está, Ibrahim. Não posso explicar por que, mas, simplesmente, sei. Estou indo para lá agora."

"Diga-me, Page. Deixe-me ajudar. Anatiya foi uma hóspede em minha casa ou eu na dela."

"Estou indo para a Funerária Rio dos Sonhos, em Hadera. É lá que fica o único crematório do país."

"Por que não poderia ter sido uma fogueira? Uma pira? Por que lá?"

"Como eu disse, não sei explicar por que eu sei, mas apenas sei."

"Rio dos Sonhos. Certo, há muita controvérsia a respeito desse lugar."

"Você poderia me ajudar", digo. "Poderia me dizer onde está escondido o incinerador. Eu imagino que haja árabes que trabalhem ali. Um jardineiro árabe. Não sei."

"E nós todos nos conhecemos. Todos os dois milhões de árabes que vivem em Israel", ele diz, com uma pitada de humor.

Pisco para clarear a visão. "Você não conhece?"

"Vou descobrir onde é", ele me promete, "e ligo para você, de volta. Não se machuque, Page."

Em algum lugar na Terra Prometida, alguém está planejando queimar a profetiza, a única escriba judia confirmada. Esmague-a e a ofereça como alimento aos cães, se é que ainda não fizeram isso. Imagino se eu mesma não estou em perigo e, então, penso que o sacrifício é muito mais nobre que o suicídio, doar sua vida em vez de acabar com ela. Quero me oferecer a Anatiya. Sinto que nasci para isso.

Então, lembro de Mortichai e meus olhos se transbordam. Ele me ama. Tenho certeza disso. Desvio da estrada principal, descendo uma rampa de saída. Paro no sinal vermelho suspenso sobre o cruzamento. São onze horas da noite, calculo, e não há ninguém por perto. Este é o ponto mais solitário do mundo, neste exato momento, penso. Deixo a cabeça cair sobre o volante, os olhos queimando. Minha testa bate na buzina e o alarme do carro começa a tocar. Levanto a cabeça e olho nas duas direções. O centro urbano de Hadera fica à direita. Começo a dirigir, embora meu corpo esteja tremendo e mal consiga segurar a direção. Ando uns quatrocentos metros para a direita, depois dou meia-volta e sigo na direção oeste. Meus olhos estão vidrados. Por que será que Ibrahim não me ligou? Verifico meu celular. Chamo o serviço de informações para saber o endereço do Rio dos Sonhos. Pergunto ao operador quais direções devo seguir, a partir do ponto onde estou — é algo que alguém pode fazer em um país tão pequeno e íntimo, como Israel.

Dez minutos depois, viro na rua que o operador me indicou. É tranquila e arborizada. Fui orientada a seguir por ela ao longo de uns cinco quilômetros, até o fim. Sobre mim, a lua é a face branca de um relógio. À minha esquerda, vou me aproximando de uma bela oliveira antiga em pleno crescimento, com uma pequena copa de folhas verdes coroando o tronco acinzentado e torcido. Dos profundos de sua casca nodosa, ela está me dizendo: *Aqui estou há muito tempo. Tenho visto muitas coisas e verei muitas mais.* Seus galhos sussurrantes se elevam em uma rajada de vento e as folhas finas mostram sua parte inferior prateada. Parece estar acenando.

Há uma estrada de terra atrás da oliveira. Viro nessa direção e dirijo devagar, na tentativa de evitar que o carro levante pedriscos. A estrada serpenteia ao longo de um grande pomar. Saio da estrada e

Mais **Forte** Que a **Morte**

estaciono o carro em um matagal. Quando desligo os faróis, a escuridão engole o carro. Desço, fechando a porta silenciosamente. Dou um passo em direção à estrada e a lua se desembaraça da ramagem, me iluminando com a sua cara benevolente. Começo a caminhar. O ar está denso e úmido. Por entre as árvores, vejo uma edificação baixa, onde estão estacionados três carros. Um deles é um veículo funerário. Murmuro uma prece de gratidão. Ela me conduziu até aqui. Grudo em um tronco de uma árvore e fico observando a construção. Não há nenhum sinal aparente.

Sei que ela está lá. Estou lidando com uma seita de fanáticos, munida de um grande arsenal. Olho para a lua, entre as árvores do pomar, e respiro profundamente naquele lugar distante. Estou terrivelmente sozinha e, mesmo assim, as árvores parecem me acolher. Seus galhos são como rápidas pinceladas negras. Descendentes das árvores de Anatiya, penso. Elas dizem *shish, shish* com seus ramos à aragem morna do deserto, e se inclinam em direção do prédio, como se indicasse: *vai, vai*.

Circulo a árvore. Uma rajada de vento quente levanta folhas caídas no solo e as carrega para o edifício. Ando pé ante pé, me aproximando. No lugar onde as folhas pousaram, ao lado do necrotério, há uma pequena janela escura, coberta com teias de aranha acinzentadas e distorcidos casulos brancos. Olho para minhas mãos, como se meu próprio ser estivesse a salvo em outro lugar, observando minhas ações. Empurro a janela para dentro, rasgando levemente a teia espessa, e deslizo para o interior de um porão negro.

Fico ali, na escuridão, completamente imóvel. Depois, me inclino para trás, espreitando lá fora, através da janela. Vejo quatro figuras, quatro homens, deixando o edifício. Retrocedo a cabeça para dentro. Quieta, deixo que meus olhos se acostumem à escuridão. Estou em um grande espaço de armazenamento, cheio de caixões. Carros não se movimentam lá fora. Os homens não se foram. Um quadrado luminoso aparece subitamente no ar e percebo que é o vidro fosco de uma janela, na porta. Eu me abaixo, com a mão apoiada em um dos caixões para me equilibrar, enquanto passos atravessam o corredor. Através da soleira da porta, vejo três pares de sapatos. Eles estão falando em inglês. "Devem chegar aqui em dez minutos", ouço um deles dizer. E: "Vamos acendê-los".

Rastejo silenciosamente atrás do caixão e dou uma olhada por cima da tampa, na direção da luz. Espero. Minha mente está incomumente vazia, exceto por uma coisa: encontrar Anatiya. Libertá-la. Ou, ao menos, mantê-la em sua morte, da forma como está acostumada a ser acolhida. Ela não deveria estar sozinha.

Vejo as sombras de duas cabeças na luz enquadrada. Elas estão voltando para onde vieram. Um momento depois, enxergo a terceira. Ando com cuidado rumo à janela, levanto-me e olho para fora. Um homem está em pé diante da porta da frente. Em seguida, os outros três emergem do ar da noite. Abro a porta que dá para o corredor. Fora da escuridão e sob a luz, o medo do qual estava estranhamente livre me acomete, mas agora minha vida é um reflexo da existência dela. Não tenho para onde seguir, senão adiante. No fim do corredor, entro em um cômodo amplo, no centro do qual há um forno muito profundo, cuja boca está totalmente aberta e repleta de chamas. Há, também, um caixão de pinho sobre uma maca de metal deslizante.

Abro a tampa, como uma mãe procurando pela filha. A luminosidade do forno permite que eu a veja lá dentro. Está sozinha e seus ossos, dobrados. Partes dela desmoronaram. Seu crânio se inclina para baixo, não mais voltado aos olhos de Jeremias. *Lamento*, digo a ela mentalmente. "Nosso presente e época não são menos violentos que os seus." Olho ao redor. Não posso empurrar tudo isso para fora. Poderia simplesmente pegar seu crânio, deslocando-o de sua coluna vertebral, e fugir com ele. Poderia pintá-lo com flores e levá-lo de volta a Jeremias, quando ele for encontrado. Ou tirar meus jeans e acondicionar os ossos dela nas pernas de minha calça, fugindo lá para fora, vestida apenas com roupas íntimas. O fogo esquenta o meu lado esquerdo. Ouço carros esmagando cascalhos quando param no edifício e passos vindos do corredor. Muitos deles. Olho em volta e percebo que não há um lugar onde possa ir. Olho para baixo, na direção de Anatiya, e, delicadamente, descolo seus ossos. Levanto a perna e introduzo meus pés na parte de cima do caixão, com todo o cuidado para não tocá-la. Os passos e vozes estão próximos da porta. Dou um impulso e entro no caixão, deitando-me ao lado dela, e abaixo a tampa. No momento em que ela se fecha, ouço a porta ser aberta e vários homens entram. Subitamente, lembro do telefone celular que está no meu bolso. Do jeito mais delicado possível, estendo o braço para alcançá-lo e o retiro devagar, rezando para que Ibrahim não ligue agora. Descolo a aba e o caixão fica repleto de uma luz suave. Vejo os olhos de Anatiya e não parecem vazios para mim. Sua testa toca a minha. Desligo o telefone e o coloco atrás do meu pescoço. Meu corpo começa a tremer. Receio que o caixão esteja chacoalhando. Descanso o braço sobre a cintura dela. Um dia eu também viverei neste lugar. Eu irei para debaixo da terra. Por que será que as carpideiras não estão dispostas a desenterrar seu amado? Beijo silenciosamente a sua testa.

Ouço os homens conversando. Tenho certeza de que vão me encontrar. Vão encher meu corpo de balas e vou sangrar até a morte neste caixão, manchando Anatiya com o meu sangue. Ou eles não me encontrarão, mas me empurrarão junto com ela para dentro do incinerador. Cinzas para cinzas.

Mantenho os olhos bem fechados. Tento imaginar que estou no metrô com o meu pai, correndo até em casa para dormir antes da meia-noite. "Nós conseguimos", digo. Eu estava segura e amada. E então penso em Mortichai. Ele me ama. Meu coração começa a palpitar de um jeito que quase posso ouvi-lo. Ele me ama e, de repente, desejo desesperadamente sair. Desesperadamente viver. O que foi que eu fiz? Vim a este lugar. Entrei nisso com os olhos abertos. Meu próprio medo me colocou aqui. Fugindo da vida, agora sou Jonas, na barriga de um peixe no fundo do oceano.

Durante toda a minha vida, vasculhei túmulos; para quê? Para isso, finalmente, me enterrar onde ninguém me encontrará. Para provar a mim mesma que sou tão sem valor como sempre suspeitei. Não está certo? Ou, talvez, não fosse a morte que estava procurando. Talvez fosse o amor. Sinto o caixão se mover. Alguém está se inclinando sobre ele. Estou apavorada. Minha garganta começa a se fechar e percebo que sinto falta de ar. Luto para não ficar em pânico. Vou ficar asfixiada aqui, igualzinho a meu pai. Sinto os ossos frios dela contra mim. Minha respiração é rápida e superficial. Estou desaparecendo, como um reflexo nebuloso no espelho.

Além do escuro do caixão, aparece algo macio e pálido, um piscar de olhos muito, muito distante, como estrelas cintilando na densidade noturna. Pouco a pouco, como permaneço abaixo delas, entram em foco e consigo ver que são letras, letras brancas escritas no escuro, brilhando como se estivessem flutuando sobre um mar negro.

São versos do pergaminho dela. Lembro que eu mesma os traduzi. São um presente dela para mim. Começo a sorrir. *Naquele tempo, Jeremias, vou permanecer em meu lugar. Vou me levantar diante de teus olhos e teus ouvidos ficarão repletos do som da alegria e do júbilo. E tua voz será a da satisfação do noivo, erguida em música. E minha voz deve sacudir tua canga de silêncio e te envolver com tons perfumados de uma noiva feliz.* Com essas palavras, lembro o que contei a Jordanna a respeito de Mortichai ser meu paraíso. Sim, Anatiya, a sepultura será aberta, como você disse, e vamos emergir como criaturas aladas, livres e deslumbrantes. Vou sair deste casulo e minhas asas serão majestosamente douradas. Não vou me resignar ao destino de meu pai. Não vou permitir que Mortichai se resigne. O sepulcro será aberto. Vou me erguer diante de seus olhos. Ele será meu noivo e, eu, a noiva feliz. No mundo dele, talvez, ou em algum mundo futuro, muito depois da extinção do sol.

Algumas pessoas dizem que quando estão para morrer veem uma luz branca e leve como pluma, embalando-as até o final de um túnel. Neste momento, estou perto da morte. Mas depois de passar uma vida inteira morrendo, estou viva. Meu sangue pulsa vigorosamente por todo o corpo. Minha mente é veloz. Neste lugar, também vejo luzes, mas não no final do túnel. As luzes que vejo são minúsculas letras iridescentes, como se alguém tivesse espalhado o conteúdo de um dicionário pelo céu noturno inteiro. Algumas das palavras se dão as mãos e formam constelações. Suas palavras são para mim. Sua canção de ninar.

Encontro meu altar, sobre o qual deposito, para morrer, minha tristeza e todos os meus medos. Estou pronta para viver plenamente, agora. Estou pronta para ser descoberta e renascer. Agora mesmo, ou minhas cinzas vão escrever poesias no ar.

Aqui estou, no lugar que mais temi, entre todos. Passei minha vida abrindo sepulturas e agora estou selada aos ancestrais. Mas não rolam lágrimas. Meus olhos estão secos. Meus pensamentos, claros. O amor é mais forte do que a morte e estou enamorada.

Quero compartilhar com Mortichai o que aprendi aqui. O que ela me ensinou. Que a vida e a morte não são inimigas. De fato, não são sequer opostas. São parceiras em uma dança. Há algo que une uma à outra e eu vejo isso. São histórias. No porão do Departamento de Antiguidades, pressenti que havia uma chave oculta na pena de ouro esculpida dentro do caixão de Jeremias e Anatiya. Agora sei o que é: a história é a única coisa que se movimenta entre a morte e a vida. A alma de uma pessoa é feita de histórias. Histórias que continuam a se contar ao longo de eras incontáveis e, quando o homem não mais as escuta, elas se tornam letras para as músicas das galáxias. Alguém ouve. Somos tão pequenos. Somos tão tragicamente finitos. E, ainda assim, frágeis; somos os únicos no universo capazes de olhar para as estrelas e pensar, *Quanta magnificência!*, de imaginar, *Como isso tudo funciona?* É por isso que estamos aqui, mesmo que por um curto espaço de tempo. Para ver. Para testemunhar como tudo é tão belo. Aqui no escuro, eu vejo. Pela primeira vez em minha vida, eu vejo.

Ouço tiros e a pessoa que estava inclinada no caixão se afasta e diz: "Que diabos está acontecendo?"

"Merda!", outra fala. Escuto uma correria na direção da porta e alguém grita: "Queime a prostituta agora, antes que eles entrem aqui". Sinto o caixão ser empurrado. Aperto os olhos e, delicadamente, enlaço a mão de Anatiya com um dedo. Não parece um conjunto de ossos, mas a delicada mão de uma criança. "Vou com você", sussurro. "Você não estará sozinha." Nunca tive menos medo da morte do que neste momento. Estamos sendo movidas, a maca é rolada pelo aposento. Há uma grande comoção lá fora e, subitamente, paramos. Há uma explosão de armas de fogo — desta vez, no cômodo, muito perto —, seguida de uma gritaria em árabe. Dois corpos caem no caixão e eu sinto que balançamos e rolamos lateralmente.

Ouço gritos em hebraico, discussões e brigas ferozes. Depois de um momento, há um lapso de silêncio e a batalha termina. Há vozes conversando e, agora, calmas. O caixão é aberto por um jovem soldado. Ele é etíope israelita, com feições delicadas. "Page Brookstone", diz, com surpresa, colocando as mãos sob os meus braços. Eu me sinto sem forças. Ele tem uma constituição esbelta, mas vigorosa e forte, e me levanta. Dobro os joelhos e tento ajudá-lo a sair dali sem danificar ainda mais Anatiya. Quando saio, eu o envolvo com meus braços e ele afaga meus cabelos. Deve ter uns dezoito ou dezenove anos. "Obrigada", digo, e ele me abraça. Aninho a cabeça em seu ombro e esfrego as lágrimas no uniforme dele. Estou viva. Isso é lindo. Ser abraçada. Abro os olhos e observo do recinto. Há quatro soldados. Três homens árabes estão no canto, falando com um deles, enquanto outros olham ao redor. Vejo a boca do forno gigante, seu fogo se apagando. Sobre o ombro do rapaz algo brilhante e vermelho chama a minha atenção. Na parede em frente a mim, há um relógio digital. Indica 12:12.

Outros soldados chegam, com o homem árabe. Um dos militares olha dentro do caixão e diz: "Recuperamos Jeremias. Vamos juntá--los de novo."

"Vocês conseguiram?", sinto vontade de gritar de alívio. Olho em volta. "O que aconteceu aqui? Como vocês souberam chegar?"

Um dos árabes responde: "Vocês acham que os árabes também não se importam com Jeremias e Anatiya?".

"Eu não...", começo, mas ele me interrompe com um sorriso e diz: "Ibrahim disse que você estava procurando por este lugar. Ele ficou preocupado, achando que seria perigoso para você e nos pediu para vir e checar".

"Ibrahim chamou o exército, também?"

O soldado que me ergueu diz: "Depois que encontraram Jeremias sozinho, entendemos que você havia dito que sabia onde ela estava".

Outro comenta: "Foi bom que veio para cá, senhorita Brookstone. A Igreja do Armagedon é um grupo que já conhecíamos, mas não tínhamos sido capazes de identificar suas lideranças ou quartel-general. Eles tinham quase um arsenal aqui. Graças a você, agora temos um bom número deles sob custódia e poderemos saber quais são as verdadeiras intenções deles. Nós tínhamos colocado um dispositivo de localização em seu telefone celular. Você nos conduziu direto a Anatiya."

Ibrahim entra correndo no recinto e fico tão feliz ao vê-lo que corremos um para o outro e nos abraçamos fortemente. "Você não me ligou", digo.

"Claro que não", ele comenta. "Por que eu ligaria para lhe dizer que, talvez, você fosse morta?" Ele afasta os ombros de mim e olha o meu rosto. "Como você encontrou esta pequena estrada não sinalizada?"

"Ela me trouxe aqui", conto, limpando os olhos. Posso dizer isso a ele e sei que acredita em mim. Ele e Naima. Jordanna, também. Itai, talvez.

"Eles vão colocá-los juntos, outra vez?", pergunto. "Ela está em péssimo estado." Rio quando digo isso, percebendo como é engraçado, considerando que ela morreu há cerca de dois mil anos.

"Onde ela está?", ouço alguém dizer na entrada e presumo que se trata de alguém procurando por Anatiya, quando Mortichai atravessa a porta. Ibrahim me solta. Mortichai fica ali, emoldurado pelo batente.

"Ela está em péssimo estado", repito. Ele balança a cabeça. Dou um passo em sua direção e vejo que esteve chorando. Ele fica diante de mim, sorri e diz: "Ela parece bem, para mim". Sorrio e nos olhamos. Ele continua me olhando e, finalmente, explica: "Ibrahim me ligou. Disse onde ficava este lugar. Não acreditei quando ele disse que você o encontraria. Fui primeiro ao Rio dos Sonhos, mas não havia ninguém lá. Demos meia-volta e, então, vi alguns veículos do exército seguindo por esta estrada."

"Como você chegou aqui sem o seu carro? Veio voando?", perguntei a Mortichai.

"Encontrei um motorista de táxi, a quem não foi preciso pedir duas vezes para que dirigisse como o vento. O motorista está lá fora com os soldados, vivendo o momento culminante de sua vida. Como você..."

Abro a boca para responder. "Eu..."

"Não, pare", ele interrompe. "Não quero saber. Não quero conversar. Quero saber que você está viva. Quero saber que eu estou vivo." Ele dá um passo em minha direção e tudo o que posso sentir é o mundo girando ao meu redor. Estou em seus braços e me sinto como uma bailarina girando sobre um ímã, na loja de brinquedos. Como tudo gira tão depressa. Como, rapidamente, um dia e uma noite se transformam em algo infinito.

Os dedos dele escavam em minhas costas. Sua boca se move contra o topo da minha cabeça. "*Eu coloquei diante de ti a vida e a morte, a maldição e a bênção*. Page, eu escolho a vida..."

Passo as mãos em seus ombros e costas, a linha de sua espinha, a ondulação dos músculos de seus braços. Sinto cada parte de mim retornar à vida. Eu o beijo sob suas orelhas e seus braços me estreitam fortemente. Ele diz: "Se você me mostrar onde está meu carro, eu posso tirá-la daqui".

Depois que dou uma declaração, vamos embora. Caminhamos pelo pomar às escuras. A luz da lua escoa pelos galhos, acima de nós. Lágrimas rolam dos meus olhos, enquanto andamos cautelosamente no meio da noite.

Encontramos o carro dele. "Hum...", ele diz, "belo trabalho de estacionamento."

Dou risada. Entramos e o carro, entre solavancos, rola sobre ramagens para voltar à estrada de terra. Não leva muito tempo para que alcancemos o mesmo cruzamento, onde senti uma pontada de desespero, a luz vermelha pendurada em meio à escuridão. Estendo a mão aberta e ele olha para ela, até segurá-la com a dele.

"Para onde estamos indo?", pergunto.

"Você deve estar cansada. Eu sei que estou", diz. "Podemos ir a um hotel em Tel-Aviv. Podemos ficar sozinhos. Para descansar." Sorrio. Olho para a mão dele na minha e afago os nós de seus dedos com a outra mão.

"O que o seu rabino disse?", pergunto. Penso em perguntar, também, se posso colocar a minha mão em seu ombro, mas resolvo que, em vez disso, devo fazer o gesto, de qualquer forma. "Ele me falou que um importante aspecto do judaísmo é honrar os mortos."

"Ninguém sabe melhor isso do que você", comento, enquanto tomamos velocidade na estrada tranquila.

"É o que eu disse a ele. Devotei minha vida a honrar os mortos passados e presentes. Então ele disse que a essência do judaísmo, entretanto, não tem a ver com honrar os mortos. A essência tem a ver com o triunfo da vida. E aí ele ficou bravo. Ele me disse que eu havia demonstrado honra demais pelos mortos e insuficiente celebração pela vida. E que eu estava tentando ganhar o afeto da minha mãe pela adesão ao caminho do meu irmão morto. Que eu sempre tive a impressão de que ele era melhor do que eu, porque sua morte o havia tornado mais perfeito. Eu me voltei aos mortos para honrá-los, da mesma forma que minha mãe honrou Menachem. Disse que eu estava levando minha missão tão longe que estava disposto a renunciar à minha vida e entrar para a família de um homem morto, ao tomar por esposa uma viúva. Concluiu, ainda, que o que eu pensava ser amor por sua filha era, na verdade, minha devoção aos mortos."

Meus olhos se arregalam quanto ouço o seu relato. Penso em Fruma. Ela é radiante, calorosa e pura, tão doadora de vida como uma fonte.

ZOË KLEIN

"E depois ele se levantou e disse, com todo o poder e fúria de um profeta: 'Eu o mandei para os túmulos e agora ordeno que saia daí! Você não vai casar com a minha filha!'"

"Ele disse isso mesmo?", perguntei.

"Sim", Mortichai responde. "Então, não quero que você jamais pense que me tirou dela, Page. Você me salvou de uma vida para a qual eu pensava estar destinado, mas que não era minha. E você salvou Fruma, também. Ela não merece viver com alguém infeliz. Ela deve ter alegria, devoção. E terá. Você não é uma pessoa destrutiva. Você nos salvou."

Mortichai para, solta a minha mão e se dirige para o acostamento, parando devagar. Ele se vira para mim, se aproxima e segura o meu rosto com suas grandes e quentes mãos. "Eu amo você, *geveret* Brookstone, *com todo meu coração, com toda minha alma e com todas as minhas forças.*"

XXXI

Minha caligrafia é lenta e as letras estão se inclinando obliquamente em direção ao canto do pergaminho. Acho que meu pensamento, meu pensamento está em outro lugar. Estou me fartando do fogo. Estou me cansando do fogo. Agora vem a saciedade...

O PERGAMINHO DE ANATIYA 51:118-121

Quando a porta do nosso quarto se fecha no Dan Hotel, da praia mediterrânea, Mortichai olha dentro dos meus olhos. O calor se espalha dentro de mim e eu me sinto mais saudável do que jamais estive. Com o sorriso dele e sua suave aproximação, sei que não estou mais escavando na poeira, no pó de uma longa, longa morte. Agora estou plantada em um solo rico, nutritivo, enraizada em alegria, levantando meu rosto para o belíssimo sol. Digo: "Como você se sente a respeito disto?"

Ele me observa por um momento. "Eu me sinto iluminado", fala devagar, "como uma árvore de Natal." Ambos rimos e lanço meus braços ao redor dele. Meu corpo vibra de exaltação. Ele beija o meu pescoço, pressiona os lábios em minhas têmporas, volta aos meus lábios. Estou me derretendo como uma calda. Ele segura o meu rosto e me beija de novo. Rápido e, outra vez, e, depois, profundamente. "Você deve estar muito cansada", diz, torcendo uma mecha dos meus cabelos.

"Deveríamos ir para casa", digo, sonhadoramente.

Ele continua me olhando. "Você é tão linda, Page." E passa os dedos indicadores em minhas sobrancelhas. Beija a minha boca, de novo. Então, diz: "Deveríamos ir devagar, até que a gente se case, não acha?".

Lágrimas rolam dos meus olhos. "Sim", digo. "Mas podemos nos casar nos próximos cinco minutos?"

Ele ri. "Podíamos voar até Chipre, amanhã, e nos casar ali." Vejo que ele fala sério. "Quero uma vida que possa chamar de minha. Quero que você seja minha esposa e quero ser seu marido. Quero abraçá-la e amá-la até que não sejamos mais que poeira e cinzas. Eu quero o que temos agora, mas todos os dias. Quero estar com você para sempre, Page."

"Onde vamos morar?", pergunto, sem a certeza de que me preocupe com o onde, mas apenas com que estejamos juntos.

"Podemos ficar na Grécia, não me importo", ele diz. "Podemos encontrar um projeto para compartilharmos. Podemos fazer um ciclo mundial de palestras sobre a descoberta e suas implicações. Podemos limpar chão, na Índia. Eu não me importo."

"Você quer ficar longe da sua família?"

"Não", ele diz, "não, não pense isso. Não se trata de fugir. Trata-se de correr em direção a ela. Mas seria agradável passar algum tempo em outro lugar. Então, podemos construir algo nosso, só você e eu. Podemos retornar a Israel. Comprar uma casa em Netanya. Pouco me importa. Só quero o direito de adorar você sempre, onde quer que estejamos."

Tomo um banho, a água me pelando com o seu calor. A sujeira de um longo dia, de todos os longos dias, sai de mim. Eu me esfrego com um sabonete Ahava, suavemente perfumado. Faço muita espuma nos cabelos. Quando saio do banho em um roupão branco, Mortichai está sentado na beirada da cama. Está usando camiseta e cuecas pretas. Abraço o roupão contra o meu corpo e não consigo evitar o riso. Ele diz: "Peguei isso na recepção"... e me estende uma cópia da *Archaeology Digest*.

Sento ao lado dele e nos beijamos longamente. Enquanto ele está no chuveiro, pego a *Digest* e as páginas se abrem em minhas mãos.

Uma noite, quando estou esparramada em meus tapetes de pele
de carneiro, Jeremias vem a mim pela primeira vez. Senta a meu
lado e começa a falar. As palavras, ao que parecia, eram difíceis
de expressar, para ele, pois tinham sido reprimidas por muito tempo:

"Eu sempre soube, Jerusalém,
que estavas ali,
perscrutando dentro de minha janela,
espreitando nas sombras.
Eu podia sentir a doçura picante de tua pele,
eu podia sentir o calor de seus cabelos
em ondas maravilhosas.
Roubei um vislumbre de ti.
Teus lábios carmesim brilham como azeite de oliva,
e teus olhos eram os únicos,
os únicos olhos que viam tudo,
bebendo visões como penas bebem tinta.
Eu vi o volume de teus seios
e a plenitude de teus quadris.
Eu te vi envelhecer comigo,
como um vinho que fica mais rico e maduro a cada temporada.
E eu não podia me voltar a ti,
porque minha alma estava ligada a Deus,
meu espírito firmemente seguro em Sua mão direita.
Ele me manteve na beira da sepultura
e me consumiu com suas ondas.
Mas Sua mão me soltou
e eu finalmente fiquei livre
para cumprir uma alegria mortal,
para beber de minha própria cisterna

e encontrar felicidade na esposa de minha juventude,

uma corsa amorosa

e eis que tu ainda estás aqui!

Tu jamais deixastes de estar a meu lado,

uma noiva leal e fiel até o final.

Como eu temi a possibilidade de te perder,

tua presença é como um bálsamo de cura.

Muitas mulheres têm feito bem,

mas tu, Jerusalém, as supera, todas".

Jeremias me tomou em seus braços. Inclinou seu rosto em

minha direção e levantou o meu, mas antes que me beijasse

sentiu necessidade de acrescentar:

"Eu amo a Deus,

sim, amo.

Com todo meu coração

com toda minha alma

com todas as minhas forças.

Mas me deixe, desta vez,

amar a Deus através de ti".

*Ele me beijou e um fogo me consumiu. Senti o sangue se retrair com-
pletamente de meu rosto somente para retornar em uma rápida queima-
ção. Ele me trouxe para seu colo e nos agarramos, um dentro do outro,
e bandeiras surgiram em meu pensamento, declarando:*

*Este é o corpo de meu profeta! Este é o gosto de seu toque! Este é o
Jardim do Éden, carregado de frutos deliciosos e brilhantes a cada riacho
perene! Esta é aquela que meu coração tem procurado em cada esquina
da cidade e em cada caminho salpicado de areia, aqui em meus braços,
nos braços dela, este é o profeta Jeremias, este é o homem Jeremias —
uma parte de mim e eu uma parte dele. Suas pálpebras cerradas estão
úmidas e peroladas. Seus cabelos eram uma cortina de seda branca que
caía sobre meus ombros em frias cascatas. Seus beijos em meu pescoço
eram preces de gratidão, oferendas de ação de graça, seu abraço, de
adoração. Este era o amor que eu sabia estar adormecido, oculto no*

centro deste vulcânico fervor a Deus, o amor pelo qual eu orei que flores-
cesse. Meu sensível carinho. Ele me beijou, acariciou e agarrou e eu gritei
e tremi até que não houvesse, de novo, mais limite entre minhas lágrimas
e as dele nem limite entre os tremores nem entre reverência e êxtase, vida
e morte e ressurreição e morte, para que os coros do céu e da Terra gritas-
sem "Amém, amém!", para o renascimento que é tão certo quando a
chegada da aurora. E nós nos deitamos, brilhantes e úmidos, um nos
braços do outro, suaves e quentes como cera derretida, e a respiração de
meu profeta era profunda e contínua e fácil e a criança que eu carregava
voltou ao meu ventre.

EPÍLOGO

A alegria das flores nunca é tranquila. Há uma fonte que alimenta a todos e essa fonte é chamada de amor. Assim como uma fonte nunca seca, a despeito de quantos cântaros são cheios, o mesmo acontece com o amor, regenera-se, fluindo sempre, derramando-se de um coração para outro. As águas dessa fonte oculta são o amor e o seu jardim é repleto de frutos da paixão. O amor em si não pode ser visto, mas seus efeitos sobre aqueles que se sentem amados são abundantes.

O PERGAMINHO DE ANATIYA 51:69-76

Passei toda minha vida profissional escavando sepulturas, mergulhada até o pescoço na poeira de uma longa morte. Como qualquer arqueóloga, costumava fantasiar sobre o que iria encontrar, mas, depois de uma década, tudo começou a parecer a mesma coisa — tantos ossos, peças de cerâmica e moedas destituídas de toda a cor. Em certo momento, percebi que não iria mais cavar para encontrar relíquias. Em vez disso, estava enfrentando o mundo como uma criança desafia seu pai. Eu estava me enterrando em escuras cavernas para ver se alguém poderia me encontrar ali, se alguém viria procurar e me descobrir viva, como eu havia descoberto tantos mortos.

Na manhã de meu quadragésimo primeiro aniversário, eu acordo cedo, como sempre. Levo uma xícara de café para nossa varanda, para que possa observar a aurora se esparramar sobre o mar Mediterrâneo. Pego um brinquedo da cadeira de vime e coloco na mesinha e afundo nas almofadas de jaquard. Quando Mor acorda, vamos andar pelo nosso novo espaço, serpenteando sob os grandes arcos do aqueduto romano. Continuaremos a documentar as centenas de pilares tombados de Cesareia. O céu está repleto de nuvens púrpuras. Sinto as mãos dele acariciarem meus ombros, massageando meu pescoço. Olho para cima. "Bom-dia", digo.

"Feliz aniversário", ele fala, abaixando-se para me beijar na face. "Uma pessoa pode fazer um monte de coisas em quarenta e um anos."

"A melhor coisa que esta pessoa fez foi descobrir você", digo. Ele senta em uma cadeira ao meu lado. Eu trago meu café, enquanto ele torce meus cabelos e passa os dedos em meu pescoço. Ele ainda me faz sorrir. Seu toque sempre me encanta. Ele olha para mim, agora, da mesma maneira que olhava na noite em que nos casamos, inclinando-se para mim e me beijando sobre um céu grego, coalhado de estrelas.

NOTA DA AUTORA

Leitores têm me perguntado se Anatiya é uma personagem histórica ou um trabalho de pura ficção. Embora a resposta seja clara — ela é ficcional —, eu me encolho um pouco ao dizer isso. Antes de escrever *Desenhando na Poeira*, eu conclui *O Pergaminho de Anatiya*, um livro de cinquenta e dois capítulos, no estilo dos profetas antigos, que se assemelha à interpretação da Sociedade Judaica de Publicações sobre Jeremias. De todos os grandes trabalhos que estudei no seminário e depois, o que mais me apaixonou foi Jereminas. Eu imaginei a narrativa de Anatiya como um comentário criativo sobre a jornada dele. Escrever Anatiya, talvez tenha sido, também, minha tentativa de me unir a um espírito ancestral de tamanha magnitude. Jeremias sofreu imensamente ao longo da vida. Eu quis retornar a seu mundo e dar a ele o que as suas palavras e visões me proporcionaram. Eu queria tecer um amor duradouro em seus dias aterrorizantes. Este é um conceito chamado "revelação contínua", que ensina que a revelação não pode acontecer apenas em um tempo e em um lugar, para Moisés, no Monte Sinai, mas ocorre sequencialmente para cada um de nós, a cada tempo, em cada idade. Eu adoro que haja poesia, música e arte capazes de, sem interrupção, levar mensagens a gerações, criando florações inesperadas. Nós nos apaixonamos por esses ensinamentos e, às vezes, os chamamos de sagrados. Ao compartilhar estes textos, seja em púlpitos públicos ou privados, tenho visto pessoas descobrirem suas próprias histórias, costuradas como um fio de ouro ao longo de pergaminhos antigos, reconhecendo suas próprias faces refletidas nos textos misteriosos. Anatiya é uma figura histórica? Não. É real? Como responder a uma pergunta como essa?

Para saber mais sobre esta obra, por favor, visite o *site* da autora (www.zoeklein.com).

Impressão e acabamento
Editora Parma LTDA
Tel.:(011) 2462-4000
Av.Antonio Bardella, nº310,Guarulhos,São Paulo-Brasil